传播新知 优美表达

河流如血

海岩

——

著

SPM 南方传媒 | 花城出版社

中国·广州

图书在版编目（CIP）数据

河流如血 / 海岩著. — 广州：花城出版社，
2023.4

ISBN 978-7-5360-9866-4

Ⅰ.①河… Ⅱ.①海… Ⅲ.①长篇小说 – 中国 – 当代
Ⅳ.①I247.5

中国国家版本馆CIP数据核字（2023）第017063号

出 版 人：张　懿
选题策划：王会鹏
责任编辑：王铮锴
责任校对：李道学
技术编辑：林佳莹
封面设计：任展志

书　　名	河流如血 HELIU RU XUE	
出版发行	花城出版社 （广州市环市东路水荫路 11 号）	
经　　销	全国新华书店	
印　　刷	北京飞帆印刷有限公司 （北京市顺义区北石槽镇）	
开　　本	880 毫米 × 1230 毫米　32 开	
印　　张	15.5	
字　　数	343，000 字	
版　　次	2023 年 4 月第 1 版　2023 年 4 月第 1 次印刷	
定　　价	59.80 元	

如发现印装质量问题，请直接与印刷厂联系调换。
购书热线：024-23284481

目 录

一

陆保良第一次爱上一个女孩是在鉴宁市公安学校的大礼堂里，保良记不清那是一个什么节日，公安学校请来市杂技团表演节目，保良就坐在侧幕边的一只小板凳上，可以把整个舞台看得清清楚楚。

这是保良第一次观看现场杂技，整台表演给他印象最深的是一个黑衣少女，那少女面目俊美而又神通广大，不仅翻转腾挪易如反掌，而且手指向哪里，哪里便爆出轰鸣的火花，张开鲜红欲滴的双唇，口中也能喷出熊熊烈焰，让保良看得热血沸腾，触目惊心。

那一天保良第一次为了一个异性而夜不能寐。那个喷火女孩始终眼含微笑，表情甜美，在他的眼前挥之不去，尽管他已描述不清她的容貌，甚至遗忘了她的年纪，但那个女孩却成了他心目中一个最完美的女人。在此之前保良对女人的概念，只是他的母亲和姐姐。

那一年保良九岁。

保良母亲年轻的时候，肯定是个标准的美人。

母亲不仅美丽，而且，是一个最有女人味的女人。

保良的姐姐比保良年长七岁，保良九岁时姐姐正好年方二八，这是中国传统审美眼光中女人最佳的年龄。姐姐和母亲一样秀美，只是性格刚而不柔，这显然随了父亲。

在保良看来，母亲和父亲从里到外都是截然相反的。母亲瘦小但健康，父亲体壮但多病；母亲唠叨但凡事能忍，父亲沉默却毫无耐性；母亲表面总要姐姐让着弟弟，其实私下和姐姐最是贴心，父亲明里处处关照女儿，暗里却把一生的希望寄予儿子一身。

父母的心思保良也许并不明了，他崇拜父亲、依赖母亲，而最亲的却是比他大了七岁还能和他玩到一起的姐姐。姐姐眉眼酷似母亲，个性却随了父亲，保良则像是从街上捡回来的，无论长相还是脾气，既不随父亲，也不像母亲。

保良依赖母亲只是被动的习惯，而对父亲的崇拜和模仿，则完全出于自觉。他甚至和父亲一样，在十岁那年就跟最要好的同学刘存亮和李臣磕头结拜，自号鉴宁三雄。他对李臣和刘存亮说，他老爸和他一样，也是在十岁那年玩了一场桃园结义，也和他一样，在那场结义中排行老三。在父亲少年结义的三人当中，老大中学没毕业就跟着父母出国定居去了，从此没了音信；老二长大后下海做了生意，至今还跟父亲情同手足，彼此二哥三弟地你呼我唤，两家人也都一直密切如亲。

从保良记事开始，他就经常跟着父亲到二伯家里串门。二伯姓权，二伯的儿子权虎，也冲保良父亲叫三叔。两家的邻居一直都以为他们就是亲戚。二伯和权虎也常来他家，权虎一来就拉上保良和姐姐出门玩儿去，二伯就在屋里和父亲喝酒谈事。那一阵二伯总来求保良父亲帮他办事，因为保良的父亲在公安局的刑侦大队当大队长，关系多，有特权，那些年帮二伯蹚了不少路子。有一次二伯从小收养的干儿子权三枪跟同学打架被派出所抓了，就是父亲去给保出来的。一年以后权三枪又在街上跟流氓打架，进了公安局不说，还被学校开除，二伯也是来找的父亲，求父亲再把他这个不争气的干儿子捞出来。父亲四处活动，二伯也给被权三枪打伤的受害人家里赔了钱财，原来弄不好要劳动教养的案子，改成了拘留十五天加两千元罚款。就是在接权三枪出来的路上，父亲出了车祸，权三枪头上蹭破了一小块皮，父亲却从此成了瘸子。

那年保良十一岁，他一直视为英雄并全心崇拜的父亲，成了一个瘸子。

成了瘸子的父亲一下子苍老起来，保良这才明白，人的两条腿就是人的支柱，一旦缺了一截，整个人就会变得七扭八歪。父亲就像一头被风干的壮牛，迅速变得枯瘦萎靡，百病丛生。今天查出高血糖，明天查出高血压，后天心率又出了毛病……有点墙倒众人推的架势。工作也换了。不知是不是因为父亲以前在公安学校当过兼职教员，上级把他调到了公安学校。不过父亲过去兼职教的，是自由搏击和擒拿格斗，这种课现在肯定是教不了啦，所以学校给他虚挂了一个副校长的头衔，再兼了一个行政科长的闲差。和以前刑侦大队的职务相比，据说算是提了半级。

当警察搞刑侦，是父亲一生的理想志愿，正值事业的巅峰时刻突然掉了下来，对父亲的打击不难想见。虽然还穿着同样的警服，但每天干的，却变成了锅碗瓢盆之类的生活琐碎。行政科管的不外是绿化、食堂、桌椅板凳，门前三包……原本就少言寡语的父亲变得更加沉默，回家后的脾气更加暴躁，要么一天都不开口，一开口不是埋怨母亲就是责骂姐姐或是打保良的屁股，让一家人全都畏之如虎。

只有姐姐敢跟他顶嘴。

姐姐毕竟大了，又是女孩，顶了嘴父亲也不会动手打她。

但父亲总打保良，尤其是保良学习成绩出现波动的时候，或者保良挑食贪玩不肯吃苦的时候，就不光是打屁股了，急了还要打耳光呢。他打保良时母亲和姐姐都是不能劝的，劝了就打得更凶。打完之后，他会把保良单独叫到他的卧室，关上门，然后声泪俱下地冲保良痛哭。保良第一次见到父亲冲他哭时心里万分失落，因为他在父亲哭歪的脸上，再也找不到一点儿英雄的影子，那种他一向无比尊崇和悄悄模仿的气概，已经日积月累地被那份再无激情的工作销蚀吞并，在父亲的举止和表情中，渐渐荡然无存。

十一岁的保良，忽然怜悯父亲。父亲在他心里，渐渐不再是一个英雄，而是一个需要同情和可怜的弱者。当父亲每次打完保良又哭着向他倾诉自己的人生理想、倾诉对保良的一腔希望时，保良正是出于这样的怜悯之心，才向父亲信誓旦旦地保证，从此努力学习，再不贪玩，一定要考上公安学校，甚至考上省里的公安学院，甚至考上北京的公安大学，子承父业，成为一个最优秀的中国刑警，完成父亲未竟的人生志愿和家族理想。

每逢于此，父亲便会备感欣慰，便会追问保良："爸爸打你你恨不恨？"保良照例摇头："不恨。"父亲就点头，说："你看，爸爸从来不打姐姐，姐姐是女孩子，长大了嫁个男人，生了孩子也是给人家生的。咱们陆家人今后在世为人有没有脸面，全靠你了。小于叔叔昨天还说，老陆，你怕什么，你好好把儿子培养出息，将来到刑侦大队工作，一定不比你差。小于叔叔马上要当副局长了，如果我的腿没出事的话，还轮不到他呢。"

从那时开始，保良就正式确定了自己的人生目标，十一岁就确定人生目标的孩子，至少在保良周围的伙伴当中，还没见过。保良的同学当中，很多人今天发誓要当宇航员，明天发誓要当总经理，都是即兴说说，不往心里扎的。保良的姐姐中学毕业考上鉴宁师范学院之后，说起未来也还两眼茫茫。师范学院是专门培养中学老师的，中学老师姐姐肯定不要当的。不当老师又能干什么呢，姐姐也没有既定的主张。权虎建议她去北京报考戏剧学院或电影学院，说"陆保珍你长得这么漂亮，干吗浪费这个资源"。权虎比姐姐只大两岁，大学上了一半就自动退学，因为对权虎来说，不存在对事业前途的任何担忧，二伯的公司这两年忽然做大，在鉴宁和外省都开了房地产项目，还在鉴宁最好的地段盖了一个超大的酒楼，取名百万豪庭，在当时名噪全城。二伯就让权虎做了百万豪庭的执行经理，连过去总是好勇斗狠在街上寻衅滋事的权三枪，也穿起了一身笔挺的西服，张张罗罗地替他干爹办起正事来了。

母亲平时总是感慨：二伯发财全靠他那名字，二伯名叫权力，现在果然因为富有而拥有了权力。二伯因名得势之后，保良家的生活也跟着好了起来。保良的爸爸过去帮了权家那么多忙，何况二伯和他结拜时就发誓有福同享。二伯如今真的有福了，自然不忘报答三弟一家。

送来的钱，保良父亲要面子坚决不收，小小不然的礼物则源源不断——保良上学背的书包、用的钢笔，保良姐姐穿的大衣、用的手机，都是名牌，连保良他妈削苹果用的小刀，都是从瑞士进口来的。

二伯的公司如同生面发成了馒头，膨胀之快就像大变魔术。二伯的业务忙了，来保良家串门的次数自然也少了。偶尔来，也是劝保良父亲辞了公安学校这个没人待见的小官，跟着他投奔商海，快意人生。保良父亲是个最要面子的人，保良二伯暴发之后，他反而很少再去登门拜访。二伯劝他辞官下海，他就抱拳一揖，说声谢了，单位里事多走不开呀。二伯就笑笑，说："真舍不得这身警服呀？你现在脱了，将来可以让保良穿嘛。咱哥俩说好了，你跟我下海，将来保良要是考上公安大学，学费我这当二伯的全包。咱们俩穿西装开大奔，让孩子穿官衣开警车。"

保良父亲也就笑笑，说："是啊，保良就随我了，就是当警察为国效力的命，不图别的。"

保良过十三岁生日那天，二伯没来，但让权虎和权三枪送来一个生日蛋糕，还有一盒外国进口的巧克力糖。权虎还一并送给姐姐一只新款的诺基亚手机。还要拉保良一家去他们家的百万豪庭大酒楼去办生日晚宴。晚上出门的时候刑警队的小于叔叔来了，父亲便让母亲带保良和姐姐坐了三枪的车子先去，他和小于叔叔留在家里谈点事情。保良出了门又反身回去拿帽子的时候，透过父亲房间半开的门缝，看到父亲正和小于叔叔凑近了小声说话，保良已经很久没在父亲潦倒的脸上看到这样庄严的表情了。

也许正是因为父亲脸上这份久违的庄严，让保良觉出某种异样的神秘，让他在那顿热闹而有排场的生日晚宴上始终心神不宁。快切蛋糕时父亲才姗姗而至，二伯忙完另一摊应酬也赶过来了，来了依旧开导父亲："又是单位有事找你？还是听我话辞职算了，到我这儿干多干少还不随你？"

父亲老样子，依然拱拱手，但说出来的话却让大家耳目一新："我这样子去你公司，你不嫌丢人？"

二伯哈哈一笑："儿不嫌母丑，子不嫌家贫，你是我三弟，我嫌你什么！再说，你这腿是为了我家三枪才做下的毛病，我要嫌你还是人吗？！"

父亲没笑，说："我下了海，你不怕我踩翻了你的船？"

二伯又笑，笑完还当着这么多晚辈的面，用手去摸父亲的瘸腿："没事，我的船大，就你这腿脚，怕你有这个心也没有这个劲道！"

大家都笑，笑的时候恐怕谁也没有料到，几天之后，父亲真的辞去了公安学校的职务，一瘸一拐地走进了百万经贸公司刚刚盖好的大楼。

父亲的辞职，让保良又有了新的失落感，他和他的大哥李臣、二哥刘存亮谈起这事，兄弟三人都是齐声遗憾。保良在他的两个兄弟心中一向被视为警门虎子，保良的父亲即使因残调到警校，仍被他们视为瘸腿神探。现在父亲忽然脱了警服成了一个平头百姓，不光保良自己，连李臣和刘存亮都有点儿不大习惯。

那一天他们三人说好要去网吧上网的，可这个消息弄得保良情绪低沉，李臣和刘存亮也就没了玩儿兴。他们在保良家后门山丘上的一座废砖窑里长吁短叹，灰心丧气地展望着各自迷茫的未来。那座山丘直通保良家的后门小巷，平时鲜有人迹光顾，便成了他们三人密晤的据点。他们常在这里纵论天下，说完乔丹和萨达姆之后，也要议论一阵学校里的女生，对好看的女生在三人之间做出并无效力的分配，只为过过一时嘴瘾。

不过说到女生，保良这天变得心不在焉。他从九岁开始暗恋一个喷火少女，直至今日才发觉异性于他，全都可有可无，父亲未老先衰的面容和对他的谆谆寄望，才是压在他心头的一座大山。而且没用多久保良就发现，父亲每换一次工作，性格就有某些改变，不是变得更好，而是变得更坏。父亲自从去了二伯的公司之后就变得更加沉默，常常一个人坐在卧室里，整个晚上一声不吭，弄得母亲和保良姐弟在自己家里也噤若寒蝉，说话全都小心翼翼，如耳语一般。

保良年少，对一切外界的事物尚懵懂，但他总是隐隐感觉，有什么不好的事情即将发生。

在父亲辞职的那天夜里，保良梦见了那个喷火的女孩。那女孩冲他深情凝视，眉宇间英气勃勃飒爽依然。保良鼓起勇气与之亲近，但不行，他稍一近身那女孩便口喷火球，弄得保良止步躲闪。他们彼此相跟，若即还离，行走很远，竟然走进了保良的家里。那女孩突然变成了保良的姐姐，姐姐居然也能口喷烈焰。保良惊恐地喊叫起来，因为他看到姐姐将一团火球喷向父亲，父亲被赤焰笼罩，吼声震天！保良在梦魇中听到了母亲的哭声，姐姐也凄惨得泪流满面。保良也哭了，但他哭不出声音，只能徒劳无力地拼命干号。

早上醒来，保良发现自己不仅汗湿枕被，而且神殚力竭。他下床后的第一件事就是跑到姐姐的房间去看姐姐。姐姐正在梳头，一脸笑容，一脸红润，见他进来，还问："保良，你怎么脸色这么白呀，是不是生病了？"姐姐用手去摸保良的额头，说不热，又说怎么都是汗，还不快去洗洗脸！

保良就去洗了脸。

吃早饭时他又偷偷看父亲，父亲板着脸喝着粥，与往日并无大异。保良的余悸这才渐渐平息下来，心想幸亏梦是假的。

吃完饭，父亲到二伯的公司上班去了。保良和姐姐也一同离家上学。保良的母亲本来在市公安局幼儿园里当老师的，父亲腿残之后就辞了职专门照顾丈夫以及年纪尚小的儿子。保良姐姐上着大学，家务活肯定指不上她了。

保良早听姐姐说过，母亲在嫁给父亲之前，也是富人家里的大小姐呢。

姐姐小时候随母亲回过一次外省的姥姥家，印象已然模糊不清，据说母亲的嫁妆里有好多名贵首饰，以前为了抚养姐姐和保良，后来又为了给父亲治病，卖得差不多了，只剩下一副白金耳环留着没动。那对耳环的箍上，还各镶着一粒真钻，一看就知道是个值钱的东西。母亲只在逢年过节的时候才肯拿出来戴戴，平时都收在柜子里，也不给孩子动的。

保良的姥爷姥姥，以及爷爷奶奶，保良都没见过。除了二伯，保良不知道他家还有什么亲属血缘。

保良家住在鉴宁市西的鉴河边上，房屋虽然老旧了一些，但前后依山傍水，环境优美。房子是市公安局分下来的，保良父母都在市局工作，又主动没要新建的宿舍，所以分给他们的这个院子，实用面积比父亲这级干部应分的明显要大。保良母亲是个勤快女人，当了专职太太专职妈妈之后，更是把家里收拾得一尘不染。连这两年越住越高级的二伯来了，也连连赞不绝口，说"三弟你这小家真是舒服，真是家有万贯不如家有贤妻"。父亲说："我这蓬门敝户，跟你那豪宅怎么能比。"二伯说："住我那宅子像住饭店，住你这院子，才像回家，有家的味道呀。"保良觉得，二伯这话真是实话实说，他去过二伯家里，坐哪儿都觉拘束，而回到自己家里，每个角落都让人轻松。保良唯一不满的是他家前门那条巷子，窄得有些过于寒酸，车子肯定是进不来的，二伯来也只能把那辆大奔停在巷口。除了二伯的大奔之外，这条巷口大概从未停过其他上档次的车子。二伯的大奔让保良一家在这条巷子里成了受人瞩目的人物，都知道陆家的家长不仅是个警察，而且还有个特别体面的亲戚。

李臣和刘存亮家也都住在这条巷子里，不时停在巷口的大奔和保良父亲的那身警服一样，都是让他们对保良肃然起敬的原因。保良虽然排行老三，但说话的分量如同老大一般。保良受父亲影响，也不爱言语，和李臣、刘存亮在一起时，多是听他们白话，但他听罢是否点头认同，则是李臣和刘存亮竞相争夺的表情。

在这条巷子里，陆家还有一个值得被另眼相看的理由，那就是保良的姐姐。姐姐漂亮得就不像能从这条巷子里走出来的女人，每当她穿着二伯赠送的名贵衣服从各家各户的门窗前轻盈地走过，整条巷子的男女老少都会羡慕得闭气息声。

这天早上和往常一样，保良和姐姐一起走出巷子。他能感觉到身前身后无数眼睛惺忪未醒，却能在姐姐的脸上身上擦出火星。那些偷窥的目光让保良既骄傲又厌恶,姐姐则昂首挺胸,视而不见,习以为常。

在巷口分手之前,姐姐叫住保良,她的表情从这个时刻开始,有些不大一样。

姐姐说:"保良,你帮姐往学校打个电话行吗?"

保良说:"干吗?"

姐姐说:"你帮姐请个假吧,就说我生病了。"

保良说:"你生病了?"

姐姐说:"没有,姐今天有事,你就说我生病了,从昨天就病了。"

保良说:"你昨天也没去吗?"

姐姐掏出那只银光闪闪的诺基亚手机,一手递给保良,一手亲热地去摸保良的头发。保良早对姐姐的手机垂涎已久,但姐姐对手机也正在新鲜头上,总藏着不让保良染指。当然,只要姐姐有事求他,哪怕没有这只手机的吸引,这个电话保良也会打的。

保良兴奋地接了手机,按照姐姐的交代,给她的一个老师打了电话。老师问"你是陆保珍的什么人呀",保良说"我是陆保良,是我姐的弟弟"。老师说"你爸爸妈妈在不在呀",保良看着姐姐的手势,说:"我爸爸……不在,我妈妈……也不在。"老师说:"你姐姐什么病啊,要紧吗,要不要我们去家看看?"保良捂了电话问姐姐:"他们要来看你,让他们来吗?"姐姐说:"你傻呀,你就说我上医院了,病也快好了。"保良就对着电话答复:"我姐上医院了,病也快好了。"

打完电话,保良恋恋不舍地将手机还给姐姐,眼睁睁地看着银光一闪,手机便回到了姐姐那只精巧的手包里。姐姐说:"别跟爸说。"保良问:"跟妈说吗?"姐姐笑笑:"跟妈也别说。"保良仰头眯眼,迎着早上的太阳看着姐姐，姐姐背光的面孔模糊不清。姐姐说："你还傻愣着什么，还不快上学去，小心迟到。"

保良就上学去了。

这本应与往常同样平静的一天，被姐姐的诡秘逃学无端搅乱。保良上课上得心不在焉，老是琢磨前几天夜里的怪梦和姐姐的行踪之间恍惚似的的因缘。姐姐已经有两天没去学校，虽说大学不像中小学管得那么严吧，可两天平白无故不去上学，姐姐究竟去了哪里？

那天晚上姐姐很晚回家，早已吃完晚饭的父亲疑惑地看她，姐姐忙说学校里的学生会有活动必须参加，筹备演讲比赛什么的。母亲张罗着给姐姐热饭，姐姐说和同学一起吃了。姐姐说话的时候扫了保良一眼，和保良的目光碰了一下便快速移开，随即转身进了自己的卧室。

保良也进了姐姐的卧室，听见父亲在身后厉声问他："保良，你不做作业又去和姐姐闹什么？"保良说："我有道题要问一下我姐。"

保良反手带上姐姐的房门，当然没问姐姐课题，而是问："姐，你白天干吗去了？"姐正坐在梳妆镜前端详自己，转身笑笑，摸摸保良软软的头发，然后把包里的那只银色手机拿了出来，放在保良手里，姐姐说："别问那么多了，以后告诉你。这手机里有好多游戏，你玩儿吧。"保良马上放弃了所有疑问，接过手机玩了起来，让姐姐教他怎样打开游戏，然后又问："可以拿走玩儿吗？"姐说："就在这儿玩儿。"保良就坐在姐的床上玩开了游戏，直到父亲又在外面大声喊他。

第二天保良上课，心里还想着姐姐的手机，不知何时自己也能拥有，也能拿到学校，在课间休息时拿出来给家里拨个电话，让全班同学看了眼晕。在课间休息时李臣和刘存亮过来找他，跟他说起昨晚电视里的球赛，对中国队逢韩不胜大发感慨。李臣、刘存亮找保良来说足球也是投其所好，因为保良是校队的"板凳"。当板凳不是因为保良踢得不好，而是因为他有怯场的毛病，练球时脚下生花，一上场脚就成了漏勺。但教练说过，保良意识好。什么是"意识"保良也不全懂，但已经能在李臣、刘存亮面前拿出"意识好"的口气来了，他说："这有什么奇怪的，我早知道中国队胜不了。"刘存亮马上附和："没错！"李臣也跟了句："我也知道。"三人便没话了。

上课铃响，三人分手。刘存亮说："哎，保良，我有件事正想和你说呢。"保良问："什么事。"刘存亮说："放学再说吧，放了学在老地方等。"保良说："行。"

老地方就是那个废砖窑。

保良放学回家，见父亲还没回来，放下书包就往外跑，母亲在身后喊他："保良，该换衣服了，换下来我好洗！"保良说了声等会儿！人已跑得无影无踪。

这时的保良，已经快步穿过后门的小巷，这小巷平常不走人的，窄得只是墙与墙之间的一条夹缝。出了巷子就能看到那座矮小的山包和山包上那个巨大的废窑。那废窑就像一个五官都成了洞窟的骷髅，死模怪样地被遗弃在荒丘之侧。保良三人结义，号称鉴宁三雄，可三雄当中过去没人胆敢单独涉足于此。所以，三年前他们结拜之后决定的第一个行动，就是对这座外强中干的砖窑实施占领。征服这里于他们来说，无疑是人生的一场重大战役，因为这座荒芜的窑窟在他们的胆量面前，一直是个貌似强大的堡垒。

保良登上山包，走进砖窟，时间尚早，刘存亮肯定尚未赶到。夕阳从废窑的几个洞口同时射入，散漫着雾一般的华丽光芒。整个白天，只有这时才有最多的阳光能够照进窑内，窑壁上的斑驳与焦灼纤毫毕现。夕阳也同时制造了巨大的阴影，使窑内的残墙断垣万般狰狞。保良那一刻忽然心跳加快，不是因为那些司空见惯的阴影和光线，而是，他似乎听到窑内某个角落，有人正在低声交谈……保良停下脚步，谈话声立刻变得更加明显，虽然听不清任何一个确切的字眼，但完全可以肯定他没有听错，那的确是两个人压着嗓子在进行一场急促而机密的交谈。

保良和他的兄弟，利用这里接头碰面已有三年之久，还从未遭遇过外人入侵。保良想跑，又怕逃跑反而会惊动窑里的人。他在原地站了片刻，不知为什么双脚又向前移。他蹑手蹑脚地转过一段焦黑的断墙，悚然发现说话的声音就在耳边，他从一个梁柱的侧面看到半张面孔和那半张面孔对面的一个宽阔脊背。当认出那半张面孔后，保良嗓子里憋住的气忽地一下泄进了肚子，但在那宽阔的脊背转过来的瞬间，保良又情不自禁地打了一个冷战。他看到了父亲惊愕的面孔，他自己的面孔也许同样惊愕，他不明白父亲和小于叔叔为什么不在他家的客厅，而要把这个不见人迹的荒窟野窑作为见面谈话的地点。

那一天与刘存亮的接头因与父亲的遭遇而被迫流产。第二天上学，刘存亮一见保良便满口抱怨："昨天你怎么没去呀，今天放学别忘了去，我真有事告诉你呢。"保良没作解释，默默无话。放学时他等在学校门口，见刘存亮与李臣一起出来，便迎上去，说："以后咱们别去砖窑了，要见面另找个地方得了。"李臣说为什么呀，砖窑挺好的。保良未答，转向刘存亮，问："你到底有什么事啊，有屎快拉，有屁快放。"刘存亮说"你先说为什么不去砖窑了"。保良闷了片刻，说："昨天我在那儿碰上我爸了，他也约了人到那儿去谈事情。"李臣刘存亮顿时面面相觑："你爸！在那儿谈事？"保良不再纠缠这个疑问，转脸又问刘存亮："你说吧，什么事？"刘存亮这才说道："昨天我看见你姐了，我看见她跟一个男的，坐着一辆宝马！"保良一怔："跟一个男的，坐一辆宝马？"刘存亮说："对呀，从市府大街哗一下开过去了。"保良说："不可能！"刘存亮说："骗你是小狗！"

保良这才发现，他的家，他本以为自己了如指掌的家，原来充满了秘密。就像他背着家长认了两个兄弟一样，他的父亲和姐姐，其实也各有不愿示人的隐私。没有任何秘密和隐私的大概只有母亲，母亲每天在家尽心操劳，也许连做梦都离不开她的丈夫和一对儿女。

二

　　鉴宁三雄结拜时唯一的盟约，就是兄弟情义重于一切，所以保良刚一开口求助，两位兄长全都慨然应允。他们为保良设计了一个行动计划，并且为自己也能制造秘密而激动万分。

　　根据行动计划的部署，他们三人分别在保良家的巷口和鉴宁师范学院的门口对保良的姐姐实施蹲守和跟踪。只要姐姐一出家门，保良就打电话给两个弟兄，李臣和刘存亮就会立即蹿出家门，到预定的地点隐蔽守候。

　　行动进行的当天就有战果，李臣发现果然有一辆宝马去了鉴宁师范，保良姐姐甫一下课就被接走，虽然没见到开车男人的面容，也不知他们去了哪里，但至少证明刘存亮所言确实不虚。

　　第二天，李臣从他姨家借来了一台老式的家庭用摄录机，还是在鉴宁师范学院的门口，拍到了那辆神秘的宝马，居然也拍到了那个男人。因为保良的父亲随二伯去省城看项目去了，所以他们放心大胆地重返了他们原有的领地，并在那座暂时无人入侵的废窑里，在那台摄录机的小屏幕上，看到了那辆威风凛凛的车子和那个鬼鬼祟祟的男人。尽管是远景拍摄，尽管图像抖动模糊，但保良还是能从轮廓动作上，一眼认出了那人是谁！

那个男人，就是二伯的儿子权虎。

这天晚上保良回家后姐姐还没回来。保良对母亲说要去同学家对作业，吃完晚饭便出了家门。他在巷口的风中一直守到夜里快十一点了，才看到那辆在镜头里见过的宝马出现在街口。那辆车在他家巷子不远的路边停下，但没人下车。在这条夜深人静的狭窄的马路上，这辆全身黑亮的车子，俨然是个不怒自威的庞然大物。

保良从藏身的一个门洞里悄悄走出，一直走到车头的前方，十三岁的保良个子很矮，目光与车前玻璃恰好平视。借助街边昏黄的灯光，他清楚地看到姐姐与权虎抱在一起，嘴对嘴地亲着对方。这一刻保良说不清心里的感觉，究竟是失落还是伤心。他的姐姐，和他一起长大，朝夕相伴，感情最深的姐姐，如今却抱着别人，样子比他还亲！

权虎看见保良了。

让保良气愤的是，权虎看见他后并没松开姐姐，仍然抱着姐姐不停吮吸，而且还冲他笑呢。姐姐大概从权虎的表情上发现了什么，疑惑地抬起头来，这才看到了站在车前的保良，也看到了保良难过的目光。

那天晚上保良很久不能入睡，半夜三更听见姐姐推开了他的房门。姐姐坐在保良的床上，像往常一样用手摸着保良的头发，脸上微微笑着，眼里却含了一点儿泪光。她的声音像耳语，把保良受伤的心慢慢温存，她说："保良你应该替姐姐高兴，除了咱爸咱妈，你就是姐姐最亲的人了，姐姐有了男朋友，你应该替姐姐高兴啊。姐姐以前那么疼你，你现在也该疼疼姐了。"

保良翻身背朝姐姐，没有吭声，但他的心却开始转向了姐姐，那一刻他觉得自己和姐姐已经融为一体，姐姐的喜怒哀乐，就是他的喜怒哀乐。他把背脊给了姐姐，是因为怕姐姐看见他脸上知错的表情。何况，姐姐的男朋友是他熟悉的权虎大哥，权虎大哥对保良一直不错。

从那以后，保良就成了姐姐和权虎的同党。权虎生得精瘦，却喜爱姐姐这样发育丰满的女孩。姐姐之所以瞒着家里，是因为权虎还没跟他父亲谈好。权虎幼年丧母，靠父亲养大，生活中事无大小，一概遵从父命。而父亲是否愿意接受结拜兄弟的女儿成为权家的儿媳，权虎还未敢开口问过。在这段热恋秘而不宣的阶段，保良就成了姐姐与权虎彼此联系的工具，为他们穿针引线，为他们传情达意。姐姐跟权虎吹嘘过她妈妈包的饺子特别好吃，权虎说再好吃也不可能有我们百万豪庭大酒楼的好吃。姐姐就哄着母亲包了饺子，然后悄悄拿了些让保良去百万豪庭交给权虎，并且非让保良看着权虎当面吃了，吃完表示信服才罢。权虎也让保良拿了百万豪庭烹好的三只鲍鱼给姐姐和"三叔""三婶"带去。当然，他在保良离开酒楼之前，已经让他趁热吃了一只。保良已经多次吃过这种澳洲鲍鱼，而且都是在这座百万豪庭大酒楼里。起先保良只知道鲍鱼好吃，不知道鲍鱼贵的可以卖到两三千元一只，便宜的也要卖到三四百元一只。他给姐姐带回来的那只鲍鱼，姐姐也只吃了一半，另一半还是让给保良吃了。

姐姐说："鲍鱼最有营养，你吃了好长身体。"

父亲的那只后来也给保良吃了。父亲听说鲍鱼补脑，让保良多吃一点儿好好学习。母亲那只保良实在吃不下了，母亲就留到次日切碎了炒菜，菜的味道果然比以往要香。

姐姐的爱情，尽管一直不事声张，悄悄进行，但没过多久还是让母亲察觉到了。母亲真是太在乎女儿了，女儿的一颦一笑，一举一动，全都逃不过母亲的眼睛。这也不足为怪，初恋的少女，脸上的颜色、嘴边的笑容、脚步的节奏、说话的声音，全都在变，变得与常态迥然不同。

母亲历历在目，由怀疑到确定。她没去盘问姐姐，而是把保良叫到一旁，连逼带诱，几个回合就将保良瓦解，不仅供出了姐姐的恋情，而且交代了自己同党的身份。母亲听了，没有说话，没有继续追根问底，也没有大发雷霆。母亲只是眼圈一红，然后挥手让保良出去，母亲说："我知道了，没事了，你玩去吧。"说完转过身去，去叠床上洗好的衣服。

母亲的反应让保良和姐姐都很吃惊。姐姐顾不上责备保良就去敲了母亲的房门。她说："妈，权虎想请您去他那里吃饭，跟我讲了好几次了。"母亲眼都不抬，说："我不去。虽说你爸和他爸是拜把子兄弟，可咱们毕竟是两家人啊，人家的饭，哪能随便去吃。你爸现在又帮他爸做事，咱们更要懂得规矩。"姐姐干站了一会儿，推保良："保良，你先出去，姐跟妈谈点事情。"保良就出去了。他知道姐姐必须在父亲出差回家之前，把一切向母亲说清。

尽管父亲从不轻易训斥姐姐，但姐姐一向很怕父亲。母亲总是唠叨姐姐，姐姐却和母亲更亲。保良听见姐姐和母亲在屋里嘀嘀咕咕谈了很久，但姐姐走出房门时的脸色，说明结果还算称心。母亲答应姐姐，这件事情由她向父亲禀告为妥，但母亲也要姐姐答应："你二伯家可以不论富贵贫贱，咱们陆家不可不论。权虎如果真的爱你，一定要他权家正正经经提出来才行。咱们陆家可以不要一分钱聘礼，但必须要他权家的明媒正娶！"

这天晚上，母亲真的跟着姐姐去了权虎的百万豪庭，在饭间当着权虎和姐姐的面，自然，也当着保良的面，把这个要求说得清楚而又坚决。权虎自是满口答应，说"那还用说，那是当然"。但母亲也听得出来，至少在那天晚上之前，权虎的爸爸权力和陆保珍的爸爸陆为国其实一样，对这场儿女之情显然一无所知。

但无论如何，那天晚上从百万豪庭回到家中，姐姐脸上始终挂着幸福的笑容，那份兴奋和轻松是藏都藏不住的。保良钻到姐姐屋里，看到姐姐又照镜子。镜子里的姐姐，被几口葡萄酒和太阳般的爱情刺激得面色嫩红。二十岁的姐姐比电视里的明星还要好看，脸上的皮肤五官，秀丽而又周正。走在鉴宁的街上，这样标致的女孩几乎是看不见的。谁能知道，一个如此完美的女孩就藏在这条平凡的小巷深处。保良为他自己，也为他家的这条巷子，感到无比骄傲，甚至也为要娶姐姐为妻的权虎感到无比光荣。

保良问姐姐："姐，你高兴吗？"

姐说："高兴，你呢？"

保良说："我也高兴。"

保良又问："咱妈高兴吗？"

姐说："高兴。"

保良说："那妈干吗要哭？"

姐说:"没有啊。"又说:"自己的孩子,养这么大了,这一下要走,哪有不心疼的?"

保良忙问:"姐,你要走?"

姐姐笑笑,又用手来摸保良的头发,她说:"就跟咱妈一样,嫁到陆家,就是陆家的人了。将来姐姐要是真嫁过去,就是权家的人了。"

保良听了,半天没有回声,眼圈忽地一下,也红起来了。

两天之后,父亲回来了。

父亲是跟二伯一起坐飞机回来的。保良跟了姐姐一起,坐了权虎的宝马去机场迎接。

去机场接他们的还有一大帮人,穿西装穿牛仔的五花八门,据说都是在二伯手下干事的经理,所以当二伯一出现在接机大厅,就立刻被前呼后拥包围起来,口口声声都喊:"权总!""权老板!"一时搞得八面威风。

二伯和跟他一起回来的干儿子权三枪被那一大帮人簇拥着往大厅外面走去。保良和姐姐,啊,当然还有权虎,一起过去接了父亲手中的箱子。父亲一瘸一拐走在后面,看上去有些形影孤单。

但父亲看到保良姐弟过来便露出了笑容。这笑容父亲在家时已极为少见。这笑容一直保持到权虎用大宝马把保良一家三口送到家里之后,保持到母亲关了卧室的屋门跟父亲如此这般地低语之前。

在保良和姐姐去机场接父亲的时候,母亲就动手做好了晚饭。保良和姐姐一起把饭菜摆在桌上,等着父母谈完出来。保良看得出来,姐姐一边摆放碗筷一边留意着父母卧室的动静,弄得连保良心里都有些忐忑不安。

终于，卧室的门打开来了，父亲和母亲相跟着走了出来，一言不发，坐下吃饭。整个晚饭被父亲的沉默搞得重压难忍，保良偷偷看看母亲，母亲的面孔也像霜打一般。

饭毕，母亲叫保良到厨房帮她洗碗。父亲和姐姐都留在客厅的桌前。虽然母亲有意关上了厨房的房门，但保良还是很快听到客厅那边言高语低地争执起来。

出乎保良和姐姐的意料，显然，也出乎母亲的意料，父亲不同意这门亲事，而且态度极其坚决。

父亲的理由是：他现在和二伯在一个公司工作，两家联姻多有不便。姐姐说："那你和我妈结婚时也是一个单位的，你们怎么就没有不便？"父亲反驳道："我和你妈只是一个大单位的，平时根本见不着面，你妈和我也没有领导与被领导的关系，可小单位就不同了。我现在又在权力手下干事，以前他是我二哥，现在他是我老板，你和他儿子有了这层关系，我在公司里很难做人！"姐姐说："可你也得为我们想想，我爱权虎，权虎也爱我，我们已经分不开了。"父亲的口气非常委婉，立场却极端强硬："分不开也得分开，爸爸养你这么大了，就这么一件事要你尊重爸爸，你都不肯吗！"

姐姐哭了，哭着跑出家门。当然，保良猜得没错，她是去找她的权虎哥了。这天晚上，权虎也把权家的意见告诉了姐姐。在姐姐与父亲发生争执之前，权虎已经获得了父亲对这场爱情的首肯。

权虎对陆家的态度自然深感不解，当晚就要随姐姐回家找她父亲理论，幸被姐姐挡住了。姐姐说："还是让我自己先做我爸的工作吧，他就是那个脾气。其实我爸真正在乎的是我弟。我是女孩，女孩迟早嫁鸡随鸡，嫁狗随狗，我再去求求我爸他不会硬不同意的。再说这都快到 21 世纪了，父母也不可能干涉儿女的婚姻自由啊。"

那天晚上姐姐一回来就敲开了父亲的房门，还没进门她就双膝一跪，两行眼泪往下一淌，哭着说："爸，您就成全了我们吧。我以后就是嫁到天涯海角，我都是您的女儿，我一辈子都会孝敬您的。"父亲坐在床上，闷着无话。母亲披衣出来把姐姐扶进去了。保良站在门边溜着缝看，姐姐都这么哀求了父亲还能心不软？

父亲闷了很久，终于开口："保珍，你还小，还不懂事，你不知道这种门不当户不对的两家人，结了婚以后会有多少麻烦。我们做长辈的，比你有社会经验，所以在这种大事上，必须为你做主。我就你这么一个女儿，我和你妈都不愿意看到你今后生活不幸……"

姐姐打断父亲，她抱着父亲的双腿，哭道："爸，只要您同意，今后的路我自己走，摔多大跟头我认了，摔了我自己再爬起来。"

父亲说："你自己爬起来，你爬起来不还是要回你的娘家来？所以这事不光涉及你一个人，也涉及我和你妈，涉及咱们全家，我们当然有权发表意见。"

姐姐说："我摔倒了我不回来还不行吗？我有多大事我都不再求你们了还不行吗！我只求你们答应我和权虎好。以后我保证，我们就是沿街要饭都不到咱家门口来要！"

父亲的话却就此打住，不想再和姐姐争执下去，他转脸对保良的母亲说道："你先带保珍回她屋吧，今天晚了，这事今天先不谈了。"

母亲弯腰，要拉姐姐起来，姐姐的身子往后一退，坐在了地上，她哑着哭坏的嗓子，说："爸，您要是非不同意，我只有跟着权虎走了，如果权虎他爸也不同意，我们明天就离开鉴宁！"

姐姐这个毒誓发的，让父亲脸色涨红，让母亲眼圈发红。母亲对父亲说："你就答应她吧，女儿嫁人这是好事啊，怎么话都说成了这样，咱们女儿要是真跟人私奔了，咱们丢不起这份人啊……"

保良看到父亲脸色迅速由红变紫，一拍床板站了起来，他冲姐姐颤声吼道："你要嫌这个家妨碍你了你就走，你就别当我是你父亲，你也别要你妈你弟弟了，你说出这种话来，你还有没有良心……"

父亲的怒吼和姐姐的抽泣，至此全都戛然而止，保良冲进门去，因为他看到父亲的身体趔趄了一下，脸色忽然由红变白，白得就像涂上了一层厚厚的脏蜡。母亲和姐姐也都吓坏了，都去扶父亲，扶着他在床沿坐下。母亲显然感觉到了父亲手上异常的冰冷和剧烈的脉跳，她慌慌张张地让姐姐去打电话叫急救车来。父亲有高血压、高血糖，心脏也曾经犯过病的，这些病让母亲犹如惊弓之鸟，稍有征兆就如临大敌。这天夜里他们把父亲送到医院后，医生给他开了床吊上了药瓶，才对母亲说："你们幸亏送得及时，要不麻烦可就大了。"

第二天权虎带着权三枪来医院探望父亲，他们带来了一大堆水果和一大篮鲜花，代表二伯问候病情。并且马上叫医生把父亲从急诊室的观察间搬到了一个正规的单人病房里。当然，父亲病着，权虎和姐姐谁也没再提起他们的事情。父亲也没提。彼此之间，大家都是一脸客气。

权虎他们走后，吃过午饭，父亲就要下床出院。母亲说："你在医院住两天吧，权虎刚才给保珍钱了，保珍到收费处替你交住院费去了。"父亲说："咱们家又不是没钱，干吗要收权虎的钱？！是不是非要做出一家人的样子来逼我同意？"母亲说："你讲话不能总这么难听，人家看你病了，是表一下做晚辈的心意。"父亲命令母亲："你去叫保珍不用交住院费了，她要不想让我再犯病就去把钱还给权虎，我出院回家躺一天就好。"

母亲怕父亲再犯病，不敢违拗，急急地出了病房找姐姐去了。父亲让保良搀着下床，让保良这就搀他回家。保良说："不等我妈我姐了？"父亲说："咱们先走，不等了。"

保良也不敢多话，扶了父亲出门，在医院门口叫了一辆出租汽车，刚一上车父亲就用手机给什么人拨打电话，和那人约了地方说有事要谈。于是，车子半路转弯，没往保良家去，而是开到了离保良家不算太远的群众体育馆，在那里保良见到了父亲约来的那个人。

那人不是别人，又是父亲原来的同事小于叔叔。

父亲给了保良十块钱，让他到一边玩儿沙壶球去。父亲当刑警时带保良来这里玩儿过沙壶球，不过那次玩儿是免费的。

保良就去玩沙壶球了。

保良玩着沙壶球，眼睛却是瞄着父亲的。因为他能感觉到，在这个轻松热闹的体育馆里，父亲和于叔叔的表情都不轻松。父亲情绪激动，说话时连肢体都会夸张地用力。保良几乎可以肯定，他们是在说姐姐的事情，在说姐姐的婚事。现在除了这件事能让父亲如此激动，还有什么事呢？

小于叔叔——其实也不小啦——先是平静地听，然后参与到对话中去。他的表情时而平缓时而激烈，有一刻保良看到，他差点和父亲吵起来了，但又马上压住。他们即便是争吵也全都压着声音，并且不时环顾左右，一副生怕隔墙有耳的样子。除了从表情动作上能感受到他们彼此的分歧，他们的谈话保良一句都无法听清。

保良心里很乱，乱得没了玩兴，尽管他以前对沙壶球曾极度着迷，但此刻每个球都被他推得方向错失。几个中学生模样的人过来问他："你还玩儿吗，你还玩儿多长时间？"虽然保良已经交了半个小时的钱，但他说了句"不玩儿了"，便离开球台向父亲走去。这时父亲和小于叔叔似乎已经达成了某种一致，父亲安静下来，闷着面孔听小于叔叔如此这般地解释着什么，劝说着什么……看见保良过来，父亲中断谈话，皱眉询问：

"保良，你怎么不玩儿了？"

保良说："不想玩儿了。"

父亲说："是不是他们抢你的台子？"

保良说："没有，我不想玩儿了。"

父亲说："怎么不想玩儿了？"

保良没有回答，小于叔叔说："老陆，那就这样吧，你身体有病，先带儿子回去，这事就这么办吧。回头我等你电话。"

父亲说了句"好吧"，小于叔叔便和保良打了个招呼，匆匆地走了。在父亲的提醒下，保良冲他的背影追了一声："于叔叔再见！"

保良跟着父亲回家，路上父亲始终在想问题，始终没和保良说话。

第二天，父亲跟二伯告假，说要上省城看病去。二伯在电话里说："上省城干什么，干脆上北京去看，我帮你找个大医院，你是看心脏还是看什么？"父亲说："朋友帮我联系了省城的一位老中医，我这病，不能头疼医头脚疼医脚，还是得找中医综合辩证地调理一下。"二伯说：

"那要不要跟个人啊，要不让三枪陪你一趟?"父亲说:"不用了，我让我女儿陪我去就行。"

父亲带着姐姐走了，去了省城。

照理，该由母亲陪父亲去省城的，可父亲偏偏让姐姐陪他。

姐姐陪父亲去省城看中医的第二天，权虎来看望母亲，给父亲带来些降压强心的补药，又托母亲转达他的问候。权虎还带来一台 IBM 的台式电脑，最新款的，让人安装在保良的屋里。这是保良拥有的第一台电脑，而且比学校里和任何网吧里的电脑都高级多了。母亲死活不收，权虎死活让人安上，还让安电脑的师傅教保良学习怎么使用。母亲看着保良眉开眼笑爱不释手的样子，终于没再逼权虎把电脑拆走。

姐姐陪父亲去省城看中医了，一连三天，保良一放学就泡在那台电脑前废寝忘食。他完全没注意到三天以来，父亲始终没给家里打过一个电话，报过一声平安。

三天之后，母亲有些着急，打父亲的手机，手机是关的。母亲让保良去问权虎，看权虎有没有接到姐姐的电话。权虎说没有接到，这两天他一直拨打姐姐的手机，可姐姐的手机也是关的。

第四天，母亲急得几乎要报警了，父亲的电话在这时打回家来。一听到父亲的声音，母亲悬着的心一下落地，可父亲电话中的语气却是万分的焦急。

父亲问母亲:"保珍有没有回家，有没有往家里打过电话?"母亲慌了，慌得口吃起来:"没，没有啊，保珍不是跟你在一起吗?"父亲说:"保珍不见了，我打她电话，手机也关掉了。"

姐姐失踪了。

母亲想到的第一个人，就是权虎。

她让保良陪着她到百万豪庭大酒楼去找权虎，可权虎听到姐姐失踪的消息也同样大吃一惊："没有啊，她没有给我来过电话，她走以后一次都没跟我联系过。"二伯闻讯也赶过来了，和父亲又通了电话。据父亲说，他们住在省城火车站附近的一家旅馆里，第二天去看了医生，昨天去街上逛了逛，今天一早起来，姐姐就不见了。原以为她又出去逛街了，父亲还生气了一个上午，到午饭时还不见姐姐回来，才疑心出了意外。二伯又厉声追问权虎是否知道姐姐的下落，权虎赌咒发誓，坚称不知。保良和母亲都相信权虎的表情不是装的。于是，二伯建议父亲别再等了，应当马上报警！

于是，父亲在省城报了警。

母亲和权虎当天晚上也赶往省城去了。两天后二伯也赶过去了，据说二伯在省城有不少关系，在公安局、公安厅也有不少熟人。

两周之后，父亲和母亲一起从省城回来了，回来时两手空空。虽然二伯在省城托了不少关系，点了不少钞票，但姐姐还是生不见人，死不见尸。母亲天天流泪，什么事都干不下去，家里又脏又乱，前所未有。保良也哭了两场，但他看到父亲没哭，而且还一个人到厨房去找吃的。在父亲那照例沉默的表情里，保良看不到应有的悲伤。没有人留意保良看父亲的眼神，连父亲本人也不会察觉，一个刚满十三岁的孩子，眼神中的疑惑究竟意味着什么。

父母回来的第二天，晚上，天还没黑，母亲不想做饭，拿钱让刚刚放学的保良去巷外饭馆买些饭菜回来。保良买回饭菜，又帮母亲收拾餐桌摆好碗筷。母亲满目憔悴，有气无力地对保良说："去，喊你爸过来吃饭。"保良去了父亲的卧室，卧室里没人，又去卫生间找，卫生间也空着，但卫生间旁边的后门却半开半掩。保良从后门探头出去，隐约看到那条夹道般的小巷端口，父亲的影子一闪。保良叫声："爸!"小巷里只有空洞的回声。保良犹豫了一下，顺着窄巷寻踪而去，出了巷口不见人迹，只有坡地上那座庞然大物般的废窑横亘眼前。保良不知为什么竟下意识地放轻了脚步，做贼般地摸到了废窑跟前，他忽然听到窑里传来笑声，那笑声让保良心惊肉跳，因为他几乎可以断定，那轻松笑着的家伙，就是父亲以前的同事小于叔叔。

保良心口突突跳着，踮着步子慢慢往前，尽量不让脚下发出一点儿声音。他终于看到了于叔叔。于叔叔嘴角的笑纹，这时尚未收净，在那副轻松表情的对面，是一个微驼的背影，那瘦削却又宽阔的脊背上，架着父亲硕大的头颅。

也许是听到了什么动静，于叔叔的目光抬起，向保良这边扫来，保良的心脏几乎从嘴里蹦出。他不知为什么对从小相熟的这位小于叔叔，甚至对生养自己的父亲，此时竟有一种莫名的恐惧，他害怕自己真的看到了什么不可告人的阴谋，他因此而不敢正对于叔叔那道突然扬起的锐利目光，仓促间他选择了逃避，向窑口的方向亡命狂奔。

他们也发现他了!

父亲在身后叫他："保良!保良!"叫第三遍时保良停住了，但不敢回头。父亲从身后过来，问他："你怎么到这儿来了?"保良喘气喘得胸口发慌，他上气不接下气地答道："妈……妈让我……让我喊你吃饭!"

保良说完这话，仍然不敢回头。父亲说："你们先吃吧，我和于叔叔谈点事情。"

保良低了头往窑外走去,父亲在他身后又说了一句:"你和你妈先吃!"

在那之后的几天,大家还在想方设法寻找姐姐。父亲和母亲,二伯家的人,特别是二伯的儿子权虎,打电话找遍了姐姐所有的同学朋友,希望姐姐的失踪只是一场负气出走。公安局的人也来找父亲、找权虎、找相关的人员了解情况。权虎还让人把姐姐的照片登在网上,悬赏寻人。二伯也花钱在省里的报纸上登了寻人启事。快过元旦了,年头年尾,一天天临近,催得人人心急如焚。也许只有保良一人看得出来,在父亲那张表面焦急沉痛的脸上,隐含着一丝平静和轻松。尤其是在母亲哭着抱怨父亲不该干涉女儿恋爱自由的时候,父亲居然说:"我们一时见不到她,也比她跟人私奔了恨我们一辈子强!"

十三岁的保良,想姐姐想得发疯。

十三岁的保良,心里包藏着巨大的惶恐。

在寻人启事见报后的第四天,姐姐突然回到了鉴宁。

姐姐回来了,但没有回家,她用一个电话把权虎约到了他们经常相约的一个路口,并且嘱咐他不要告诉任何人。所谓任何人,当然也包括他们双方的父亲母亲。

权虎悄悄赶到路口,他在那个路口站了不到一分钟,就看到姐姐从街的对面快步跑来。姐姐跑过马路,跑向权虎,她紧紧抱住了权虎,然后泣不成声。

姐姐的归来,证实了她的"失踪"确实是父亲亲手策划的一起"阴谋"。这起"阴谋"的目的,还是为了反对姐姐执意不肯放弃的这场门第不合的爱情。

在所有人看来，父亲实在愚蠢到顶。他以看中医的名义把姐姐带到省城，又在省城找到公安方面的熟人朋友，把姐姐"软禁"在一个四面高墙的院子当中。虽然吃喝都有人安排照顾，但这是长久之计吗？你能关她一辈子吗？姐姐和父亲一起住在那院子中的一幢三层高的小别墅里，她的手机从一开始就让父亲藏了，楼里的电话也打不了长途。三天后父亲说要出去办点事情，让她等在这里不许乱跑，从此便人不见影鬼不见踪。院子里的人每天用各种花言巧语试图稳住姐姐，以致姐姐一周之后才发觉情形不对，但院子的大门始终锁着。这期间父亲给她打过几次电话，先是骗她少安毋躁，耐心等他回来，后又挑明如不放弃与权虎结婚的想法，就不让她回家。

姐姐又哭又闹，她后来才知道这院子原来是公安局的一个内部的招待点。保良后来回想，这个"计谋"肯定是于叔叔出的主意。因为父亲在去省城之前，曾在体育馆和于叔叔鬼鬼祟祟地碰面，在父亲回来之后，又在废窑弹冠相庆地接头。在他们自鸣得意的时候，也许没想到姐姐在省城的那个小院里，已被逼成困兽。

那个小院，还有院里的三层小楼，都是空着的，只有一个老头和一个中年妇女日夜守着姐姐，不许她出去，每日好言相劝，茶饭伺候，无非劝她要听父母的话，劝她在这里好好安静几天，等父亲过来接她回去。

在明白真相的第三天深夜，姐姐从三楼卫生间的窗户顺着楼后外墙的下水管子爬了下来，手和腿都蹭出了见血的伤口。当她的双脚着地后，她顾不上疼痛，向着大街的方向飞快奔逃。天亮后她用身上仅有的一点钱买了火车票回到了鉴宁，在那个只有他们两人知道的路口，见到了她的爱人权虎。

权虎马上把姐姐带到二伯那里，声称要立即与姐姐结婚。他们没有告诉二伯，这时的姐姐，其实已经怀有身孕。

二伯给出的态度非常明确：第一，不反对他们相爱和结婚；第二，他对姐姐说："我跟你爸爸是几十年的兄弟，你嫁到权家来，你爸必须有个态度，哪怕他到我这儿来点个头，也就算数。他不同意，你们就不能办结婚手续。你们别让我们做老辈的，为你们伤了和气。"

二伯的态度与其说是支持，不如说是反对。

姐姐和权虎决定私奔。

保良是从父亲接到一个电话的反应上，知道了姐姐已经回到鉴宁。父亲接了那个电话后，马上打电话给权虎和二伯，追问姐姐的下落，打给权虎的电话是权三枪接的，说权虎不在，搪塞过了。二伯则在电话里向父亲通报了儿女的想法，并把自己的立场做了复述。在他们通话之后，双方家庭都在寻找各自的儿女，但姐姐没有回家，权虎也不在酒楼，两个年轻人摆出了一副人间蒸发的架势，以争取他们相爱的权利。

保良这才看到，父亲真的急了，脸色发白地四处打电话求助。在和于叔叔通了一个电话后，又匆匆离家而去。也许保良那时年纪太小，他无法推测父亲的不近情理，是否必有其中的道理和原因。

这个道理和原因，是在这段棒打鸳鸯的悲剧发生将近一年之后，保良才得以明晰，可那时一切都为时已晚，一切都已成为过去。

保良见到姐姐是在姐姐回到鉴宁的第二天下午，也就是阳历的大年三十。保良放学时被权三枪在校门口叫走，用汽车把他拉到了一条叫不出名字的街道，带他进了一幢普通的居民楼里。在这幢居民楼顶层的一套单元房内，保良见到了权虎和姐姐。

姐弟二人抱头痛哭。

保良觉得，姐姐太可怜了。

见到姐姐憔悴的样子，见到姐姐淌下的泪水，保良也止不住自己的眼泪。他那时把全部的同情，全都投向了姐姐，投向了和姐姐痴情相爱的权虎。那天晚上他自觉自愿地充当了一个小交通员的角色，把姐姐决定结婚并决定与权虎双双出走的消息，悄悄带给了母亲。

这个消息让母亲也流下了眼泪。她和保良躲在厨房里，背着一墙之隔的卧室里的父亲，看了保良带回来的姐姐的亲笔信。那封信里充满了对父母养育之恩的感激与愧疚，让人悲肠百转，也发出了从此井水河水永不相犯的毒誓，令人心寒如冰。

元旦这天，父亲原说要出去找二伯和几个走得近的朋友好好谈谈，但母亲把早饭做熟之后，父亲还未起床。母亲问他，他说头痛不去了。母亲把保良叫到厨房，从身上掏出一只精巧的小盒子，保良知道，这就是母亲唯一留存下来的那件嫁妆——一对镶着真钻的白金耳环。

母亲打开盒子，两只耳环熠熠耀目。母亲取出一只，放在保良手里，随即哽咽起来，克制了半天，才把抽泣压住。她对保良说："昨天晚上我去街上，给你姐打了电话，她今天和权虎结婚。今天是元旦，是个挺好的日子，今天结婚挺好的。我跟你姐说了，今天妈妈去不了啦，可妈妈要送她一个结婚礼物。保良，你把这只耳环带给你姐，告诉她以后不管走到哪儿了，要是想妈妈了，想家了，就看看这只耳环。妈妈这儿还留了一只，妈要想她了，也看看这只耳环……什么时候这一对耳环又合到一起了，妈妈的心也就安了，妈妈等着这天。你跟你姐说，妈祝他们幸福。"

元旦，鉴宁的街上，好大的雪。

俗话说，瑞雪兆丰年。

元旦下雪是个好兆头，但保良走在街上，雪粉飘在脸上，每一滴每一粒，都像妈妈和姐姐的眼泪，特别凉，特别疼。

姐姐的婚礼就在那幢居民楼的顶层单元里举行，仪式简单。姐姐和权虎一没拜天地，二没拜高堂，甚至，也没有夫妻对拜。他们只是坐在一张旧餐桌前，喝了交杯酒，说了祝福自己的话。桌上摆的"婚宴"，都是从楼下的餐馆里买回来的酒菜，因为这房子是临时租的，所以没有任何餐具，菜就盛在从餐馆带回的塑料饭盒里，筷子也是从餐馆拿来的一次性筷子。权虎因为执意结婚，和他父亲也闹僵了，所以尽管身上有钱，也不敢到街上像样的酒楼里大办喜事。二伯在鉴宁城里耳目众多，他们必须小心为妙。代表女方参加婚礼的，竟然只有保良一人，而男方亲属的代表，也只有背着二伯悄悄赶来的权三枪。

餐桌的一侧，放着姐姐和权虎行将上路的行李，那两只行李让婚礼充满了天涯沦落的辛酸味道。保良把母亲的那只耳环交给了姐姐，保良说："妈让我把这个给你，她祝你们一生幸福。"姐姐接了耳环，看了半天，摘了自己原来戴的普通耳环，让保良把这只白金镶钻的耳环给她戴上。保良给姐姐戴耳环时姐姐哭了，耳朵抖得让保良戴了半天才好歹戴上。权虎问："怎么只有一只？"保良说："另一只我妈留着，说想我姐的时候就拿出来看看。"他又对姐姐说："妈说你要想她了，就也看看这只耳环。什么时候两只耳环合在一起了，妈妈的心也就安了。

妈说她要一直等着这天。"

保良说完这话，鼻子酸得想哭，泪到眼窝又忍住没落。

姐姐没有说话，只是把保良搂在怀里，先是用手，后又用唇，抚摸亲吻着保良乌黑的头发。婚宴也就此草草结束，权虎开始催促姐姐收拾上路。保良和权三枪一起送姐姐和权虎去了火车站，他看着权三枪帮这对新人把行李搬上车厢，看着权虎拉着姐姐的手踏上了列车的踏板，那一刻，他觉得姐姐脸上终于漾起的笑容是那么幸福，那么由衷。

火车开动。

姐姐走了。

保良哭了。

他那时觉得，这就是永别，姐姐真的再也不会回来了。

火车是绿色的，绿色中涂了黄色和银色，还点缀着白色和红色。当火车在雪地里渐渐走远、越变越小以后，统统变成了单纯的黑色。

三

　　元旦过后，父亲照常去二伯的公司上班，和二伯见了面，谁也不提儿女的事情。也许他们都不知道他的女儿和他的儿子已经秘密地结了婚，他们兄弟二人已经亲上加亲地成了儿女亲家。

　　元旦后上班的头一天晚上，二伯让父亲参加公司里的一个应酬，是一家地产商在百万豪庭大酒楼宴请二伯。那家地产商要开发市南的一块地皮，想请二伯手下的拆迁公司承包拆迁任务，二伯手下的拆迁公司就由权三枪负责，听说鉴宁很多难缠的钉子户一听权三枪三个字，就全都老老实实地搬了。

　　那天酒席宴上父亲多喝了几口酒，散席后二伯让权三枪开车送父亲回家。车子开到小巷的巷口，停稳之后，下车之前，父亲问权三枪："三枪，你跟叔说句实话，你到底知不知道权虎跟我家保珍现在在哪儿?"

　　权三枪想了一下，说："权虎和保珍已经走了，他们已经结了婚，前天就走了，可能到上海去了。"

父亲按说应有预料，可他当时的表情却说明他真的没有料到："结婚？他们已经结了婚？"

权三枪说："他们也不能不结了，保珍已经怀了权虎的孩子，不结婚更不好办了。"

父亲没再说话，他手脚迟钝地开了车门，下了车子，刚刚走了两步就双腿一软，瘫在了马路边上。

保良和母亲赶到医院时父亲已经打上了吊针，吊针里除了治疗高血压的药物外，还有一种镇定催眠的药物，父亲很快睡过去了。二伯也赶过来探望，见父亲已无危险，又向医生问了情况，才打道回府。走前对母亲说："妹子，你跟三弟说，他愿不愿意跟我搭亲家我无所谓，不是亲家我们还是兄弟。孩子也都大了，咱们想管也管不了，随他们去吧。咱们做老辈的，别跟自己的身体过不去，长命百岁才是真的。"保良站在母亲身后，他在二伯的话里，听不出他对权虎和姐姐已成夫妻的事实是否已经清楚。

父亲醒来之后，又在医院里躺了两天，才出院回家。于叔叔来家里探望了一次，父亲支开保良和母亲，关上卧室的门和于叔叔谈了很久很久。于叔叔走的时候，脸色阴沉，但并没忘记对在门口做功课的保良笑了一下。保良突然讨厌这个于叔叔，他甚至断定，父亲之所以反对姐姐的婚姻、之所以粗暴地把姐姐软禁在省城的那座小楼，大概都是于叔叔出的主意，都是于叔叔设下的圈套。

从此以后，父亲更加沉默。只要父亲在家，家也就变得沉默。父亲只有在严肃地要求保良用功学习的时候，才开口和保良说话。父亲要求保良必须考上鉴宁最好的高中，因为只有上了高中，才有可能考上大学。父亲说他已经和省公安学院的熟人说好，只要保良的分数过了公安学院的录取线，就一定会收他去那里上学。"虽然这是几年以后的事情，但从现在就要加倍努力，打好基础。咱们陆家就靠你了！"

父亲说这些话时，态度虽然严肃，言语虽然重复，但声调却总是保持着强烈的激动。说到动情时，眼里还会闪出些许泪光。保良每次照例听着，听完照例点头，然后照例说声"嗯"。

那一阵保良在家，只有母亲可以倾心对话。母子二人说话的地点，多数是在厨房和后门，以及其他可以避开父亲的角落。他们相谈的内容，多数是关于姐姐——关于姐姐的去向，关于她的生活，关于她是否幸福，关于权虎是否仍然爱她……还有她肚里的孩子，是男孩还是女孩？母亲说要是男孩就好了，男孩是家里耀祖光宗的希望，长大以后恋爱结婚，也不像女孩那么让人牵肠挂肚。

保良问母亲："姐姐要是生了男孩，爸爸是不是就会同意她跟权虎大哥好了？"

母亲反问："是吗？"

保良说："因为爸爸看重男孩呀，姐姐要是生了男孩，爸爸也就不用整天逼我学习了。我要是考不上公安学院，还有姐姐的孩子，他要是考上了，一样耀祖光宗呀。"

母亲愣了半天，叹口气，说："唉，你姐就算生了男孩，也是人家权家的苗啊。耀的是人家的祖，光的是人家的宗，和陆家不相干的。"

关于姐姐的长吁短叹，也是保良与李臣、刘存亮聚会时的一个内容。李臣还异想天开地提议大家攒钱，帮助保良前往上海，演绎一出千里寻姐的现代传奇——"万一你姐在上海落入虎口了呢，你去把她解救出来，那时全国的报纸电视都会把这动人的故事宣传报道，你陆保良从此也就一世名扬！"

后来保良知道，姐姐和权虎出走之后，确实去了上海，又从上海去了南京。他们并没"落入虎口"，而是在鉴宁左右的不同城市辗转迁徙，日子过得还算和谐。

姐姐和权虎之间唯一不和谐的，是关于当初要不要离家出走。离家半年之后的权虎开始想家，特别是每当他信用卡上的钱快要用光、马上就会有人在卡上注入新的存额的时候，他的意志和情感就遭到一次无形的肢解。第一次发现卡上的钱突然回涨的那一刻，权虎就知道他父亲已经原谅他了。他开始和姐姐计划归程，但姐姐不愿。那时姐姐即将临产，她害怕回去看到父亲那副严厉的面容。她已经对家里立下了永不回头的誓言，她希望权虎能带她在宁静的二人世界中，让孩子平安降生。

在南京租房非常便宜，这也是他们后来离开上海的主要原因。他们在玄武湖畔租下了一套两房一厅的公寓，并且就在离这套公寓不远的医院生下了他们的孩子。孩子没有降生之前名字就已起好，叫权雷，小名就叫雷雷，既上口，又有力。从字面的笔画看，也算雨露润禾，吉利富贵。如果生下女孩，就在雷字上加个草字头，变成花蕾的蕾。雨后的田地上草木繁盛，也算寓意不凡。

权家有福，是个男孩！

在姐姐生下儿子的这一天，权虎兴奋难抑，终于背着姐姐，拨通了他父亲的电话。他在电话里听到声音虽然余怒未消，但那熟悉的沙哑还是让权虎感到无比可亲。他说："爸，我是权虎，我想你。"沙哑的声音故作冷淡："你还知道打电话回来，我还以为你真有骨气扛到底呢。"权虎说："爸，我在南京呢，保珍生了，生了一个男孩，我们给他起了个名字叫权雷，您看行吗?"

一周之后，权三枪突然来到了南京。他为权虎和姐姐租下了一套豪华公寓，还为他们雇了保姆。孩子满月的时候，权虎带着姐姐和他们的孩子，一起回到了鉴宁。

真是嫁鸡随鸡嫁狗随狗，姐姐和权虎在一起生活，做什么不做什么，基本上都是权虎拿主意的。姐姐只有在快要临产时才母以子贵，得到万般尊宠，平时则无甚主见及任何权柄。孩子出生之后，权虎决心回家，说要赶回去参加他父亲五十五岁的寿宴，姐姐也就只能抱着孩子，忐忑不安地踏上归途。

姐姐回到鉴宁的这一天，正是二伯五十五岁的生日，百万豪庭大酒楼可容纳二百人同时进餐的最大厅房，从早上开始就张灯结彩地布置起来。二伯跟父亲通了电话，告诉他姐姐回来的消息。并且约他晚上一起过来喝酒同乐，父亲在电话里祝了二伯生日快乐，但表示身体不爽，晚上不能恭陪。二伯猜到父亲还是为儿女婚事耿耿于怀，于是放下电话就让权虎带着姐姐和他们的孩子回家探望父亲。父亲那天其实本来无病，见姐姐回家来了，马上躺倒呻吟。母亲兴高采烈地带着权虎和姐姐一走进父亲的卧室，父亲便假病真喘地连连咳嗽起来，母亲过去替他捶了半天才稍稍平息。姐姐满脸堆笑叫了一声："爸。"父亲又开始咳嗽，没有应声。

姐姐说："爸，我和权虎回来看您来了，我给您生了个外孙子，他也看您来了。"

父亲还没答话，孩子忽然睡醒哭了，母亲过去帮姐姐哄那孩子，大家的注意力全被孩子吸引过去。保良偷眼观察父亲，发现父亲坐在床上没动，但看孩子的眼神，专注而又迷惘，说不清是爱怜还是厌恶。等孩子的哭声停了，父亲才慢慢开口：

"保珍，你留下，我跟你单独说两句话。"

母亲看看父亲，又看看权虎，连保良都能感觉得到，父亲始终不理权虎有点不近情理，不太礼貌。不管怎么说，权虎也是陆家事实上的女婿，也是陆家这个新生的外孙法律上的父亲。因为这个孩子，权虎在血缘上，和陆家也有了不可更改的联系。

保良看得出来，权虎很尴尬，也有点不快，从母亲手里接过孩子，扭脸走出了父亲的卧室。

父亲又对保良说："保良，你跟你妈也出去一下。"

母亲不敢违拗，拉着保良出了屋子。

卧室里只剩下姐姐和父亲两人。

父亲对姐姐说："保珍，你走以后，爸爸病得不成样子，你做女儿的心里还有没有父母？"

姐姐说："有，我出去这大半年，天天都在想您，想我妈，可我不敢回来，回来怕您骂我，怕又惹您着急上火。"

父亲说："一个人，要是连父母都不顾了，别说街坊邻居，今后不管你走到哪里大家都会骂你。咱们陆家有你弟弟，所以我不求你有多么出息，我只求你做女儿的，为人处世，孝字为先，你爸这个要求，不为过吧。"

姐姐的声音和目光一起低垂:"不过。"

父亲说:"你今天能回来,能回来看我,好,我高兴。今天爸爸只求你一件事,希望你能答应。你今天在家陪陪爸爸,爸爸不舒服,你做女儿的在床前尽尽孝,不为过吧?权虎你先让他回去,孩子他今天愿意抱走,他就抱走,愿意留在咱这儿,就留下,留下你妈也能照顾。至于你们俩今后怎么办,这孩子今后怎么办,你容爸爸过一两天病好了,再慢慢跟你商量,行不行?"

姐姐抬起眼睛,愣了半天,说:"爸,今天权虎他爸过生日,我已经做了人家的媳妇,不能不过去照个面的。我今天晚上去照个面,完事我就回来,回来好好陪您,好好听您的开导……"

没容姐姐说完,父亲马上坚决地打断:"我刚刚说了,爸求你今天陪在家里,就求你今天!你答应,就是还认我是你爸,还是听话的女儿。你不答应,你连这点要求都不答应,你就是对有没有我这个亲生父亲无所谓了,那你就拿权虎的爸爸当亲爹去吧。他有钱,你认钱作父,我这个生你养你二十多年的父亲,我是死是活,你就不用管了!"

姐姐哭起来了,她说:"爸,不是我不认您,是您不认我。自从您知道我和权虎好上了,您就没说过一句疼女儿的话。如今我都当妈了,您都不认权虎,不认您这个外孙!不是我不爱您,是您根本就不爱我!"

父亲脸孔扭曲,眼圈也忽地红了,与其说是伤心,不如说是怨怒:"我不爱你?我不爱你?早晚有一天你会知道,爸爸为你操了多大的心!我今天就问你这一句话,你是我女儿不是,你是咱们陆家的人不是?是,你就留在家里,等过一两天咱们商量妥了,你爱去哪里我不拦着你。你今天要是非走不可,我也不拦你,那你以后也就别再回来了!"

　　姐姐泣不成声,她扑通跪下来,说了句:"爸,我是您的女儿,可我现在,也是人家权家的媳妇,我对不起您了。"说完她朝父亲砰的一声磕了一个响头,便爬起来出了房门,门外的母亲紧张地盯着姐姐脸上的泪水,颤声相问:"怎么了又?"姐姐哭着叫了声"妈",然后从权虎手上接过孩子,说了句:"走!"便一路走出了家门。

　　姐姐抱着她的孩子和权虎走了,那孩子也是母亲的骨肉,也是保良的骨肉。母亲叫一声:"保珍!"眼泪哗哗地淌个不停,但听见父亲在卧室里狠狠地一声不吭,也不敢放声悲恸。保良呆呆地站在客厅门口,他想安慰一下母亲,又想追出去和姐姐告别,又想应该进屋去看一下父亲。就在六神无主的这个瞬间,保良发觉自己突然长大,他的胸膛里沉沉跳动着的,是一颗沧桑的心!

　　那天晚上保良没有睡着,他在床上辗转反侧,渴望再次梦见那个喷火的女孩。他渴望依附在一个身怀绝技、无所不能的女神怀中,受她庇护,被她爱抚,随她驾风而去,远离一切尘俗。但保良望着黑洞洞的屋顶,女神始终没有光临。

　　隔壁房里,父亲母亲也许同样今夜无眠。尽管姐姐早在半年多前就已离家出走,但保良能感觉到的,这一夜才是真正的亲人离散。

　　第二天一早,母亲借口到外面买豆浆去,跑出去用巷口的公用电话拨了姐姐的手机,不料姐姐的手机关了。母亲犹豫片刻又拨了权虎的电话,权虎的手机也关了。母亲回家悄悄问正准备出门上学的保良,保良说:"昨天二伯过生日,可能他们都睡得很晚,不会起那么早吧。"母亲松口气,说:"我还以为你姐真的不理咱们了呢。"

白天，父亲也出门去了，不知是去上班还是办事，夹了个皮包，一瘸一拐地走出了巷子。快到中午时分，母亲又拨了姐姐的手机，那手机依然关着，权虎的手机也依然关着。母亲在家里的电话本上查到了权三枪的电话，拨过去，同样关着。母亲放心不下，犹豫了很久。终于拨了二伯的电话。二伯办公室和家里的电话都没人接。母亲慌了，又无可作为，连烧水做饭的心情都没有了。

晚上，保良和父亲几乎是前后脚一起回的家。父亲的脸色依然不好，他没有照例盘问保良的学习成绩，也没有问母亲饭做好了没有，他在客厅里的餐桌前坐下，叫母亲，又叫保良，让他们都过来，一起坐下。他说："你们坐下，我有话要说。"

母亲坐下来了。

保良还背着书包，也坐下来了。

父亲说："有件事，我要告诉你们。我大哥权力，也就是保良的二伯，涉嫌非法集资和黑社会犯罪，昨天晚上，已经被公安机关依法逮捕。昨天晚上，公安机关把百万公司的主要成员全都抓了。这是一个大案，权虎有没有牵涉进去，还不清楚。但是他和保珍现在都被公安机关控制了，下一步会怎么样，都很难说。我作为保珍的父亲，这半年多来，该做的我都做了。保珍以后怎么办，听天由命吧。"

母亲呆掉了，连哭泣都被窒息。保良也呆掉了，那一刻，他的脑子飞快地闪过无数画面的碎片，虽然没有连成一条明确的线条，但整个事件的内幕已隐隐透出！

那天夜里保良隐约听到隔壁的厨房里，母亲在悄悄哭泣，保良也在被窝里悄悄哭泣。他不知道父亲在另一侧隔壁的卧室里是否能够安睡。父亲没有过去劝母亲，保良也没过去。保良虽然幼稚，却知道一切都已无可挽回。

第二天母亲照常做了早饭，父亲坐在餐桌前，喝了半口稀粥，发了一阵呆，便起身早早出门，不知去了哪里。这一天母亲什么都没做，只是一个人在屋里发呆。晚上父亲回来时拎着一只漂亮的纸袋，是鉴宁最高档的大世界商场的专用纸袋，他把纸袋放在正在假装收拾桌子的母亲身边，想说什么终未开口，然后转身走回自己的卧室。保良为母亲打开那只纸袋，里边是一只精致的鞋盒，鞋盒里有一双讲究的女式皮鞋，尺码和母亲的完全一致。这是保良印象中父亲第一次主动给母亲买东西，表情却并无喜庆而是深深的歉意。保良说："妈，这是爸给你买的。"母亲没有说话。保良又说："妈，你要不要试试?"母亲仍然没有说话，甚至没有向那双看上去相当贵重的皮鞋看上一眼，只是动作机械地继续擦着桌子。

事隔不久，母亲自己到大世界商城把那双皮鞋退掉了，为保良换回一双耐克牌的运动鞋来。耐克牌运动鞋保良一直渴望拥有，向父亲交涉过几次，一直未能如愿。

事隔不久，鉴宁的电视新闻里播出了二伯被抓的实况报道。保良几乎看傻了，电视画面里，大批全副武装的武警士兵和公安干警将那座百万豪庭大酒楼严密包围。二伯过生日的大厅里，参加宴会的人全都双手抱头，在武警的弹压之下，黑压压地蹲了一片。电视镜头扫过了权三枪和权虎的脸，还扫过了其他一些保良熟悉的脸。那些脸或镇定或张皇或灰白如土……二伯被押上警车的镜头作为这则新闻的最后收尾，只照了一个侧面，看不出平时一向豪爽威风的二伯，此时究竟是何嘴脸。

电视里，姐姐没有出现。虽然父亲说过，公安武警在百万豪庭采取行动的时候，她也在场。

父亲有一天从外面回来，匆匆说了一句："我们得离开这儿了，准备搬家吧。"

母亲问："搬家，搬哪儿去？"

父亲没有说话，进了卧室便把书柜里的书全都搬了出来，他喊保良："保良，你去把储藏室的纸箱子拿来！"

事隔很久，保良才完全明白，父亲当初辞去公安学校的职务到百万公司下海从商，就是为了这一天的到来。公安机关早就察觉百万公司有黑社会组织的苗头，苦于没有得力证据。百万公司的上下骨干都是二伯的亲信，可算铁板一块。适逢国家金融管理机关要求公安部门对百万公司非法集资的情况展开调查，鉴宁公安局才决定两案并为一案，并且动员老刑侦干部陆为国利用与二伯的关系，打入百万公司搜集证据。保良还能记得起来，最初来和父亲交代这项任务的，肯定是那位叔叔了。他甚至还能记起在进入百万公司的前后几天，父亲每天都阴沉着脸，二伯毕竟是他几十年前就认下的哥哥，两人感情一向不薄。但父亲也毕竟受警察机关多年的思想熏陶和纪律训练，又何况军令如山，国法难撼，父亲只有接受任务，孤身赴险。

父亲说过，早在百万公司最终覆灭的十个月前，公安机关就决定收网结案。抓捕二伯及其同党的方案和时间都已确定，一应证据材料和申请逮捕的报告均已呈送检察机关待批。抓捕行动的警力也已进入状态，令出即发。姐姐就是在那个节骨点上，公开了自己的恋情，并提出了与权虎结婚的要求，父亲不得不在于叔叔的协助下，将姐姐骗到省城软禁，本以为几天之后权家被端，他的用意姐姐自会了然。没想到检察院在审查批捕材料时认为，侦查办案部门提供的证据尚嫌片面，一旦在审讯中和法庭上遇到抵抗，有可能无法完全印证对他们的指控，因此建议暂不收网，建议办案干警细之又细，再查再探。接下来就发生了姐姐跳楼逃回鉴宁的一幕，发生了姐姐与权虎秘密结婚并且离家出走等一系列始料未及而又无法控制的事变。

父亲无法控制这一切，皆因他不能说出他反对这门亲事的真正理由，他不能明着告诉女儿，这门亲事将给她带来一生的麻烦与悲哀，他只有用一系列看上去不近人情的借口，"粗暴干涉"女儿的婚姻自由，试图阻止这场悲剧的发生和发展，但无效。不但无效，还彻底恶化了他和姐姐的关系，疏离了他们的情感。姐姐和父亲一样，在外面一切能忍，在家里，自尊心则强烈得不容侵犯。

十个月后，悲剧再现。巧得不能再巧，公安机关依靠父亲的努力，终于人证物证齐全，经检察机关批准，决定在二伯五十五岁大宴群臣的时候，将他们一举拿下。就在抓捕行动箭在弦上不得不发的紧要关头，姐姐带着她不该生出的孩子，出现在父亲与二伯之间！

二伯出事是出在秋天，保良跟着父母从那条住了多年的小巷里搬出来的时候，街上的树叶还没有来得及黄遍。

他们不仅搬出了那幢虽大却旧的房子，搬出了那条虽短却窄的巷子，而且，保良没想到的，他们居然搬出了他和他的父母，和他们陆家世世代代出生、长大，直至衰老死亡的鉴宁，搬到远在几百里地以外的省城来了。

挺大的家，最后拉到火车站时，只装了一辆卡车，破旧过时的桌椅柜子全都处理掉了，带走的只是父亲的书籍和全家要用的衣服被褥。权虎送给保良的那台电脑也没有带走，父亲把它作为赃物上交给了公安机关。

父亲离开了老家，却重新回到了公安机关。权力犯罪集团一案的侦破，为父亲带来了勋章和荣耀。也许父亲没有想到，在他成为一个残疾人，在他离开刑侦工作一线，像提前养老似的去做一个学校的闲职之后，还能咸鱼翻身，成为一名侦查英雄，获得一枚整个鉴宁刑侦大队无人拥有的一等功勋章，并且受到省市领导和公安部官员的隆重接见。他的事迹在公安机关内部被广泛传扬，除了印发事迹材料外，还组织过报告会到地市各级公安机关进行巡讲。考虑到父亲的身体状况，组织上没有同意他回到刑侦部门继续工作，而是把他分配到省公安学院，给了一个副院长的头衔，更多的时间则是安排他治病、疗养、休息。父亲也五十五岁了，按他的身体情况，如果不是因为这次立了大功，照理可以办理内退手续了。

保良家的新居，就是省公安学院分给父亲的宿舍，是刚刚盖好的一个小院，比他家在鉴宁的那个院子还大，而且煤气暖气和二十四小时热水，一切应有尽有。屋里装修得挺讲究，家具也都在省城选样新买。这个院子和他们的生活一样，一切都是簇新的。在这个簇新院落的背后，就是云岭公园的万顷绿荫，而出门行之不远，又是生活方便的闹市，各类商铺一应俱全。

在繁华的省城，在这座有名的都市，保良拥有了这样一个舒适而又方便的家。保良很兴奋，很想立即让李臣和刘存亮都来做客，但他从母亲的脸上没有看出一丝笑容。他也知道，这样的家是靠父亲的功勋得来的，而父亲的功勋，是以姐姐的毁灭和亲人的离散为代价的。

同样因为父亲的功勋，保良的转学也受到有关方面的格外照顾，安排他进了省城的重点中学插班入学。保良很快就像一个真正的都市孩子一样，习惯了省城的一切。虽然没有了"鉴宁三雄"，每天放学后难免有些寂寞孤单，但新生活中可以享受的东西很多很多，保良那时除了常常想念姐姐之外，生活几乎没有太多的不满和缺憾。

姐姐一直没有音信，一直没有回家。

二伯的案子，确实非常有名，保良搬到省城之后，还在电视上看过两次关于这个案子的跟踪报道。当荧屏上出现二伯的画面时，父亲起身走回了自己的卧房，他也许不想看到二伯一夜之间，就变得如此鬓发斑白。二伯站在一大排人犯当中，立于法庭的被告席上，在身后两名高大法警的挟持之下，显得神形猥琐瘦小。他五官呆滞地听着检察官宣读罪状，那一大排身穿黄色马甲的囚犯无论面孔熟或不熟，都让保良第一次体会到世事的沧桑……

从报纸电视的报道中可以看到，二伯和他的团伙被揭发出来的问题越来越多，越来越大。不少政府官员也牵涉其中，相继落马。这个案子成了当时省内反黑反腐的头号大案，成了百姓街谈巷议的一个焦点内容。

保良的姐姐和姐夫权虎其实早在保良随父母搬家之前，就被公安机关放掉了。在他们被解除监控之前，父亲让于叔叔陪着，还去姐姐监视居住的地方看一次姐姐，劝她离婚，劝她回家。"孩子你带过来也行，留给权虎也行。"父亲劝姐姐，说："你妈、你弟弟都很想你，你回来咱们还是一家人。以后爸爸要搬到省城去了，省城优秀的小伙子很多，找个有思想、有文化的应该不难。"

父亲一直说，姐姐一直沉默。姐姐不但沉默，甚至不看父亲一眼。

父亲最后说："保珍，我再问你一遍，你到底回不回家？"

姐姐仍然不答。

父亲又说："我问最后一遍，你回不回家？"

姐姐拧着头，死活不看父亲，死活不发一言。

父亲起身，走出了那个房间。

据说，姐姐和权虎在解除监视居住之后，一起走了，带着他们的孩子。当然，他们肯定离开了鉴宁。

没有任何证据显示他们参与了二伯的团伙犯罪。

他们也许并不知道，二伯究竟是栽在了谁的手里。

在保良考入高中的那年，报纸上公布了二伯团伙犯罪的审判结果，经鉴宁中级法院初审和省高级法院终审，判定二伯权力及其他涉案人员共三十四人，犯有金融诈骗罪、走私罪、逃税及骗税罪、组织、领导、参加黑社会组织罪、故意伤害罪、恐吓勒索罪、行贿罪、强迫交易罪、私藏枪支弹药罪等多项罪名，二伯被依法判处死刑，余众分别被判处死缓、无期和有期徒刑不等。

正义与邪恶，亲情与爱情，情义与法律，忠诚与背叛，这一场灵魂搏杀的战争，至此灰飞烟灭，正果而终。

之后，保良和父母就在他们那个舒适的院子里开始了新的生活。新生活既平静安宁，又有那么一点点压抑，一点点莫名其妙的枯燥和沉闷。

父亲每天上班下班，保良每天上学放学，母亲每天上街买菜回家做饭，生活每天周而复始。但保良看得出来，父亲母亲的心里，安定得并不那么由衷。

父亲风光一阵之后，终于回到寂寞中来。那份公安学院的工作，并非他的人生理想，无法焕发斗志激情。保良不知道父亲上班时是个什么模样，而父亲下班回家的状态，则显得老态龙钟，只有在饭前饭后对保良进行教导训诫时，父亲眼中才能偶尔闪过一丝激越的光芒。他老是重复地说着同一句话："保良，我跟我们学院的刘院长讲好了，只要你的高考成绩一过线，学院一定收你。爸爸把道路都给你铺平了，你自己一定要加倍努力！"

父亲经常说到的，还有一句："保良，爸爸在警界这么多年，立功受奖，人家都当爸爸是个英雄。咱们虎门无犬子，你一定要超过爸爸才行！"

姐姐不在了，父亲的希望更是集中在保良身上。姐姐留给父亲的，只有心痛。父亲要在保良身上找回自己的笑容。

搬到省城后，父亲给保良买的第一样东西，就是一台电脑，比权虎送给保良的那台，并不差到哪去。只要是保良学习上的需要，父亲总是尽量满足。何况电脑本来就是保良曾经拥有的东西。

在家里，父亲不许保良也不许母亲，再提过去的事情，甚至不许他们提到姐姐的名字。但父亲自己有时却提，他说姐姐是咎由自取！

其实保良知道，姐姐是压在父亲心里的大山。

保良后来想过，父亲在功成名就之后，难道没有一点儿英雄气短的隐痛？他会不会想到二伯？二伯是他少年时磕头结拜的兄弟，他们曾经端着一碗鸡血酒许下铮铮誓言：不愿同日生，但愿同日死，有福同享，有难同当。但几十年后，二伯死于父亲之手，二伯的儿子权虎也不知流落何方，还包括已经成了二伯儿媳的姐姐。

如果说，姐姐是陆家每个人心里的一座大山，那么这座山已经把母亲的脊背压弯。如果说，搬到省城后父亲的身体状况维持不变，那么母亲则突然变得百病丛生，变得弱不禁风了。母亲患上了抑郁症、风湿症、哮喘症，她的样子，一下子变得比父亲还要苍老，还要沉闷。母亲在家里除了洗衣做饭，几乎听不到她的一丝声音。

母亲的沉默把这个家弄得彻底压抑，最难承受的倒不是保良，而是一家之主的父亲。因为母亲与保良之间，还有个三言两语，与父亲之间，则连眼神都很少传递，饭好了也是让保良去喊父亲："叫你爸吃饭。"保良不在时，母亲就把饭摆在桌上，让父亲自己看见自己坐下来吃。父亲要问："你怎么不吃？"母亲就说："不饿。"或者就说："在厨房吃过了。"搬到省城以后，逢年过节，或母亲过生日，或不逢年过节不过生日，父亲常常给母亲买些衣服或其他礼物，还给母亲买过补品。但后来发现，那些衣服母亲始终没有穿过，补品也一直放到过期。后来，父亲也就不再买了。

常常，父亲不在的时候，母亲才会克制着哮喘，对保良说道："保良，你能帮妈妈找找你姐吗？你姐从小很疼你的。"

保良说："我知道。"

可保良又到哪里去找呢？

有一天，非节非年，母亲一大早就很反常地把那只从娘家带来的耳环戴上了。父亲上班前奇怪地问："好大年纪了，怎么今天爱打扮了？"

母亲说:"好久不戴了,戴上看看。"父亲说:"那一只呢,怎么只戴一边?"母亲说:"那一只找不见了。"父亲说:"找不见了?再好好找找,挺贵的东西可别丢了。"母亲说:"噢。"

父亲走了。母亲看看盯着她的保良,用手摸了一下耳朵上的耳环,说:"今天是你姐生日。"

那天晚上,父亲回家,一家人吃晚饭时,保良突然说:"爸,今天是我姐的生日。"

父亲愣了一下,又低头吃饭。保良看看母亲,母亲显然没料到保良会说这个,端着碗惴惴不安。

少顷,父亲开口,问母亲:"保珍……今年该二十四岁了吧?"

母亲没能答言,却已泪垂双颊,她用手绢擦泪,然后起身到厨房去了。母亲进了厨房,也没有哭出声来。

父亲看着母亲的背影,没有责备。又看看发愣的保良,说:"吃饭!"

但他自己看着桌上的饭菜,则似乎无心下咽。他沉着嗓子,对保良说道:"你姐姐不认我们,我们有什么办法。"停了一阵,父亲又说:"前一阵我托鉴宁公安局的于叔叔帮忙找过她。没找到。她早不在鉴宁了。"

父亲居然托人找过姐姐,这是保良没想到的。保良抬眼去看父亲,父亲马上把话题转向了保良:

"保良,你姐姐要走这条路,我也没有办法,我做父亲的,已经尽了全力。现在爸爸只有你一个孩子了,你又是个男孩,爸爸今后不求你升官发财,只要你能子承父业,让大家看到我们陆家的儿子比他爸爸干得更好,更有出息!爸爸立一个一等功,你要立两个、立三个。你要练得像你于叔叔那样,要文有文,要武有武!爸爸自己不能在侦查一线干了，要是把你培养成能在一线干出成绩的人，爸爸也就死得瞑目了！"

这一大堆话，保良耳熟能详，熟得耳朵都起了老茧。但父亲说着说着眼圈又红了，保良只能面目严肃，郑重点头，做出深切理解、心领神会的样子。

父亲问："你听懂了吗?"

保良答："听懂了。"

离考公安学院的年龄越近，保良的这句"听懂了"，就越答得底气不足。

保良是从鉴宁转学插班来的，他的学习成绩按省城这家重点中学的水平，中等还要偏下。能不能考上省公安学院，完全没有把握。父亲的嘱托和希望，虽然总是同义重复，但说得多了，就会形成一种巨大的心理压力，每让保良想起，都不免战战兢兢。

他甚至开始羡慕起李臣和刘存亮来了。

李臣和刘存亮都没考上高中，找了中专去上，一个学旅游服务，一个学汽车维修，也都学得没精打采。但至少他们没有考大学的沉重压力，不用承载耀祖光宗的家族理想，今后凭力气或凭技能挣钱吃饭，一辈子胜任愉快又有什么不好？

四

高中的最后一年，是命运冲刺的关键时期，父亲对保良的督导和管束也严格得有点变本加厉。不仅不许保良再看电视，而且控制了保良的电脑，父子之间，常为电脑的使用怄气。

最影响保良期末成绩的事情意想不到地发生了，在高中最后一个寒假到来之际，保良的母亲死了。

母亲是得了一种叫疱疹的病突然不治的。父亲把母亲送到医院后，母亲发了三天烧，三天后神志不清，开始昏迷，没用多久，便飘然而去。

母亲是保良生活中最后一道饱含温情的颜色，没有母亲的世界，在保良眼中空洞无比。当母亲的遗体被医院的护士推走时，保良失声痛哭，父亲用力将保良抱进自己怀里，像是防备保良的灵魂紧随母亲那具瘦小的躯壳离去。

也许父亲在抱住保良时才发现儿子已经长成了一条汉子，个头儿已经和他一样高大。虽然身板依然单薄，但瘦削的胸脯却像扇面似的打开，支撑了肩膀的宽阔。

母亲的死使保良无心功课，他常常把母亲昏迷前悄悄交给他的那只耳环握在掌心。握住耳环的手掌能感觉出心跳的律动，这时他就能够静下心来，虔诚地重温母亲的殷殷嘱托。

也许是回光返照的力量，母亲弥留之际的声音清晰得那么奇异。在她心跳终结的那天下午，保良就在她的床前，那时病房里没有别人，保良突然发现母亲早已浑浊的眼里又闪出了生命的光辉。保良还以为母亲的身体出现了奇迹般的好转，没有想到母亲嘴里断续发出的声音便是她的临终遗言。

母亲说："保良，我的儿子……妈妈要走了，你好好照顾自己，照顾你爸爸。你再答应妈妈一件事情好吗？你……你一定要找到你姐，你找到她，把这个耳环给她，这是妈妈送给她的嫁妆。你让她戴上这对耳环，到妈妈的坟前看妈一眼。我……我真的想……想再回鉴宁咱们的那个小院看看，真想再看你姐一眼……"

下葬母亲时，父亲找过这只耳环，想让母亲带走，结果没有找到。再三逼问保良，保良才拿了出来。他对父亲说："这是妈留给我的。"父亲问："另一只呢？"保良说："妈给姐姐了。"

父亲哑然无话，他低头想了一下，没再要回那只耳环。

父亲把母亲葬在了省城的平安公墓，每年交上一百五十元钱，就可以租下一个存放骨灰的格子。在遗骨安放前保良背着父亲悄悄取出了一部分骨灰，用一只玻璃瓶装了藏好。因为母亲病倒前不止一次地说过，想搬回鉴宁老家去住。她说："人总要落叶归根，你爸爸将来退了休，肯定也是想回老家住的。所以当初真该把鉴宁咱家的房子买了留着，再说你姐说不定什么时候也会回到鉴宁去的，她要想回家了，也能有个地方找到咱们。"

鉴宁对于母亲，不仅是故乡，是思念，是真正的家，而且也是最有可能和失散的女儿重逢的地方。

鉴宁对保良，也是同样。

寒假到了。

父亲的单位很照顾父亲，安排父亲和另外几位公安英模去南方疗养，每人还可以带一位随行家属。保良并不想去，于是对父亲撒谎，说寒假期间学校给几个插班生安排了补习，父亲当然高兴，支持他以学习为重。

父亲去南方了。

走的前一天晚上，父亲做了炸酱面，就着面又喝了点儿酒，红着脸对保良掏了心窝。他说："保良，你长大了，有些话爸爸可以跟你说了。自从你姐姐第一次离家出走以后，你妈就一直恨我。她一直以为是我非要拆散你姐和权虎，害得咱家不能团圆。她虽然过去也在公安局工作，但没干过真正的公安，她对我把你二伯查出来这事也想不明白，认为我害了自己的兄弟，也害了自己的女儿。我也知道权力是我的兄弟，我们从十岁那年就发誓不愿同日生、但愿同日死。我也知道咱们中国人为人处世，讲的就是义气二字。但我更知道，我是国家干部，我必须效忠国家，我是人民警察，我必须服从命令。我必须分清什么是公，什么是私。你爸爸头上的一颗国徽，肩上的两星两杠，是人民给的，我必须为这份荣誉尽责。搞掉权力我很痛苦，但这个痛苦我能跟谁去说？保良，以后你也会明白的，如果你以后真的当了一名警察，你肯定也会这样选择。但你姐姐不明白，你妈也不明白，讲道理她们听不进去，她们是女人，女人往往不听道理，只信感情。这件事我和你妈伤了感情，她不跟我明说，但我看得出来她恨上我了。这几年你妈几乎就没跟我说过话！保良，你想想爸爸这几年的日子是怎么过来的，爸爸为了国家、为了工作置个人感情、个人安危不顾，立了那么大功，组织上和广大群众那么肯定我、鼓励我。我在外面，得到的全是鲜花和掌声，可我一回到家里，你们都不理解我。我和你妈在一个屋里生活，在一张床上睡觉，可三年多来她跟我几乎没有一句话说！儿子，你说，爸爸过的这叫什么日子……"

父亲脸红着，眼红着，眼泪汪汪的。保良这时似乎才一下发觉，父亲头上的黑发，有一半都变白了。保良这才知道，母亲的离去，对父亲来说，其实是一种解脱。

父亲去南方休养的第二天，保良便带上了那只装满母亲骨灰的玻璃瓶，乘火车独自返回了鉴宁。

漫长的三年，鉴宁似乎没有大变。市中心盖了几幢新楼，沿途还能看到几处新的工地，除此一切如旧。保良乘坐公共汽车经过百万豪庭大酒楼时，看到酒楼门口已经重新装修，大门上方百万豪庭几个霓虹大字已被拆下，而新的"主人"姓甚名谁，却未见张扬，不知里面是否经营如故，鲍鱼生意是否依然火红。公共汽车把保良一直拉到他家那条小巷的巷口，他从巷口走到他家的院门，恍若当年放学回家的景象——院门微掩，炊烟淡淡，母亲做饭时的唠叨，姐姐开门时的笑闹，父亲高声在叫："保珍，把我的茶端过来……"一切如在昨日。

现在，那扇院门显然久无人顾，门上的漆皮斑驳得厉害，门上挂着一把大锁，锁上挂着一些红锈。保良知道这个院子公安局已经卖给了私人，但听李臣、刘存亮说，他们家搬走之后，这里一直没有住人。

黄昏时，保良在小巷的里端找到了李臣的家，李臣又带他去了刘存亮家。刘存亮的家里正有客人，三个人便一路踱到"鉴宁三雄"的老窝，那座依山临水的废窑。夕阳把整个窑丘镀得色彩迷幻，就像一座传奇电影中的神秘古堡，仿佛藏了多少鲜为人知的故事，表情显得肃穆深沉。

在童年好友李臣和刘存亮的见证下，保良将盛满母亲骨灰的瓶子打开，站在砖窑的窑顶，迎着耀眼的晚霞，向着平静如缎的鉴河，将母亲的遗骨向空中扬撒。山上无风，但撒出的骨灰却如烟似雾，在空中慢慢飘散。刘存亮说他在《廊桥遗梦》那部电影里见到过这个场面，所以他感动得差点哭了。

保良没哭。

他为自己能带母亲回来而感到高兴，他由此确认自己已经堪当重任，已经长大成人。

骨灰在空中散去，散在山丘与河岸之间。兄弟三人谁也没能说出一句感慨的话语，只顾凝望夕阳西照的河流默默出神。

当天晚上他们在李臣家的一间小屋里聚谈到深夜，刘存亮走后，保良就和李臣挤在一张床上睡到天明。按照前一天晚上三人商量的结果，李臣和刘存亮陪保良一早就来到原来二伯家管片的派出所，打听权虎的户口及其下落。在他们反复向民警说明来意之后，民警好歹答复权虎的户口还在，但人去了哪里并不掌握。权家的宅子已被法院罚没，权虎的户口倒还虚挂在那个住址下面，但如果有一天他真的回来，那个地址于他已经上无片瓦，下无立锥。

他们又去了姐姐没毕业便不再上学的那所鉴宁师范学院，辗转找到了若干姐姐当初的老师和已经留校任教的同学，他们都还记得陆保珍这个名字，甚至还有人能说得出保良小时候的模样，但与派出所的民警同样，没人知道姐姐的下落。姐姐在离校之后，便与这里断绝了联系。

他们又去了权家的百万公司，百万公司大楼依旧，物是人非。公司的牌子早不知被谁当废品收了，大楼门口进进出出的男女，也看不到一个相熟的面目。

他们最后的去处，便是那家同样改换了门庭的百万豪庭大酒楼。走近时才看清招牌改挂在院门之侧，已改名为鉴河商务会馆。三人瞻前顾后，探头探脑，缩手缩脚地走了进去，楼里的装饰布局已全然陌生，而迎面碰见的一位前台经理，居然看去有点面熟。

保良结结巴巴地上去打听："呃……对不起，请问您是这儿的经理吗？您知道原来在这儿的权虎现在去哪儿了吗？"

那经理一听权虎二字，不由吓了一跳，上下打量保良和他身后的两位少年，犹豫了片刻，疑惑地反问："你们是哪里来的？权虎早不在这儿了。"

李臣在保良身后插嘴："权虎是他姐夫，他是找他姐姐来了。"

那经理这才挂出一副权家旧将的恭敬，对保良点个头，说道："权虎他爸出事了，权虎已经走了好几年了。你是从哪里来呀？"

保良没说自己是从哪里来的，他继续问道："您知道他去了哪里吗？我姐姐还和他在一起吗？"

经理和派出所的警察及师范学院的老师一样，只是摇头："不知道。"

保良几乎完全灰心，但他不知是出于侥幸还是出于惯性，又问了一句："这儿的人还有谁知道他们吗?"

经理再次毫不犹豫地摇头："过去百万豪庭的人现在就我一个人留下来了，其他人都是后来才来的。"

这是保良重返鉴宁日程计划中的最后一站，至此，希望全部落空。保良谢了那位经理，低头往外面走去。经理在他们身后又叫了一声：

"呃，你们……"

保良他们一齐站住，回头。

经理说："百万公司里的权三枪你们认识吗? 他前些天倒是来过一次，他可能知道权虎到哪儿去了。"

保良神经一绷："权三枪?"

经理说："就是原来权老板的干儿子，算是权虎的干哥吧。权老板那案子把他也扯进去了，判了三年，前一阵给放出来了。我不知道他是不是还在鉴宁，在的话你们可以找找!"

保良在鉴宁一共住了三天，没有找到姐姐和权虎，也没有找到刚刚出狱不久的权三枪。

刘存亮和李臣把保良送上火车，告别时相约今年夏天在省城重逢。夏天他们都将在各自的学校毕业，学旅游服务的刘存亮想去省城的五星级酒店施展所学的专业，学汽车修理的李臣根本就不想再干这个专业，也想到省城另谋生计。汽车修理这种活儿又累又脏，而且干得再好也不能发展成什么。不像学旅游服务的刘存亮，干好了能当领班，能当领班就有升主管的可能，升了主管还有机会提为经理，提了经理就离总经理不算远了。等到刘存亮当了总经理的那一天，他李臣说不定还在汽修一条街的哪个修车铺子里撅着屁股给人家卸轮胎呢。

鉴宁太小了，盛不下年轻人的宏伟理想，壮志豪情。

寒假很快就过去了。

整个寒假父亲不在，保良每天浑浑噩噩，功课做得潦潦草草，更多时间都在网上闲逛，开房灌水，甚至上声讯网站和一帮素不相识的家伙彼此拍砖，还迷了几天网上的最新游戏"刀剑封魔录"，很快学会了N多招法——阳关三叠、貂蝉拜月、广寒月影、女娲补天、金玉击鼓、洛神凌波……

中学的最后一个学期似乎格外漫长。最先熬不住的是在中专学汽修的"大哥"李臣。李臣在离毕业还差六个月时头脑一热，居然放弃寒窗数载即将到手的那张文凭，提前退学来到省城自谋发展。他说他想通了，现在拿着大学文凭都不一定找得到理想工作，更不用说一张中专文凭了。他一旦想通就犯不着为那张擦屁股纸再熬数月，索性闯出去看看外面的世界，早点江湖行走试试身手，多几个月就能多练几个回合，多摔几个跟头还能早成正果。

李臣来到省城的第一个投奔对象，当然就是他的"三弟"保良。他拎着一只装满衣物的旅行包站在保良的学校门口，让放学出来的保良又喜又惊。保良高兴地带着李臣去了他家，他想至少在李臣找到工作之前，可以让他住在自己的屋里暂时安身。他唯一需要嘱咐李臣的就是见到他父亲之后千万不要马虎大意，把他寒假期间回鉴宁老家安葬母亲骨灰的事向父亲说漏。

保良领着李臣回家，那种感觉真好。从当初一起光腚和泥的混沌少年，到今天仍是福祸相助的朋友，保良去鉴宁和李臣挤一条床板，现在李臣来投，当然要睡在保良的榻侧。

他们穿过保良家巷前那条热闹的街市，街市上橱窗华丽的商店鳞次栉比，随后一条静谧的林荫小道，将满目惊奇的李臣带到了那片几乎一尘不染的社区。李臣的目光很快穿过一座院落的灰色围墙，看到了保良家青瓦斜漫的巨大屋顶，他一惊一乍地问道："保良，这就是你的家呀，这么大的屋顶要遇见地震塌了咋办？"保良说："要真有地震先塌的是你家那种老屋。"李臣说呸！保良笑笑说这是科学。

时间还早，估计父亲尚未下班。保良用钥匙打开家门，从门口摆放的鞋子上他们意外地看到，父亲不仅已经回来了，而且家里还来了客人。

穿过短短的门廊，便是宽敞的客厅，保良看到父亲在客厅与客人聊得正欢。父亲很久没有这样眉开眼笑了，这样快乐的笑容在保良的记忆存盘中早已搜索不到。

客厅的沙发上，坐在父亲对面的，是一大一小两个背影，都是女人。两个背影听见身后的门声和脚步声，一齐转过头来，用目光与保良彼此打量。保良看清，年长的一个大约四十多岁，长得很瘦，五官紧凑得没长开似的，年轻的一个大约只有十五六岁，面孔圆胖，好像已经长得裂了。两道投来的视线都有几分疑问，好像她们才是这里的主人，而保良反而是个不速而来的生客。

父亲也看见保良了，说："啊，你回来啦，这是杨阿姨，这是杨阿姨的女儿，叫嘟嘟。"保良点头和那一大一小两个女人打了招呼。杨阿姨也点头回了个招呼，面上露出了一些微笑，而嘟嘟却始终用圆鼓鼓的眼睛看他，脸上一点儿表情没有。

父亲又看到了站在门口没动的李臣，问保良："这不是你小学的同学吗？什么时候也到这边来了？"保良答："啊，刚从鉴宁过来。"父亲很和蔼地说："啊，带你那屋坐吧。"

保良又和杨阿姨打了个招呼："阿姨您坐。"便带着李臣去了自己的屋子。李臣悄声问保良："那女的谁呀？"保良说："我也不知道。"李臣便不再多问，环顾着保良的卧室，说："你们家真棒！"

这是保良搬到省城、搬进这幢崭新的房子后，第一次接待鉴宁的朋友，他因此而感到兴奋而开心异常。他的卧室比原来在鉴宁住的那间大得多了，除了床和带大镜子的推拉门衣橱外，还有一只北欧款式的沙发。写字台也是北欧式的，带电脑键盘架的那种。墙上挂着父亲为保良从公安学院收集来的各国警察的警服画页，那些警察看上去威风凛凛，还有几个女警，也个个扮相粉酷。

李臣万分羡慕地欣赏个没够，又去摆弄保良的电脑。父亲在门口探头，见保良要在地上给李臣打铺，便把他叫出来，盘问："他要住在咱们家吗？"保良说："啊，他刚从鉴宁过来，还没找到住的地方。"父亲说："这不好吧，以后鉴宁来的人多了，都往这儿领，领得过来吗？让他去找个旅馆住吧。住一般的小旅馆也不贵的。"保良说："这是我最好的朋友，上次我回……"父亲见保良蓦然卡住，问："上次怎么了？"保良吞回去，说："没事。"父亲也没有追问，说："而且今天咱们家有客人，待会儿我要请杨阿姨和她女儿出去吃饭，你也去，带个生人不太方便。你们聊会儿就让他住旅馆去吧。他要没钱你先给他垫上，啊。"

父亲这几年几乎从未用过这样温和恳求的腔调和保良说话，这比严词命令的力量还大。保良不得不点头应了，回身面对李臣询问的目光，一时尴尬得无以为答。

那天保良把李臣送到附近的一家旅馆，用父亲给的钱为李臣交了一周的房费，又约好明天陪他去找工作，才万分愧疚地和李臣分开。

那天晚上，保良跟父亲一起请杨阿姨及她的女儿嘟嘟出去吃饭，那是保良搬到省城后父亲最为破费的一餐。自从母亲走后，家里就由父亲做饭。父亲做的饭粗糙难咽，偶尔带保良下下馆子，通常也是简简单单。这天晚上父亲的一反常态给了保良一个预感，从那以后，杨阿姨果然成了他家的一个常客。保良慢慢知道，杨阿姨是外省人，已经离婚多年，生活不算宽裕，对女儿却十分娇惯。保良还知道，杨阿姨有点儿文化，过去当过演员，是演话剧的还是唱戏曲的保良不太肯定，但杨阿姨拿过一些年轻时演现代戏的剧照给父亲看过。剧照里的杨阿姨浓施粉黛，和现在的模样相去甚远。保良不由常常对镜自省，不知自己这张青春面孔，多少年后是否也会变得皮糙肉垂。

杨阿姨常到保良家来，保良家的餐桌也就变得丰富起来，屋里的卫生也开始干净，一切都恢复了母亲在时的井井有条。但保良吃不惯杨阿姨做菜的口味，那口味与母亲做的饭菜大不相同。他也不喜欢杨阿姨把他家装点得那么花里胡哨，和他和父亲的情趣格格不入。母亲在时，家里也是这么干净，但朴素大方，亲切自然。

和保良预感的一样，父亲的爱情进展得很快，大人的判断既准确又现实，省略了许多卿卿我我与风雅浪漫。有一天，保良放学回家拧动家门钥匙时，父亲在里面主动给他开了门，从父亲主动给他开门这个举动上，保良就猜到这是个不同寻常的黄昏。父亲开门以后冲他微笑，态度和蔼可亲，他对保良说："今天杨阿姨没来，我也没有做饭，待会儿咱们到外面去吃吧。"父亲叫保良先别回房间，先在客厅里坐一下，他说他有个事要和保良谈谈。

保良就坐下来了，坐在父亲对面，书包放在一边。

父亲开口，让保良意外的是，竟然还是老生常谈："保良，考公安学院你现在准备得怎么样了，有没有把握？"

保良说："在学呢。"

父亲继续着他那番不知重复了多少遍的教诲："我和公安学院的刘院长说好了，只要你一过分数线，他们肯定收你的。爸爸在公安系统还是有一点儿名声的，所以学院里对你肯定是欢迎的，是重视的。你一定要加把劲，不要丢爸爸的脸。等将来你从公安学院毕业，爸爸也还可以争取争取，把你分配到刑侦部门去，去实现你的理想，这些爸爸都可以帮你。"

保良说："噢。"

父亲停了一下，开始言归正传："爸爸老了，身体又不好，马上该退休了。爸爸只盼着你考上大学，毕业后全力以赴地工作，所以爸爸身体再坏，也不能拖你后腿，不能让你以后每天放学回来或者下班回来，还得照顾我给我熬药做饭。"

父亲说到这儿，抬眼看保良，保良也看父亲。保良的无声无息让父亲感觉到压力，把对视的目光又回避开了。

"保良，爸爸想了很久，决定还是找个老伴儿，人老了总得有伴儿。你杨阿姨对爸爸很好，爸爸想和杨阿姨……当然还有你，还有杨阿姨的女儿嘟嘟，一起组织一个新家，你同意吗？"

父亲艰难地说完他的决定，然后看着保良，等他表态。父亲生性倔强，在家从来说一不二，一向处在指挥者的位置，他此时的惴惴不安是保良从未见到过的。也许今非昔比，母亲死了，姐姐跑了，现在的保良，是他唯一的骨肉至亲。

保良也看父亲，只看了一眼，他说："同意。"

父亲点头，长长地出了口气，目光兴奋，说："好，虽然这是爸爸个人的事，但爸爸还是应该征求你的意见。你大了，懂事了，以后杨阿姨和嘟嘟来了，你要像个大人一样，不要任性。嘟嘟比你小，又是女孩子，你多让着她一点儿，行吗？"

保良说："行。"

父亲又点头，满意地点头。

父亲说："好，那咱们出去吃饭吧。你把书包放回去。以后你的东西别像以前似的到处乱放。你自己的房间也经常收拾收拾，别总那么乱，让人家看了笑话。"

保良从沙发上站起来，拿着自己的书包，进了自己的房间。

保良进了自己的房间，按父亲的要求把床上桌上随意散放的东西一一收进抽屉，收进衣橱。过去他的房间都是母亲帮他收拾，姐姐也帮他收拾。姐姐和母亲都不在了，父亲也不大管，他懒惯了，房间就总这么乱着。

父亲在门外问："保良，你收拾好了吗？咱们出去吃饭。"

保良说了声："好了。"可他的嗓音忽然哑得几乎失声，他这才发觉自己已经泪流满面。

父亲的婚礼既隆重又简单，隆重是因为父亲作为全省知名的公安英模，所以省公安厅和公安学院都有级别挺高的领导到场祝贺，举办婚礼的那家酒楼的门外，停了好多辆挂公安牌照的警车轿车，场面上显得威风气派。简单是因为陆家在省城无亲无友，除了儿子保良，父亲几乎孤家寡人。杨阿姨那边只有一个姐姐，专门从广西赶过来的，算是新娘家的代表。杨阿姨在省城本来有些朋友的，但她毕竟是二婚，大人的心理，似乎不愿张扬。也许还因为父亲不管怎么说也是个残疾人，走路一瘸一拐的，杨阿姨可能也觉得不甚体面。所以婚礼虽然租下了那家酒楼一个足以放下四张大桌的厅房，但主宾到齐只将将坐满了两桌。

保良看得出来，父亲很高兴，对娶到杨阿姨心满意足。杨阿姨是搞过文艺的，现在又在市里的园林局搞行政工作，场面上的礼数还比较周到熟练。那个婚礼上的主角，反而是她的宝贝女儿，高兴时大叫大笑，一句话不高兴了，又嘟着嘴要两个大人不停地哄劝。父亲说嘟嘟怪不得叫嘟嘟，一嘟嘟嘴巴可真是好玩。嘟嘟说："以后不许叫我嘟嘟，我有大名！"来宾中一位年龄颇大的领导也喜欢嘟嘟撒娇的样子，问："你大名叫什么？"嘟嘟说："我大名叫杨月娇！"大人们都笑，说："嗯，像个明星的名字，挺好挺好。"

杨月娇？保良想，有多俗气！

来宾们送了新娘新郎不少贺礼，从毛毯到手表手机，多是家用或实用的东西，其中有一只爱立信的新款手机，还有一只很酷款的潜水表，父亲后来都送给了保良。那只潜水表是保良拥有的第一件奢侈时尚的装饰品，比权虎过去送给姐姐的那只伯爵表还要吸引人。这只其实并不值钱的时装表让保良高兴了好久，而且第二天就拿到李臣那里炫耀。

李臣找到工作了，他在市中心的焰火之都夜总会当上了KTV包房的服务生，既挣钱又见世面。每月花三百元租一间地下室旅店的房间独住，花五百元供自己日常吃用，花三百元添置时髦的衣服皮鞋，还能剩三五百元存在卡中。在这种夜总会当包房服务生是没有工资的，全靠客人用小费照顾，干得好或碰上大方爽快的客人，一个月挣三四千小费并不太难。

不知是不是受了李臣"发财"的诱惑，刘存亮也退学到省城来了。和他同来的还有一个名叫菲菲的漂亮女孩。不管刘存亮自己怎么解释，保良很快就察觉出来，刘存亮还差两个月就不顾家长强烈反对，把寒窗数载马上就要挣到的中专毕业证书弃之不要，义无反顾地来到省城，多半是为了这个菲菲。

既然李臣这样一个只学过汽修专业的人在夜总会干服务生一个月也能挣到三千四千，那么刘存亮这个专学外事服务的，干这个岂不比他更加在行？

不管怎么说，"鉴宁三雄"在省城提前会合，对保良来说是一件令人兴奋的事情。尤其是现在，现在保良是多么多么需要朋友！

现在，在杨阿姨和嘟嘟搬进他家以后，家里真的从此干净起来。但保良每次回家，一听见杨阿姨不停地在屋里和父亲说笑，听见他们哄劝嘟嘟的声音，他反而失去了家的感觉。他把母亲和姐姐的照片摆在自己床头，也难却心中孤独寂寞的侵扰，这时见到少年时代的结义兄弟，那种生死与共的友情立刻迸发出来，让他比任何时候都更加强烈地感受到朋友的重要与珍贵。

在这个世界上除了他的姐姐，与他最亲的人都来到了这座城市，他因此而对这个城市多少产生了一点儿归属感，不知不觉中，认同了这里的一切。

刘存亮来到省城，他和他的女朋友菲菲，都在李臣包租的那间小屋里住下。在那种小旅馆里，旅客来来往往，人流五方杂处，男女同居没人管的。好在李臣和刘存亮是多年的兄弟，坐怀不乱的男儿本色，李臣还是有的。

菲菲长得不错，如果她不开口，不把那点儿从鉴宁带来的土腔俗调随意暴露，你也许会以为她是个在省城长大的本地女孩。特别是她在省城落脚的第二个月后，她已能迅速模仿出都市的各种摩登，从衣着到谈吐，都很有点儿那个意思了。女孩子的变化真是快得惊人，任何新的刺激都会让她们为之兴奋。对于菲菲来说，新生活的刺激除了大城市物质世界的繁华之外，还有一样，那就是刘存亮的这位眉清目秀的"三弟"。

五

在菲菲自小到大接触的男孩当中，保良是个另类。

保良面目平静，喜怒无形，长于倾听，短于倾诉，既不吝啬也不铺张，既平易近人又神秘难测，既不像李臣那样满口脏话，也不像刘存亮那样"满腹经纶"，在"鉴宁三雄"中既像一个弟弟，又像一个实际上的中心。

而且，最让菲菲心动的是，保良从不主动和女孩亲热。

保良不仅对菲菲不苟言笑，他对所有女孩都是如此。他对女孩有着天然的挑剔，不像对同性那样宽容。

比如对嘟嘟。

和嘟嘟在一个屋檐下生活两个月了，他也没能和她建立半点兄妹之情。嘟嘟太任性了，每天的饭菜要按她的口味去做，每天看电视要按她的爱好换台。以前父亲在客厅里看电视的位置，也都由嘟嘟占了，父亲则坐了保良的位置。保良从那时起索性不看电视了，一吃完晚饭就回自己屋去，把整个晚上消磨在电脑桌前，上网发帖或玩儿"刀剑封魔"什么的。父亲以前一直严格控制他用电脑的时间，生怕他玩物丧志误了学习，现在也只能放宽管理，由他去了，以平衡家里新的利益格局。本来嘟嘟看上了保良的这台电脑，好几次跟她妈妈吵着要到保良屋里来上网游戏，于是杨阿姨就跟父亲嘀咕。父亲反复权衡，最后决定花钱给嘟嘟买一台更新型的电脑，没让嘟嘟侵犯保良的东西。但父亲后来还是和保良商量，让保良把那只爱立信的手机交了出来，理由是避免外界干扰过多，影响保良的毕业成绩。保良很快发现他那只心爱的手机随后就成了嘟嘟的掌上玩物，这件事让他气闷了很久，让他觉得自己在这个家里的地位，已经退至从属，已经无足轻重。

显然，父亲看出了保良的不快，保良在家越来越少言寡语，缺乏笑容。保良的情绪，明显破坏了这个新建家庭表面应有的欢乐与和睦。于是，父子之间便有了一场私下的交谈。

说是交谈，其实就是父亲利用杨阿姨带嘟嘟上街的机会，主动走进保良的卧室，对保良进行的一次严肃而又恳切的谈话教育。

父亲说："保良，爸爸现在就剩你一个亲人了，爸爸全部希望都在你的身上，你说爸爸能不爱你吗？可爸爸年纪大了，身体不好，确实需要找个老伴儿照顾生活。爸爸也是人，也怕寂寞，爸爸也不能让你整天陪着爸爸，所以爸爸就找了杨阿姨。爸爸找杨阿姨，是征求过你的意见的，你是同意的。不管怎么说，你也看到了，杨阿姨对爸爸很好，现在爸爸的生活有人管了，身体也好多了。可两个家庭并成一个，生活习惯肯定是不一样的，你可能不喜欢杨阿姨，不喜欢嘟嘟，可你是大人了，爸爸养你这么大，现在是需要你回报爸爸的时候了。爸爸只求你两件事：第一，你无论如何要考上公安学院，今后当一名尽职尽责的人民警察，干出成绩，把爸爸没有实现的理想给实现了。第二，你以后考上大学，按公安学院规定都得搬到学院去住，一星期也就能回来一次，和杨阿姨、嘟嘟她们，不会接触太多。可你现在在家，能不能对杨阿姨和嘟嘟有个笑脸？你总板着脸不说话人家看了多难受。嘟嘟有点小性子，可她还小，又是女孩儿，还不是我亲生的，我不能说她太多，我只能说你，只能要求你让着她，就算是你为了爸爸受点儿委屈吧。你要是能对杨阿姨和嘟嘟好一点儿，就是对爸爸最大的支持、最大的孝顺。爸爸以后万一为了杨阿姨和嘟嘟骂你，你就忍一忍，我要求自己的孩子严一点儿，也是做给她们看的。你能理解吗?"

保良无言以对，他发现父亲还是很爱他的，他承认自己很多地方确实做得不对。他低头吭了一声："能。"

父亲点头，看看保良的床头，又说："保良，你能不能不把你妈和你姐的照片摆在这儿，你这样让杨阿姨和嘟嘟看了很不舒服，以为你是故意不接受她们……"

保良开口说话："我想我妈、我想我姐，我连这点儿权利也没有了吗?"

父亲说："这不是权利不权利的问题，我也想你妈，可你妈已经不在了，想也想不回来。杨阿姨现在天天给咱们做饭收拾屋子，爸爸有个头疼脑热她那么尽心尽力地照顾爸爸，可咱们这边老是把你妈的照片摆在家里，那这个家杨阿姨还怎么待呀。人家给我带来幸福，我也得让人家幸福，我不能让杨阿姨和嘟嘟在我这里受委屈。你要是能理解爸爸，愿意配合爸爸，你就把你妈你姐的照片收起来，你要是不理解……那你就看着办吧。"

如果父亲是强迫命令的口气，保良可能会硬抗到底，可父亲最后这句话，说得老气横秋，有气无力。保良看着父亲起身离去的背影，他梗梗的脖子，那一刻也突然变得有气无力。

那天晚上，保良收起了母亲和姐姐的照片，他把她们的照片从床头柜上拿下，从镜框里取出，压在了自己的床褥下面。

收起了母亲和姐姐的照片，保良更觉得这栋宽敞明亮的房子不是自己的家，今后也不会属于自己。他那时也真心实意地盼着能尽快考上公安学院，然后好住到学生宿舍去，一个星期顶多回家一次，和杨阿姨和嘟嘟她们，什么习惯合不合的，眼不见为净得了。

那时候最理解他的只有李臣和刘存亮，还有刘存亮的女朋友陶菲菲。

但李臣每天在夜总会上夜班，白天要睡一整天觉。刘存亮忙着找工作，也没时间与保良共鸣。他这个学旅游服务专业的，在这类需要服务技能的行业中，却反而不如学汽车维修的李臣，能很快找到一个施展拳脚的职位。

唯一愿意也肯花时间待在保良身边，担任倾听者角色的，只能是那位刚刚相识不久的女孩菲菲。保良那时放学后总是不愿早早回家，总要在街上或者河边闲逛到天黑，菲菲便成了他的一个聊伴儿。保良几乎把自己的一切苦闷和思念，全都倾诉给了菲菲，直到听完菲菲充满同情的感慨与声援，心境才稍稍得以安定。菲菲还带他去了一家美容院，找那里的熟人在保良的左耳垂上打了一个耳洞，让保良把母亲留给他的白金耳环戴上。菲菲和美容院的师傅都说"现在男孩戴耳环可流行呢，更何况你戴这个不光图个时尚，也是对亲人的一份怀念之心"。

保良戴着耳环回家这天父亲很不习惯地看他半天，想说什么却欲言又止。也许因为保良自觉地收起了母亲和姐姐的照片，现在戴上母亲留下的这只耳环，似乎不便再加干预。但晚饭后保良听见杨阿姨在客厅里小声跟父亲搬嘴弄舌，说现在正经人家的男孩哪有戴耳环的，保良又不是搞艺术的，突然戴这个左邻右舍准会背后议论。半小时后父亲果然敲了保良的房门，进来坐在保良的床上，半天才说："保良，你一个男孩子，马上就要考警院了，耳环这个东西都是女人戴的，你这样怪里怪气，人家警院还怎么收你？"保良不看父亲，说："我上学校就摘了。"父亲又闷坐了一会儿，什么都没再说，起身走了出去。

第二天，早上吃饭，保良仍然戴着那只耳环。嘟嘟突然对她妈说："妈，我也要戴耳环。"杨阿姨说："学生哪有戴耳环的？"嘟嘟说："保良就戴了。"父亲马上替保良解释；"啊，保良一到学校就摘了。"嘟嘟立即说："那我上学校也摘了。"杨阿姨看一眼保良，说嘟嘟："先吃饭，回头再说。"

保良匆匆吃完早饭，匆匆出门，他不愿和嘟嘟同路上学。他出门时听见杨阿姨在嘟嘟屋里训斥嘟嘟："人家有什么你非要什么，你妈没本事，买不起那玩意儿，你学点好行不行啊……"保良听到父亲在劝，听到嘟嘟在哭。

那天傍晚，保良、刘存亮和菲菲一起，在东富码头附近的岸边闲坐。刘存亮还在为工作的事顾自发愁，而菲菲的关注点则依然在保良身上。她说："保良你戴耳环帅死了，你们家嘟嘟小姐真是有福不享，要换上我，跟你好还来不及呢，哪还能跟你怄气呀。"刘存亮说："那女孩才十五岁，生理上还没开窍呢，哪像你，十四岁就交男朋友了。十八岁都快二婚了。"菲菲推搡刘存亮："我跟谁是一婚呀？"刘存亮笑道："跟我呀！"菲菲说："呸！那我跟谁二婚呀？"刘存亮又笑："跟保良呀！"菲菲的脸竟然红了，口中却立即接应："好，这是你说的，你别后悔就行。"刘存亮这才哄劝菲菲："你瞧你，开句玩笑嘛，保良没急你倒急了。"菲菲转眼去看保良，保良说："我现在啥也不想，只想好好考上公安学院，然后再把我姐找着。"

菲菲说："保良，考公安学院我帮不了你，找你姐我可以帮你一起去找，你找到哪里我陪到哪里，你打算到哪儿去找？"

保良望着眼前无波无澜的河水，河面上反射的夕阳却随风飘移，像他心里的思绪一样，一直流淌，却没有方向。他说："我也不知道到哪儿去找，她跟着她的丈夫也许已经去了外省，也许再也不会回我们老家去了，更不会来这个地方。"

菲菲说："也说不定远在天边，近在眼前，哪天你在街上正走路呢，突然碰上一个也戴这样耳环的女人，上来就和你抱头痛哭，就像韩国一个电视剧里演的那样……"

这只是菲菲的猜想，只是李臣、刘存亮这些朋友的愿望，或者，只是他们的调侃。但无论是什么，毕竟说出了保良的梦境。人心都是善良的，都期待过程无论多么艰辛，结局都该团圆美满，如果把它设计成一部电视剧的话，那应该连保良的母亲都复活回来，一家人相聚甚欢，重返鉴宁那座美丽的小城，就在那座古堡似的砖窑旁边，面对昼行夜伏的鉴河流水，建起他们新的家园……

省城的鉴河与鉴宁的鉴河完全不同，两岸的风光景物很难比拟，但同样均速而下的河水却不断撩拨着保良的想象，让他不止今日地无数次想起家乡河畔的风吹云动……

岸边的路灯亮起来了，鉴河的水面沉入夜幕之中，到了不能不回家的时候，保良快快地走回家去。他没有吃饭，但一点儿也不饿。

保良回到家时知道父亲病了，不是急病，而是血压又上去了。杨阿姨在厨房里给父亲熬着什么，嘟嘟一个人在餐桌上吃饭。保良走进父亲的房间问安。父亲心情显然不好，用不满的眼神盯着保良左耳的耳环，说了句："男不男女不女的，你能不能摘了！"保良就摘了。父亲病着，他不想惹他心烦。父亲叹了口气，又说："你干什么去了，怎么总这么晚回来？"保良说："我在学校补课。"父亲的脸色这才慢慢平缓，不那么紫了，声音也心平气和了一些："保良，你能不能帮爸爸办个事去？"保良说："什么事？"父亲说："嘟嘟想吃汉堡包了，现在太晚了，女孩子上街不安全，你能不能帮她买一个回来？"

保良怔了片刻，点头，说："行。"

不止一次了，嘟嘟要吃什么，父亲都是再晚也出去给她买回来，酸梅汤冰激凌什么的，还有让她越来越胖的巧克力奶昔之类。嘟嘟总是这么嘴馋，买回来也只是一句"谢谢爸爸"。一脸受之无愧、理所当然的样子。也许父亲觉得杨阿姨也是这样照顾他的，也许因为嘟嘟很早就叫他爸爸了，所以父亲为嘟嘟干这干那，从没怨言。

父亲倒是从来不让保良去买，一是怕耽误保良做功课，二是不想加深他和嘟嘟的矛盾。只有碰到生病或者刮风下雨的时候，才会破例劳驾保良一回。

不过保良有时也能公允地自我平衡，杨阿姨来了以后，确实减轻了父亲的家务负担，买菜做饭之类平时大多由父亲来做的家务，现在都由杨阿姨来承担。父亲在家里的笑脸也的确多了，身体状况也好于从前。甚至性格都发生了很大变化，至少对保良的性子比过去好了不少，过去保良要是敢戴耳环父亲肯定强迫他摘了，而现在，只要保良能跟杨阿姨和嘟嘟和平相处，父亲顶多唠叨几句，然后睁一只眼闭一只眼。

所以，保良也知道要尽量和她们搞好关系，有看不惯的地方就躲进自己房间。他在这个家里的地盘，一步步退缩在自己卧室的十几米见方之内，声音也必须限制在卧室的门里。过去他在家听音乐总喜欢把声音放大，有些曲子声音不大就听不出音箱该有的震撼感来，可现在他一把音响开大父亲就会敲门进来限制："嘟嘟看电视呢，你小声点儿！"在父亲安排的不成文的家庭秩序中，嘟嘟成了家里的头号人物——因为嘟嘟是女孩，因为嘟嘟还小，也因为嘟嘟——至少相对保良来说——还有点客人的意味。

保良挺恨的，他在这个家里已被挤在边角，越来越不能像过去那样随心所欲，自由呼吸，大声喧哗。

保良第一次和嘟嘟吵架也是因为一个汉堡，那是一个周末假日，保良没睡成懒觉就让父亲叫起来去商场拉鱼缸去了。在那个周末之前，公安厅的领导找父亲谈了退休的问题。父亲已过五十八岁，身体又有残疾，再提拔肯定不现实了，按有关政策的规定，可以拿全薪光荣"内退"。父亲也就此和厅领导谈了"条件"：同意"内退"，但再次要求公安学院方面确认，只要保良的成绩达到了大学录取的分数，学院保证招收录取。厅领导也再次做了保证：陆为国同志是全省闻名的公安英模，他的后代子承父业理所当然，就是考不上大学，可以第二年再考，省公安学院的大门对陆为国的儿子将永远敞开！

父亲从此在精神和物质两个方面，开始了退休的生活准备。买了渔竿，学了麻将，又在客厅里选择了一个合适的角落，量好尺寸，去商场订了一只大号的鱼缸。保良和父亲租了辆小货车，把鱼缸拉回来安装在客厅里，灌好水，调好氧气泵，放进颜色不同形状各异的观赏鱼之后，杨阿姨也把烧好的一条大鲤鱼摆上了餐桌。

保良和父亲洗了手，保良在餐桌前坐下，杨阿姨摆好碗筷绕过餐桌去客厅看那一缸彩色的鱼。父亲喊卧室里的嘟嘟过来吃饭，嘟嘟人未过来声音先过来了："爸，我想吃麦当劳！"

杨阿姨走到餐厅门口，哄她女儿："嘟嘟，快过来，今天妈妈做的是糖醋鱼，你最爱吃的，快来！"

嘟嘟仍未出来，仍喊："我不吃鱼，我要吃麦当劳！"

杨阿姨还想哄劝，哄劝其实就是把腔调拖长："嘟嘟——"而父亲开口劝住了嘟嘟的母亲："孩子要吃就让她吃吧，长身体的时候……我去买。"

父亲瘸着腿一歪一歪地走到自己的卧室去穿衣服，保良只好从餐桌前站起来，冲父亲说："我去买吧。"

父亲看一眼保良，也许是看到了保良眼中的愠怒，于是不敢劳动儿子，息事宁人地说："我去买，我正好没烟了，也正好想走走。"

保良冲嘟嘟的卧室大声说："让她自己去买好了！她又不是没脚没腿！"

父亲想制止保良，但一时找不到适当的词语。保良喊出第一嗓子，心中压抑的不满便失控般地决堤而出。

"她又不是什么大小姐，别人也不是她的用人，干吗要这么伺候她？干吗惯她这个毛病！"

嘟嘟终于从卧室出来了，一同出来的还有她气急败坏的叫声："我又没让你买，你插什么嘴！你插什么嘴！你欺负女孩子算什么了不起，我才不怕你呢，我告诉你！"

两个孩子一直各有不忿，父亲和杨阿姨都看得出来，但如此撕破脸皮大声争吵，在这个新家还是头一回。父亲大声制止儿子，杨阿姨小声拉劝女儿，但无效，保良已经被嘟嘟的无赖激得面红耳赤。

"我爸腿有病你看不见吗！你不心疼我心疼！"

嘟嘟也喊："我妈也有病，我妈凭什么要给你做鱼？凭什么要给你做饭？我妈做的饭你不许吃！"

嘟嘟眼泪快要汪出来了，保良头上也冒了青烟。他大步离开餐厅，不顾父亲的呼喊，从自己的卧室拎了件上衣便离开家门。他当时心里只有一句愤怒的誓言：我再吃你妈做的饭我是王八蛋！

当然，这事风平浪静之后，保良当天晚上还是回了家，第二天还是照常吃了杨阿姨做的饭。和嘟嘟之间虽然很久都不说话，但也很久没再公开对峙。嘟嘟显然也收敛了一些，再不当着保良的面支使父亲。父亲在保良的屋里也和保良做过长谈，批评保良对嘟嘟的蛮横态度。他对保良说："嘟嘟不管怎样还叫我一声爸爸，你什么时候叫过人家杨阿姨一声妈妈？人家杨阿姨是来照顾我的，可你不也是吃人家做的饭？杨阿姨来以后你什么时候收拾过客厅餐厅？什么时候擦过一次地？还不都是杨阿姨干？我们不让你干这些活儿还不是为了你集中精力准备考大学，你怎么从来没对人家说个谢字!"

保良没和父亲分辩，他低头聆训，心情混乱。父亲说的不是没有道理，只是保良情绪还转不过弯来。他看得出来，父亲是离不开杨阿姨了。可他也不想承诺今后就把杨阿姨当作母亲。他知道由于他对嘟嘟的态度，杨阿姨并不喜欢他，虽然从不当面说他，但私下里也没少在父亲身边抱怨。杨阿姨从外形到内心，都与母亲无法比拟，相差太远，他很难违心地叫她妈妈。如果他叫她妈妈，在夜深人静的梦中，将如何与自己的母亲相见?

保良也看得出来，在他与杨阿姨母女的矛盾中，父亲更多地站在了对方一边。父亲现在不与保良冲突，很大程度是因为保良正处于高考的冲刺阶段。也许父亲明白，一旦保良考上了公安学院，无论是保良个人的心情和目光视野，还是他与杨阿姨及嘟嘟的接触时间，都会发生改变，原有的裂痕就会渐渐消弭，原有的矛盾就会慢慢化解。

高考终于来了。

高考的第一天，父亲不知从哪儿借了一辆别克轿车，让司机开着，亲自送保良去了位于城北的考场。在保良考试的全程，父亲始终坐在烈日炎炎的街边，等着保良考完出来。杨阿姨虽然并不喜欢保良，但表面上还是全力支持，那几天炖鸡炖鸭，把保良的口味和营养调理得相当周全。嘟嘟也看出这几日对保良和父亲来说，真的重要无比，所以也闭气息声，不生事端。那几天李臣、刘存亮和菲菲虽然和保良没有相聚的机会，但他们之间的话题，总会提到保良的考试，都知道此役关乎保良一生的命运前途。

保良从小到大，特别是和杨阿姨母女组成新家之后，从没受到过这样的重视，一下成了这个家庭关注和娇宠的中心，这种感觉让他觉得生活真好。他的这个新家，他的这个后妈，也是那么亲切，连嘟嘟那张胖胖的脸蛋，也能看出过去从未注意到的可爱与单纯。

还有他的父亲。

每当保良从考场出来，看到等在街边的父亲，看到父亲挤在陪考的家长当中，手里拿着冰镇的冷饮，翘首张望着考场的大门，保良就忍不住心中感动，两眼湿润。

考完之后，很久很久，保良与父亲一起，度过了等待的煎熬，就像一个囚犯在等终审的判决。那些天保良天天帮家里干活，买菜擦地清理院子，既是排遣焦虑，也是对家庭支持的一种回报。因为考试，因为回报，他和这个家庭的关系得到了缓和。他和嘟嘟也说话了，虽然都是些生活中必需的交流，但彼此的口气，都已变得亲切和客气。

等待是一种囚禁，是一种苦刑，父亲几次去公安学院打探情况，结果总是不甚了了。在这期间公安学院给父亲办理了内退手续，还搞了一个内退仪式。仪式很隆重，在仪式上，公安厅的领导感谢了父亲为公安工作和学院建设做出的贡献，也含蓄地感谢了他能给年轻干部让出位置的高风亮节，并且再次提到了以前的许愿，只要保良分数过线，学院保证率先录取。这个保证在这个仪式上得到重申，多少有点正式承诺的意思，所以父亲很高兴，剩下的担忧只是保良的分数问题。分数高低父亲无能为力，只看天意了。

在父亲退休的一周之后，也许是八九天吧，保良记不清了。父亲去公安学院取回了他最后一批个人物品，茶杯毛巾和笔记本之类的。在回家的路上，父亲很反常地去了一趟菜市场，买了一条鱼，一只鸡，两斤基围虾，还有其他一些吃的东西。自从杨阿姨来了以后，父亲几乎从没独自上菜市场买过东西。父亲回家后把这堆鸡鱼虾菜放在桌上，保良刚要帮杨阿姨拿进厨房，父亲叫住了保良。

"保良，你坐下。"

保良坐下了，他在父亲略显反常的脸上猜不出祸福吉凶。

杨阿姨以为父亲要骂儿子了，回避地往厨房里走，还没走到厨房门口就听见父亲庄严的声音：

"保良，你考上了！"

好运和成功使人善良，好运和成功使人开朗，好运和成功让人不再计较一切前嫌后怨，一切过往的得失，连杨阿姨和嘟嘟这样曾被保良视之为敌的人，那些天也都变得慈眉善相。好运和成功也使人谦让和宽容，其实杨阿姨还像过去一样，有看不惯保良的地方就在父亲耳边嘀嘀咕咕，嘟嘟也照常撒娇懒惰支使父亲干这干那，但在保良眼里心里，一切都变得可以容忍，可以原谅。

保良后来知道，他的高考成绩其实并不理想，分数虽然过了大本的录取线，但过得相当惊险，相当勉强。而且，离公安学院的招生标准也有差距，但公安学院从照顾公安英模的后代考虑，还是破格录取了保良。可以说，保良今后人生道路的第一步，就是踏着父辈的功绩开始的。但无论如何，保良终于走进了他日思夜想的公安学院。

保良走进了公安学院，他的兄弟朋友和他同样欣喜若狂。但对于"鉴宁三雄"之间的关系来说，保良这一步就像迈过了一个界碑——李臣还在夜总会里做服务生，每日昼伏夜出，辛辛苦苦；刘存亮在一家小餐馆里当了一个星期的传菜员，某日和大厨吵了几句让老板开了，又重新回到失业状态，他们的未来究竟怎样，连他们自己也说不清楚。但保良就不同了，保良在省城有家，那是多好的一座院落，多好的一幢房屋，保良又考上了大学，而且马上就要穿上警服，保良的人生道路从此铺就，未来一片光明。站在公安学院的门口极目远眺，就能料想五年之后十年之后，保良子承父业，肩上有星有杠，管辖一方领土，而他的"大哥""二哥"说不定还在哪个餐厅酒吧辛苦打工。那时人已半老，连这口青春饭也许都难保住，盲流到哪里都说不定了。十年后的"鉴宁三雄"，生活水平和社会地位肯定会有天壤之别，其情其景已可想见。

所以，在祝贺保良中举及第的聚会上，李臣和刘存亮半醉之后，不免纷纷泪洒樽前。菲菲那天也喝醉了，当着刘存亮的面搂着保良又亲又笑，狎昵得相当过分。刘存亮虽然喝多了但神智尚清，虽然神智尚清但情绪失控，他几次想把菲菲从保良身边拉开，但菲菲不知因为醉了还是从不把刘存亮的权威放在眼里，怎么拉都照样黏着保良。她叫着保良的名字，夸奖保良真棒，夸保良比刘存亮强多了，还说："保良你将来当上公安局长我可找你去，你不会把我忘了吧？保良你还找你姐吗？你将来放假我陪你找你姐去咋样？"

刘存亮终于忍不住了，抬手给了菲菲一个耳光，还骂菲菲太贱。菲菲则抄起桌上的茶碗扔了过去，刘存亮低头闪避，躲开了眼睛没躲开额角。居然，茶碗没碎，刘存亮额角也没破，有惊无险。李臣和保良都上去拉架，把双方的身体拉开，却拉不开彼此的咒骂。那一顿饭闹得不欢而散，虽然都是醉酒撒疯，但也伤了双方感情。第二天，菲菲酒醒后只记得刘存亮打了她的耳光，对刘存亮头上那块青肿的来历，则昏昏然没有记忆。于是她向李臣并通过李臣向保良宣布和刘存亮吹了，并且真的搬出了李臣和刘存亮合住的小屋。

在菲菲宣布与刘存亮分手的当天晚上，刘存亮来找保良。他打电话把保良叫出家门，就在保良家的门外，刘存亮痛哭出声。保良闻出刘存亮身上又沾了一股子酒气，但言语好歹还算清醒。他说："保良，菲菲跟我吹了。"保良说："我听李臣打电话说了，菲菲可能也是一时气话，过了这段也就好了。"刘存亮说："她不是气话，她早想跟我吹了，因为她看上你了！"保良吓了一跳："你瞎说什么！"但刘存亮擦干眼泪，态度真诚："真的，我不是瞎说，她就是看上你了，你比我有文化，比我有钱，比我漂亮，女孩还图什么！"保良不知该说什么，没想到火能烧到自己身上。他结结巴巴想洗清自己："不是，存亮，你别误会，我跟菲菲……"但被刘存亮打断："你要真喜欢菲菲，我就把她让给你，真的，咱们哥们儿弟兄多少年了，不能为一个女人坏了情分。我刘存亮是个重义气的好汉！女人，不算什么，三弟，你要喜欢，拿去！"

保良嘴笨，一通摆手："没有没有，菲菲我是喜欢，可我……"

刘存亮不容他说完："你喜欢，好，她是你的人了！"

保良不知怎么解释："我不是喜欢，我是说菲菲那人不错，但我从来就没想过和她……"

刘存亮说："三弟，二哥跟菲菲什么都没有过，最多搂搂抱抱亲亲嘴，菲菲还是干净的。你要喜欢她，我去跟她说，你要愿意上她，她肯定同意的，菲菲的心思我绝对摸得透。"

保良几个回合没有说清，有点浑身是嘴说不清了。他只好把父亲抬了出来："我爸不让我谈恋爱的，再说我马上就要上学了，也不可能交女朋友。"

刘存亮又掉了眼泪,抽抽噎噎地说:"保良,你真是熬出头了,你比我们爱学习,你爸又给你使得上劲儿,你这辈子算有着落了。李臣至少也有了合适的工作,我来省城这么久了,到现在还没地方找饭吃呢。"

的确,刘存亮不爱学习,又吃不了苦,家里也帮不上手,前途当然一片渺茫。他又不如李臣泼辣敢闯,能在夜总会那种地方如鱼得水,听说夜总会的经理有意要提李臣当领班呢。

两周之后,当保良在父亲的护送下,在一片敲锣打鼓的欢闹中,穿着一身崭新的衣服走进公安学院巍峨的大门,踏上学院内笔直的林荫大道时,眼看着迎新生的标语彩旗迎风猎猎,平整的操场壮观坦荡,他兴奋喜悦的心里,竟忽然飘过一丝惆怅。他不能不客观地承认,在这座学府高墙之外的大哥二哥,还有喜欢他的女孩菲菲,肯定离他越来越远了。也许他们长大变老之后,很难再像过去一样,坐在那座废窑的窑顶妄论天下,聚在一个街头的餐馆一醉方休。

在保良十八年的经历当中,他只爱过母亲和姐姐这两个女人。

在这十八年的经历当中,保良接触的女性很多很多,比如他的老师和同学,比如他的邻居和街坊。但老师是老师,同学是同学,邻居是邻居,街坊是街坊,他在下意识中并没有把她们当作异性,除了母亲和姐姐,如果也除了嘟嘟和杨阿姨的话,保良生活中出现的女性,只有菲菲。

而菲菲对保良来说,不知因为什么,并没给他心动的感觉。也许因为他从认识菲菲的那一天起,菲菲便是刘存亮的恋人。

菲菲对保良的仰慕，尽管并未激起保良的感动，却无意间唤醒了他对异性的好奇。被女孩喜欢的感觉竟是这样美妙，让人体味到男性的自豪！

在他走进大学校门之后，他也并不像其他男生那样，津津乐道于哪个系哪个班哪个女生的身材相貌，他更敏感的是哪个女生对自己有所关注，不知这种心理是否属于自恋类型。

学院里第一个关注他的异性留给他的印象自然最深，那是一个刚刚毕业尚未分配的干练的女生。那天她帮助总务处的老师给新生发放警服，保良试了好几个尺码的帽子才觉合适，那女生百试不厌的态度让保良对她有了好感，她在保良最终选定二号警帽时还眼神亮亮地说了句："好帅！"让保良久久为之快意盎然。

这女生的长相和她的个性极为吻合，大大方方，平静自然，五官端正，但不娇艳；皮肤细润，但不苍白。在新生第一次实弹打靶时她再次出现，她被老师叫来担当教学示范。她的姿态标准，动作稳健，表情镇定，弹无虚发。那几天这女生的飒爽英姿成了新生兴致勃勃的谈资。保良从同宿舍的新生口中很快知道她名叫夏萱，本地人，侦察专业毕业，本来分到省厅刑侦处坐机关的，后来不知什么缘故，一直留校未走。

男生对夏萱的关注给了保良极大的自豪，因为他清楚地记得夏萱看他的眼神，显然带着欣赏与好感。他后来在学生食堂打饭时又看见过她，她站在另一个窗口的队列里，排在保良前边，中间还回过头朝这边队列看他来着。保良记得，在夏萱做完打靶示范走回队列的那个瞬间，微笑的目光也似这样有意地在他脸上停顿了一下。保良马上想象，他大概成了这个英气勃勃的女生心目中的一个角色，白马王子那一类的。保良有时也清醒地知道这都是自己的梦呓与臆想，大概到了恬不知耻的程度，但他还是乐意放任自己的想象，不设疆域地随心驰骋。

没过多久，保良在学校里再没见到过这个夏萱。听人说她到省厅报到去了，又有人说她分到市公安局的一个分局去了。无论怎样，留在保良脑海里的，只剩下那个挺拔的身姿，和那个回眸一笑的完美眼神。

六

考上了大学，住进了学校，保良和父亲的关系真的更加融洽起来，和这个家庭的敌对情绪，似乎也成为一去不返的历史。不过每逢周末回家，保良除了和家人一起吃饭外，一般都还是在自己屋里上网或者听听音乐，听音乐也会戴上耳机，与杨阿姨及嘟嘟互不相扰。保良偶尔也会主动帮家里干点活儿，杨阿姨偶尔也会把一碟洗好切好的水果送进他的卧室。

父亲每周见了保良，照例关心他的成绩，照例提醒他在学校应该政治成熟，为人表率，最好头一年就能入党，同时当上学习尖子——"你是陆为国的儿子，虎父无犬子，你不蒸馒头也要争口气嘛！反正我在学院领导和老师面前早就替你吹过牛了，说你各方面都是最优秀的。还有，你在学校绝对不能再戴那个耳环，在宿舍也不能戴，当了警察还戴这个，全世界哪个国家都不允许！"

保良当然不可能在学院里还戴这个东西，他把这只耳环装在贴身的衬衣兜里。但一个同屋的室友还是大惊小怪地发现了他耳垂上的小洞，继而这个小洞便成了全班的一个话题。连女生都惊奇地来问保良："保良，你爸妈是不是特别喜欢女孩？把你当女孩养了，不然你一个大小伙子又不上轿扎什么耳朵眼儿啊！"保良总是微笑着回答："对，我妈想我姐姐，老想让我戴上耳环，就像见到我姐姐似的。"女生听了无不惊讶："哟，你还有姐姐哪，你姐姐在外地？"保良说："啊，在外地，好多年都没回家了。"女生问："出国了？"保良说："不是。"女生问："是亲的吗？"保良说："当然是。"女生嗔闹："你们家怎么搞的计划生育！"

耳环带在身上，周末换上便衣，保良就会把它重新戴上，然后对镜自顾。和李臣、刘存亮聚会时他也常常戴上，看得菲菲赞不绝口。菲菲说："保良你再戴个假发套涂上口红绝对能够男扮女装。就跟日本的万人迷木村拓哉似的，扮女人比女人还美。"保良说："去！"

菲菲和刘存亮确实吹了，菲菲已经开始公开追求保良。保良则像他对刘存亮表白的一样，对菲菲绝无此念，因此"良菲恋"属于剃头的挑子一头热的事。刘存亮离了女人，塌下心来又找了个餐厅服务员的工作，每月工资500块钱，管吃管住。刘存亮是个性格软弱但胸怀大志的人，500元工资省吃俭用，每月还要省出50元钱去买彩票，渴望一夜暴富，连暴富后钱都用来干什么也提前规划了若干方案，那些方案反过来又成为支撑刘存亮生活信念的美好憧憬。连李臣都在他的怂恿鼓动下跟着"玩彩"，只是忽断忽续不能坚持。

李臣在那家名叫"焰火之都"的夜总会里混得不错，每月小费收入不下三千，领班的职位也遥遥在望，所以每天上班都得小心翼翼，不敢出现半点闪失。李臣因此备感劳累，何况在"娱乐场所"干活儿的人生物钟全都乱了，一旦走在白天的阳光下，李臣脸上总是镀着一层病态的青灰。

但和刘存亮相比，李臣的见识和他的钱包一样，倒是越来越膨胀了，夜总会每天来来往往的客人三教九流无所不有，李臣也就无所不见无所不闻。保良慢慢知道，李臣脸上的青灰不仅仅是上夜班熬的，更多是陪客人喝酒喝的。酒这东西真伤身体，李臣本来五大三粗，在夜总会没干多久，就生生把自己折腾成了一副瘪耳吮腮的样子。

那一阵保良不得不从健康及未来的角度，反复劝诫李臣自控自爱，李臣听了只是无可奈何地笑笑，表示人在江湖身不由己。他是盯包房的服务生，客人让你干杯你能不干吗？你不干老板先得跟你急了，老板挣的就是这份酒钱！服务生挣的就是这份小费！叫干不干还想拿小费？当然妄想！不但拿不着小费，惹得客人不高兴了，连工作都没准保不住呢，所以真是身不由己。保良有时不得不痛苦地想到，鉴宁三雄，从小的兄弟，也许总有一天，会桥路分道，各奔东西。

大学第一年的课程繁重而又紧张，尤其是警院，对学生的生活管理也很严格。每天早起出操，睡前点名，就像军队一样。周末假日也常常组织活动，共青团、学生会和系里的各种活动，一概要求新生积极参加。因此保良并不是每周都能回家，和李臣、刘存亮的来往，也就自然而然地渐渐稀少。至于女孩菲菲，有一阵保良几乎把她忘在脑后，当有一天菲菲突然跑到学校来找他时，保良不仅大为意外，而且心里也多多少少地，有那么一点儿不快。

菲菲来的时候，正是晚上自习的时间，学院的门卫把菲菲拦在学院的东门，然后打电话到侦察系的宿舍楼里。一个热情的同学从宿舍跑到教室来叫保良，等保良赶到学院的东门，菲菲已在口喷热气的寒风里，等了将近一个小时。

菲菲站在学校东门正面的最显眼处，见到保良从里边出来便远远招呼："保良！保良！"弄得从校门进出的学生纷纷回头，而且这一天菲菲正好穿着一件淡黄色的上衣，这上衣是菲菲最值钱的一件行头，可惜这种刻意的打扮反而让她显得俗艳不堪，至少以保良的审美来看，那外套的颜色和裤子的样式与季节不协调。那外套的轻飘和绷圆了屁股的裤子引得往来进出的同学老师无不侧目相看，审视的目光让保良的脸颊一阵阵发烧。

于是保良对菲菲的口气也就流露着几分不爽："你怎么到这儿来了？"他责问菲菲："谁让你到这儿来的？"

菲菲探头向学院大门里好奇地张望，公安学院大门的气派让她重新另眼打量保良。这大概是菲菲头一次看到保良身穿警服，大门的巍峨和警服的威武，让菲菲不由不眼热心跳。

"你们这儿真牛，保良，你就在这里边上课呀，你们上课都穿警服吗？"

保良把菲菲引至大门一侧，进入离灯光稍远的一处阴影，皱眉问她："你到底干什么来了，有事没事？我还要上晚自习呢。"

菲菲说："没事，我想你了就来看看你，不行吗？保良，你带我进去看看怎么样，你在里边学开车吗？"

保良匆匆看了手表，匆匆说了打发的话："我们学院不让外面的人进去，你要没事就赶快回去吧，我还得回教室上课去呢，你以后没事就别来了。"

保良说着要往校门里走，菲菲才想起来似的在后面叫他："哎，谁说我没事啊，我有事，没事我来找你干什么？"

保良只好站住，耐着性子问她："什么事？快说。"

菲菲说："不是我的事，是李臣的事，是李臣让我来找你的。"

"李臣？"保良问，"李臣找我有什么事，他是不是在外面惹了什么事了？"

保良记得他第一次穿着崭新的警服到李臣的住处炫耀时，李臣确实说过这话，他说："保良你小子也当上警察了，等哪天我万一犯了事求你帮忙，你可别两眼一翻不来捞我！"

保良两眼直瞪瞪地瞅着菲菲，心里预感到李臣肯定出事了，于是急着催问："李臣到底怎么了，你什么时候见到他的？"

"就是今天见到他的，"菲菲说，"他让我过来告诉你，他打听到你姐姐了！"

保良当天晚上向辅导员请了事假，跟着菲菲一起进城。他们赶到李臣工作的焰火之都夜总会时已是晚上十点多钟。晚上十点正是夜总会开始热闹的时候，李臣盯的包房里也上了客人，保良和菲菲在夜总会门口等到十一点过后，李臣才一身酒气地从里面抽空出来，见了保良一通诉苦，说今天来的都是熟客，非要让他挨个儿敬酒，他要再不出来八成就得以身殉职不可。

保良还没轮上开口，李臣果然呕吐起来，吐在了夜总会门侧的路边。吐过之后才露出轻松的苦笑："行了，没事了，吐出来就舒服多了。保良，你是来问你姐姐的事吧？"

保良急切地问道："你知道我姐在哪儿了？"

吐过之后的李臣，面色由白变红，口齿也变得清楚："在哪儿我不知道，昨天我盯的包房里来了几个客人，其中有从鉴宁来的，他们喝酒聊天的时候说起你二伯了……"

"我二伯？"

"就是权力呀！还说了你姐夫权虎，说权虎在鉴河的一个地方跑运输呢。我一听，这帮人肯定认识权虎呀。今天下午我跟菲菲一说，菲菲就说要去找你……"

菲菲插嘴上来，也是一通诉苦："你们学校可难找呢，我跟交警打听交警都说不清楚……"

保良愣着，心里不知是希望还是失望。尽管姐姐仍然下落不明，但好歹有了一丝线索，这毕竟是姐姐失踪后第一次有人提到鉴宁权家，提到姐夫权虎，提到权虎的大致去向。

他问李臣："那些客人你认识吗？"

李臣说："有一个马老板我半熟不熟，以前到我们这里来过。"

"你知道到哪里能找到他吗？"

"不知道，估计他以后还能来吧。来了我马上告诉你。"

李臣话到此处，怕客人或经理找他，不敢久留，匆匆跑回夜总会里去了。保良冲他顷刻消失的背影喊了一声："哎！"却不知喊他还想说些什么。

菲菲说："怎么样，我没说错吧？你姐姐肯定在鉴河哪个地方跟你姐夫在一起呢。你要不要去找？我陪你一起去啊！咱们就顺着鉴河一个地方一个地方去找，肯定找得到的！"

保良低头思索："鉴河，好几百里长呢！"

保良知道，现在唯一能够找到姐姐的地方，不是延绵数百里的鉴河沿岸，而是这座"焰火之都"！那个可能认识权虎的马老板，也许还会来这里喝酒取乐！

有了这个线索，保良每天晚上都要给李臣去个电话，询问那位马老板是否再次光顾。他回家把这事向父亲说了，父亲听罢，沉思半天没有吭声。在父亲那张闷声不响的面孔上，保良看不出他心里究竟想些什么。

周日的晚饭以后，保良回学校去，父亲送他出了院子，又一直送到公共汽车站，说是饭后顺便走走。路上，和保良的预料有所不同，父亲并未说起姐姐，父子二人始终彼此沉默，只是在保良上车之前，父亲才在他的身后嘱咐了一句：

"别影响学习！"

但是一连三个星期，保良还是要在每晚熄灯之前，用宿舍楼口的插卡电话给李臣拨去不厌其烦的问询。一连三周，李臣的回答都是一样："没来！"

第四周，周日晚上，保良在饭后从家回学院的公交车上，第一次接到了李臣主动打来的电话。为了能和李臣随时保持联系，这个周末保良找父亲要钱买了一部手机。父亲说："你一个学生，要手机有什么用处？"保良说老师和学生会的头头找不到他总耽误事情。父亲没再多问，拿出一千三百块钱，给保良买了个旧款的松下手机，那手机样式虽已过时，但很好用。而且，就像命中注定似的，保良买下这部手机的第二天就接到了李臣的电话，李臣的电话当然只有一个内容，就是告诉他那位马老板又到"焰火之都"来了。保良立即下车，换了返程的公交赶回城里，因为担心去晚了那位马老板从"焰火之都"走掉，保良行至半道又改乘了出租汽车。他赶到夜总会找到李臣后知道马老板还没走，正在一间包房里和人喝酒唱歌。因为不是李臣盯的包房，所以李臣把房号和马老板的衣着外貌悄悄告诉了保良，随后假装与保良素不相识地匆匆离开，照顾自己包房的客人去了。保良找到马老板的包房推门就进，看到屋里至少坐了十多个男男女女，喝酒的喝酒唱歌的唱歌聊天的聊天，气氛热烈也还算文明。保良照直冲一位前额微谢的中年男人走了过去，还礼貌地等他和身边的一位少妇说完话才开口询问："请问您是马老板吗？我是权虎的亲戚，我能打搅你一会儿跟您说几句话吗？"

马老板似乎并没发现面前这个年轻人是什么时候进来的，他仰头看着保良，怔了一下才出声反问："你是谁？你是权虎的什么人啊？"

保良恭敬地答道："权虎是我姐夫，我好久没跟我姐姐联系了，她还跟我姐夫在一起吗？您能告诉我到哪儿能找到他们吗？"

马老板又怔了片刻，突然皱眉否认："什么权虎？我不认识，你认错人了吧。"

保良一时判断不出马老板为什么突然矢口否认，他下意识地生怕失去这个来之不易的机会，他不知用什么方法才能取得对方信任，情急之中有点慌不择言。

"我真是权虎的内弟，您不信您可以打电话问他，您可以问他，你有他电话吧。"

"你认错人了！"马老板似乎不想再听他解释下去，冲屋里一位陪酒的小姐大声抱怨："哎，叫你们经理来，捣什么乱呀这个人！"

保良看那小姐起身出门叫人去了，急得头上冒出汗珠，他知道时间也许不多！他的解释几乎变成了恳求：

"马老板，麻烦您给我姐夫打个电话好不好，您告诉他我叫陆保良，您可以问问他认不认识我……"

马老板根本不再搭理保良，起身往沙发的另一端走去。倒是身边坐着的那位少妇，眼睛定定地上下打量着他。夜总会的一位领班带着两个保安跑进来，拉着保良往外推他："你是干什么的？你是到这儿玩儿来了还是捣乱来了！"保良想跟他们解释来意，但无效，他们推着他往外走："你先出来，先出来，人家不是说了不认识你吗？你有什么事跟我们出来说，你出来说！"

这一屋子客人，无论男女，全都停止了声音动作，唱歌的不唱了，喝酒的不喝了，全都愣着去看保良，都没搞清发生了什么事情。保良被保安推出包房时听见马老板若无其事地向同伴解释："……我不认识呀，谁知道，我也纳闷他怎么知道我呀……"

领班和保安揪着保良出了包房，问他是哪儿的，是怎么进来的。保良甩开他们，扭头向夜总会门外走。他们也不再穷追猛打，由他自去。夜总会这种地方，一般都会养着这些护场的打手，也就是所谓保安。但通常，这种地方的保安遇有情况，也多是息事宁人。

保良出了夜总会大门，并没走。时间已近午夜，这座灯光辉煌的"焰火之都"仍然狂欢未散。白天保良帮家里搞了一天卫生，早已筋疲力尽，他在"焰火之都"对面的小卖店里买了一瓶啤酒，然后坐在马路沿上，对着瓶嘴慢慢地喝。一边喝一边隔了这条并不开阔的小街，盯着"焰火之都"明亮的大门，等着那位马老板玩儿够了出来。

坐在冰冷的地上，一瓶啤酒足以让保良胡思乱想。城市已经睡去，街上空寂无人。只有夜总会门前的几个保安在和看车的人互相闲聊。这座"焰火之都"，就像沉睡城市的一个梦境。是个闹梦，乒乒乓乓，群魔乱舞，坐在马路对面，都可以隐隐听见里面传出的迪斯科的巨大咆哮。

　　保良仰脸望天，不知此时姐姐身在何方，有哪一颗星星，能把她熟睡的面庞照亮。他突然觉得姐姐已经有点陌生，突然不敢肯定姐姐还想不想回家，对他和父亲，还有没有感情。他甚至猜不出姐姐是否已经知道母亲死了，是否还会牵挂母女之情。时间是把双刃的利剑，有时会让思念加深，有时会把思念磨平。

　　于是姐姐的面容在这个深夜忽然模糊起来了，忘了笑是啥样哭是啥声。唯一能很快在保良脑海中浮现的，竟是姐姐在汽车里与权虎缠绵的情景，以及她突然抬头看到保良时的怔忡。还有姐姐用手抚摸他头发的轻柔感觉，那感觉让保良欲哭无声。

　　保良强迫自己不再陷落于这些往事当中，他试图想些快乐和有趣的事情，来吸走眼窝中的潮湿，缓释鼻子里的酸痛。他开始去想警院的生活，老师和同学……但思绪总是片片断断，散碎如珠……在万念杂陈、百思无序的混沌中，他眼前突然闪过一团火球，但火球之后出现的并不是少年印象中的那位喷火女郎，而是在靶场上英姿勃发的女生夏萱。夏萱的面孔在保良眼前居然停留了很久，很久很久挥之不去。保良想，这位学长不知现在去了何处。

　　夜很深了，从时间概念上，应该算是新一天的凌晨。夜总会的门口不断有客人尽兴而出。保良两眼紧紧盯着那扇洞开的大门，直盯得眼球酸涨也不敢稍有疏忽。

天快亮了，那位马老板终于出来了，张罗着让人把两个喝醉的同伴开车送走，又和另外几位没醉的男女亲热告别。保良快步走过马路，在马老板被陪他聊天那位少妇挽着胳膊走向自己汽车的路上，保良上前拦住了他们。

保良叫了一声："马老板！"

马老板站住了，认出了保良就是刚才在包房里打听权虎的那个青年，马上厉声申斥："你这小子怎么回事，我不是跟你说你认错人了吗？"

保良娓声求道："马老板，我真是权虎的弟弟，您就告诉我他在哪儿吧……"

"我告诉你啊，你别缠着我，你再缠着我你是自找麻烦……"

夜总会门前的保安看见他们的客人与保良在路边拉拉扯扯像是有了什么纠纷，赶紧跑过来查看究竟。保良料想马老板今天肯定不会吐口了，转身走到马老板那辆别克轿车的车后，想抄下他的车牌。马老板冲过来推开保良，几个保安也上来拉扯保良，拉扯之中手轻手重，都难控制，因此很快演变为一场拳脚冲突。保良前胸后背挨了几拳几掌，也出掌抡拳回敬了对方。保良一动手保安终于有理由一拥而上了，保良刚刚在警院学会的那几套擒拿格斗的招数虽然实用，但尚不熟练，而且保良一天一夜几乎没有片刻休息，体力耗尽，没分清几个回合，就被众保安打倒在地。几个保安围着他又给了两脚，才被一个头目模样的人拉开劝住。保良趴在地上，听见那头目的声音离他稍远："行了行了，咱们走吧。"接下来脚步杂沓，还有人在衣服上拍打灰土，吐着嘴里的痰，渐渐地，都走远了。

保良爬了起来，翻身坐在冰冷的水泥地上，嘴里黏糊糊的积了些血，歪头吐了一口，一使劲才知道周身剧疼。他几乎没有站起身来的力气，坐在地上歇了一会儿，马老板的那辆别克轿车早不知什么时候开走了。保良抬眼，看夜总会门口那堆保安还在远远地看他，笑着议论什么。他爬起来，一瘸一拐地蹒跚着过了街，动作机械地朝路边一辆停车等客的出租车挥了一下胳膊。

清晨六点，保良回了家。

他没敢回学校去，他脸上的青肿伤痕让他没法面对老师的疑问。他回到家时尽管开门关门都轻手轻脚，但还是惊醒了一向睡觉警觉的父亲。父亲披衣出了卧室，开灯看见了保良一身灰土，一脸血痕，惊问出了什么事情。保良不知怎么跟父亲解释，说了句"不小心摔的"，便去卫生间洗脸照镜。父亲当然不信，跟到卫生间里，又跟到保良的卧室，态度严厉地盘根问底。保良精疲力竭地坐在床上，只好简单地说了挨打的原委经过。

父亲沉默片刻，冷冷地说："你姐姐不认我们，是她的选择，你不要再去找她了。我作为父亲，对她问心无愧！我早就想过了，我现在只有你一个儿子，早没有她这个女儿了。现在嘟嘟是我的女儿。我希望你以后不要再去找她了，找到了我也不认。"

父亲说完，转身出了保良的屋子，他似乎不想看到和听到保良的反应。保良听着父亲的脚步由近及远，在门声响过之后完全消失。保良眼里忽然涌满眼泪，他忽然明白父亲和姐姐，还有躺在家乡的母亲，他们都离他很远很远，而且彼此怨恨。他也许永远不能同时拥有他们了，永远不能再次拥有他曾经有过的那样一个幸福的家庭。

保良在家休息了一天，求父亲给学院打电话替他请了假。周二保良左眼的肿晕未消，又让父亲替他请假，被父亲拒绝。父亲严词命他立即回校上课：大学第一年是打基础的一年，无论身上哪儿疼哪儿肿，都要坚持，不能随便缺课。

于是保良只好上学去了。那几天都有擒拿格斗的训练课程，保良全身肿痛，勉为其难，每节课都被教官责骂。不知是被教官骂的还是伤处疼的，每课下来，他的全身都要被汗水湿得精透。

回校上课的第一天，晚上，保良又给李臣拨了电话，还想问问那位马老板的行踪，不料李臣的电话关机了，打了一晚上都是关机。第二天再打，依然如故。不得已保良把电话打到刘存亮工作的那个餐厅，从刘存亮嘴里，才知道李臣因为保良纠缠马老板这件事，已经让夜总会开除了。

后来明白，夜总会是因为马老板事后投诉，才查清了"来闹事"的人在"焰火之都"有个"内应"，怎么查到李臣的身上，连李臣自己也惝然不清。这种每月能拿两三千小费的工作本来就竞争激烈，稍有不慎就会被他人取而代之。失去这份工作对李臣来说损失巨大，每月三千的收入泡汤不说，快要到手的领班职位也功败垂成，差半个月就能拿到的半年奖金也一风吹了，他和刘存亮同住的那间房子也租期将满……丢了饭碗的李臣一下子面临一场重大的生存危机，如不能尽快找到工作将食宿两空！

七

　　周末放学，保良未回家，先去了李臣的住处。李臣因保良的连累而失去工作，保良当然要赶去表示慰问。

　　李臣的状况比保良预想的还要不堪，保良赶到时他正和刘存亮及菲菲一起搬家。其实离租约期满还有七天，但房东听说李臣不打算续租了，便赶紧把房子另租了别人，退了李臣十天的房费，两厢情愿地收回了房子。

　　安慰的话来不及说，保良先帮着李臣、刘存亮拿着大包小包的衣物用品，跟着他们一起到了菲菲的住处。

　　菲菲住在一家宾馆的职工倒班宿舍里，她有个姐妹在这家宾馆打工。菲菲自从与刘存亮吹了之后，每天晚上就来这里，有空床就睡下，没空床就和那位小姐妹挤在一起。保良以前只知道菲菲为了表示和刘存亮分手而搬出了李臣的屋子，不知道她的安身之榻原来如此朝不保夕。由此也看出菲菲确实是个喜欢扶危济困的女孩，自己尚无立锥之地，还要大包大揽地把李臣、刘存亮接济过来。

到了菲菲的住处李臣和刘存亮才彻底傻眼，才明白菲菲在这儿其实也是泥菩萨过河。菲菲找那个小姐妹央求半天，那小姐妹又去找了一个男朋友模样的小伙子过来，勉强同意把他们的大件箱包存放在男职工宿舍的储藏间里，晚上能否在此找到空床过夜，还要等夜里十二点后下夜班的职工都回来了再说。

在这种情况下，保良不得不对他这两位愁眉苦脸的兄弟仗义相助："不行就到我家去吧，先和我挤在一起，先住两天再说。"

于是三个人一齐谢了菲菲，拿了随身的东西就奔保良家来了。

保良的父亲有事不在，杨阿姨和嘟嘟正在餐厅吃饭，见保良开门领进两条陌生的汉子，一时怔着不知如何是好。保良和杨阿姨打了招呼，说明这两位是他的好朋友，没地方住了，先在他的屋里对付两天。打完招呼便领李臣、刘存亮进了自己的房间，安顿下来后又让他们先后去卫生间洗澡。这时杨阿姨和嘟嘟都已吃完了饭躲在大卧室里，听着他们在卫生间进进出出的声音，听着保良在厨房里为他的哥们儿炸酱煮面，听着他们在餐厅里呼噜呼噜地大吃一顿，大声交谈……当然，李臣和刘存亮的话里免不了夹着不少脏字，特别是李臣，骂起夜总会的经理来一串一串的，有些话确实污秽得难以入耳。

吃完了饭，保良洗了碗，收拾了厨房，擦净了餐桌，让李臣、刘存亮在他的房间里玩电脑听音乐，还告诉他们说话小声一点儿。然后，保良来到父亲的大卧室前，小心翼翼地敲响了房门。

房门打开了一条细缝，露出杨阿姨半张警惕的脸。保良看见，嘟嘟也在屋里，目光不满地也往门缝这边探看。保良把视线从嘟嘟脸上移开，对杨阿姨问道："杨阿姨，家里还有被子吗？"

杨阿姨把门稍稍开大了一些，视线向保良卧室的方向延伸了一下，又收回来压低声音反问："你带人回来住，跟你爸说过没有？"

保良磕巴了一下，摇头："还没呢，我爸干吗去了，什么时候回来？"

杨阿姨说："你爸待会儿就回来，等回来你跟他说吧。不过我觉得你最好别让外人住到家里来，现在社会那么复杂，万一家里少了什么东西，我跟你爸可没法交代。你最好让他们住别处去，你刚才不是都请他吃过饭了吗？吃饭没什么，住在这儿总不大好吧，你说呢？"

保良低头，忍了一下，把满心的不快忍了回去，他说："杨阿姨，他们是我最好的朋友，跟我从小一起长大的。他们不会拿别人的东西，他们现在有困难，我不能不管。"

尽管保良的口气已经能听出几分不快，但杨阿姨却没有丝毫退让的意思，她说："家里现在没有多余被子，你还是等你爸爸回来再说吧。"

保良说："我以前还看见壁橱里放着两床被子呢。"

杨阿姨说："那是我的被子，是嘟嘟的被子，我们的被子能给外人盖吗？啊？保良，你都这么大了，提这个问题合适吗？"

因为上一次保良带李臣来家借宿就因杨阿姨而被父亲拒绝，让保良在兄弟面前丢尽面子，所以当杨阿姨对保良的朋友摆出这样一副拒之门外的态度时，一下就激起了保良旧恨新仇般的一腔愤怒，他忍不住抬起眼睛咄咄逼视，声音虽然用力压抑，但语调已经有点失控：

"我怎么不合适了？我说什么了不合适啊？"

保良记不得这是不是他第一次冲杨阿姨这么不客气地顶嘴，他看到杨阿姨的下巴都哆嗦起来，她哆嗦着说了句："你别跟我吵，你回头跟你爸爸说去吧，你欺负不着我！"

杨阿姨砰的一声关上了房门，但最后一声的怨毒还是穿透房门，传到保良耳中：

"都上大学了还是这么没教养！"

保良用力敲门："谁没教养，你说谁没教养！"

门里，一个同样大的声气迅速回敬："你欺负什么人呀！你还当警察哪，警察有你这样的吗？有你这样的吗！"

但这已经不是杨阿姨的声音，嘟嘟的回敬和杨阿姨的声气相比，带有了更多进攻的锐利，很符合嘟嘟一贯的性格。保良不再和她们隔门对吵，但他大步走回自己的卧房时，胸口还在激烈起伏。刘存亮试探着问保良："那是你后妈吧，不行我们就不住这儿了。"但李臣却支持保良："这是保良的家，咱们是住保良的屋子，又没住她们屋去。"

保良火在头上，发狠地说："不管她们，你们就住这儿，想住多久就住多久。你们俩睡床上，我睡沙发，我有大衣！"

保良的大衣是警院发的警服大衣，季节变暖，保良就把大衣之类的棉装都放回家里。李臣和刘存亮兴致勃勃地把保良的警装从衣柜里取出，轮流穿在身上，对镜欣赏。李臣甚至还想借这身警服穿在身上，回焰火之都夜总会吓吓那个把他开除的操蛋经理，当然也知道保良肯定不会同意。

很快，他们听到了外面大门的响动，保良知道，是父亲回家来了。

三个人都不约而同地自动屏住了声音，静息聆听门外的动静。他们听见父亲在门厅里换鞋；听见父亲拐着腿经过保良的卧室；还听见大卧室的门打开来了，杨阿姨和嘟嘟一齐出屋相迎……接下来是父亲诧异的疑问："怎么还没休息，怎么了你们这是？"杨阿姨声音虽轻，但保良他们还是分辨得出，她们压着嗓子在和父亲嘀咕什么，那嘀咕声一直嘀咕进了大卧室里，大卧室的门重又关上，一切又都安静下来，静得有点猝不及防。

李臣、刘存亮都看保良，保良不看他们，低头稳住自己的心跳，等着下面的事情发生。

很久，也许并没多久，大卧室的门再次打开。正如所料，父亲一瘸一拐的脚步声向这边走来，保良的房门随即被重重地敲响，保良等到敲第二遍的时候，才从床上站起来开门。

父亲站在门外，一脸疲惫，往屋里看了一眼，目光还在李臣、刘存亮脸上停顿了一瞬，才重新落在了保良的脸上。

父亲说："保良，你出来一下。"

父亲说完，转身向客厅的沙发走去。保良出了自己的房间，看到客厅里只有父亲，大卧室的门紧紧关着，不用猜也知道杨阿姨和嘟嘟都在门后偷听。父亲走到沙发前，没有坐下，转身对保良开口，语气比保良预想的稍显平和。

"保良，你怎么不事先跟我们说一声，就把生人带到家里来住？"

保良开口，他的声气甚至大过了父亲："李臣、刘存亮都是我的朋友，您都知道他们，又不是生人。"

"如果咱们家只有你和爸爸两个人，他们来临时住住倒也没什么关系。可现在杨阿姨和嘟嘟来了，两个不认识的大小伙子一下子住进来，她们觉得很不方便。这个家现在不光是咱们两个人的，你带什么人来，不能像过去那么随便。"

保良强硬地重复了自己的理由："他们是我最好的朋友，住在我的房间，又不影响她们，她们凭什么不让住啊？我也是这个家里的人，我有权支配我自己的屋子。"

父亲本来是想心平气和地劝说保良，想以道理解决问题，但保良激动的情绪也把父亲激得对立起来，他的声音也开始强硬，尽管还能感觉出他试图克制。

"保良，这是我的房子，是单位分给我的房子，是公安厅照顾爸爸的身体，照顾到爸爸立过大功，所以才分给爸爸这么大的房子。你要带什么人来住，应该先征求一下我的意见，经过我的同意。"

保良毫不停顿地接了父亲的话："那好，那我现在就征求您的意见。请您同意！"

父亲也毫不停顿地回答："我不能同意！"

保良也毫不停顿地逼问："为什么不同意，您得说出道理！"

父亲生硬地回答："我刚才已经说了，这个家现在不光是咱们两个人的，还有杨阿姨和嘟嘟。我既然把她们接过来和我一起生活，我就有责任让她们在这个家里感到安全得到幸福！你的朋友是住在你的房间，可洗澡、吃饭、上厕所，都得搅在一起，杨阿姨和嘟嘟当然不方便。保良，你是大人了，应该懂点事了。爸爸为国家出生入死一辈子，应该有个幸福的晚年。杨阿姨对爸爸很好，嘟嘟也对爸爸很好，嘟嘟从第一天来，就叫我爸爸。可你和杨阿姨处这么久了，你什么时候叫过人家一声妈妈？你也替人家想想，人家心里是什么滋味？你不愿意叫，爸爸强迫你了吗，啊？我们一直是很照顾你的情绪，很尊重你的，可你尊重我们吗，啊？"

父亲一口一个"我们"，这说明父亲已经把保良排除在外，而把自己和杨阿姨和嘟嘟划在一拨去了。保良很敏感，也很反感。尽管父亲的话说得句句有理，但对立的情绪让保良一句也听不进去。当感情激动的时候，道理的对错已经不重要了，决定性的因素，只是情绪。

保良红着眼睛，用最后通牒的口气逼问父亲："爸，我尊重您，但我也希望您尊重我，我希望我在这个家里还有一点儿基本的权利。我再问您一遍，我最好的朋友，现在有困难，没地方住，我希望您能同意让他们住在我的屋里，我希望您能同意！如果您不同意，那我就跟他们一起走，一起离开这里！"

其实保良明明知道，以父亲的性格，在他这种威逼下绝不会退让，但愤怒已将保良推到了悬崖，也同样无路可退。他的逼问犹如纵身一跃，结果只能粉身碎骨。

"好，保良！"父亲说，"你既然这么问，那我就告诉你，我不同意！你愿意到哪儿去就到哪儿去，这就是你的权利！"

保良瞪着父亲，他从小到大从没像现在这样，敢对父亲如此怒目而视。父亲一直是他景仰的对象，也一直是他恐惧的对象，父亲不仅把他养大成人，而且帮他成为一名警院的学员，他未来的一切，都要依靠父亲的规划，他和父亲之间，不仅是父子，而且是师徒，是官兵，一直是指挥与服从的关系。

但现在，父亲受到了冒犯，他变得怒不可遏。他也狠狠瞪着保良，彼此剑拔弩张。他指着保良的卧室，恶声说道："你马上让他们走，我的话你听见没有！你不去说我就去说！这么多天我一直给你面子，你别蹬鼻子上脸跟我犯浑！你要跟我来浑的，我比你还浑！"

保良不再与父亲对峙，他转过身来的目光对这个家充满绝望。他拉开自己的房门，对两个不知所措的伙伴说了句："咱们走!"然后用力打开衣柜，从里面未加挑选地随手拽出几件衣服，塞进自己的挎包，然后率先走出了他的卧室。他甚至没有向僵直地站在客厅里的父亲看上一眼，就带着他的两个兄弟，打开家门，愤而出走。

李臣和刘存亮惶惶然地跟着保良走出了这座小院，一直走到巷外的大街。街上灯光昏黄，人迹稀落。有一些风，吹起他们的头发和衣角，刘存亮不由竖起衣领，左右看看，气馁地问道：

"那咱们现在去哪儿?"

半夜两点，他们找到了一家旅店。旅店的门前停满了外地牌照的货运卡车，能看出这是一家专供过往司机投宿的"大车店"。李臣刚到省城时曾在这里住过一夜，知道在这儿可以租到三十元一天的小屋。

他们在这样一间只有一张床铺的小屋里，挤着过了一夜。

李臣丢了工作，保良和家里闹翻，刘存亮也没了住处，三个人全都郁郁寡欢。不过在这个不眠之夜，兄弟之间的更多安慰，还是一致地投向了保良。大家都是大人了，都懂得父子龃龉最需要劝解。

天亮时，李臣和刘存亮熬不住困倦，横躺竖歪地打起了呼噜。保良跑到旅店公用的洗漱房里洗了把脸，没有毛巾擦就用手抹了两下，便出门搭早班的公交车赶去上学。学校在省城的西郊，早操肯定赶不上了，但他必须最迟于八点以前赶上今天的头一堂课。

这一周每日照常出操、上课、自习、点名，保良别无他念。

和往常不同的是，他就是在上课时也把手机转入振动，置于开机的状态。他在等谁的电话呢？尽管他心里不想承认，但偶尔电话响起，他看到来电显示并不是家里的电话或者父亲的手机时，就有一种失望的感觉。

冷静之后，想想父亲那晚赶走他的朋友，一来不是全无理由，二来也怪他情绪失控把父亲激怒。保良发现，很久以来，他和父亲之间其实并无沟通思想、处理分歧的有效渠道，平时很少把心里话倾诉给对方，也很少倾听对方的心情。

保良的脾气虽然不及父亲暴躁，但个性上却遗传了父亲的死硬，即便后悔，也不愿主动向对手低头认错。也许父亲也在等着保良的电话，也许只要保良向父亲认个错，父亲就会立即原谅他了，甚至都不一定让他再向杨阿姨和嘟嘟赔礼道歉，一切就都和好如初。

但一周过去了，电话二十四小时开着，父亲没有打来电话，保良也没有打给父亲。父子之间好像在进行一场无声的冷战，看到底谁赢谁输。

这一周保良倒是给李臣打了几个电话，也发过几次短信，关心他和刘存亮的食宿问题。从李臣口中保良得知，刘存亮住到他们餐厅一个服务生租的地下室去了，李臣还在打油飞，今天这里住住，明天又搬到那里。别看李臣来省城不到一年，结交的朋友比保良还多。

因为在夜总会挣钱容易，花钱也就比较随便，如今忽然失业，李臣的手里还真没多少积蓄。在电话中李臣表示，他还没想好下一步要干什么，他在娱乐行中每月三千两千拿惯了，让他像刘存亮那样，到一个餐厅跑一个月菜才挣五六百块，打死他也不干。无论自己有业无业，无论身上有钱没钱，李臣但凡见到刘存亮时，多是嫌弃挖苦的口吻——五百块钱一个月，干什么劲呀，亏你还是学旅游服务出身的，也不嫌寒碜!

李臣和刘存亮唯一的共同爱好——也不叫爱好——就是从兜里随手摸出些零钱去买彩票。体彩福彩不论,两元三元不等,权当无望中的一个希望,平庸中的一点野心。

这一周的周末,保良不想回家,他和父亲的冷战进入胶着阶段,互相都在坚持。晚上八点,保良再次来到"焰火之都",在这家夜总会对面的马路边上,幽灵般地等着马老板再度现身。他设想了许多能让马老板开口的方法,软的硬的都有,连冲马老板当街下跪这种办法都在他脑子里闪过一次,也知道这招太过贱皮。

也许因为和父亲的冷战让保良更加想念母亲和姐姐,所以找到姐姐的渴望比过去更加不可控制。他也不知道姐姐现在生活得好不好,想不想他和父母,是不是还愿意回来。母亲已经不在了,但母亲的临终嘱托和留给保良的耳环同在耳边,无时无刻不在坚定他的信念——一定要找到姐姐,把姐姐带回家来。找到姐姐并且让她回家,是保良必须替母亲了却的一个心愿。

于是保良决定,每逢周五周六和周日的晚上,从八点到十二点,他都要守在"焰火之都"的马路对面。周末和周六,这里都是车水马龙,但一连三天,那位马老板并没在这儿露面。

没有等到马老板,保良并不意外,并不气馁,他早就做了打持久战的心理准备。不仅周末,只要学校晚上没有必须参加的活动,他都以父亲身体有病需要照顾为由,向班长和辅导员请假,跑到"焰火之都"的门前守株待兔。保良的恒心感动了李臣和刘存亮,刘存亮甚至有两期彩票没买,下了夜班跑到"焰火之都"门口,请保良到街角去吃热腾腾的馄饨。李臣因为马老板投诉而丢了饭碗，本来有些埋怨保良，但见保良寻姐之心如此坚定，也就闲话少说了。也难怪李臣鄙夷刘存亮，他就是比刘存亮命好，在离开"焰火之都"一个月后，又在一个大型台球城应聘成功，而且一去就当上了领班，每月底薪虽然只有六百，可酒水推销的提成倒不止两千。而且不用像过去在"焰火之都"那样，每夜陪着那帮醉醺醺的男客女客又喝又唱，憔悴得像个酒鬼，所以对李臣来说，离开"焰火之都"也算因祸得福。

保良的恒心也感动了菲菲。菲菲来省城后一直闲着，高不成低不就的找不到工作，每月靠在省城开小饭铺的姨夫给点零花钱维持生活。后来她索性就在那小饭铺里当了收账员，干得也是三天打鱼两天晒网，不把这事当回事的。但她不止一次地，一连数个小时陪着保良坐在"焰火之都"对面的马路沿上，兴致勃勃地与保良东拉西扯，消磨掉一个个漫长而又枯燥的晚上。

每当对面的门前有车开到，菲菲总会问："是他吗?"保良总是摇头："不是。"再有人来，菲菲就再问："是他吗? 他是胖子还是瘦子?"夜总会门前人来车往，不断有人进进出出，保良一连几个小时总要机械地回答"不是"，最后，只剩下了机械地摇头。

"是他吗?"

"不是。"

"他呢?"

"不是。"

"这个呢?"

"不是。"

"那这个呢?"

"……"

保良神经麻木,目光疲乏,但意识始终没有彻底拖垮,当有一天晚上那位不高不矮、不胖不瘦的马老板终于在夜总会门前短暂地一晃时,保良虽然习惯地说了:"不是。"但在话音落去的几秒之后,他突然一个箭步蹿了出去,飞快地奔跑着,跨过了这条并不宽阔的马路,冲到了夜总会的门前。

马老板是和一大群男女从夜总会里走出来的,他是什么时候进去的,保良显然看漏了眼。他们有说有笑地走向停在路边一侧的汽车,言语中夹杂着连荤带素的插料打诨。保良插进人群,叫了一声:"马老板!"他能看出马老板回首反顾的目光中,惊异的同时有些恶胆旁生。

没等保良开口,他便扬着头,迎着保良说道:"你要找权虎是吧,我知道,我可以告诉你。我现在要到金银岛俱乐部洗澡,你到那儿去找我吧。"

说完,他和众人拱手作别。然后带着上次保良见过的那个少妇,上了他自己的车子,不紧不慢地走了。保良随即在路边喊了一辆出租车,连跑过来想要同去的菲菲都来不及等,便关门起步,紧随马老板那辆别克的后尘追去,他甚至没有听见菲菲在他身后都喊了些什么。

金银岛俱乐部离焰火之都夜总会约有十分钟车程,那辆别克轿车在前面开得不慌不忙,像是有意等着保良似的。保良的出租车和马老板的别克几乎同时到达了金银岛俱乐部的门口,马老板下了车便挽着少妇走进了俱乐部的大门。保良刚想跟上前去,不料门口已经停着的另一辆出租车突然车门四开,从车上跳下四个男的,各从怀里掣出一条短棒，迎着保良劈头就打。保良知道中了马老板的埋伏，左肩挨了一棒子后转身就逃。四条汉子穷追不舍，但保良从中学到大学短跑成绩一直名列前茅，或许对方的目的也只是恫吓驱赶，并不恋战，所以很快就被保良甩得很远很远。

保良跑了半条大街，确信后无追兵，才停下来大口喘气。时间已经很晚，再搭末班的公交车赶回学院已无可能，保良只好又搭了一段出租车，赶到了李臣在幸福新村新租的住处，并在那里过夜。

李臣新租的这套房子，是个两房一厅的普通民居，屋子的面积及装修的新旧，比他原来的住处要讲究多了。几天前刘存亮也搬过来了，刘存亮此前住在餐厅同事的屋里，挤得人家颇不耐烦，就快拉脸往外轰他了，幸而李臣发财有了新家，于是立即搬回兄弟聚首。原来李臣与刘存亮和菲菲一起同居的时候，大家都是少年义气，兄弟情感，李臣不仅分文不收，且对朋友之"妻"，还能坐怀不乱。现在时隔一年，都市的物欲世界，个人的命运冷暖，让大家全都长大成人了。再好的朋友，也莫混淆了"钱"字，亲兄弟还要明算账嘛。所以刘存亮这次住进来，尽管没带菲菲，但是说好要向李臣交钱的。一个月交一百块钱，在整套房子八百元的月租金中虽然微不足道，但毕竟是个交易，而不全是交情，这样比较好说，观念上比较与时俱进，比较符合大城市中人际关系的基本原则。

除了这一百元钱之外，两兄弟之间的另一项交易，就是两人共同生活中收拾屋子和烧水做饭一类的"家务"，概由刘存亮负责。

反正刘存亮有些阿Q："行，我就喜欢做饭。屋子不收拾干净我住着难受！"

保良跑到李臣的新家时，才发觉自己的左肩已经疼得不能动弹。洗澡时他看到刚才那一棒子留在身上的痕迹，是又粗又长的一条青斑。李臣和刘存亮都建议他赶紧到医院去看急诊，万一伤着骨头就麻烦了。但保良想了半天没去，心想夜间急诊拍不了片子，看了也是白看。

　　保良遭马老板暗算这事，在兄弟心中激起极大愤慨。有钱人居然如此不可冒犯，以为有钱就能无法无天。刘存亮出主意让保良穿上警服找马老板去吓他一吓，这种老板一般都不清白，见到警察都会害怕。吓完之后你就以警察身份让他交出权虎的地址电话，我们哥俩再扮成公安局的便衣配合你做做声势，这样一来他肯定傻掉，肯定就能如实招来。

　　刘存亮的脑子就是好使，此计一出，李臣立即拍案叫绝。三个人一通策划，考虑到保良的警服上并无警衔，所以这个行动须有夜幕遮掩。目前唯一能堵到马老板的地方也只有焰火之都夜总会和金银岛俱乐部，因此寻找马老板的方法别无选择。由于李臣和刘存亮都要在晚上十点以后才能下班，保良也不可能每天晚上都穿着警服守在夜总会的大门口，于是刘存亮又出主意，说不如让菲菲去当这个蹲守的眼线，一旦发现马老板来了，马上打电话通知保良和刘李二人。"焰火之都"马路对面有个通宵营业的小卖店，那里正好有一部公用电话，离菲菲盯梢的位置并不太远。

　　这个计划让三个人兴奋难眠，这计划不仅有可能让马老板说出保良姐姐的下落，也能让保良生出一种报复的快感。第二天一早，保良照例早起，扛着肿胀疼痛的肩膀去学校上课，李臣和刘存亮也随后起来，一起去菲菲姨夫开的那家小吃店里去找菲菲。菲菲的态度和刘存亮预料的完全一样，一听说保良相求，立即无条件应承下来。并且当天晚上不到八点就去了"焰火之都"，一直守到夜里十点，估计马老板不会来了，又去了"金银岛"门前。刘存亮没忘了好心提醒菲菲：千万别站在"焰火之都"的大门旁边，站在马路对面就行。菲菲勇敢无畏地反问："马老板又不认识我，认识我又能把我如何？"刘存亮说："你这样的女孩往'焰火之都'门口一站，认识不认识的都得把你当鸡！"菲菲说："呸！那也比你好，你要站那儿，就是露三点都没人把你当鸭！"

刘存亮好心反被抢白，也就恶言相对："当鸡你也无所谓吧，我看你早晚得扑腾下水！"

八

保良回学校上课，手机照样开着。一连数日，父亲那边依然没有一点声响，只有菲菲总是有事无事，把电话打进来闲聊。

菲菲的电话，时间拿捏得很好，上课和自习时间，绝不骚扰保良。一般都在中饭和晚饭前后，或者保良睡前，她的电话就会不请自来，没话找话地聊上半天。

保良接到菲菲电话，总要先问："怎么了，有消息了吗？"

菲菲照例会答："没有啊，你除了马老板，脑子里还有没有别人？"

保良一般会说："那我正有事呢，有空咱们再谈。"

菲菲照例不放："你不就是在吃饭吗？我电话里都听见你们食堂的声音了。"

保良只好敷衍："那你有什么事，快说吧，我吃饭呢。"

菲菲于是开侃："哎，你说，马老板会不会是黑社会的，他要是发现我了我怎么办？"

保良说："怎么会呢？你站在马路对面，没招他没惹他，他发现你什么。"

菲菲说："我是说万一，万一他发现了找人把我打伤了，成残废了，你管不管？"

保良说："当然管，那肯定得去报警，告他，他打伤了人该负什么法律责任就得让他负什么责任。"

菲菲说："我没说他，我说你，我问你负不负责。"

保良说："他打你我负什么责呀？"

菲菲说："废话，我是为了你才挨打的，你说你负什么责？"

保良说："那你说我负什么责？"

菲菲说："我残废了，生活不能自理了，找你你管不管？"

保良知道菲菲需要什么，无非是一个温柔体贴的态度而已，哪怕是那种口惠而实不至的空头支票，也能让她心满意足。但他偏偏不说，他偏偏要装傻：

"你残废了送你去医院呗。"

这个回答菲菲当然不满："送医院，钱谁出呀？"

保良说："我身上的钱都拿给你。"

菲菲说："那我治不好了以后谁照顾我呀？我嫁不出去了我找谁哭呀？"

保良说："治不好了回家让你妈照顾你呀，我和李臣、刘存亮也会常去看你的。你这么好心的女孩，将来总会碰上好心的小伙儿，我上次在电视上就看见一个小伙子爱上了一个残废女孩……"

菲菲气死了："得得得，我知道你不是那种好心的小伙儿，我绝对不会指望你能照顾我，天天晚上为了你在风里站着，连我们姐妹都骂我，都说天底下就没有我这么傻的人了。"

保良不说话了。

虽然菲菲在保良这里没有得到什么，但还是天天晚上去"焰火之都"和"金银岛"门口站着。保良那些天也总在思考，到底该用什么方式表达他对菲菲的感激之情。

特别是数日之后的一个周末，当菲菲果然发现了马老板踪迹的时候，保良真的觉得菲菲是天下最可爱的女孩了。

周末的晚上，本地的学生大都回家去了，校园内立刻冷清起来，在学生食堂吃饭的人寥寥落落，饭菜的质量也变得极其马虎。

保良吃完晚饭就去了学校的图书馆，一边看书一边等着菲菲的电话。此前他两次发现马老板都在周末，周末晚上十点左右，通常是城市里夜生活最旺的时刻。

出乎保良意料的是，他的手机不到晚上七点就发出了振动。保良看了半天才认出荧屏上显示的，竟是他家的电话号码。他心跳了很久才按下了接听的按键，电话里传出来的，是一个女人的声音。

保良万万没想到，来电话的竟是他无比讨厌的杨阿姨。

杨阿姨在电话里的声音温和委婉，这种委婉即使不含歉意，至少也表达了一种和解的意愿。她说："喂，你是保良吗？我是杨阿姨。保良，你怎么好几个礼拜都没回家呀？你没生病吧，你爸爸挺担心的，让我打电话问问你。"

保良拿电话的手有些发抖，那一刻他无条件原谅了所有的人。他说："啊，没有，我挺好的，学校里课挺紧的，我想在学校多看点儿书，所以这两个礼拜就没回去。"

杨阿姨说:"噢,没生病就好。你爸主要怕你出什么事,没事就好。没事也想着回家看看,省得老让你爸爸着急。"

保良说:"啊,我知道。"

杨阿姨又说:"今天是周末了,也该放松放松了,学知识也不是一天两天的事,学校里要是没活动就回家休息休息。今天家里炖了一锅鱼,你吃饭了吗?要还没吃就回来吧,反正我们也都不饿呢,可以等你。"

保良的声音不由自主地柔软起来:"啊,我吃过了杨阿姨,你们先吃吧。我待会儿没事就回去,你们先吃吧。"

杨阿姨一直略显拘谨的口气也彻底松弛下来:"好,那你先忙吧,事办完了就回来吧,啊。"

挂了杨阿姨的电话,保良的心情,几个星期以来从没这样好过。他合上了书本,决定现在就回家去。

天上不知什么时候飘了雨丝,雨在脸上的感觉,或有或无。保良没回宿舍去换便服,直接从图书馆去了学院东门,乘公交车赶回市区。这一路他心情舒展,带着对杨阿姨的感激和对父亲的歉意,以及重返家庭的喜悦,连天上的雨雾,路上的泥泞,在他感觉中全部变成了温情的象征,使人依依。

快到家时,保良轻松了一路的心情反而忐忑起来。他家巷外的大街,他家门前的小巷,虽然只是数周间隔,竟然陌如隔世。在巷口他看见了他家院里的灯光,那灯光的色泽与宁静,过去从未察觉似的,竟是那样动人。

在走进巷口的同时，挂在腰间的电话再次发出振动，振动声打破了这份动人的宁静，甚至有几分嘈杂生厌。来电显示是个座机的号码，那几个数字保良早已看得烂熟，这号码在这个时间突然出现，倏地一下拦住了保良的脚步。

那就是"焰火之都"对面小卖店的电话号码。

保良赶到"焰火之都"门前不久，李臣和刘存亮也先后赶到，大家在路边一起盘问菲菲，才知道她只是看到一个眼熟的背影，是不是马老板她也不敢完全肯定。保良带着刘存亮和李臣跑到路边的停车场一辆车一辆车地仔细察看，果然看到了两辆和马老板一样颜色的别克轿车，保良上次没能抄下那个车号，印象中的数字和停车场里的这两辆别克都有点相近。保良让菲菲再到马路对面盯着，让李臣刘存亮分头守着这两辆别克。保良自己穿着警服，不便在车前盘桓太久，大家说好各自的任务，便分头缩进路边的暗影。

晚上十二点钟，刘存亮最先看见，菲菲神色慌慌地急步穿过马路，朝他们这边跑过来了。紧接着李臣就看到马老板夹着个小皮包，低头向车场走来。他是一个人走过来的，一边走一边打着手机，完全没有注意到前方突然冒出的几个憧憧人影，正以合围之势向他逼近。

最先迎上去的是刘存亮，字正腔圆地叫了一声："马老板！"可能是因为太紧张了，这三个字叫得像是背书。

马老板站住了，看到了面前的拦路者是三个男人，前边两个是便衣，后面的一个是警察。路灯昏暗，他惊惶的目光集中在发问的刘存亮脸上，似乎没有认出另一个便衣就是"焰火之都"过去的一个服务生，更没认出位置稍后的那位警察，就是几次缠着他打听权虎的那个小伙儿。

他惶惶然地停了脚步，嘴里不由自主地答了一声"啊"。但显然，这种张皇更多代表的只是疑惑而非惶恐。感到惶恐的可能反而是对面拦路的盘问者，刘存亮磕巴了一下才发出威吓："马老板，我们盯你很久了，你跟我们走一趟吧。"

马老板大概从刘存亮貌似威严的口气中，听出了几分稚嫩，他的镇定也似乎由此而生，他反问："你们是哪儿的，让我跟你们上哪儿去?"

在刘存亮语迟的片刻，李臣顶上来，喝道："少啰嗦，我们是公安局的，你是想跟我们走一趟还是在这儿把问题谈清楚，你可以自己选择。"

尽管这几句话他们事前练过几次，但如今说来，仍不免丢词落句，口吻的处理也不十分妥切，马老板的自信与疑心同时加深，脚步也开始往后退去。

"你们是公安局的，你们有证件吗?"

保良见他要溜，忍不住冲了上去："姓马的，权虎到底在哪儿! 你要不说就跟我们到局里去说!"

马老板这下认出保良来了，说："你不是权虎的内弟吗? 你是警察?"

保良喝道："我不是什么权虎的内弟，我是公安局的，我好好让你说你不说，那就跟我们走一趟吧!"

保良上去抓住了马老板的肩膀，李臣也上去扣住了马老板的一只胳膊，刘存亮咋呼着在一边装腔作势："走!"马老板这时似乎开始屈服。

"你们抓错了人，你们松手，我说，我跟你们说……"

保良先松了手，李臣却依然抓着马老板的胳膊，马老板突然发力，试图挣脱，李臣被甩了一个趔趄，但未被甩脱。保良迅速扑了上去，他们三人打成一团。刘存亮被这个场面弄惊了，站在一边发抖发愣。上来帮忙的倒是女孩菲菲。菲菲这时早已跑过马路，见到这边开打，便冲过来奋勇增援。菲菲的加入使保良他们的面目进一步暴露，马老板拼命甩开他们，从地上爬起来跌跌撞撞向街心奔去，一辆巡警的车子恰巧在街角开过，马老板一路奔逃一路狂呼：

"救命啊，绑架啦！有人绑架啦！"

远处的警车蓦然停住，随后突然转向起步，加快速度向这边开来。

情势急转直下，看见警车后，最先仓皇撤退的就是身穿警服的保良，李臣、菲菲和刘存亮见状也一齐调头，朝街角小巷口四散而逃。警车上下来的巡警向几个方向同时追去，保良没有回头张望的机会，但能感觉到至少有两名巡警在他身后穷追不舍，因为至少有两个人的声音在不停地威吓："站住，站住，不站住开枪啦！"保良把警帽摘下拿在手里，不顾一切地见路就跑，他从小到大的田径成绩在这个夜晚真的把他救了，跑了两条街加一条小巷后，他终于甩开了追捕的巡警。他在另一条小巷里气喘吁吁地脱下了警服的上衣，用上衣包了大盖帽再卷成一团，夹在腋下，镇定了片刻才走出巷子，叫了一辆出租汽车，乘车直接回到了他的家里。

他用钥匙打开家门时家里的灯都黑着，时间已是午夜，父亲和杨阿姨肯定早就睡了。他神色惴惴地放轻脚步，摸索着走到自己门前，忽然看到一个人影站在过道的端头，犹如惊悚电影中的女吊一动不动。

过道的灯忽然亮了，那个人影一手还攥着灯绳，保良惊恐地看清那人原来就是嘟嘟。嘟嘟穿着睡衣，保良衣冠不整，两人互相呆视片刻，看上去同样惊魂未定。

嘟嘟大概是小睡刚醒要去卫生间的，让保良这样一吓竟放弃如厕，转身退回卧室去了，连走廊上的灯也忘了关掉。保良也定了定喘息，进了自己的房间。他进屋之后做的第一件事就是拨打李臣的手机，李臣的手机关了。刘存亮和菲菲因无手机没法联系，也不知他们此时是否已经落网。即便他们不供出自己，保良知道，巡警根据马老板的描述，在李臣等人的亲近朋友中展开调查，查到自己也很容易。为个人目的身穿警服恫吓公民，不知该当何罪，弄不好会导致学院处分保良，而保良一旦背了处分，刚刚恢复的父子关系必然再生危机。父亲最是恨铁不成钢的，最容不得保良在学业和荣誉上有任何过失。

那一夜保良无法入睡，天亮后起床，在卫生间门口见到了父亲。父子之间谁也没有提起过去的别扭，保良叫了一声"爸"，父亲应了一声"回来啦"。于是化干戈为玉帛。

早上吃饭，杨阿姨特地为保良和嘟嘟各煎了一份鸡蛋。父亲看着保良灰暗的面色和赤红的眼睛，问："学习任务很重吗？是不是睡眠不好？"保良简单应答："啊。"然后低头喝粥，用以遮掩。

整整一天，保良在家里帮杨阿姨打扫卫生，擦窗子清阁楼整理前后院子，把家里积压的脏活重活全都干了。弄得一向懒惰的嘟嘟也不好不上来帮些零活儿。父亲嘴上指挥保良干这干那，脸上露着满意的笑容。杨阿姨也笑，但笑容多半还是一种生疏的客气。

中午，李臣、菲菲先后给保良的手机打来电话，电话中短暂的交谈让保良万分庆幸。他们三人昨夜全都有惊无险，顺利逃脱。刘存亮胆小，昨夜脱逃后今天没敢回餐厅上班，一直躲在李臣的住处，而李臣一直没敢给保良打电话的原因，也是担心保良已被警察抓了。

这一天晚上，保良把警服塞在挎包里，换了一身便衣，说要回学校参加系里组织的一个活动。吃完晚饭就离开家门。父亲在他挎包里又塞了三百块钱，嘱咐他下周没事想着回家。

保良没回学院，他约了李臣、刘存亮和陶菲菲，在夜里十点半钟一起去了巨石迪厅，由保良请客，在此狂欢了将近一夜。李臣和菲菲都是舞迷，刘存亮也很喜欢到迪厅这种地方寻找感觉，于是保良就把大家约到这里，用以表达由衷的感激。

在迪斯科舞曲震撼心魄的击打中，四个年轻人跳得大汗淋漓，发泄着昨夜的惊恐和失败的郁闷。菲菲自告奋勇，表示还愿为保良去"焰火之都"蹲守马老板那厮。李臣也酒后放言，说要叫上几个朋友憋着抽那老冒一顿。唯有刘存亮心存疑虑，空洞地主张强求不如智取。保良两口啤酒下肚，醉红了双眼，摆摆手，说："算了吧，谢谢大家了，我姐我也不找了，找着了说不定她也不认我了，所以找也没用！"

凌晨四点，大家尽欢而散，李臣和刘存亮拉着菲菲回住处睡觉，保良要搭早班车回公安学院。他看着一辆出租车载着李臣三人欢笑着走了，才把挎包抡在肩上向远处的车站走去。

凌晨的城市，熟睡未醒，街上没人。

一辆红色的保罗轿车无声无息地从身后上来，缓缓地与保良并肩同行。摇下的车窗玻璃后面，露出一张女人的脸。年轻，漂亮，但，已不单纯。

保良认出她了，他在认出这张面孔的刹那蓦然止步，他不知她姓甚名谁，但可以毫不犹豫地肯定，她就是不止一次被马老板挎在臂弯上的那个少妇。

少妇的车子也停下来了，隔了车窗，话语轻盈：

"喂，还想找你姐姐吗？"

在这个微醉的清晨，天尚未全亮，在空无一人的街边，保良上了这个女人开的"保罗"。

这个女人看上去满面成熟，其实比保良大不了几岁。她脸上过厚的脂粉让她显得苍老不鲜，反而破坏了年轻女人应有的真实与娇嫩。

从这个女人的口中保良知道了马老板并不是本城的"土著"，他是东北人，与这个城市常有贸易往来。他的货物常常要从这里运往外地，保良要找的权虎，就是他在运输方面的生意伙伴。这女人只是从马老板口中听到过权虎这个名字，知道权虎经营了一家船运公司，但与权虎从未谋面，对权虎的妻子家室更是一无所知。

在这个微冷的清晨，天尚未全亮，保良与这个女人坐在一家高档饭店的咖啡厅里，隔着各自面前的一杯热茶，透过巨大的落地玻璃，看到窗外的花园草地，在晨曦中一点点由青变红，由冷变暖。

女人的目光缓缓地上下打量着保良，最后落在他左耳的耳环上面。她声音哑哑，表情淡淡，漫不经心的盘问就从这只耳环开始。

"他们说，男人只有同性恋才戴耳环，你是吗？"

"同性恋？"保良笑笑，"那多时髦，我真想试试。"

女人也淡淡一笑，不再刨根问底，她说："你对女人也有兴趣？你要找的姐姐，是你亲生的姐姐？"

保良收束了笑意："对呀，当然。"

"你姐叫什么名字?"

"我叫陆保良,她叫陆保珍。"

"噢,你姐的名字不如你的好听。"

"是吗?你的名字,也很好听。"

这个女人告诉保良的名字很怪很怪,她叫"小乖"。这也是马老板和所有熟人对她的共同称谓。她说她是马老板的朋友,他们认识已经很久。小乖的措辞虽然含混隐晦,但保良不难明白,所谓朋友,就是马老板在这个城市构筑的一个小巢的留守者,说难听点就是马老板包养的一个"二奶"。

从这个女人的口中保良知道,马老板一般每月都要从外地过来两次,照顾生意,打点关系,每次逗留二至三日不等,办完事情随即离开。在他离开的日子里,小乖就要独守空房,与寂寞相伴,所以也常去"巨石"这类疯狂世界发泄精力。

在两杯浓茶相继喝干之后,小乖和保良达成了一项交易。小乖答应帮助保良找到他的姐姐,而保良需要付出的代价,是和小乖做个"朋友"。

对保良来说,达成这个交易的难点,是搞清"朋友"的概念。小乖的语言总是含混而又暧昧,意焉不详:"朋友就是朋友,朋友就是能常在一起待着的人。"

"一起待着?"保良说,"不行,我在上学,住在学校,我没有时间总陪你待着。"

保良没有告诉小乖他是公安学院的一名学警,他随口说他是农科学院的大一新生。农院与公院一街之隔,保良说来十分顺口。

"没关系，你没事的时候就出来，咱们玩儿完了你还可以回学校去住。"

"玩儿？"保良脸红着问，"玩儿什么？"

小乖淡淡一笑："你放心，我不会让你玩儿火的，我不会强迫你做什么，除非你喜欢做。咱们都顺其自然吧，你就陪我聊聊天，喝喝酒，吃吃饭，这总归可以吧。"

保良自恃年轻力壮，细弱矮小的小乖谅也不能把他怎样，在做出这样的估量之后保良就像接下了一单生意，一脸郑重地点头成交。

他们在这家饭店的门口分手告别，小乖独自走向停车场里的保罗轿车，她在离开保良时忽然附在保良的耳边，细语轻柔地说出这么几个字来：

"你戴耳环，真的很帅。"

小乖是保良生活中突然冒出来的一个精灵，就像一个西方神话里的美貌树巫，擅用细软的根藤纠缠猎物，碰上这样的妖孽你不能挣扎，不能进攻，你的每一个动作都会导致更紧的缠绕，直至最后的彻底陷落。

这个精灵首先带给保良的，当然是一个让人心动的诱饵。她在那家酒店咖啡厅的餐桌上，给保良写下了一个地址。这个地址是小乖送给保良的一份厚重的见面礼，让保良立即认定，他让小乖的汽车载到这里，确实不虚此行。

那地址就是马老板在省城的办事处，小乖说在那里或许可以打听到你要找的权虎。权虎既然和马老板有生意往来，办事处的雇员应能知道详情。小乖说反正马老板已经回东北去了，你可以假装联系生意过去探探路子，如若不行我再告诉你其他途径。

写完地址后小乖又约保良今晚一起吃饭，这场交易你来我往如此明确，保良白是不能拒绝。他在酒店的门口与小乖分手后先回学校放下了警服，洗漱干净后又反身回到了城内，很容易便找到了地址上写明的那座旧楼。

这是一座并不高档的写字楼，位置也不算繁华旺铺，也许因为是星期天的缘故，楼里大多数房间都紧锁无人。他在五楼找到了字条上写的那个房间号码，房间的大门居然开着。保良走进去试图询问，还没张口就发现屋里只有一个打扫卫生的女人。

这女人自称是清洁公司的职工，当然说不清这家办事处的职员如何联系。保良只好快快下楼，出了楼门竟不知此时该到哪儿去。

这天晚上保良如约去了小乖说好的那家餐馆，吃了丰盛得有些浪费的一顿晚饭。饭后小乖要求保良陪她去唱卡拉OK，去的地方当然不是马老板常去的"焰火之都"。

小乖去的这家夜总会门脸很小，看上去平凡至极。进去走到六楼，才发现里面的装修还挺高级，气氛也比"焰火之都"显得年轻，从人到物都洋溢着另类的活力。小乖在这里有不少熟人，大都是些二三十岁的女客。她带着保良串了两个房间，和那些看上去也像"二奶"的女客打闹神聊。那些女客也都放肆地调笑保良，上来一通评头品足，然后纷纷称赞小乖，说："小乖你这回找的男孩才算靠谱儿。"

小乖得意而又矜持，故意反问："靠谱儿吗?"

"靠谱儿!"女客们说，"不开玩笑，这孩子心眼好坏不论，长得可是绝对靠谱儿，真的，严重靠谱儿!"

在那些包房的女人当中，也掺杂着一些衣着时尚的男人，年龄都比保良要大，陪着那些女人喝酒唱歌。他们个个会说会闹，把歌词改得面目全非，什么歌都能改成粗俗不堪的谑嘲，引得女人们哈哈大笑。小乖让服务生给保良倒酒，保良说："我不会喝酒。"小乖说："你原来怎么答应的，不喝酒你陪我干吗来了？"保良说："那就少喝一点儿，我明天还得上课。"

说是少喝，第一杯酒就让小乖逼着一口闷了。

那是一种洋酒掺兑了冰块和苏打水的鸡尾酒，酒劲不烈，有点苦，味道怪异。包房里的音乐也很怪异，先是男人女人抢着唱歌，后来突然谁都不唱了，换上一种节奏简单却极度亢奋的乐曲，保良后来知道，那叫"Hai"曲。他看到男人女人都在互相传递一种蓝色的药丸，小乖也给了保良一粒，命令："吃了。"保良从没进过这种地方，但大致明白，这应该就是摇头丸了。

于是他坚定地拒绝："不吃！"头摇得像已经吃了摇头丸似的。小乖连劝带骂："吃吧，没事，又不上瘾。瞧你那样儿，跟让你吃毒药似的，这一百五十块钱一粒呢，你不吃正好我还省了！"

很快，吃了摇头丸的男女开始神情萎靡。保良环看周围，个个昏昏欲睡，他不由感到恐惧，生怕万一吃死一个可怎么是好。好在没用多久，他们又全都兴奋起来，开始摇头晃脑，就像练过似的，全身每块肌肉都能随了音乐的节拍快活地振荡。保良渐渐放下心来，好奇地观摩，看他们丑态百出，看他们亢奋失形。小乖搂着保良，一边摇晃一边灌他大口喝酒，喝得保良苦不堪言。

保良推开小乖，想趁乱开溜："不行，我该走啦，我明天还有课呢。"

另一个女的上来拽着保良跳舞，眼神迷离，发癫似的。那女的比小乖模样丑陋，年纪也一大把了，体态臃肿，保良看着反胃，甩了她两下甩脱身子，甩脱之后反而感觉真的有点反胃，弯腰作呕，却呕不出东西。

恶心欲呕的感觉之后，又是片刻的晕眩。保良也不知自己是怎么又坐回到沙发上的，也不知后来又是怎么躺在沙发上的，他眼里的那些摇摆男女似乎全都一上一下脚跟离地飘了起来。他伸手想拿茶几上的水杯，茶几突然也像四脚离地，晃悠悠地向门口滑去。保良惊惶地环顾四周，看什么都在移动。他身边有个男的吐了，吐得稀稀乎乎。保良神经麻木，思想却变得极其单纯，他怕那男的吐脏了地毯，不由自主地伸出两臂，竟想用手去接。可他发现自己手脚发轻，已经不受大脑控制，没能接住那些秽物，自己倒也吐了出来。

他庆幸自己比那男的头脑清醒，呕吐之前还能找到一只痰桶。丑女人又过来拉他跳舞，保良情不自禁，随了她的节奏，随了"Hai"曲的鼓点，全身摇摆起来。他的脖子好像只是安在自己肩上的一个弹簧，可以前后左右不受限制地快速摆动，在摆动中他感觉自己的身体在不断上升，在白色的天空中他竟然看到姐姐的笑容。

他想抱住姐姐，姐姐却遁之无形，保良失声痛哭，哭得伤心无比。小乖也抱着保良一起哭起来了，一起哭得走调失腔，眼泪口水蹭在保良前胸的衣服上，和保良身上的汗水互相渗透，湿得一塌糊涂。

疯狂持续的时间似乎并不太久，每个人都迅速地筋疲力尽，一个个没精打采地倒卧下来，沙发上、地毯上以及门口和墙角，坐着歪着随处都是。保良听见又有人开始唱歌，唱得七扭八歪，刺耳难听。

保良看见，有人歪歪斜斜地出门找厕所去了，他也跟了出去，在厕所里保良完全清醒过来，尿尿尿得肚子剧疼。他想不明白自己怎么会虚成这样，他明明没吃摇头丸，难道这玩意儿也能通过空气传染？

尿完尿保良才觉得心里好受一些，想想只能是小乖灌他的酒里有什么猫腻。从卫生间出来保良没再回到包房，他头重脚轻地往夜总会的门外走去。出了门冷风一吹他才发觉周身是汗，脖子好像抽筋了似的，僵直无力。抬手看表，保良吓了一跳，他和小乖是晚上十点半钟才进去的，此时出来，时间居然已近凌晨。

天色未明，保良在街头一只浇花用的水龙头那里洗了把脸。又等了一个小时才搭上了早班的公共汽车，他赶到学院的宿舍楼时起床的铃声刚好鸣响，保良还来得及回屋换好警服出了早操。

九

　　早操一散，几乎所有同学都向保良发出疑问："保良，你是不是病了？你的脸色怎么这么黄啊，要不要去医院看看，你这个周末都干了什么，怎么弄得这么苦大仇深？"

　　保良支支吾吾，回宿舍照了镜子，他已经两天两夜没怎么睡觉，镜中的面孔吓了他自己一跳。上午上大课讲的是社会主义市场经济，要不是身边的同学不断推他，他说不定要睡得打起呼噜。

　　课后系主任过来问他："保良，听说你爸爸病了，要紧吗？要不要我们过去看看？要严重的话我们得跟院领导报告一下，你爸要病了院领导肯定得关心啊。"保良一通摆手："不用不用，我爸没什么，头疼脑热拉肚子，已经好了，已经好了。"

　　系主任很认真地说："真没事呀？"

　　保良很诚恳地说："真没事！"

　　系主任最后嘱咐："有事可说啊！"

保良连连点头："好好！"

系主任这才走了，保良不知是体虚还是心虚，出了一身大汗。

周三，下午，没课，保良换了便服，不到三点就借故离校，往城里来了。

他赶到马老板的办事处时办事处还未下班，但屋里只有一个年轻女人在打电话。保良自称是某某公司的一位业务经理，手上有批货想找个船运公司。经人介绍来找马老板联系，听说马老板认识的船运公司物美价廉，不知可否帮忙推荐几个。

那年轻女人上下打量保良，看这位"业务经理"如此少年英俊，遂起身找茶叶找水杯一通热情。但说到正事却让保良无比失望，她说她也是刚刚来的，情况都不熟悉，马老板去加拿大办移民手续去了，得等一个月后才能回来，要问这些业务关系，得等马老板回来才能说清。

在这家办事处里，在这个热情的女职员面前，保良换用了不同方法，始终没能套出权虎的线索。而且以他的判断，这个女职员的一无所知，倒也不像成心装的。他离开马老板的办事处后给小乖打了电话，告诉她他在这里一无所获。小乖肯定听得出来，保良的口气十分不满，不是对办事处的女职员，而是对她。他先说了他在办事处空手而归的结果，然后质问小乖昨晚是否在他酒杯里放了什么，弄得他到现在还一直头晕恶心脖子酸疼。小乖肯定听得明白，保良是在表示和她的交易付出太多，所得太少，少得几乎一无所得。

小乖笑着说："一颗摇头丸一百五呢，你白吃白玩儿我没说吃亏你就偷着乐吧，你还发什么牢骚。"稍停，又马上安抚保良："行行行，你吃亏了还不行吗？今天晚上我请你吃饭给你赔罪，还不行吗？"

保良说："我不想吃饭。"

小乖说："晚上你来吧，只要你陪我玩高兴了，你姐姐我包你找得到的。"

保良说："这是你说的，你拿什么担保。"

小乖说："拿我自己担保！找不着你姐我就认你当弟弟了，这总行了吧。"

保良说："你？省省吧，我只要我姐，假冒伪劣的我哪儿不能找。"

小乖佯怒："你骂谁呀，谁是假冒伪劣？我告诉你，就你这样的男孩想给我做伴儿的一把一把的，我可以每天换一个，换一个月都不重样儿！"

保良有点恼羞成怒："行，你本事大，你这么大本事你就别再坑我了，你帮我把我姐姐找到，你一天换三个我也不管。"

小乖笑道："你来吧，咱们俩在湖滨大酒楼见面，晚上七点，我在大厅等你。"

湖滨大酒楼保良没有去过，但很熟，因为菲菲姨夫的小吃店就在它的斜对面。保良赶到那里时离约会的时间还差半小时，便到菲菲姨夫的小吃店里来找菲菲。

保良过去只跟着刘存亮到这里来过一次，所以当菲菲在小吃店门口见到保良时大为意外，又惊又喜地叫了起来："哟！保良，你怎么来了？"保良在门边的一张桌前坐下，随口说："没事，路过这儿，看看你。"菲菲赶紧给保良上茶上瓜子："路过这儿，你要上哪儿去？"保良一指马路对面："喏。"对面的湖滨大酒楼，是一座金碧辉煌的高大建筑，与这里隔街俯仰，相当触目。

"你？去那儿？"菲菲有些不信似的，"你去那儿干什么？"

"有人请吃饭。"保良回答。

"谁请你到那儿吃饭？"菲菲不免好奇，把个"那儿"字说得非常惊讶。

"……呃，一个朋友。"保良犹豫一下，没有说出小乖。

"朋友，男的女的？"

"男的。"保良也不知道为什么撒谎。

"男的，是你爸的朋友？"

菲菲最喜欢刨根问底，脸上的神态却已是事不关己的随意，保良就此绕开话题，反问菲菲这小吃店的生意。说到生意菲菲变得愁眉苦脸，说在这种高档的街区开小吃店纯粹是自讨没趣。她姨回了鉴宁老家，姨夫惨淡经营也不想干了，只是这店暂时脱不了手，所以还在每天维持。

他们喝茶嗑着瓜子，又聊了刘存亮和李臣，这些从鉴宁来省城闯荡的朋友，没有一个前途光明。菲菲说："这些朋友当中就数你好，家里条件好，现在又上了大学，又是公安学院，将来毕业弄个警司警督当当，那有多么威风！"保良说："你看着威风，上大学当警察有多辛苦你又不懂。"菲菲说："要不咱俩换！你真是得了便宜还要卖乖！当了婊子又立牌坊！"

他们你来我往，聊到快七点了，保良说声少陪，起身出门往马路对面走去。菲菲在他身后喊道："嘿，保良，你吃完饭还过来吗？"

在湖滨大酒楼的饭桌上，小乖又给保良写了一个条子，条子上只有一个人名，乍一看是个女的。

"田桂芳，"保良看那字条，"是个女的?"

小乖喝着红红的西瓜汁，眼皮不抬地懒声说道："是他原来的情人，在我之前的那个。"

"她知道权虎在哪儿?"

"她以前跟老马跑过鉴河，可能还坐过权虎的船呢。"

保良心里一亮："那我怎么找她?"

小乖不紧不慢地给服务生付账，付完账收起钱包，对保良嫣然一笑，说："走，咱们去唱歌。"

保良皱眉再问："我怎么找她?"

小乖漠然起身，往餐厅的门口走去，保良只好跟上。两人在走廊并行的途中，小乖淡淡地说道：

"我说过，只要你让我高兴，我会让你找到你姐。"

保良不再言语，俯首低眉，跟在小乖身后走出酒楼大门。小乖去开自己的汽车，保良就站在台阶上等，身后忽然被人拍了一下肩膀，转身一看竟是菲菲。

菲菲满脸怨气，口中发疑："你不是说是男的请你吗，你不是说是你爸的朋友吗?!"

保良未及答言，小乖的轿车已开到阶下，保良转脸向下走去："谁说是我爸的朋友了? 你到这儿干吗来了?"

菲菲吼道："我找你来了，我倒要看看是谁请你，保良，你就跟我承认了吧，这女的到底是谁!"

保良也回身吼了一声："是我一个朋友，你管得着吗!"

菲菲一下子噎住了，她的确说不出她管得着还是管不着，她唯一能做的表情就是怒目而视，并在保良拉开小乖的车门之前，率先跑下台阶，含着眼泪向马路对面狂奔而去。

保良上了车子，小乖冷笑着问他："谁呀这是?"

保良不看小乖，不想多言似的："没什么，一个老乡。"

小乖也不再多问，轻点一下油门，车子飘然起步。

又是那家门脸隐蔽的卡拉 OK，又是那群百无聊赖的闲男闲女。

没见过保良的女人们又是一通评头品足，不评不品的小乖也会主动炫耀："这是我男朋友，怎么样，靠谱儿吗?"女人们无不激赏："靠谱儿! 这次绝对靠谱儿，严重靠谱儿! 靠谱儿坏了!"

他们在包房刚刚坐定，不知是谁招呼了一声，一个服务员很快端来一只银盘，上面铺着一缕一缕的粉末，围着中间一个圆心，就像一轮光芒四射的太阳。包房里的男人女人们用一只塑料吸管，一人一缕，呼的一下吸进鼻子。保良吓得胸口乱跳，低问小乖："那是什么，不是白粉吧?"小乖一笑："别吓着我，吸什么也不能吸白粉呀，这是 K 粉，还没摇头丸有劲呢。"

银盘传到小乖手里，小乖换了个干净的吸管，很熟练地吸了一缕粉末，随即将银盘和吸管递给了保良。保良下意识地接了盘子，却犹豫着没接吸管。小乖小声催他："吸呀，别那么不合群! 你摇头丸都吃了，还怕 K 粉! 吸吧，吸了想什么有什么，挺好玩的。唉，我会害你吗?!"

保良说："这可说不定。"

小乖说："我害你也不会害我自己呀。这跟摇头丸差不多，不如摇头丸厉害，倒是比摇头丸便宜。吸吧，便宜你了。今天我们也不想闹得太狠。你不是就想你姐姐吗，吸完就能看见她了。"

保良吸了。

他吸得迟迟疑疑，还差点呛了一下。

小乖说得没错，K粉不如蓝色药丸发作凶狠，但速度却来得更加快些。不出五分钟保良就开始发飘，虽然和上次相比不恶心了，没有呕吐感了，但手脚同样开始不听使唤。小乖歪在保良身边，唱歌似的哼唧着："保良，保良，你飞了吗？你想飞吗？我要飞了……"

保良也想飞。

他想飞，飞到那片白色的天空，他幻想在那片空洞的白色里，再见一回姐姐的笑容。小乖说吸了K粉想什么有什么，保良想到了姐姐的笑容……

小乖说得没错。

姐姐又出来了，不但笑容依旧，而且，就像他小时候那样，伸出手来温柔地摸他的头发。保良哭起来了，哭得泪如泉涌。小乖说吃了摇头丸和吸了K粉的人都会变成孩子，又哭又笑控制不了。保良想不哭不笑，但真的控制不了。他和上次喝了掺药的酒一样，哭得昏天黑地，伤心至极。

没人理他，大家又开始摇摆起来，音乐的节拍在K粉下肚之后恰如其分。你想它快，它就是快的，你想它柔，它就是柔的，随心所欲，随心而飞。

小乖说得没错，K粉不及摇头丸的地方还包括延续的时间。那一缕粉末的威力只发挥了半个小时，半小时后保良就彻底清醒过来。小乖比他醒得还早，保良感觉身体着地的时候，小乖已经端坐在沙发一角，呷着酒点了烟抽。

包房里的人陆陆续续去卫生间放水和整妆。保良对小乖说："乖姐，我明天还要上课，我想早点回学校去。"

小乖抽着烟，爱答不理地说："你回去吧，我又没拉你。"

保良低声下气："那那个女的我怎么找啊？"

小乖喷云吐雾，冷淡地说："我心情不好，想不起来了。"

保良无法，只好在一边坐着，不敢言走，不再出声。

男男女女又聚回包房，点了歌唱。小乖也唱，唱一曲苏芮的《牵手》，唱罢，保良跟着众人鼓掌。小乖见了，方显笑容，这才凑在保良身边，让他给自己点烟，然后跟保良碰杯，又掷骰子赌酒。轮到小乖再唱，唱了一曲黎明的《但愿不只是朋友》。小乖让保良与她同唱，保良不会唱，但也随和地拿了麦克，哼哼唧唧地随着。

那夜玩儿到两点多钟，小乖的一个女友提出先走，于是大家也就散了。

出门上了车子，小乖问保良："几点了？"

保良指指车上的表，说："都快两点半了。"

小乖说："上我那儿住吧，都这么晚了。"

保良说："呃……我明天一早真的有课，而且……我到生地方睡不着觉。"

小乖不知是不是生气了，沉默了一会儿，问保良："我吃完饭给你写的那个条子呢？"

保良从衣兜里把那张字条拿了出来，那是餐厅里的一张空白点菜单，上面写着那个女人的名字。

小乖从保良手里拿过那张条子，在上面草草地写了一串笔画，然后往保良身上一扔。保良赶紧拿起来一看，看到在田桂芳的名字下面，写着一个电话号码。

　　——67008818

　　这是一个座机的电话号码，保良一连打了三天无人接听。到周末这天再打，有个女的接了。保良说"我找田桂芳"，那人说"我就是"，保良说："啊田小姐，我叫陆保良，我有件事想向你求教，不知你什么时间有空，能否见面聊聊。"

　　电话那边反问："你是干什么的？"

　　保良说："我是个学生，我想找我姐姐，我姐夫叫权虎，是经营船运公司的，您认识权虎吗？"

　　电话那边："权虎？不认识。"

　　保良又问："权虎过去和一个叫马加林的老板做过生意，马加林您认识吧。"

　　一听马加林这个名字，电话那边顿时变得怒不可遏："马加林的事我不知道！我不认识马加林！"

　　喏！电话挂了。

　　保良想了想，再把电话打过去："田小姐，你别误会，我也不认识马加林，我不是坏人，我只想找我姐姐……"

　　电话那边，变得极不耐烦："找你姐姐你就找去吧，你找我干什么！"

　　"因为有人告诉我您见过我姐夫……"

　　"谁告诉你我见过你姐夫？"

　　"……是，是小乖，她说您以前……"

"别跟我提那个骚货，那个骚货和马加林那王八蛋没一句真话！"

喱！电话又挂了。

保良咽了口唾沫，硬着头皮再打过去，这个电话就再也没人接了。

整个午饭时间，保良还是一遍一遍地把电话拨了过去，希望能出现奇迹，但奇迹没有出现。在他拨打田桂芳电话的间隙，一个电话插空打了进来，那是菲菲姨夫小吃店的电话号码，保良接了，电话那头的菲菲，不再是湖滨大酒楼台阶上那个怨怒的菲菲，而变成了一个柔弱委屈的女孩菲菲。

"保良，我要走了，我今天下午就要回鉴宁了，你能送我一趟吗？我东西拿不动。"

保良愣了，以为菲菲的哭腔，还是为了他和小乖的"勾搭"，于是劝她："菲菲，你干吗这样啊，那天怪我没说清楚，不过你脾气也太大了……"

菲菲打断了他："不是，你跟谁好是你的自由，你条件这么好。我这样的人配不上你，这我知道。"

保良想解释，他与菲菲之间，从没有过这样的话题，关于谁跟谁好、谁配不配的问题，这是菲菲第一次挑开来的。但菲菲并不想得到什么回答，在保良语句尚在犹疑混乱之际，菲菲说出了她要回家的原因。

"我妈病了，挺厉害的，我得回去照顾她去，你能把我送到车站去吗？"

保良说："能。"

挂了菲菲的电话，保良心里有几分沉重，不知是让菲菲的眼泪闹的，还是担心菲菲的老妈。菲菲从小在单亲家庭长大，她老爸在她九岁时离家出走，她妈一个人把菲菲从九岁带到十八，母女俩感情最深。

挂了菲菲的电话，心情稍定片刻，保良接着拨打田桂芳的号码，拨了一半又一个电话打进来了，保良一看，那是父亲的手机。

菲菲看来真的不打算再回省城来了，大包小包的东西全部带走。火车开动的刹那，菲菲挥手向保良告别，脸上勉强笑着，眼里泪闪如花。

傍晚，保良回到家里。

杨阿姨正在餐厅厨房准备着周末的晚饭，嘟嘟在客厅里看着电视，父亲就在保良的卧室里，跟保良进行了严肃的交谈。

父亲问："保良，你最近学习忙不忙？"

保良说："忙。"

父亲问："你每天下了课都做些什么？"

保良说："参加系里和学生会的一些活动，上图书馆看书，有时和同学打打球。"

父亲问："都在学校里活动吗？"

保良预感到不好，但只有一条路蒙到底了："啊。"

父亲说："我们陆家，一向有个规矩，我不求我的孩子今后一定有钱有势，但必须有事业成就，而且，必须诚实。不诚实的人，也不会有任何成就。保良，你诚实吗？"

保良低头，说不出话来。

父亲叹了口气，气不打一处来似的："今天上午，学院办公室的人来家里看我，他们以为我生病了，他们说你这段时间经常不在学校过夜，经常以回家照顾我生病作为理由，请假离校。保良，你看看你现在的脸色，这么不好，你现在怎么这么瘦？你总是离开学校，彻夜不归，你到底干什么去了？"

保良慢慢抬头，看父亲。父亲脸色酱红，银发在抖。

保良说："我找我姐去了。"

父亲一下沉默下来，但这种沉默，反而表明了他内心实际的惊愕。

这是一个令人郁闷的周末。

也许因为有了上一次争吵，父子之间全都有意保持着克制，但父亲的态度还是极其明确，那就是坚决反对保良因为寻找姐姐影响他的学习成绩。

"我早就跟你说过，你不要再找她了，找到了我也不想认。我把你姐姐一直养到二十多岁，已经尽到了父亲的责任。当初她和权家搅在一起，毁了一生的幸福，为了她能有一个清清白白的婆家，我也想尽了一切办法。她自己选择什么样的生活，那是她的权利。我管不了，现在也不想管了。我现在只想管你一个人，爸爸一生……爸爸一生……保良，只有你是爸爸一生的希望，你现在这个样子，你太让我难过了，你太伤爸爸的心了！"

父亲说到此处，眼里含了眼泪。保良也含了眼泪，他说："爸，我想妈妈，我想我姐，我想我们在鉴宁老家的房子，我想我小时候……小时候我们在一起的……那种生活……"

保良哽咽起来，父亲眉头紧锁，脸色沉重，一言不发地在对面枯坐。

那天的晚饭吃得极其压抑，连嘟嘟都看出父亲和保良全都双目赤红，表情凝重。杨阿姨分别给保良和父亲盛汤夹菜，见保良吃得很少，只劝一句："要不要再吃点？"点到为止。

饭后，父亲把保良叫到自己的卧室，又谈。他说："保良，你进公安学院以后，宣誓誓没有？"保良说："宣过。"父亲说："一进公安学院，就是一个名副其实的人民警察了。当警察，都要参加宣誓仪式的。誓词是怎么说的，你还记得吗？"保良说："记得。"父亲看着保良，似乎是等着他背诵，但保良没背，父亲只好自己背出：忠于祖国、忠于人民，克尽职守，不徇私情……父亲停了下来，那篇人民警察的宣誓词似乎还在父亲心里继续默读。终于，父亲再次开口，他说："保良，我也宣过誓的，要忠于祖国，忠于人民，忠于职守，就因为我忠于职守，抓了你姐姐的公公，你姐姐就这样恨我，你妈妈就不给我笑脸，不和我说话。我年纪大了，腿有残疾，身体不好，这你姐都知道的，可她现在连过来看我一眼都不肯！她这样做晚辈，应该吗？！这样的女儿，我也不想认她，她就是回来，我也不想认她！"

父亲说得肺腑震动，保良听得泣不成声。他爱父亲，可他也爱母亲，也爱姐姐，他们都是他的亲人。他们之间，无论有多大隔阂，多深怨恨，保良也不能不爱他们。他们是他的童年，是他一生最美好的记忆，他们和他从小长大的那座小院，和前门后门的宽街窄巷，和山丘上那座夕阳下的砖窑，和站在窑顶便可尽收眼底的金色的鉴河，缺一不可地构成了他少年时代的美丽画卷！

星期天，下午，保良准备回学院去。父亲换了一件衣服说要送他，父子二人像以前那样，一路默默无话地走到车站，等车的时候也不多言。车来了，保良说："爸，你回去吧。"他没料到父亲一只脚已经踏上车门。

父亲说:"我送你到学校去!"

一路又是无话。

父亲跛着脚,很辛苦地,倒了几趟车,一直把保良送到公安学院的门口,又从门口送进校门。校门的警卫换了,不认识父亲,要他登记,被父亲骂了一顿,幸好有路过的老师见了,劝开,带父亲进去。父亲一瘸一拐,陪保良走过操场,走过食堂,走过教学大楼,一直走到侦察系的学生宿舍,一直进了三楼保良的房间。

房间里摆了上下六张床铺,父亲检查式地翻看了保良床上的一切。又让端着脸盆进屋的一个外地同学去叫保良的班长过来。外地同学说:"班长回家了,还没回来。"父亲说:"那麻烦你转告班长,也转告你们辅导员老师,以后陆保良要是有事请假离开学校,请他们先跟我联系一下。我留个电话给你,你交给你们班长和辅导员老师。"

父亲虽然没有自我介绍,但这位外地同学显然知道他就是保良的父亲。这位瘸腿奇人以前也是院里的领导,他的事迹曾在报纸上广为传扬。外地同学恭敬地点头答是,恭敬地双手接了父亲写下的手机号码,又和保良一起送父亲下楼,又目送保良陪父亲走向校园门口。

在校园门口,父亲不让保良再送,他说:"你回去吧。我知道我这样做很伤你面子,但爸爸没有办法。爸爸想方设法让你考进公安学院,省吃俭用供你上学,只要是你学习和营养上的需要,爸爸从没打过回票。杨阿姨对爸爸这么好,可爸爸和杨阿姨结婚到现在了,也没给她买过一件像样的衣服。嘟嘟说想要个照相机,说了好几次了我也没给她买呢。为了你的学习、事业和前途,爸爸可以付出一切,这一点我在和杨阿姨结婚的时候,都和她提前讲过。所以爸爸别的都可以容你,唯有这条，爸爸对你只能严格，希望你能理解，不要抵触。"

保良低着头，不语。

父亲问："爸爸说了这么多，你听进去没有？"

保良仍然低着头，但说："听进去了。"

父亲用手扶了一下保良的肩头，不知是要表达安抚还是表达激励，他说："好。"

保良说："爸爸再见。"

父亲说："再见。"

父亲走了。

保良目送父亲走远，然后反身，慢慢走回校园，走到操场边上他停了下来，打开手机，犹豫了半天，最后还是再一次拨了小乖的电话。

小乖像是正在等他的电话，只响了一下就接起来听："怎么着，晚上一起吃饭？"小乖问他。

保良说："那个田桂芳不接我电话，你还有别的线索没有？"

小乖笑道："有啊，我不早就说了吗？只要你让我高兴，我肯定能让你找到你姐，我说话算话。"

保良忽然愤怒起来："你别老是猫玩耗子似的，你到底有多少线索？能不能一块告诉我！"

小乖还是笑："咱们不是说好了这是交换吗？你给我多大乐儿，我还你多大乐儿，我不想欠你，也不想让你欠我！"

保良说："我陪了你两次，吃药把身体都吃坏了，这两个星期我掉了八斤肉，吃那玩意儿有没有瘾先不说，我现在吃得身上的骨头都支出来了！"

小乖毫不退让："我不是也给你指了两条路吗？你找不到你姐是你自己笨蛋，我可不欠你什么人情！"

保良怒不可遏，狠狠地挂断了电话。

他站在操场边上，看场上一帮臭脚在胡乱踢球。少顷，他的电话又响起来了，来电的还是那个小乖。

"干什么？"保良问。

"今天晚上到底来不来呀？"

"我讨厌交易！"

"不交易也行啊，你要真心对我好，真把感情给我，那我也就什么都可以给你。我也讨厌交易，可我更讨厌白拿白要，那种人更可恶！那种人我见得多了！"

保良哑了。

小乖轻轻笑了一下，说："过来吧，明天是星期一，你一上课又该出不来了。这样吧，你过来咱们聊聊，交不交易由你决定。"

保良犹豫了一下，不大情愿地点了点头："好吧。"

也许仅仅是小乖最后这句话的触动，保良决定今晚赴约。他知道父亲已经和他约法三章，而且在他身边布下耳目，从明天开始，他将被"囚"于这座深深的学府，也许真的出不来了。

还是这个不显山不露水的门脸，还是这个音乐乍起的时间，保良和小乖再次挤坐在一群有生有熟的男女之间，听着他们肆无忌惮地笑闹，野腔无调地调侃。

然后，还有蓝色的药丸。

又是一通威逼哄劝，保良坚决不吃，小乖说："不吃你就滚吧，不想找你姐姐了你还赖在这儿干吗!"

保良僵坐在沙发上，没走。另一位女人的男伴也上来劝他："吃吧，她们一块儿玩就要这个热闹，来了都得'Hai'! 有一个不'Hai'的大家都扫兴。大家都'Hai'就你一个人清醒，一个人看她们，她们肯定不舒服。"

身边的女人也劝："没事，这个不上瘾的，吃完了一跳舞就发挥出去了。吃完了想什么有什么，想飞能飞，想钱有钱，想你姐姐，你姐姐就来啦!"

音乐轰鸣起来，大家全都跟着摇摆，保良含了那粒药丸，就着一口苦酒吞下肚子。他想：姐姐、妈妈、爸爸，都快来吧，我爱你们!

音乐就像一股有力的气体，拖着保良飞起来了，他很快升到了漫无边际的半空。半空的颜色一片乳白，他最先看到了母亲，然后父亲也露出了笑容……姐姐在更高的云里，向他伸手召唤。保良的眼泪又下来了，他嘴里喃喃地叫着，声音似乎响在头顶："姐……"姐姐用手摸他的头发，笑着没有应声。

小乖这一天摇摆得最厉害，她疯狂地高声大喊，脑袋不知疲倦地使劲甩动，她一边甩一边叫："飞! 飞! 飞!"她竟然笑着攀上了六楼的窗台。她推开窗子，不看下面，仰脸望着夜空中的满天星斗，星斗的迷幻如梦境一般。小乖不再尖厉地喊叫，嘴里发出梦呓般的呢喃："飞……我要飞……"保良睁着痴迷的泪眼，望着小乖蹲在窗台上的背影，一屋子人都在音乐的节拍中齐声叫喊："飞! 飞! 飞!"保良不知哪根神经忽然复原，他摇摇晃晃地走过去，在小乖正要跃向空中的刹那，用双臂环抱了她纤细若柳的腰身，把她用力抱离了窗台，重心失去后他们一齐摔倒在地，那个瞬间保良被摔得人事不省。

昏迷也许非常短暂，保良醒来时音乐尚未停歇，但包房里的大多数人已发泄了药力，坐在地上歪在沙发上丑态百出。又有人吐了，还有人站起来到卫生间去。保良跟着出门，他在卫生间的镜子里看到他的头发已被汗水湿透，看到自己瘦得形销骨立，脸色灰白。摇头丸这东西能把人的体力耗尽，水分耗干，镜中的保良就像患了一场大病，容貌枯槁脱形。保良顾影自怜，万分后悔，发誓以后再也不到这里来了，再也不沾什么K粉摇头丸了。

回到包房，小乖也清醒过来，搂着保良喝酒，嘴里百般缠绵，还让别人给他俩照相，做出各种鬼脸。她说："怎么样保良，跳一跳舞舒服多了吧，什么烦恼全都可以抛开，我前一阵特胖，一吃这个一跳舞，还减肥了。"

保良推开小乖，心里无比厌恶，"我再也不吃这个了！"他说，"我再吃我是王八蛋！"

小乖不气不恼，依然缠着保良："保良，你知道吗，我真的喜欢你，你不在的时候，我心里老是空荡荡的。保良，我跟你要件东西你给不给我？我就要你的这只耳环。你能把这个送我做个纪念吗？我把我的耳钉给你，这是真钻的，我这可是一万多块钱买的呢！"

保良摆开头，躲开小乖朝他左耳伸过来的手："不行，这是我妈送给我的，一只给了我姐，一只给了我，我不可能把这个送给别人。"

"那你送我什么？"小乖搂着保良，伸过嘴来想要亲他，"我真的爱你，保良，你也能爱爱我吗？你不知道我的命有多苦……"

保良再次把脸闪开，他双手用力地抓住小乖的双肩，把她按在沙发上固定，他发狠地说："我要找我姐姐！你告诉我现在到哪儿去找我的姐姐！你要不告诉我，这就是咱俩最后一次见面！"

小乖没有答言，她突然拼出全力，猛地抱住了保良，她说："保良，你不要离开我，不要离开我！"保良试图挣脱但没挣脱出来，这时包房的门突然被人打开，保良听到开门的声音反常地猛烈，在他回头细看的同时，他听到了好几个严厉的声音在大声命令：

"我们公安局的，你们原地别动！"

保良回头的刹那，眼睛被一道强光瞬间闪花，片刻之后视觉恢复，他才看清屋里涌进了好几个警察。在警察的身后，几个电视台记者模样的男子，扛着一台摄像机进屋，镜头随着一盏被高高举起的碘钨灯，不留余地地扫过屋里的每个角落，每个惊慌失措的面孔在这个时刻全都蓦然定格。

那天夜里警察从这家夜总会至少带走了三十多个可疑男女，因为警察在保良那间包房的茶几上发现了摇头丸的疑似包装，所以这间包房里的所有人全被押上了一辆车窗带有铁条的警车，直接带到了附近的古陵分局。

十

古陵公安分局也是保良家管片的公安分局。保良家从鉴宁搬过来时，分局的一位领导还带着辖区派出所的所长来家里拜访过保良的父亲。

时间已过去五年，这里没人还能认出保良，没人知道在这群涉嫌吸毒淫乱的男女当中，有一个公安英模的儿子。

公安分局的大院里，正面居中是一座刚刚启用不久的新楼，原来的旧楼被相形见绌地挤在一边。保良和从夜总会带过来的三十多人，全被押在那座破旧的侧楼里面，在这里他们被勒令自己翻空衣服的口袋和随身的背包挎包手包，包里的身份证件和可疑物品如小药瓶避孕套之类，全被警察登记收走。然后被分开男女，押进了两间铁栅为墙的拘押室里。

他们被命令坐在地上，双手抱头，不许说话。保良低头看着自己的裤裆，心里懊悔得不停发抖，不知今夜这场突如其来的厄运将以怎样的方式，怎样的过程，才能结束。

铁栅外面，脚步凌乱。警察互相说着今夜的工作安排，夹杂着无关紧要的几句玩笑。一个女人的声音像在哪里听过，带着耳熟的明快和清澈，随了那些脚步杂沓地走过去了。

保良微微抬头，看到了铁栅外面的情形，至少有七八个男女民警忙碌地进进出出。一个年轻高挑的女警挟着一叠卷宗，正向门外走去，有人叫她一声，和她说句什么，女警回首笑了一下，明眸皓齿，短发飘然。保良的心倏的一下，跳到了喉头，虽然只是回眸一笑，短促的瞬间，但保良完全可以确定，他耳中听到的名字，眼中看到的面容，分明就是那个曾经让他怦然心动的美丽校友，在靶场上百发百中的女生夏萱！

夏萱走出了铁栅外的屋子，保良心里忽然恐慌，他当然不想在这种地方，以这种关系，与这位他曾经梦到过的女孩，尴尬相逢。

很快，警察开始往外叫人逐一讯问，保良也搞不清他是第几个被叫出去的。他被带到一间屋里，一进屋就被问及："吃摇头丸了没有？"保良本能地抵赖："没有。"警察程序般地马上不信："真没有假没有？"保良也程序般地再次撒谎："真没有。"

警察也不多问，带他到了一间厕所，给他一只小玻璃瓶，让他往里尿尿。在警察的正面目视之下，保良怎么也尿不出来，使了半天劲尿出一点儿，尿液清白。但保良已绝望到大脑完全空洞，他心里明明知道，自己已不可能清白。

然后，又把他带回铁栅之内，他坐在地上，满脑子胡思乱想，幻想着今夜的一切麻烦都会平安过去，明天天亮之前，警察就会放了他们，他还赶得上早班的公交，还赶得上学校最近三令五申不准缺席的早操。

陆陆续续，铁栅里的人既有被叫出去又被带回来的，又有被叫出去就没再回来的，情势渐渐明朗。男的这边被留下来没放的，连保良在内只有五六个人。保良也不清楚女的那边，留了几个，放了几个，小乖是否也被验尿，尿液是否也不合格。

天亮了。保良再次被叫出铁栅，带到一间屋子，开始接受正式的讯问。他一进屋子脚步就开始迟钝，因为他看见坐在桌子另一面的三个警察当中，有一个女的，那正是夏萱。从夏萱看他的目光中保良彻底绝望，显然，她不但认出了保良，而且，惊诧异常。

位居中央的那位男警命令保良坐下，随即开始讯问。保良眼睛躲避着夏萱，但能看出在这场讯问中，夏萱司职记录。

"你叫什么？"

"陆保良。"

其实保良进屋时就已经看见他的身份证被摆在桌上，但警察还要查户口似的从头问来。

"年龄？"

"十九。"

"干什么工作的？"

"学生。"

"哪个学校的？"

这句提问让保良情不自禁地扫了一眼左面的夏萱，夏萱低头记录，那瞬间保良似乎感觉得到，她的睫毛向保良这边挑了一下，但并未抬头。

"省公安学院。"

"什么?"中间的男警察似乎没有听清,"什么学院?"

"省公安学院。"

"公安学院?"警察的发问停顿了一下,直到这个停顿足以释放完巨大的惊讶,"你是公院的学生?"

"是。"

"学什么专业的?"

"刑侦专业。"

"哟,看不出咱们还是同行啊,你上几年级了?"

"大一。"

又是一阵停顿,警官似乎不知该说什么是好。保良能感觉得到,夏萱的头抬起来了,她在看他。尽管,他的双目低垂,但,他能感觉到那目光的疑惑和灼热。

"跟你说啊,你的尿样已经化验出来了。"正中的警察重新开口,"我再问你一遍,你吃药了没有?"

保良沉闷了片刻,低声说:"吃了。"

"吃的什么药?"

"摇头丸。"

"吃几次了?"

保良知道,此时此刻,在这间屋子里,他所说出的每句话,都将成为呈堂证供,都将决定命运前途。但他的抵抗已经彻底放弃,他决定从此照实坦白:

"两次，不，三次。"

"你知道吃摇头丸是吸毒性质的问题吗？你知道吃这玩意儿是违法行为吗？"

"知道。"

"知道，但还是要吃！那东西你是从哪儿弄到的？"

"朋友给的。"

"什么朋友，怎么给你的？"

……

一通审问，交代，然后在讯问笔录上按上手印。按手印时他与夏萱咫尺之间，看得见那双修长、干净的手，但他始终低眉垂目，不敢正视对面的眼睛。

然后，他没有再被带回铁栅，而是被正式收押在分局的拘留所内。

他知道，事情已无法挽回，他肯定不会在今日被释放出去，肯定不能参加今天学校的早操，学校肯定会知道他因出入娱乐场所并服食摇头丸而被公安拘留，肯定会有不知什么级别的处分在未来恭候！

他想到了父亲。

父亲那张苍老的面容，让保良的眼里充满了泪水。

事后保良才明白，古陵区公安分局对他的问题所认定的性质，比他自己的预计还要严重。他的问题被定性为：参与淫乱集团活动，多次服食摇头丸等违禁毒品，妨害社会道德风化。处理意见为：收审教育三个月。

在保良刚刚被带到古陵分局的时候，他最初的焦虑，主要是能否赶上学院当天的早操，他已缺勤多次，影响已经不好。在他知道自己不但无缘早操，而且肯定要全天旷课之后，他主要的担忧，则是同学们知道这件丑闻之后的反应——震惊、不解、讪笑、讥讽、疏远、厌恶……以及，学校处分的程度——警告、严重警告、记过、记大过……他连留校察看都没有去想，他不过是去夜总会跳了几次舞，吃了些助兴的玩意儿，就算有损警院学生的形象，也没造成太大影响。他更多顾及的，是届时到看守所来领他出去的，究竟是班上的辅导员还是系里的某领导，他将以何颜面对他们，他将怎样向他们开口恳求，恳求他们将这件丑事向他的父亲隐瞒。

他那时怎能想到，两周之后，到看守所来把他接出去的，不是系里的领导，不是班上的辅导员老师，不是学校的任何干部，而是另外一个人。

那个人，就是他的父亲。

父亲是通过什么途径得知保良关在分局看守所的，保良无由明了。父亲在知道这件事情后的第一反应，保良也猜测不到。但他后来知道父亲为他找了省厅的领导，找了市局的领导，找了学院的领导，找了……很多很多领导，这些领导也都为保良的案子做了批示。分局的民警这下知道了，他们在夜总会抓的这个人，是一个老公安的儿子，是一级公安英模的儿子，是一个正准备子承父业、继承警察衣钵的青年。虽然各级领导的批示中，都首先强调了一定要依法办事，但也同时要求办案的古陵分局要详细调查，搞清原委，分清责任，既不放过一个坏人，也不冤枉一个好人……面面俱到的套话当中，倾向所指，还是听得出来的。

古陵分局照批示要求，重新做了细致调查，在这两周之内，找保良谈了多次，也提审了小乖和与保良同房跳舞的其他违法人员。最后撤销了原来做出的对保良收审教育三个月的处理决定，改为行政拘留十五天的处分，从羁押之日起算，十五天后，保良走出这道高墙电网，和父亲面对面地站在了拘留所的门前。

保良进入拘留所第一天就受到同牢押犯的欺负，一场恶斗之后浑身暗伤。第三天拘留所知道了保良的出身背景，给予了特别关照，民警亲自进号嘱咐老押犯不得欺负新押犯，同号的犯人这才知道这小伙子来头不小。之后保良没再挨打，但，这十五天的拘留生活对他来说，如同百年炼狱一般。十五天，他吃不进任何食物，不想与任何人交谈。白天，他的思想极度混乱，既有与世隔绝的恐慌，又害怕走出这里重返自由。晚上，即便在轮班站岗监视号内犯人睡觉之外，他也从未有过彻底熟睡的一刻。十五天后，他拿着警察发还给他的身份证、钱包，还有那只镶钻的白金耳环，走出拘留所大门的时候，父亲也许已经认不出他了，他不再是那个英俊挺拔的警院学生，田径高手，阳光少年，而是一个骨瘦如柴、弱不禁风、面色枯萎的释囚，就像一个病入膏肓的真正吸毒者。

他站在父亲面前，摇摇晃晃，变得细长的脖子，几乎撑不住微微颤抖的头。他听见父亲开口叫了他一声："保良"，他再也忍不住滚滚泪水，张开双臂抱住了父亲。

父亲一动不动地让他抱着，他能感觉到父亲和他一样也在哭泣，不一样的是父亲把哭泣全部压在肺腑，除了胸腔起伏之外，不让自己露出一丝唏嘘。很久之后父亲才移动残疾的双腿，毅然离开保良虚弱的身躯，转身向大路走去。

保良失去支撑，身体晃了一下，他可怜地叫了一声："爸，您能原谅我吗?"

父亲站住了，他站得很稳，双脚一点也不像患有残疾，就像一个永远不倒的英雄。他转身，走回来，没有停顿，没有犹豫，扬起了巨大的手掌，用尽全力抽在保良的脸上，一掌就把这个不肖之子打倒在地!

父亲含泪看一眼倒在地上的保良，再次转身，走了。脚跛得厉害。

陆保良参加淫乱派对，吃摇头丸，吸 K 粉，受到公安机关查处的丑闻，以最快的速度、以最花样的版本，在省公安学院风一样地传开。教室中、食堂里、宿舍内，无人不谈。保良回到学校的第二天，还出了早操，还上了一天课，晚上还到图书馆去找了老师规定看的书。晚上睡觉前，同宿舍比较要好的同学还私下里向他问了问情况，做了朋友式的安慰与规劝。第三天，辅导员老师叫保良到系主任办公室去一趟。在系主任办公室里，系主任，还有另一位保良并不熟悉的学生处的老师，向他宣布了省公安学院刚刚做出的关于开除保良学籍的决定。

保良已经有所预料，他已经学会把事情想到最坏，但，在听到系主任以平缓而又沉着的声音宣读决定的时候，他仍然感到全身每块肌肉都在发抖。在系主任宣读完毕并例行公事地征求他对处理决定的意见时，保良已经抖得口齿不清:

"你们……你们跟我爸爸……说了吗?"

系主任说:"学院在做出这个决定之后，已经和你父亲谈过了。你父亲对学院的决定，表示理解，没有意见。"

保良本想做些申辩，做些恳求，但父亲的态度让他放弃了残余的幻想。他走出系主任办公室以后发觉他的那身本来非常合体的警服变得衣宽袖大，与他瘦削的身材有些不符，就像是一件别人的衣服，让他偶尔借来临时穿的。他曾无数次想象过自己空荡荡的肩章上，经过日积月累，立功受奖，不断添加着星星杠杠，他想象过当那些星星杠杠终有一天超过父亲，父亲将用怎样一种欣慰的笑容代表陆家的家族与先辈向他表达奖赏。

保良回到了家里，带回了所有属于私人的东西，留下所有和"公安"沾边的物品，包括警服、校徽、公安业务的教科书和相应的听课记录。回家后整整一周，他几乎没有走出自己的卧室，连饭都是杨阿姨送到他的屋里。他在卧室里几乎听不见父亲的声音，听不见父亲说话，听不见父亲走路。父亲走起路来一轻一重，那声音很容易辨认。那几天，连杨阿姨也轻手轻脚，连嘟嘟都自觉收敛了喧哗，从家中窒息的空气里，保良能想象出父亲的脸上该是何种表情。

父亲不来找他，不和他说话。

他是那么渴望父亲的脚步突然自远而近，突然敲响他的房门。他渴望父亲进来找他谈谈，哪怕狠狠骂他、打他、听他忏悔、听他痛哭。他渴望他们父子间能够面对面地，无论以什么方式，让这件令父亲蒙羞的事情就此成为历史，让这耻辱的一页，毁掉父亲的光荣与梦想的一页，就此翻过。

但父亲不来找他，不想面对。

一周之后，保良走出了卧室，走出了家门，走到了刺眼的阳光下，他仰头望天，想判断自己是不是已经疯了，已经崩溃，已经双耳失聪……他看见的太阳，依然光芒万道；看到的天空，依然碧蓝耀眼；

他听到街上人声鼎沸，车鸣声咽。他的身体虽然虚弱，但四肢还能活动自如，器官感觉，敏锐如初。

他顺着大街走，走了很久很久。

从搬到省城上中学开始，他似乎从未像今天这样，以一个闲人的身份，以一种被社会抛弃的边缘心情，在大街上，在摩肩接踵的人海中，如此盲目地，随波逐流。

他不知不觉，走到了李臣工作的台球馆里。

台球馆里，顾客不多，啪啪的击球声刺激着保良的耳膜。他看见了李臣，李臣穿着深色的西服，和一个送饮料的服务员交代着什么，举手扬眉，一招一式，全都像模像样。李臣也看见他了，迎着他走过来，一脸惊讶："哟，保良，你怎么来了，你今天没课？"

那天晚上，半夜三更，在菲菲姨夫的小吃店里，鉴宁三雄喝得一醉方休，大家全都酒后失形。李臣狂笑不止，刘存亮则一醉就哭。说起鉴宁老家，说起老家那座红色的山丘，说起山丘上那座形同古堡的废窑，说起站在窑顶放眼滔滔河水的满腔豪情，说起背井离乡的孤独无助，衣食住行的艰辛不易，怎能不一怀愁绪，双泪横流，连李臣的笑声里，都含了一丝难掩的唏嘘。

但保良没哭。

保良也醉了，但他没哭。

保良问李臣："李臣，你现在最想要的，最最想要的是什么？"

李臣说："我最最想要的，是一套属于我自己的房子。咱也不知道熬到什么时候，才能在省城有一套自己的房子。现在每月挣的这点工资提成，有将近一半是他妈给房东挣的。"

保良问刘存亮；"存亮，你最想要的，是什么？"

刘存亮说："钱！"

保良说："钱？就这么简单？"

刘存亮说："只要有钱，就有了一切，房子、事业，要啥有啥。你说吃了摇头丸想啥有啥，还不就是那么一会儿，药劲儿一过，一切都是过眼云烟。"

保良说："不是有钱才有事业，顺序应该正好相反，只有事业好了，才会有钱。"

刘存亮不以为然，他虽然醉了，但对金钱这根命弦，依旧清晰了然："像我们这种中专学历的文盲，家里又没背景，要想事业成功，熬到猴年马月也未必能行。只有先挣出钱来，再靠钱做本，才能干出事业。"

李臣不屑地反驳："没有事业拿什么挣钱，抢银行去？别说让你去当抢匪，上次让你去装警察，你都哆哆嗦嗦。"

刘存亮也不屑地反驳："只有你才会傻到去抢银行，发财的办法多了，只要会动脑筋。"

李臣说："你倒说说，你动的什么脑筋？你来省城也一年多了，我还真没注意你这脑袋有什么不同。"

保良说："存亮一直买彩票啊，说不定哪天就中！"

李臣说："买彩票是靠天吃饭，脑筋再傻也有中的。"

刘存亮说："买彩票的讲究其实很多，在哪个点买，选什么号码，中奖的概率绝对不同，这方面我研究了很久，不跟你说罢了。"

李臣说："嗬，是吗？那这发财的诀窍还是你自己好好揣着去吧，说不定还能揣出个金蛋来呢，小心别揣馊了就行。"李臣转脸又问保良，

"保良，你最想要的，倒是什么？"

保良说："我最想要的，是回公安学院上课去，那件事只是我做的一个噩梦，等我醒过来以后，才知道什么事其实都没发生。"

李臣说："咳，这是废话，等于没说。"

刘存亮说："你不想找你姐姐了吗？你妈去世以前，不是让你无论如何，也要找到你姐姐吗？"

整个晚上，只有这句话让保良喉咙发紧，双目湿润。他想了一下，不知是突然清醒还是真的醉了，舌头麻木地叨咕了一句："不找了，再找下去，我自己就该丢了。"

那天半夜他们醉醺醺地离开小吃店，坐上了一辆出租车，出租车把他们拉到了幸福新村，那是李臣、刘存亮的住处。保良忘了他们是怎么上楼开门，又怎么躺在了床上，只知道他们衣裤未去，横竖无形，一觉睡到第二天的中午。

从那天开始，保良常常就在这里过夜。家对保良来说，就像一座坟墓，没有光亮，了无声息。他不再希望见到父亲，他甚至有意回避父亲，偶尔和父亲在卫生间门口或过道上相见，父亲也是目中无人地沉着脸无声走过，那气氛压得保良连叫他一声"爸"的本能都被窒息。

反倒是杨阿姨，对他多少还有一些亲切，他回家时，就给他端些饭菜，提醒他早点找份工作，自食其力，不要整日无所事事，荒废了大好青春。保良想，不管杨阿姨是对他真好还是嫌他在家白吃白住，他的确需要重新计划人生。无论父亲是否还会对他负责到底，他首先应当做到的，是自己养活自己。

他决定出去寻找工作，他先去找李臣出些主意，在李臣家他意外见到了刚从鉴宁回来的陶菲菲。陶菲菲比过去瘦了许多，但反而增加了几分少女的美丽。她妈妈患了严重的哮喘，行走躺卧都很痛苦。她离开老家重返省城的目的，就是想尽快为母亲挣出药费。

菲菲比过去也沉默了许多，连保良被公安拘留、被学校开除这等沧桑变故，也没有在她脸上激起太大反响。她甚至还用几分祸福两可的表情，淡淡地对保良说道："这下好了，你现在可以跟我们平起平坐了。明天咱俩可以一起出门，搭个伴去找工作。"

第二天，保良真的和菲菲搭伴，满街转悠着去找工作。这时的保良，已经身无分文，又不想厚颜去向父亲讨要，所以在外面吃饭坐车，都由菲菲付账。保良每次见到菲菲打开她那越来越瘪的钱夹，心里就羞愧得无地自容。他知道自己吃进的每一口饭食，都是在吞吃菲菲母亲的血肉。那些钱本来应该用去减轻她母亲的病痛，现在却变成了米面，在菲菲的注视之下，一口一口地吃进自己的肚中。

保良手机里的话费也所剩不多了。他把手机呼叫转接到了李臣的手机上，以防父亲或杨阿姨突然想要找他。这天李臣的手机果然接了一个要找保良的电话，来电的是个女的，李臣再三盘问，也没问出那个女人姓甚名谁。那女的只告诉李臣她是保良的一个朋友，让保良有空给她回个电话。

保良回了。

回了才知道这个女的名叫叶子，才想起她是和小乖在夜总会里一起玩儿的一个女的。叶子也许只是她的一个别称，或者干脆就是一个假名。

叶子说有件事想和保良见个面，保良问什么事呀，叶子说电话里说不清,"你什么时候有空咱们最好见面谈谈"。

保良和叶子就约在了离幸福新村不远的一个公共汽车站见面,见了面,叶子把他领到了附近一个安静的茶馆。叶子的年龄比小乖略大一些,涂抹脂粉也有二十八九的模样。按保良的估计,她过去可能也是被某个大款包过的二奶,如今也和小乖一样,成了一个积蓄不多的"怨妇"。

见了叶子,保良自然会问起小乖,问她是被公安关着还是已经放了。叶子说早就放了,也是和保良一样,拘了十多天,罚了一笔钱,就让马老板给保出去了。保良问:"她现在呢,还跟马老板在一起吗?"叶子说:"没有,前几天小乖跳楼了,在医院抢救了四天,昨天死掉了。"

保良吓了一跳:"跳楼,为什么?"

叶子淡淡地说:"咳,都是摇头丸吃的,小乖离不开那个。说是不吃了不吃了,结果和朋友出去玩儿,一玩儿又吃了。她也是太寂寞了,她不爱那个姓马的,姓马的玩腻了她也很少找她了。她靠那姓马的养着,又不能自由自在地公开和她喜欢的人在一起过日子,所以就觉得摇头丸是最好的东西,吃了想什么来什么,吃了呗儿飞,飞的感觉倒是真挺好的。"

保良似乎明白了,他想起小乖有一次就差点从六楼夜总会的窗口飞出去,要不是被他一把抱下来,早就没有后来的事了。

叶子说:"幸亏当时我不在,小乖从窗口一飞出去,这事可就闹大了,当时和她一个包房玩儿的人全让警察抓走了,查出谁吃摇头丸还是轻的,差点没让警察怀疑是谁成心把小乖推下去的。"

保良被这个恐怖的消息弄得心情惶惶,闷了半天不知道该说什么,是该表示一下遗憾还是表示一下惋惜。叶子说:"不过小乖这人还挺仗义的,我到医院看她的时候她还有口气呢,她让我去她家帮她清理一下东西,把存折里的钱取出来给她爸爸妈妈寄去。还让我把抽屉里这张名片找出来交给你。我听到小乖跟我说的最后一句话,就是你的电话号码。"

保良接过叶子递过来的那张名片,名片上写的名字是马加林,还有马加林公司办事处的地址电话。不过这上面的地址与保良去过的那个办事处完全不同,那是一个陌生的街区,是一个陌生的门牌号码。

"这是马加林过去的住处,认识小乖以后才给小乖租了她现在的那套房子。他公司办事处也就搬了。"

保良半懂不懂地点头,说:"她让你给我这个,是什么意思没跟你说吗?"

"她说她对不起你,她答应你的事还没办成。她说马加林过去住的这个房子,是跟一个叫权虎的人租的。你要找这个权虎对吗?也许权虎又把这房租给其他人了。你到这儿要是能找到租房的人,那肯定就能找到权虎啦!"

十一

　　这是一个坐落在旧城古巷中的安静的院落，院境不大，却包容着一座爬满绿萝的老式砖楼。砖楼也不大，却保留着经年累月的木檐陈瓦，看上去很有些来历似的。保良不懂建筑，但知道城市的建筑就是城市的历史。从这座城市的历史保良推断，这座旧楼大概是哪个日本鬼子或国民党大吏的官邸，或是某个阔佬包养姨太的行馆。

　　保良记得姐姐过去说过，权虎曾计划在省城买下一幢老建筑或者老院子，开一家百万豪庭的分店。权虎和他爸爸在北京和上海都受到启发，发现那些大城市里的老旧建筑，有不少被利用做了餐厅会所，那些老房子稍加装点就会别有风格，很投洋人与文人的胃口。省城也有不少这类宅子院子，但多数残损失修，若不趁价格尚低赶快收进，等到省城的人学了北京上海的风气忽然觉悟，再买，那就来不及了。

　　保良想，这个院子，这座旧楼，八成就是权家那时买下来的，也许买下来时落了权虎个人的名字，所以没在百万公司倾覆之际被法院罚没。

保良站在这个小院的门口，敲响了院门。院门的木头发出的声音，就像它筋络毕现的外观一样，沙哑而又残破。

院里无人应声。

保良用手推门，门竟歪歪斜斜地开了。

保良跨过门槛，走了进去，走到院子当中，喊了一声："有人吗？"

依然无人应答。

保良走到旧楼的正门，以手推之，门页紧锁。沿外廊行至侧门，以手推之，侧门戛然作响，顿然洞开。保良试探着由此进入，居然如入无人之境。楼内走廊宽阔，房顶很高，光线暗淡，多半房间空空荡荡，少数尚存一些桌椅沙发。楼梯设在大门正对的厅堂中央，油漆早已褪尽，扶手大多残颓。清晨的斜阳从楼梯转角的圆窗射了进来，竟然绚烂如烟。

保良又喊："有人吗？"

不知是空楼回音，还是楼内有人，楼上隐约有些响动。保良先是吓了一跳，后又凝神静息，才听出那响动果然来自楼上，从一个方向渐渐移向梯口，直到变成清晰的脚步，那脚步声很慢很慢，却让整个摇摇欲坠的楼梯发出令人心悸的震动。

"咚！咚！咚！"

保良刚刚压抑住胸口的狂跳，就在圆窗斜射的晨曦中看到一个男人的剪影。这剪影有点像个幻觉，迫使保良再次发出声音，试图确认：

"有人吗？"

楼梯的转角处终于发出回声："你是谁？"那声音让保良稍觉耳熟。

"我找权虎，他在这儿吗？"

"你是谁？"

脚步声再次响起，被刺眼的阳光反衬着的剪影开始向下移动，面孔进入阳光不及的暗处，五官反而得以辨清。

"你不是……权……权三枪吗？"

"你是谁？"

暗处的面孔再次发问，话音中流露着诧异和警觉。保良就像见到亲人一样，大声报上自己的名字，因为他知道权三枪与他的姐夫权虎，自小亲如一母同胞的兄弟。

"我是陆保珍的弟弟，我是保良！"

"保良？"

"对，我是保良，我们家搬到省城来了。"

"啊，你是保珍的弟弟！"

权三枪的声音热情起来，原来的疑惑荡然而去。他走下楼梯上前打量保良的眉眼身材，然后用笑容表示了确认。

"对，你是保良。你长这么高啦，你都成个大人啦！"

保良除了心花怒放的笑容，几乎找不出恰当的语言，他虽然尚未见到姐姐，但与权三枪的意外相逢，让他此时此刻，对与姐姐很快就要团聚，已经深信不疑。

"对，我都上……"保良本想说我都上大学了，话未说全幸好刹住，机灵地改为，"我都上完高中了，我高中毕业都快一年了，我今年已经十九了。"

在保良的印象中，权三枪算得上是条彪形大汉，但现在保良和他站在一起，人虽不及权三枪魁梧，个头却足以和他比肩。权三枪投向保良的目光，不得不从俯视变为平视，他说："可不是吗？这都五六年过去了。你那时才这么高，现在都比我高了吧。你怎么跑到这儿来了？"

保良兴奋得难以自已，权三枪以前常受权虎委托，开车到保良家接保良和姐姐去找权虎，不是去郊外兜风，就是上百万豪庭吃饭，所以权三枪在保良的记忆中，始终与快乐共存。

"我一直在找我姐，有个朋友认识和我姐夫做生意的一个老板，告诉我这个地方，没想到还真能找到你们。你和我姐夫他们还在一起吗？你知道他们现在在哪里吗？"

"当然还在一起。你姐姐也挺想你的，还老提起你来。她也挺想她妈妈的，可她还是有点怕她爸爸。她也找过你们，可你们好像早搬走了，都不知道你们搬到哪里去了。"

保良脸上笑着，眼睛忽然有些酸涩，笑声中也不由带出了一声啼泣："……我可找到我姐姐了！我妈已经不在了，她死的时候……死的时候，让我无论如何……无论如何也要找到我姐，我妈死的时候，就是想见我姐……"

"啊，你妈妈已经去世了？"

权三枪脸上现出惊讶。保良母亲去世时才五十二岁，本不到油干灯尽的年龄。

保良的母亲权三枪也认得的，以前来保良家也伯母伯母地叫着，如今斯人已去，不免长叹几声。权三枪又问起了保良的父亲，保良父亲曾有恩于权三枪，他那条残腿，就是为权三枪瘸的。

保良简单说了父亲的情况，说父亲已经退休，保良母亲去世后又重新找了老伴，现在生活还好。保良没说自己被学校开除这段经历，也没说他与父亲之间尚未解除的隔阂。

权三枪也简单说了权虎和姐姐的情况，权虎和姐姐早就不在本地本省，到南方做生意去了。从权三枪的口中保良知道，姐姐虽然也曾找过他们，但姐姐并不知道父亲对她和权虎的婚姻是否已经接受，是否可以默许，所以对与家庭和解，对与父母团聚，一直心怀顾虑。

保良不敢说父亲早已原谅了姐姐，也不敢说那桩事过境迁的婚姻和两家已成历史的恩怨，在父亲这边早已不再挂齿，但当权三枪提出可否见见保良的父亲，把保良姐姐的心情及近况，当面做个转告时，保良立刻下意识地感觉，这不仅是父亲最终原谅姐姐的一个转折，而且，甚至，很可能也是父亲赦免宽容他的一个契由，是恢复父女和父子关系的一个天赐良机。

因为在保良的心底，始终保留着一个信念，那就是：血浓于水，情大于恨。不管有多少前嫌旧隙，父亲实际上还在爱着姐姐，姐姐实际上也还在爱着父亲，只不过他们各自碍着自己的脸面，谁也不肯率先低头，向对方伸出和解的手臂。

这个清晨也许让保良一生都不会忘记，他万分激动，无比兴奋地带着权三枪离开这座旧楼、这个院落，向他家住的方向走去。权三枪还提了一只手提包，装了一提包从鉴宁带来的鉴宁甘橘，作为送给保良父亲的礼物。鉴宁甘橘是鉴宁的地方特产，在全省全国一向非常著名。省城虽然也有卖的，但那感觉当然和从鉴宁直接带过来的截然不同。

乘出租车从这条旧城老巷出发，到保良家所住的街区，不过二十分钟的车程。在路上权三枪也谈到了这个院子，和保良已知的情况大体相同。这院子的主人目前仍是权虎，当初权家十分便宜地买下这里，确实计划开个餐厅，后来因为权虎和保良姐姐的婚恋之事闹得不可开交而拖延下来。拖延下来的过程权三枪不说保良也都知晓——后来权虎带着姐姐私奔，再后来权家突然出了事情，权虎虽然无辜，但本钱已然殆尽，这座本可大有前途的院子于是闲置于今。权三枪前些天从南方过来办事，顺便代权虎看看这座宅子，如能碰到合适买家，只要价钱不亏当初，顺便卖掉也未尝不可。从权三枪的话里保良不难听出，南方的生意并不好做，权虎和姐姐现在的生活也显然不像过去那么宽裕。

出租车把他们带到保良家的巷口时天已大亮，街上的行人车辆渐渐多了，但小巷似乎依然朦胧未醒，整条巷子鸦雀无声。保良兴冲冲地带着权三枪进了他家的小院，他用钥匙打开房门时听到杨阿姨已经起来了，正在厨房烧水。嘟嘟也起来了，在卫生间里大声地漱口刷牙。父亲卧室的门也开着，保良记不得有多久了，他第一次冲父亲的屋门那边叫了一声："爸!"

保良走到父亲的卧室门外，又叫了一声："爸!"屋里没有应声，他说："爸，权三枪大哥来了，他看您来了。"

话音未落，保良忽然听到身后杨阿姨的尖声惊叫，他被这声突如其来的惊叫吓得通身机灵，整个人像是跳了一下似的回过头来，他看到的除了杨阿姨那张因恐惧而惨白的脸，还有撒满一地的黄灿灿的甘橘，紧接着撞入他眼帘的是面目狰狞的权三枪和显然是藏在手提袋里的一支短柄步枪，保良还没有惊叫出声，耳朵就被一声巨响轰聋，他看到杨阿姨的额头鲜血迸放，喷射状地溅满身后的白墙。在杨阿姨仰面倒下的同时，保良的听觉瞬间恢复，麻痹的神志在这一刻也被嘟嘟的嘶声尖叫蓦然激醒！他一步退进父亲的卧室，想要叫起父亲，他唯一仅存的念头，就是保护父亲！但父亲的卧室里除了床上尚未叠好的被子，空无一人。屋外的枪声再一次响起，与第一次同样巨大的响声轰哑了嘟嘟的嘶叫。保良跌跌撞撞地冲出这间卧室，看到卫生间的门上已经鲜血淋漓。在满目血红的视野中，他看到了那支步枪黑洞洞的枪口，迎着他的目光从下往上迅速端平，保良仅是凭着下意识的身体力量，双脚机械地向过道逃去，从父亲的卧室门口逃进过道只有五步之遥，那短短的五步保良竟像奔跑了一个世纪。过道里的第一个房间是嘟嘟的房间，保良未加犹豫便蹿了进去。他面前唯一的出口就是屋里紧闭的窗子，他用尽全力腾空而起，迎面撞向那扇半遮纱帘的玻璃，在玻璃砰然破碎的刹那，权三枪的子弹掠过了保良的头皮，击中了铝制的窗框，窗框上的枪击和玻璃的破裂混淆在一起，不知加重了还是冲淡了声音的恐惧，保良几乎是带着一身的玻璃和子弹溅起的粉尘，还带着撕破的半截窗纱，飞出了他家的房子。

这堵带窗的墙壁，就是整幢房屋的后墙，这堵后墙的对面，就是另一户人家的前门。那家的一个主妇正端着一只鱼缸走出门来，恰见保良身沾血迹越窗而出，吓得失手摔了那只鱼缸。她惊恐地看到保良踏着满地浮水和挣扎的金鱼朝巷口的方向奔逃，身上那件没有系扣的红色上衣在奔跑中疯狂地甩动着后摆，犹如火焰一样在风中猎猎燃烧……

在保良逃走的身后，整个街区突然变得万籁俱寂。

保良跑出这片未醒的街区，跑上朝阳普照的大路，路边的商店刚刚开张，街上的车子开始拥挤，四周的嘈杂声越来越甚，但保良的耳鼓里除了砰砰作响的枪声，只有自己粗重的喘息声。

保良想找派出所报案，于是重新加快了脚步，跑到一半忽又想起这里离古陵分局似乎更近一些，于是转朝分局跑去。他跑到分局见到第一个警察的时候，胸口起伏得已经无法言语。

警察把他带进一间屋子，让他坐下，给他水喝，试图让他镇定下来。有人过来检查了他头上身上的伤口，伤口还在流血，还沾着玻璃碴儿。他断断续续地述说情况，他听到有人在招呼现场勘查的民警赶紧出发。他听见杂沓的脚步声从窗外跑过，远处响起汽车的轰鸣。他这时才发现给他递水帮他擦血的民警竟是一个女的。他愣住，呆呆地看她。

询问情况的男警察继续追问："……这个人就叫权三枪吗？权三枪是他的名字还是绰号？"

保良目光直直地盯着女警走出去的背影，他没有叫她的名字，他从夏萱转身回头的目光中感到，她也许早就不把他当作警院的校友、当作曾有一面之交的同学。

"权三枪是名字还是外号？"

保良如梦方醒，赶紧收回目光，说："外号，啊不，名字，权三枪就是他的名字。"

这时的保良，仍然喘息未定，他满脑子想的，只有他生死未卜的父亲。

很快，夏萱又回到了这间屋子，还带来了一名医生。医生清洗了保良的伤口，做了简单实用的包扎。半小时后，他们——也包括夏萱，带他离开了分局，乘车向案发现场，也就是保良家的方向驶来。

车子向他家行驶的路上，保良真正镇定下来，记忆的检索渐渐恢复常态。记忆令他基本确认，凶杀发生的时刻，父亲肯定不在家里。保良记得他路过厨房时，看见杨阿姨一人在里边做着早饭，他家的卫生间很小，门半开，父亲不可能和嘟嘟都挤在里边。他自己的卧室是他一进屋最先经过的房间，房门关着，父亲肯定不会进去。客厅和餐厅更可一览无余。他最后是从嘟嘟的房间破窗而出的，嘟嘟的房间不大，当时同样没人。

同车的警察也许都能看出，保良的脸色开始恢复，从惨白到正常，慢慢有了血色，呼吸也平稳多了，和警察对话时，对案发前的情形以及对权三枪的描述，也变得条理清晰。只是他的眼神还有些犹疑不定，在这辆六人对座的警车里，保良的目光似乎总在回避对面的夏萱。

他们到达现场时，现场的勘查工作已大致收尾。杨阿姨和嘟嘟的尸体已被抬走，屋子里显得狼藉不堪，还保留着案发时的真实凌乱。警察还没有散去，有的在收拾勘查器具，有的在汇报现场情况。从汇报的只言片语中保良听出，权三枪一共只打了三枪，两枪中的，一枪打空。对权三枪的追捕搜寻工作已经展开，也已向市局和省厅报告了案情。接下来还要找当事人——也就是凶杀的幸存者，进一步核对案发过程和现场的细节……下面的汇报保良没能再听，这时他已随着同来的警察穿过走廊，走进了客厅。在这里他可以看到卫生间的门上，嘟嘟的血迹依然触目，厨房外的地板上，用白色的粗笔画着杨阿姨倒毙时的身形，从画出的图形上可以看出，杨阿姨死去的时候手里还拿着一只炒菜的勺子，一只腿伸得笔直，另一只腿很别扭地向外弯着。

保良看见了父亲。

父亲满脸是泪，跪在"杨阿姨"一侧，像是想用双手抱起他的爱人。几个民警都在往起搀他，却搀不起父亲沉重的身躯。保良只看到父亲浑身颤抖，却听不见父亲一丝哭声，父亲的脸孔扭曲变形，让保良看到一个强壮汉子内心崩溃的时候是怎样一种表情……

保良心都碎了，他用破碎的哽咽，叫了一声："爸……"

父亲听到了保良的声音，这一声"爸！"似乎在父亲的体内注入了力量。他自己站立起来，用双臂推开了搀扶他的众位民警，他突然变得如同一头伟岸的雄狮，圆瞪了双眼扑向保良。保良的喉咙被父亲的巨掌一把扼住，他缠着纱布的头颅紧接着被重重地击打。鲜血渗过纱布涌了出来，白色的纱布大片泛红。

"你这个不孝的东西，你害死了她们！你害死了她们！我跟你拼了！"

父亲的怒吼声嘶力竭，压过一切劝阻的声音，屋里的民警几乎都拥上来了，拉住疯狂的父亲，扶起摔倒的保良，隔开他们父子……各种声音和各种动作都在此起彼伏地说明、安慰和劝解。

父亲疯了，一次一次地试图挣脱众人的阻碍，试图扑向保良，保良除了哭喊着："爸！爸！"神经也陷入了混乱。父亲隔着人群挥舞着胳膊，隔着人群用脚踹他，口中的嘶吼语不成句，只为发泄无可抑制的一腔悲愤。

"我打死你，我打死你，你去死吧！我没你这个儿子，我上辈子做了什么！生下了你这个东西，你和你的姐姐，你们都不是东西！我养你们这么大，就为了让你们害死我吗？！你滚！滚！滚！"

扶起保良的民警推着保良往门口走，示意他出去回避一下。保良被推出家门后依然能听见父亲的叫骂，他看到小巷的巷口聚满围观的邻居。他推开人墙向大街上跑去，那心情有点像姐姐当年的私奔。那一刻他完全理解了姐姐的悲怆和绝望，他也想和姐姐当年一样，发誓从此再也不回这里！

身后，有人叫他，他听出那是夏萱的声音，关切而又焦虑。但他没有回头，他的大脑只有一根神经在动，那就是跑！向着前方，奋力奔跑，奋力甩掉路边那些惊诧好奇的目光！他不知道他要跑到哪儿去，只知道在这个城市里，在这个世界上，已经没有一个可以投奔的亲人，没有一处可以为家的地方！

省城真大。

保良跑过一个街区，又跑过另一个街区，从拥挤跑向偏僻。他不辨方向，没有目的，直到看见宽阔的鉴河忽然横亘于前方的视野，他才放慢了脚步。他发觉鉴河的怀抱如此开阔，吸引他一步步向前，意欲投入其中。走到岸边他终于收束了胸间的喘息，静谧的蓝天和灵动的河水让他体会到生命的无常，也体会到生命的可贵。

他体会到自己已经死去；他体会到自己得到了重生，他变成了一个无父无母的人，仿佛从来如此，不知从何处来，不知往何处去……

他最初想去李臣那里，但中途忽又临时转意，那种感觉从未有过，那就是忽然想要见到菲菲。

菲菲姨夫的小吃店照例生意冷清，菲菲这时像是睡醒刚起。她万般惊异地看到保良浑身染血地走进店铺，塞着满嘴的牙膏竟然半天忘了漱去。

在这家小吃店窄小的后屋里，在用木板搭出的一张临时的小床上，保良让菲菲温柔地抱着，无声地哭泣。他从没感觉到女人的怀抱如此宽阔，如此柔软，他从没想到过自己如此需要一个女人，静静地倾听他的呜咽。

从那一天开始，鉴宁三雄像是真的组成了一个家庭。保良的正式加入，使李臣的住处成了名副其实的聚义堂。李臣和刘存亮那天带回了几瓶白酒给保良压惊，三个人全都喝得酩酊大醉。

喝醉的李臣照例又笑又闹，疯话连篇，刘存亮则仍然哭得昏天黑地。没醉的只有菲菲，她到这里来的目的，是想尽心照顾保良。保良三杯下肚已经醉眼迷离，硬让菲菲拖到刘存亮住的那间小屋，替他脱了衣服，看他昏沉睡去。

从那一天开始，菲菲就和保良住在了一起，他们就住在刘存亮的小屋，把刘存亮挤到了李臣那里。刘存亮一向很怕菲菲，菲菲命他挪地儿，他只好敢怒不敢言地挪走。李臣本不想和刘存亮挤在一起，但看出菲菲对保良的那层意思，也只有好事好做。何况保良家破人亡，落难至此，多给他些照顾，从哥们儿义气来讲，也理所应当。

菲菲与保良同住，并不要求与保良同床。保良身体有伤，兼又失去家庭父爱，可谓身心交瘁，需要时间慢慢调养。保良那时想和菲菲待在一起，也只是寻找一种精神的慰藉，那时他无比渴望有人爱他，有人关心他，有人惦记他，有人心疼他，有人轻轻抚摸他的耳垂，轻轻拨动那枚镶钻的耳环。而这个人，当然得是一个女人。

他依然想念姐姐，想念妈妈，甚至，有时竟会想念起杨阿姨，但她们都离他太远了，远得永远无法触摸。唯一能把他抱在怀里的，能听他低语听他啜泣任他发泄委屈的，现在只有一个菲菲。

这种渴求也许无意地掩盖了某个真相，让他忽略掉某个疑问，那就是：他到底爱不爱菲菲？

这种渴求让菲菲口中道出的一切语言都变得柔软甜蜜，让菲菲对他的一切表达都具有重大意义，所以当痛定之后，他对菲菲的以身相许并未拒绝，在一个呢呢细语的深夜，他们自然而然地合为一体，在保良人生第一次抵达快感的巅峰时，他对菲菲的激情，说不清是真爱还是仅仅属于感激。

某夜，他再次重温了少年时曾反复出现过的那个梦境，他再次梦见了那个英姿飒爽的喷火女郎，他从梦中醒来时脑子里蓦然浮现的并不是睡在身侧的菲菲，而是那位仅有数面之交的年轻女警。

夏萱？

保良侧转身体，背朝菲菲。他有些羞愧，幸而屋里一片漆黑，在一个深爱他的女人的卧榻上，他居然在想另一个女人。

和菲菲相比，夏萱更庄重、更英气、更高高在上，更散发着一种难以描述的磁场。

十二

　　晚上和菲菲住在一起，白天又一同出去寻找工作，保良那些天和菲菲朝夕相处，形影不离。

　　他们必须尽快找到工作，菲菲要给母亲治病，保良需要养活自己，他不能靠花菲菲的钱这样过下去，何况菲菲这回从家里带出来的八百元钱，已经花得差不离了。

　　何况李臣工作的那家台球馆忽然转手他人，新来的老板撤了李臣的经理职务，换上了自己的无能表弟。那表弟狗仗人势，对台球馆的"元老"大加排挤，李臣那些天正在琢磨辞职另谋生路，他看出人家早晚要把他挤走，与其被老板炒了还不如提前炒了老板，还能逞个一时快意。

　　李臣如果丢了工作，何时才能续上一个更好的职位，都很难说。进而论之，他们四人头上这袭聊遮风雨的屋檐，不知还能挨到几时。一旦李臣断顿，房租到期，他们又该住到哪儿去？所以保良和菲菲心

180　河流如血

里都是焦急万分，他们必须在危机到来之前，挣到一份糊口的工资。

情势所逼，菲菲饥不择食，居然又去了她姨夫的那家小吃店里，和服务员一样每月只拿三百块钱管吃管住。但菲菲其实只在姨夫的小吃店吃三顿饭而已，住还是要赶回李臣的幸福新村，以便能和保良住在一起。

保良同样病急乱投医，去了几家中介公司，一问都要先交押金，三百五百不等。菲菲每天只在保良身上塞个三块两块，让他吃午饭用，连公交车都没钱坐的，中介肯定依靠不起。而且这年头中介公司收人钱财并不替人消灾，差不多有一半是骗子。

保良只好依靠自己，每天选一条大街，无论机关店铺，一律挨门进去，毛遂自荐。这样的行径，不像求职，倒像讨饭，所以多被门房或店主轰将出来，脸面没趣那是必然。

但保良还是每天坚持出去，找一条街，挨门去问，次数多了，概率就有了意义。何况保良相貌端正，言语朴实，被什么人慧眼相中，也非怪事。

相中保良的，也是一个鉴宁籍的老板。这老板在省城开了一家清洁公司，做得很有规模。保良被这位老板相中的过程，很有几分戏剧性的，所谓戏剧性并不难解，其实不外偶然二字。

那天保良照例碰了几个钉子，挨了几番奚落，带着一点儿愤怒，也带了一点儿倔强，居然放胆走进了省城中央商务区最高最晕的一座大楼，那座大楼就是著名的国贸大厦。国贸大厦是一座钢架结构玻璃外墙的六十二层巨厦，是省城公认的标志性建筑之一。保良堂而皇之地从正门进入，居然无人拦阻。他虽然落魄，但身上的衣服和脸上的气质，与那些外地民工相比，毕竟截然不同。

他在大厦广场般的大堂里，拦住了一位从门外进来的年轻女人。那女人穿一身白领衣装，脸上淡施薄粉，面目端庄善良，保良看她像是大厦的工作人员，于是上前冒昧地探问：

"对不起……小姐。"保良一时不懂该怎样称呼对方，不知叫她"小姐"属于尊敬还是冒犯，他硬着头皮向那女人问道，"请问，您是这里的工作人员吗？"

年轻女人茫然地摇头："啊，不是，我们公司在这儿，我在这里上班。你有什么事要帮忙吗？"

保良迟疑了一下，但还是接着问了下去，口气有几分气馁，更有几分乞求："噢，那您的公司需要人吗？我是到这儿求职来的。你们需要人吗？让我干什么都行。"

年轻女人显然没想到会在这里被一个冒失的求职者无端骚扰。在这种顶级商厦进进出出的白领，很少会遭遇这样的荒唐。好在保良的外形并不讨厌，那女人竟然停了脚步好奇地发问。

"你是从哪儿来的，不是本地人吧，你要找什么工作？"

"我是鉴宁人，现在家在省城，我什么工作都行。请问您是什么公司？"

年轻女人当然不会对这样一个陌生青年说出她的公司名称。她又移动了脚步，一边向电梯厅走一边再度询问："你学过什么专业吗？你都干过什么？"

保良跟随她一起走向电梯，脚步和语言一样混乱无序："我，我没什么专业，我就是高中毕业，后来在……后来在家闲待了两年，现在想找份工作……"

"没有专业?"女人抱歉地笑笑,"那真对不起,你恐怕不适合我们公司的工作。"

他们一路走到电梯厅里,年轻女人按了电梯,对他表示爱莫能助。保良只好礼貌地告辞:"啊,那麻烦您了。"这句告辞反而让那女人感到意外,她也许没想到这个年轻人会这样简单地走开。

于是她又叫住了他。

"你应该到其他地方看看,在这楼里办公的都是很大的公司,进这些公司必须懂得一门专业。你应该到其他地方找找,其他地方也许会有机会。"

年轻女人想要表达的意思,与其说是让保良对这里绝望,不如说是好意的指导。她对保良显然印象还好,以致她最后这句并无实际意义的劝告,还是让保良感受到女性的善良和周到。

电梯来了,候梯的人依序走进电梯轿厢,厢满之后,后面的人也不硬挤进去,自觉留在外面继续等候。这些大公司的白领,举止都很礼貌文明。保良看着电梯关上梯门,正要转身离开,身边一位穿夹克的中年男子主动开口与他攀谈。

"你是鉴宁那边的人吧?"

保良马上点头回应:"对。您听得出来?"

"我也是从鉴宁来的。"

保良一听鉴宁来的,当然备感亲切:"是吗?您也是鉴宁人啊!您也在这里上班?"

"啊,不,我来这里办事,你到这里来找工作?"

保良难为情地笑笑，讪讪地往后退缩："没有，我路过这儿，进来随便问问。"

另一部电梯打开了梯门，中年男人走了进去，进去之前递给保良一张名片，这张名片决定了保良一生中的第一份职业。

两天之后，保良就在这家名叫"保时洁"的清洁公司得到了一个正式的岗位，当上了一名月薪七百块的清洁工人。

这是一家相当正规的清洁公司，一周工作六天，四十八个小时，公司的名字又与保良最迷的一款跑车的牌子同音，因此叫起来朗朗上口。进入公司的新员工都经过正规培训，虽然短暂，却面面俱到，连涉外礼节和外事纪律都有一本正经的课程安排。保良上岗后得到了一身崭新挺括的劳动制服，如果是清洗大楼外墙这种危险工作，还有每天三十元钱的高空补贴。加上七百元的底薪，保良头一个月就挣了一千三百元整，这还不算公司免费提供的一顿中午的盒饭。

保良把其中的六百元交给了菲菲，让她寄回家给她的母亲治病。三百元交给了李臣，作为他和菲菲那间小屋的房费。其余的钱将将够他一个月省吃俭用的开销，月底照例也不会再有结余。

在保良找到这份工作的六周之后，他又一次走进了那座高矗在城市中心的国贸大厦。保时洁公司六周之前就与大厦订下合同，受托将大厦的玻璃外墙清洗一新。

六周前曾经在大堂与保良有过短暂交谈的年轻女人也再次与保良不期而遇。她是在她工作的办公室里见到保良的，只不过两人一个坐在屋里的热茶和电脑之前，一个悬在玻璃墙外的半空当中。年轻女人惊异地看到并认出了保良，保良看到的却只是玻璃幕墙上耀眼的太阳光斑。

办公室里没有别人，年轻女人可以站起身来，无所顾忌地靠近玻璃，在这个房间的视野之内，蓝色的天幕中只有保良一人。她和墙外的保良咫尺间隔，近得几乎可以呼吸相闻。她仔细端详了保良年轻的面容，那面容虽然经过风雨沐浴，却依然充满阳光活力。保良腿长臂长，吊在空中的身躯矫健自如，犹如一个象征青春和飞翔的舞者。他擦洗玻璃的认真神态，也让人内心为之感动。年轻的女人在窗前久久凝视，直到保良的身体随着吊绳翩然飞离。

年轻女人第三次见到保良是在国贸大厦的地下停车场里，她下了班去开自己的汽车，看到保良正一个人在车库的角落收拾干活儿的工具。虽然对保良来说这只是第二次相遇，但他在她故作无意地走近他时，还是一眼认出了那张洁净无瑕的面容。

女人说："呃，是你。"

保良说："噢，是你。"

女人说："你找到工作了？"

保良说："找到了，是一家清洁公司。"

女人说："工作满意吗？"

保良说："还好。"

女人笑笑，想告辞，却又站着没走："你们……你们清洁公司，管不管家庭清洁，就是……就是到人家家里帮忙打扫卫生……之类的事情？"

保良说："我可以找领导问问，我也不知道公司有没有这项业务。"

女人犹豫了一下，说："如果我就请你，请你到我家去，干一天需要多少钱呢？"

保良说："我们公司可能不让职工私自接活吧，这我得回去问问。"

女人说："你可以利用下班以后的时间，你有节假日吗？节假日去也可以。去一次干一小时两小时或者干半天一天都可以。一小时三十块钱可以吗？"

"三十块钱？"

如果以小时计算，这是保良在公司最高收入的五倍。保良马上想到了菲菲和她病重的母亲，他不知从何时开始，在下意识中植入了一份报答菲菲的本能心理。

"可以吗？"

年轻女人又问了一句。

保良说："啊，可以，当然可以！"

年轻女人名叫张楠，是一家外企公司的公关助理，现年二十四岁。但她的样子，比二十四岁显得老成。

张楠的家住在郊外的一个别墅区里，如果有车，交通还算便利。保良第一次去张楠家干活儿是在一个周日假期，张楠问了他的住址，让他早上在离幸福新村很近的一个公园门口等她。结果保良早上起来赶到那个公园门口时，张楠开来的一辆银色奥迪已经早早候在那里。

保良最初还以为张楠的家就住在公园的附近，没承想她会驾车载他驶出了城区。这是保良自到省城定居以后，第一次在通往郊外风景区的林荫大道上乘风飞驰，沿途的美丽景致令人心旷神怡，何况身边驾车的又是一位风度优雅的白领美女。

轿车驶入了别墅区的高大拱门，门边一尊形状奇异的巨大岩石上写着"枫丹白露"四个金色大字。车子在高大的法国梧桐树中穿行深入，林荫掩映间不时露出的几幢造型古典的欧式小楼，有如油画一般深沉入目。保良从书上知道"枫丹白露"是法国皇帝的一座行宫，用在这里倒也贴切。保良原以为他家住的那座小院就算是省城最好的独栋住宅了，到了这种别墅社区，才知道什么叫作美景华屋。

张楠家就住在这片林荫的深处，白色的房子搭配了褚红的瓦顶，颜色对立却极致协调。屋里的装饰一看就是知识分子的格调，并不一味张扬富有，而是更多讲求品位的细微。这里除了张楠之外，还住着她的父母。据说原来还住了一位小保姆的，一个月前辞职搬走了。

张楠的父母以前一直在国外教书，去年才退休回国闲住。张楠还有一个姐姐，也嫁在国外，帮丈夫打理一间公司，至于那公司做些什么业务，张楠在与保良的一路闲聊中，没有具体提及。

当然，保良也没有提及他自己的历史以及家庭成员的复杂关系。他只说他的母亲已经去世，父亲和姐姐都在外地，他一个人在省城工作，平时就住在朋友那里。

张楠把保良带到她家，介绍给她的父母认识。她的父母对保良都很热情，握手问候彬彬有礼，那样子不像雇来一位清洁工人，倒像接待一位远道的朋友，先是寒暄，后是入座，继而沏茶，还拿来糖果。十分钟后保良主动提出干活的要求，张楠才带他到需要清洁的地方去看，楼上楼下，院里院外，像是一圈参观游览。经张楠同意，保良决定安内必先攘外，先从院子干起，用张家的铁锹和扫帚清理了整个院落，又擦了窗户的玻璃。整个上午张楠都陪在院子里，站在阴凉处和保良聊天。她说："没事，你干你的，边干边聊干着不累。"

保良感觉到了，张楠对自己很感兴趣，关于他的爱好特长，脾气个性，都有问及。保良说他没什么爱好，小时候爱站在他家后山的砖窑上看鉴河的流水；他也没什么特长，非要挑一样说的话，那就说田径运动吧，他得过全市中学生比赛的四百米亚军和四百米接力的第三名。张楠说："所以我看你脸和上身都挺秀气，可腿好像挺粗的。"保良说："粗吗？我还觉得细呢。"

至于个性，保良也说不清自己是什么个性。若论遗传，他和姐姐正好相反，姐姐的个性随父亲，急躁、强硬、脾气太梗；保良的个性像母亲，沉默、少怒、较有耐性。张楠说："那我是你和你姐之间的中和，我认准的事，非干不可，但我也从不发怒。耐性嘛好像差了一点儿……"保良说："这样才好，好多事确实不能过于执着，明明干不成还非要坚持到底，最终可能反而害了自己。"

不知不觉到了中午，张楠让保良洗手吃饭，饭是从别墅区的会所叫过来的，五菜一汤非常丰盛。保良连连推辞，问周围有没有小商店他去买个面包就行。张楠的父母也过来劝他一起上桌，说这么多菜如果吃不了非浪费不可。

保良就坐下吃了，吃得好不自然。

吃完午饭，张楠问保良要不要给他找个屋子休息一会儿，保良说："不用了，我赶紧干活吧。"下午保良就去清洁书房。从窗户到书柜，仔细地一一擦拭干净，还搭了梯子小心地擦了书房的玻璃吊灯。那吊灯是从国外进口的，上面悬了许多紫色的水晶。

保良在书房干活时张楠就在书房里用电脑打字，不再与保良互相闲扯，但保良仍然感觉到了，她的视线不时向这边巡睃，虽然目光大方平和，可一旦投在保良脸上，保良脸上就会立即产生火一样的热度。

　　傍晚，张楠从电脑屏幕前站了起来，宣布今日收工。保良这时早就擦完了书房，又擦了客用卫生间，让张楠　　过目验收。张楠说："不用了，肯定特别干净。"张楠的母亲也过来表示感谢，并再次邀请保良吃饭。保良坚决谢绝，说自己晚上还有事情，不能多扰。张楠也不勉强，付了保良二百四十元钱，保良坚决退回六十，说今天最多只干了六个小时，三六一十八，这点活儿收一百八十元已经不好意思。

　　关于保良如何返城的问题，双方也互相客气了很久。保良不让张楠再开车送他，他来的时候看见社区门外有公共汽车的站牌，表示坐公交车回家也很方便。最后双方各让一步，由张楠开车把保良送出枫丹白露，送到公交车站，然后让保良自己乘坐公交车返回城区。张楠在公交车站与保良分手时约他下周再来，说还有客厅、卧室、厨房和库房，都已多日不曾打理，积重难返，需要认真彻底地清扫一番。

　　女人的鼻子比狗还尖。

　　晚上保良回家，菲菲非说保良身上有一股香水的味道，逼着保良交代来源。菲菲虽然还没专业到能闻出香水的牌子及男用女用，但她知道保良就是过去兜里有钱的时候，也从来不在身上擦油喷香，所以他身上的这股香气，铁定来自女人。

　　保良说："我昨天不是跟你说了我今天要去人家家里干活吗，人家家里就有女人。"

　　菲菲又反复盘问张楠家里的情况，保良挑三拣四，避重就轻地说了。他没说张楠的年纪长相，也没说这个活儿并非公司的安排，而是自己私自受雇。最后他告诉菲菲，这家的活还没有干完，下个周日还要继续去干。

周一，保良照常到公司上班。每周固定一次的班前会开过之后，班长开始分派一周的工作。保良仍被分到国贸大厦的清洁项目，当他听到国贸大厦这几个字时，心里有种微妙的兴奋，那感觉不同常态。

不料，临出发前保良又被叫住，让他先到经理办公室去。在经理办公室，保良没有见到公司的经理，也就是在国贸电梯厅里邂逅的那位鉴宁老乡，而是见到了坐在经理室沙发上的两位公安局的便衣。

这两位民警他都见过，一个是他在古陵分局报案时向他问话的民警，姓金，还有一个是个女的，当然又是夏萱。

姓金的是个探长，他和夏萱来此的目的，还是为了杨阿姨和嘟嘟被杀的案件。金探长说他们找了保良很久，昨天晚上才查到他在这家"保时洁"上班。关于权三枪的下落，公安机关已在全省乃至全国发出通缉，但至今尚未发现有力线索，目前调查工作已经陷入困境，所以他们又回过头来再找保良。

保良说："你们应该想办法找到权虎，权虎一定知道权三枪的下落。"

金探长说："权虎我们也在反复查找，目前也没有找到有用的线索。除了他买的那个旧院子，目前尚未查到他还有什么其他产业或者落脚之处。"

保良说："听说他好像搞过一阵船运生意，只是不知他的公司在哪儿。"

金探长说："鉴河沿线所有船运公司的工商登记资料我们都查过了，没有发现权虎注册的公司。"

保良说："他注册公司会不会用了我姐的名字，我姐叫陆保珍，那些资料里有没有我姐的名字?"

金探长断然摇头："没有。"

保良与金探长说话的时候，目光尽量不看夏萱。他注意到经理室墙上的镜子里自己被阳光晒黑的面容。他和夏萱同在一个学校读书，同在一个靶场练武，虽然只是短短的数面之交，但保良在那一届新生当中比较有名，因为他爸爸在学院当过副院长，而且，他是一个英雄的后代，他父亲的事迹在公安学院的师生当中早已随处传颂。在那一届新生的眼里，夏萱也是个很受瞩目的人物，她在保良领取警服时的回眸一笑，在靶场上的英姿飒爽，都在保良心里占据了重要的位置。但是，这样一个让他产生梦想的女孩，却几乎见证了他的所有耻辱，从吃摇头丸被抓，到被学院开除，再到凶杀现场的父子反目，他知道自己在夏萱的眼里，已经一钱不值，更何况他现在坐在她的对面，又是这样一副风吹日晒、穷困潦倒的处境。

而夏萱的目光却极其平静，在金探长与保良对话时她始终一声不吭。

金探长又问了些关于权三枪过去的经历，社会关系，以及他都去过哪些城市之类的问题，从他的表情来看，保良提供的那点情况，并不令他十分满意。谈到无话时他的电话恰巧响了，他接起来说了两句，便起身走到屋外去了，把保良和夏萱二人单独留在了屋里。

两人之间的沉默，虽属必然，但保良还是如坐针毡。他低头不看夏萱，却知道夏萱的目光一直停在他的脸上，也许，她在看他左耳垂上的那只漂亮的耳环。

"你在这儿工作还适应吗？"

夏萱突然开口，嗓音柔软而又圆润。保良仓促地抬头看她一眼，随即又仓促地移开视线。

"啊，还可以吧。"

"你这身板，干得了这种活儿吗？"

"……还行吧。"

"你后来去看过你爸爸吗？"

"没有。"

"你应该看看他去，毕竟是你的爸爸。他当时可能也是一时生气。"

"啊。"

停了一会儿，也许夏萱看出保良对这事的回应不太积极，于是主动换了话题：

"你现在住在哪里？"

"我……跟朋友住在一起。"

"跟李臣对吧？"

保良吓了一跳，下意识地抬头："你认识李臣？"

夏萱的表情，始终镇定如一："我们知道你在省城有几个鉴宁的同学，我们先查到了李臣的单位，昨天晚上在他那个台球馆里，才问出了你的单位。"

保良这才想起，李臣昨夜加班太晚，就住在了台球馆没有回家，难怪今天一早警察能够找到这儿来。

金探长接完电话回到屋里，对保良的这场问询也就此结束。金探长临走给保良留了一张字条，字条上写了两个不同的名字和两个不同的电话，金探长说："你以后要是想起什么线索，希望能及时与我们联系。我姓金，她姓夏，找我找她都没问题。"

金探长和夏萱的访问，让保良更加明确了一个结论，那就是权虎和姐姐，早就不知去了哪里。连公安机关动用庞大警力都找不到他们，更不要说保良单枪匹马一人。

杨阿姨和嘟嘟死于非命，不仅成为保良一生的愧疚，而且也断了他继续寻找姐姐的念头。他仔细回想了凶案发生的前后过程，对过程的回顾与分析让他不寒而栗。那天清晨他与权三枪在那个小院意外邂逅，权三枪随即跟他去见父亲，到家后抬枪便打，连打三枪，毫不手软。当然他是冲着父亲去的，可见他对父亲——他曾经的恩人——已结下深仇大恨，必欲杀之，绝不留情。他是权力的养子，尚且报仇心切，权虎作为权力的亲儿，更要不共戴天！保良无法想象，权虎与姐姐的夫妻关系，因这样一场家族仇恨，又该如何相处。他只能推断，如果姐姐现在仍与权虎一起生活，那么她对她的娘家，对她的父亲，甚至对她的母亲和弟弟，早已丧失了原有的情感，早已和她的丈夫一样同仇敌忾，立场鲜明！

如果真是那样，他们姐弟之间又怎能团圆？

保良的左耳，依旧戴着那只耳环，那只耳环现在的意义，与其说是对姐姐的牵挂，不如说是对母亲的纪念。

也许在夏萱看来，保良的耳环只是一个叛逆的标志，一个不良青年的另类装点。而在菲菲心中，耳环增加了保良的魅力，使他更加亲和可爱。或许，这只耳环在张楠这类女性的眼里，也是一个异类，但有点儿神秘，有点儿浪漫，而且，有点儿性感。

周日。

早晨。

保良乘公交车往郊外去。

张楠的银色奥迪，像是早早地等在了离枫丹白露最近的那个公交车站。

这一天张楠家又多了一位三十来岁的女人，张楠向保良介绍那是她的表姐。表姐也住在这个别墅区里，目前在家担任全职太太，丈夫经常出差，她便常常过来陪张楠父母聊天做伴。这一天保良先是打扫客厅，那位表姐便在一旁充当指挥，这里先擦那里先搞，直把保良支使得晕头转向。幸亏打扫厨房时表姐被张楠父亲邀去下棋，保良干活儿才得以专心致志。

保良打扫厨房时张楠就在厨房里准备午饭，他们这时都已不再彼此拘谨，各自干活儿一同聊天，时间过得轻松愉快。张楠不许保良再叫她张小姐，也不许保良又改口冲她叫"姐"，她说："咱们现在也聊成朋友了，就按朋友的规矩互称姓名好了。我以后也不叫你陆师傅了，就叫你保良，你以后就叫我张楠或者小楠，叫楠楠也行，我们家人都叫我楠楠。"

保良不傻，保良看得出来，在这个宽大向阳的厨房里，在这里的雇主与雇工之间，正有一场爱情不动声色地悄悄展开。保良明明知道，他是有"女人"的，那就是和他同居一处的女孩菲菲，但他依然放任这场爱情的发生和发展。越是不现实的情感，越令人心情激动，就像是一次奇异的历险，每个参与者都被未知的前方吸引，猜测奇迹能否发生。

张楠给保良的新鲜感，与保良给她的几乎同样。她衣着讲究，谈吐优雅，知识广博，思维开阔，与她的年龄不甚般配，与她的家庭环境及从小的教养倒是非常吻合。下午保良在打扫二楼的起居室时，张楠就在那里看碟，碟中放的是爱情巨片《泰坦尼克号》。张楠说这部片子故事虽然挺俗，但里面的音乐动人心魄。那支苏格兰风笛表达了一种最纯净的感情，超越了一切世俗的偏见和肮脏的利益，可以直抵人的善良本能。

　　张楠对很多问题的见地都让保良心生爱慕。不像菲菲那样无知平庸，菲菲看电视看电影并不关注故事内容，也不关心人物命运，她可以不管剧中的情节情感是否进入高潮，思维随时都能跳将出来，对演员的衣服打扮大加评论。前些天有一部电视剧是讲家庭伦理父子亲情的，看得保良眼含热泪，菲菲却在一边不厌其烦地评论男主角的鼻孔过大，说她最烦鼻孔向两边撑着的男人，还非要扳过保良的脸颊，要看保良的鼻孔，气得保良第一次冲菲菲大吼一声："你安静点儿行吗？！"

　　菲菲没有生气，她呆呆地看着保良，莫名其妙地疑问：

　　"哟，你怎么哭啦？"

　　菲菲穿衣服也没品位。虽说菲菲的衣服和张楠的衣服，在品牌价值上有天壤之别，但再便宜的衣服也有雅俗之分。菲菲买的衣服几乎没有例外，一水全都俗艳不堪。

　　菲菲吃起饭来，嘴巴也嚼得太响，不响不香似的。保良以前见怪不怪，习以为常，在认识张楠之后，便开始挑剔菲菲："你能不能小声一点儿，喝汤要呡，不要吸！"菲菲辩解："废话，汤那么烫，不吸行吗？！"保良又说："擦嘴要拭，不能抹！"菲菲试着用毛巾在嘴上拭了一下:"这样?"保良点头:"对!"又指着桌面,说:"以后吃鸡,有骨头可以用手拿出来放在桌上,不要嚼烂了吐一桌子,一点儿文化没有。"菲菲瞪眼道:"你有文化,你过去就是这么一吐,我也没说过你呀。你整天在外面擦大楼,是不是净隔着窗户看有钱人吃饭来着!"

时间长了,菲菲不能不疑:"我招你惹你了,你怎么对我老不满意!"而且保良身上的香水味越来越浓。直到有一天,保良忽然有闲钱给手机充了值,而且马上就有短信发进来,而且保良随看随删,要是正常的短信删它做甚?终于某日,菲菲趁保良洗澡时看到了一条新收的短信,不难想见菲菲看到了什么。

那是一个人在向保良诉说寂寞,在问保良现在在哪儿,最后说"我这几天挺想你的"。短信没有落款,但肯定是个女人。菲菲抄下了来短信的电话号码,过后她给这个号码拨了电话,接听的人果然是个女的!

证据确凿之后,菲菲设计了一个阴谋,某日保良下班回来,她就跟保良借用手机,说要给朋友拨个电话。她看出保良有点儿紧张,打开电话先删了两个号码,销毁罪证似的。菲菲不急不躁,静静地看他删完,等他如释重负地把手机交给菲菲,菲菲便熟练地拨了张楠的手机号码。她当着保良的面故意亲热地向对方问好:"喂,你是张楠吗?你好!我是菲菲。你不认识我吧,我可认识你呀,我们家保良老跟我说起你来,说你这人挺不要脸的……"

保良要夺手机,让菲菲一把推得摔在墙角。紧接着菲菲把手机也摔在墙上,摔得机壳机芯分崩离析。摔完之后,她流着眼泪昂首挺胸地走出门去,把那扇大门又重重地摔了一记!

十三

　　上午，保良刚一上班，就在公司给张楠打了电话，张楠在电话里的态度比他想象的冷静，她约保良下班后见面再谈。

　　见面约在了张楠指定的地点，那是张楠下班回家途经的一个艺术画廊，建在一座大厦的半地下室里。紧靠天窗的一隅，还附设了一个酒吧，几乎每个座位都笼罩着来自地面的如血残阳。

　　保良走进这座大厦后问了数人，才在一个楼梯的背面找到画廊的入口。他走进画廊酒吧时看到张楠显然已经等候多时，桌上的半杯红茶已经放冷。安静而又私密的环境让保良明白张楠选择这里的用意，这是一个可以告白可以质问可以彼此争吵的角落。

　　张楠为保良要了一杯可乐，为自己又添了一杯红茶，等服务生送完饮料退去之后，她才缓缓开口。她没有如保良预想的那样咄咄逼人，也没有表示出应有的愤怒，她甚至连一丝一毫的委屈和怨气也没有片刻流露。

她平平静静地向保良问道："你已经有女朋友了，对吗？你应该早点告诉我才对。"

保良说："她是我的同乡，是一个……"

张楠声调安静，却把交谈弄得一丝不苟："如果仅仅是同乡，不会在电话里那样撒野。你其实不必否认，你有你的生活我早该想到，我只希望你如实告诉我，我是不是成了一个第三者？"

保良低头想了片刻，才抬头正视张楠："对，她是我的女朋友，我们住在一起。我没告诉你是因为你其实到今天为止从来没向我表达过什么，我只是靠猜，我猜你也许喜欢我，不在乎我的地位，不在乎我比你小，不在乎我没有学历学位。我只是猜，但我不敢肯定我不是自作多情。"

张楠沉默了片刻，似乎无法在保良的解释中找到质疑的缺口。她说："你猜得没错，我对你……是有好感，我觉得你这个人不错，只要你人不错，我就不在乎你的年龄地位，学历学位。我只在乎你这个人好不好，是不是自私，是不是诚实。"

保良也沉默了片刻，他的沉默不是为了思考答对，而是为了反省自己。他说："我不自私，但有时做不到诚实。我有许多一时半会儿说不清楚的经历，我犯过许多错误，有些错误，我一辈子也不想让人知道。尤其不想让对我……有好感的人知道。"

"那你的女朋友，"张楠问，"是否知道你的一切？"

"知道。"保良说，"她知道我的一切，所以在她面前，我没有自尊。"

"男女之间，"张楠说，"爱最重要，不必非要自尊。"

"可我从小，父亲就教我要自尊！"保良说，"我父亲也最看重自尊！

他把荣誉和尊严看得重于一切。他希望我和他一样，在事业上干出成绩，受人尊重，荣誉等身。很多中国人都是这样，希望儿孙耀祖光宗。"

保良说到父亲，他已经很久很久不再说父亲二字。父亲这个字眼，于他已经生僻拗口，遥不可及。在这个必须敞开心扉的黄昏，在这座清静无扰的酒吧，远处墙壁上挂着那些古怪的肖像，那一张张油彩堆砌的脸上，个个满面疑容。它们和张楠一样默默地倾听，听保良从父亲的功勋业绩谈到陆家的家族理想，谈到理想与现实的残酷冲撞，谈到父母姐弟的分崩离析，谈到那只白金耳环的来历，谈到生死与共的鉴宁三雄，谈到菲菲，谈到摇头丸，谈到公安学院，谈到权三枪连开三枪，在他记忆中留下的那个永生难忘的血色清晨……保良几乎向这个奇迹般喜欢上自己的女人坦白了一切，他甚至说到了他从少年时代就反复出现的一个梦境，那梦境中面若桃花的喷火女郎，就像一个守护神的化身，让他冥冥中始终有所依赖，始终怀着一颗孩子般崇拜的心。

但他没有谈到小乖。这个女人是他经历中的一个污点，三言两语难以说清。

天色早早地暗了下来，服务生过来为他们点燃了蜡烛。也许张楠没有料到，对面这个青年短短的一生，居然包含了如此漫长的内容，令人感叹，令人动容。在蜡烛的烛泪流尽之后，张楠与保良手拉着手走出了这间艺术画廊，走出了这座大厦。街上灯光华丽，人流如织，张楠就在大厦门前高高的台阶上，倾情拥抱了疲倦的保良。

也许，她今天是想好了来和保良说再见的。保良毕竟给过她一段快乐时光，所以无论怎样分手，无论这段感情怎样短暂，都值得感叹和铭记，不会后悔。她也许已经决定了分手的态度，预备了伤感的辞令，也许连她自己都没有料到，这个看上去还是个孩子的男人，用他表面的平静，将那些不可思议的人生娓娓道来，对一个渴望激情之爱的女人来说，还有比这个更令人心动的吗？对一个渴望付出母性之爱的女人来说，还有比这个更令人心疼的吗？没有！

张楠用车子把保良送到了离他的住处很近的公园门口，这也是他们第一次相约见面的地方，有些纪念意义似的。此时这里被皎洁的月光照得恍如白昼，周围的一草一木，都显得洁净清凉。张楠告诉保良，她决定今晚回家就向她的父母讲明她的感情。保良也向这个被他感动的女人做出承诺，他会用最快的时间与菲菲分手。

在空中一轮明月的见证下，他们甚至简短地计划了未来。张楠表示要出资供保良重考大学，还建议保良选学外语或法律或国际金融这类热门或实用的学科。一张大学的文凭，一项基本的专业，是今后进入主流社会的必备门票。保良读完大学之后，她可以辞去公司的职位，和保良一起到美国留学，她姐夫在芝加哥和三藩市的唐人街都开着公司和大型酒楼，她父母在美国的大学里也有许多同窗旧友，他们在很多城市都可以从容不迫地学习和工作，永远不会遭遇生存之忧。

保良在奥迪A4紧凑的车座上主动拥抱了张楠的身体，他的嘴唇第一次接触到张楠细滑的脸颊时，剧烈的心跳张楠都能感觉得到。她用大大方方的回吻鼓励着保良，让他渐渐解除自己的紧张，将年轻男人天性的激情彻底释放。

长吻之后，保良下了汽车，有点恋恋不舍。他望着汽车远去的尾灯，心里与唇间都还回味无穷。他在往住处走的路上忽然想到，他向张楠的倾情告白中似乎遗漏了什么，除了有意略掉的小乖之外，他似乎无意中还漏掉了一个重要的人物，也许因为这个人其实和他并无任何私密的关联，还算不上他整个历史的一个不可缺少的结构。

这个人就是他的校友夏萱。

回到住处，见到了菲菲。菲菲正在厨房做饭，保良听到厨房里锅碗叮当的响动，才知道他和菲菲的分手并不像他承诺的那样简单。

菲菲这天从她姨夫的小吃店里拿回了几个鸭架，熬了一锅鸭汤，已给李臣、刘存亮喝过，还留了半锅等着保良。保良回来后先在卫生间洗漱，菲菲便把鸭汤热了端进他俩的小屋，等保良洗完进屋菲菲便把屋门关上，把汤盛在两只碗里，坐在床上和保良一起慢慢享用。保良虽然饿了，但没有半点食欲，让菲菲督着喝了一口，咽下之后不知其味。他放了碗，说："菲菲，我想和你谈件事情。我想搬出这里，自己找个地方单住。"菲菲奇怪地问道："为什么，是不是李臣说了什么？"保良说："没有。我只是想单住图个清静。"菲菲点头，表示赞同："也是，跟他们挤在一起我也别扭，刘存亮还老拿话讽刺我，咱们搬出去也好，可到哪儿能租到这么便宜的房子？"保良说："我是说，我自己出去单住，你可以不搬。你要不想住在这里，可以住到你姨夫的店里，也省得每天上班下班来回折腾。"

菲菲一时发愣，没听明白似的，她说："保良，你什么意思呀？你要烦我明说。"

保良搜遍肠子里的所有词汇，生硬地编排着勉强的理由，那理由被他说得结结巴巴，可对菲菲来说也许貌似正当。

"我不是烦你，我是觉得……我觉得咱们这么小什么都不懂就这么住在一起总不太好，万一……万一哪天让我爸知道了，他肯定就真不要我了。我现在，只有我爸一个亲人了，我不想再做让他失望的事情。"

菲菲说："你要真是这样想的，那也好，咱俩不睡一个屋子不就成了？你睡这里，我睡过厅，这总成了吧？"

保良说："你睡过厅，人家李臣、刘存亮多不方便。"

菲菲"嘁"的一声："有什么呀？又不是没在一个屋里住过。"停了一下，又说，"要不我睡这屋，你睡过厅，这总行吧。"

保良没有话说。

"这样吧，"保良只好让了一步，"从明天开始，我去睡过厅。咱们四个人都是兄弟姐妹，互相当个亲人。"

菲菲说："你今天怎么了？好像你原来不把我当个亲人似的，我可早就把你当我最亲的人了，最亲的人你懂不懂！"

保良说："亲人，好啊，我反正找不着我姐了，就认你当我妹妹吧。我会像对亲妹妹一样对你，等有一天我跟我爸和好了，我就让我爸认你做个女儿。"

菲菲赖赖地笑着，腻着保良的肩膀，说："你早点娶了我，我不就能马上冲你爸叫爸了吗？我保证你爸喜欢我，不信咱们打赌。"

保良不笑，严肃地说："你别老吊在我这棵树上，你要在外面碰到合适的朋友，你可以跟他接触，我不反对。"

菲菲收了笑容，斜起眼睛："你什么意思？"

保良说："我没什么意思。"

"我明白你的意思，你不就是说，以后你要碰上了合适的女孩我也别反对吗？我明白你的意思。"

"我不是这个意思……"

"你就是这个意思！"

"我的意思是我现在的情况配不上你，我得跟你说清楚，我不想把你耽误了。"

"对，你配不上我，你配得上那个开保罗吃摇头丸的，她多有钱呀！"

"这事怎么回事你都清楚，你什么意思呀你？我不跟你废话了，我现在就搬出去住！"

保良起身要拿自己的东西，菲菲气头上语气带毒："陆保良，你这人一点意思没有，怪不得你爸爸都不要你了呢，怪不得你姐姐都不认你了呢，怪不得你妈……我看你妈就是让你气死的！"

保良给了菲菲一个耳光，虽然不狠，却是保良第一次打一个女孩。虽然他知道不能以张楠的修养要求菲菲，虽然他知道菲菲一急眼什么都骂，挖祖坟揭老底其实有口无心，但这次菲菲有点过分，狠狠戳了保良的伤口，导致保良忍不住动手打人。

菲菲挨了一掌，立刻红脸流泪，骂了句："你敢打我！"随即用脚踹了保良一下，保良没还，她又踹了一下，保良一把将她推到床上。

"陶菲菲，我告诉，你骂我就骂我，少提我们家人。"

菲菲用床上当枕头用的一叠衣服狠砸保良："你还有家吗？有家你怎么不回去呀，有家你还赖在这儿干什么！你回去呀！"

菲菲不仅要戳保良的伤口，还要再往伤口上撒盐。保良心里发狠地骂自己，自己的事过去干吗告诉菲菲！他铁青着脸走出门去，发誓从此以后，一切痛苦都要装在心里，再也不把伤口示人。

李臣和刘存亮听见小屋里的争吵，都披衣出门探望虚实："你们吵架啦？"李臣问："因为什么？"

保良哆嗦着说了句："她他妈太浑！"

菲菲也冲了出来，把事态彻底公开："你他妈要看上别的女人你就明说，我还不知道你吗陆保良，你削尖了脑袋往有钱女人的汽车里钻，只要能跟她们混在一起，连他妈白粉你都敢吃！你让学校开除了你都不改，我要是你爸我也得把你轰出去！"

保良又冲回去要打菲菲，被李臣抱住，刘存亮也把菲菲连哄带劝地拉回小屋。那天刘存亮就在菲菲屋里安慰了菲菲一夜，保良就待在李臣的屋里，同样一夜未眠。他流了一把眼泪后就狠命抽烟，一根接一根的。李臣第二天醒来的时候，看到屋顶上就像飘了一层青虚虚的浮云。

天亮之后，大家各自起床，准备上班，在卫生间洗漱时互相看见，谁也不与谁主动搭讪。过去菲菲和保良总是一路走到公园门口，然后再南辕北辙地分手告别。现在他们一前一后出门上街，菲菲不回头，保良也不超她，彼此形同路人。

这一天菲菲依然到姨夫的小吃店里帮忙，保良照样在一座玻璃大楼的外墙吊若蜘蛛。保良一夜未睡，又没吃早饭，太阳一晒，在半空中悠来荡去的躯干和四肢，软得就像抽了筋骨。

保良并不知道，同样一夜未眠的还有张楠。此时的张楠也许正站在办公室的落地窗前，目光越过万千高楼大厦，向保良的方向默然发呆。

保良并不知道，每次见到他都对他热情有加的那一对教授夫妇，竟然坚决反对女儿的爱情选择，理由并非陈腐的门第观念，而是社会心理生活习惯的彼此难容。

为了劝说张楠，昨天很晚了他们还把张楠的表姐从家里叫来。虽然这对从美国回来的知识分子也都承认，保良有着良好的家庭教养，但他家庭破裂，个人经历也有污点，这对他的人格养成，必然投下阴影。更何况："你比他大，你肯定他真爱你吗?"张楠父母最终的结论，事实上已经放弃了对保良残缺家庭和不良经历的质疑，他们奉劝女儿慎重考虑的，是这场爱情的纯洁与真实。从男女双方现在的经济条件与生存状况的巨大差异来看，不能不怀疑到爱情之外的其他原因。

张楠做了解释，她试图让父母信服：她其实没有向保良发出任何经济方面的诱惑，保良也没向她提出任何金钱企求，他们只是彼此吸引、彼此感动。他们之间发生的，只是一场纯粹的男女之情。张楠隐瞒了她已经许诺资助保良去上大学的事实，她隐瞒这点只是不想让父母抓到把柄，并非对保良的爱情动机真的起了疑心。

那天夜里与父母的谈判无果而终，父母显然没有说服张楠，也没被张楠说服。他们是知识分子，接受西式教育，沾染民主风气，所以对女儿的婚恋之事，不拟强加干预。但不干预不等于没态度，不等于不能动用他们丰富的人生经验对女儿加以必要的提醒，甚至，加以严肃的警告。

第二天晚上张楠没有再约保良，她心情烦闷。心烦的时候她习惯一个人待着。

保良同样心情不好。

他熬了一夜，累了一天，傍晚收工时头晕目眩，在被吊绳拉回楼顶时身体失控，崴了左脚，整个脚腕肿得老高，托同事打电话叫李臣过来，扶他去了附近的医院。经检查发现脚面的一根小趾骨果然裂了，医生做了简单包扎，不打石膏的那种。

李臣为保良叫了一辆出租车，回到他们的住处。李臣今天正式被新老板辞退，脸色比保良还要不爽。他不恨那个老板，而恨老板的一个表弟，正是那小子总在老板面前搬弄是非，老板才炒掉了李臣。在扶保良回家时李臣一路发狠，憋着非要打那小子一顿。

这一天天色晦暗，欲雨不雨，这晦暗的天色留给保良的印象很深很深。这一天是他和李臣共同的晦日，两人都在此日丢了工作。保良干的这活儿本来就是临时雇工，干一天算一天钱的性质。他的脚伤成这样，休养一个月也未必能好。伤好之后公司还有没有空位，只有到时去了再说。

回家的路上，无论保良怎样阻拦，李臣还是执意给菲菲打了电话，告诉菲菲保良受伤的事情。菲菲很快赶回家来，帮助保良擦脸擦身，又给保良做了晚饭。李臣说要再找个夜总会应聘，给过去的熟人打了一圈电话便匆匆走了，家里只留下保良和菲菲，两人互不说话，要说也是事务性的一句半句。

"要看电视吗？"

"不看。"

"水热吗？"

"可以。"

"洗完就上床歇着吧。"

"啊。"

诸如此类。

保良不爱菲菲，遇到张楠以后更加确定。他和菲菲之间的关系，多属感激的性质，是一份落寞时的安慰，并非彼此相吸，志同道合。保良看菲菲，可以俯视，一览无余，不存在任何新鲜与神秘，但他眼中的张楠，却望不到顶，充满未知。张楠的工作、家庭、气质，对保良来说，全都非常陌生，让他按捺不住，充满好奇。他也知道这对菲菲不太公平，也知道自己这样处事非常混蛋——需要时招之即来，不要时挥之即去，男人对女人的这种态度，保良在理论上也非常不齿。但他也想，他必须用自己的真爱，用自己一生的幸福，去补偿这个一时的错误吗？他犯过那么多错误，哪怕一辈子受苦也是活该，但他的心并不能因反省而静止，因赎过而凝固，他仍然和所有人一样，经受不住感情的撩拨。当他被真爱笼罩的时候，他的心跳仍然会重新加速。

保良在家躺了一周。这一周菲菲没去上班，在家尽心服侍保良。但一个你确认不爱的女孩，天天在你身边，你只能觉得心烦。无论菲菲怎样无微不至，保良总是眉头不展。好在他们之间的话题均不涉及敏感之处，双方彼此心照不宣，全都回避再说张楠。

保良每天躺在床上，接受菲菲的照顾，却时刻在想张楠。他的手机让菲菲摔坏了，李臣的手机也欠费打不了。他无法与张楠取得联系，张楠也不知道他的住处，知道了也不可能过来看他。这一周保良忧心如焚，不知张楠那边和父母怎么谈的，她父母的意见如何，赞成还是反对，还是由女儿自主自愿。他也不知道张楠一个星期联系不上他会不会着急，会不会胡猜乱想，会不会去那家保时洁公司找他。

在他的伤脚刚刚可以勉强站地，可以一跳一跳地行走的时候，他就迫不及待地下床，趁菲菲出去买菜的机会，让李臣扶他上街，说要透透风晒晒太阳，实际上是想找个公用电话联络张楠。可他们还没走出家门，就被房东堵在了门口。

房东是来要钱的。

李臣在这房里已经住了四个月了，却从未与真正的房东见过一面。他是通过富石房屋中介公司选中了这处房子，并且一次交了半年租金。租金每月八百再加上每月必须交的有线电视费五十四元，卫生费十八元，保安费三十元，一共交了五千四百一十二元，还替前一个租户付了三十五元的电话欠费。虽然有些钱交得有些冤枉，但房租毕竟便宜！算总账还是比较合算。

房东是个泼妇形象的中年女人，带来好几个彪形大汉，仗着人多势众，口中出言不逊："什么！八百一个月？你不打听打听，这个位置租半间房都要八九百块，我这两房一厅，一个月至少一千八，我又不搞买一送一，你是傻呀还是当我们傻呀！废话少说，每月少交的一千赶快给我补上，不补立刻搬家走人！"

李臣据理力辩："我有合同，富石公司盖了公章的，不信你看！"

房东说："你别给我看，富石公司是骗子公司，现在人都找不见了，我们已经报了警了。他把房子租给你们，只付了我们一个月的房租，你们把剩下五个月的全都补给我们更好，让你们每月再交一千算是照顾你们！"

李臣当然不干，双方你争我吵，房东竟命同来助阵的几位进屋强拆煤气设备，还要拔电表和热水器的管线。李臣上前阻拦，你推我搡地打了起来，对方人多，李臣手狠，居然打个平手。保良腿脚不便，只能双方劝阻。眼看局面渐渐失控，双方全都打得赤目青筋，保良便趁乱跛出门去，几乎是单腿跳着跳到街上，找到一个公用电话，拨了110报警。

他向110接警中心报称，有人入室行凶伤人，110记下街道门牌后保良挂了电话。刚想回去支援李臣，忽又想起了什么，身子往后顿了一下，伸手重新拿起了电话。

他拨了张楠的手机。

张楠可能正在忙着，手机转接到移动通信服务中心，一个女声朗朗通知保良："你拨叫的用户暂时不能接听您的电话，您的电话号码已经呼转到他的手机上，谢谢。"保良又拨了张楠公司的电话，电话久久响着，无人接听。接下来他拨了张楠家里的电话，接电话的是张楠的父亲，听到保良报上姓名之后，态度似乎有些冷淡刻板："啊，张楠不在家，她出差去了，不知道什么时候回来，你找她有事吗?"保良不知自己是否过于敏感多心，他觉得张楠父亲对他的态度和以前相比有了变化，没有了过去的热情亲切，口吻变得极为陌生，虽然依旧彬彬有礼，听来却觉敬而远之。保良本想请他把自己受伤的情况转告张楠，但对方拒人千里之外的态度，让他没有说出口来。

"啊，我……我没什么事情。那我以后再打吧，谢谢伯父，再见伯父。"

挂了电话，保良站在原地，愣了很久，心里很难受。他甚至怀疑张楠其实就在家里，就在电话一侧，看着父亲与他通话，默不作声。

保良扶着路边的墙，一步一颠地往家走。走到一半体力耗尽，他靠着墙坐下来，从精神到肉体，近乎崩溃!

仰脸端详天上的太阳，太阳和往常一样，发着朦胧的白光。保良心里慢慢平静，慢慢把事情往好处去想。他可能把张楠父亲接电话的神情做了过于冰冷的想象，所以才觉得他的声音过于严肃冷淡。也许人家接电话时脸上其实挂了笑容，保良就让自己想象了那样的笑容，再想声音语气，也就立即变得温和慈祥，完全正常了。

他想，也许张楠确实出差了，今天不是周六周日，这个钟点她不出差也不可能待在家里。既然单位电话无人接听，说明出差可能不是假的。

这样想了，又有了力气，保良奋力站起，坚持走回家里。他到家时看到门口停着一辆警车，周围围了一堵人墙。他吓了一跳，以为出了什么事情，赶紧上楼进屋。进屋一看满目狼藉，才想起警察就是他叫来的。警察赶到后殴斗的双方都已住手，李臣眼眶肿了，还流了一地鼻血。房东那边损失似乎更重，一人被李臣用什么硬物开了瓢，血流满面，另一人的嘴唇高高肿了起来，连房东脸上都隐约带着五指搧红的印子，说起话来不免龇牙咧嘴。几个警察用高声的训斥压制住房东的大喊大叫，命令动手打架的人全到"局里"去解决问题，接受处理。保良愣着看李臣与房东及其他头青脸肿的汉子被一一带出门去，一个警察问围观人："谁报的警？"保良在他背后说："我。"警察回头，说："你也去！"

保良又见到了夏萱。

他们一行人被带到分局，带到一间大房间里，接受讯问和批评教育。当事的双方互相指责，互相争辩，情绪依然激动不已，在一片吵闹和训诫声中，保良忽然看到了夏萱。

夏萱就像一位电脑游戏中的完美女神，走进来时飘无声息，她进来与处理这起居民纠纷的民警轻声说着事情，还交给他一份文件，离开前朝这群头青面肿鼻血凝固的"闹事者"看了一眼，她显然看见了人群中的保良。保良一只脚还打着绷带，看上去仿佛是这场治安殴斗中受伤最重的一个。

　　保良从夏萱一进屋子就始终看着夏萱，因为心里有了张楠，他看夏萱的眼神立即变得无畏。但那眼神中还保留了一丝不被察觉的亲切，和对这位校友一向就有的敬慕。

　　夏萱的目光在保良脸上仿佛只停了一瞬，有点惊愕，有点反感，愣神了片刻，便匆匆移开。夏萱走后保良回味她的眼神，忽然备感委屈，心里的懊丧不可言说。他记不清这是他第几次与夏萱在这种让他屈辱的地方不期而遇，这些尴尬的邂逅让他在夏萱心中，肯定早已尊严扫尽。

　　警察对纠纷的处理并未延宕太多时间，调解训责一通，各打"五十大板"。几天之后保良看到报纸，才知道这家富石房屋中介公司已经卷款逃走。其高价承诺房主、低价租给租户的行径涉嫌诈骗。公安机关已经立案侦查，但租户与房主之间的尖锐矛盾，并无两全其美的解决办法。李臣的房东只从中介收了一个月的房租，感觉吃亏太多，还是天天来闹，今天砸块玻璃，明天门上加锁；李臣交了半年房租，只住四个来月，就被无端驱赶，心中自是不服，自是誓死不搬。何况李臣刚刚在附近一家夜总会找了个领班的差事，住在这里，每日上班下班比较方便。保良、菲菲和刘存亮也暂无去处，只能与李臣一起合力抗暴抗租，与房东一伙彼此对峙，天天闹得鸡犬不宁，四邻不安。

好在，保良的脚伤渐渐康复，从他能一瘸一拐地走出家门独自上街的第一天起，他就乘公交车去了国贸大厦，找到了张楠的公司。在张楠公司的楼下，还是那个电梯厅里，他终于见到了刚从外地回来的张楠。

十四

　　张楠再见到保良时的表情，比保良期待的稍嫌冷静，但保良多日来的昼思夜想，还是让他情难自禁地一把抱住了这个爱之难舍的女人。

　　张楠是在接到保良打来的电话后才知道他已到了楼下，她没让他上楼，公司里人多眼杂，与保良见面多有不便。她离开办公室匆匆下楼，在电梯门一打开的同时，她第一眼就看见保良一个人站在一楼的电梯门前。她用眼色示意保良随她往一个僻静的过道里走，再回头时才发觉保良的一只腿瘸得厉害。她刚想问这是怎么回事，整个身体已紧紧被保良抱了起来。

　　张楠去深圳出差的半个月来，情绪已从亢奋转为平稳，仔细想想父母的劝诫，并非没有一点理由。父亲的一句话尤为中肯：一个女人的终身大事，不能仅凭一时激情，我们可以让你们彼此接触，只是不要轻率速成。她在返程的飞机上仔细盘算了自己对这段突如其来的恋情所应采取的态度，原有的激动已被理性的沉着渐渐控制。她想至少应该把和这个男孩之间的热度降到一个进退自如的位置，双方都应稍稍冷静，稍稍沉淀，把恋爱的进程主动放缓，用更长的时间、更客观的心态彼此考察对方的个性，考察相融相抵的方方面面。她想父母所虑也许不无道理，在一对经济地位比较悬殊的男女之间，对任何突然而生的感情都要倍加警觉，一方可能为了纯爱，另一方可能仅是交易。有时这种不纯的目的会被一种貌似纯洁的表演巧妙地蒙蔽。

但在这个无人的过道，在此刻，她突然被这个满脸阳光的男孩倾情一抱，她原先预设的矜持立刻瓦解。这十五天音信全无的分别，对张楠也是一份煎熬，也是一种积蓄，她这才明白她实际上仍然渴望这样全情的拥抱，这样动人的亲吻！

她必须承认，在她从上大学开始就有心无心地交往过的"男友"当中，并无一人给过她如此摄魂夺魄的激动。那双捧起她的脸颊的大手，每一只插进头发的指头，都在弥散着一股青春的朝气。她忍不住也用双手抓住保良的脊背，那脊背上全是一条一缕的肌肉。那肌肉说不出是结实还是细嫩，柔软还是坚硬，鲜活的触感让她不知不觉地开启了双唇，任由湿润的热吻恣意深入。

那天晚上张楠与保良进行了长谈，她虽然没把父母的告诫和盘托出，但她强调了自己的追求。她说："保良，你必须明白，我需要的是一份持久的真爱，我不能容忍在这份爱情当中有一丝一毫的虚伪和欺诈。虽然现在是一个商业的社会，但人总需要保留最后一件东西，那就是感情，真正的感情不能含有任何交易的成分。现在很多人不需要这种感情了，但我需要；很多人不相信还有这种感情了，但我想找到！"

保良非常激动，因为他真的爱死了张楠，他年轻的心灵无比真诚，他和张楠一样，渴望真爱。他甚至渴望和张楠同往想象中的蛮荒之境，天地间除了山水之初，只有他们两人单纯的笑声。他不知该用什么语言表达他的这份赤诚：

"我爱你，请相信我是真的。"

保良单纯的眼睛，以及他年轻的声音，还是征服了张楠。她确实相信，在她和这个青年之间，发生了真实的爱情，但她仍然像孩子似的再次追问："你能向我保证，你爱我只是因为你喜欢我，而不是为了别的，你能保证吗？"

保良说："能！"

张楠说："那好，咱们就这样说定！一言为定！"

那天晚上张楠回家以后，迫不及待地与父母做了交流。让她心中不爽的是，母亲对于保良的誓言仍旧信疑两存，而父亲的态度则稍有调整。

尽管父亲依然奉劝女儿与保良冷静相处，但毕竟已不反对相处。他告诉女儿，检验人心真伪的可靠途径既非听其言，也非观其行，而是要依靠时间。只有时间才能揭示真相，淘出真金，没有任何谎言能够战胜时间。所谓时间，当然就不是一年两年。

母亲的立场却无松动："时间犹如流水，去而不返，女儿又该挨到何年？等到看出这年轻人爱我们楠楠是别有用心，我们楠楠早把青春错过去了。到那时再回过头来重新择偶，恐怕很难再如楠楠现在的条件。"

母亲为了劝说女儿，再次给张楠的表姐打了电话，母亲的立场自然得到了表姐的完全支持。表姐甚至认为：门当户对其实并非绝对陈腐，门第观念确实反映了生活的现实。门当户对可以最有效地保证婚恋的双方在精神领域和生活习惯等诸多方面的和谐一致，就像男女应该年龄相当或男大女小一样正常。表姐在电话中让张楠自己想想，她究竟哪方面的魅力在吸引保良，"论年龄你比他大，论相貌你也不是明星那种，以保良的情况，当然只能是你的家庭背景和你鼓鼓的钱囊"。

表姐的雄辩让张楠再次没了主张，她仍然想用爱这个最美的字眼负隅顽抗，但马上被表姐嗤之以鼻："爱与生存相比，永远屈居次席，这不是人的品性而是人的本性。和一个连自身生存都没有保障的人谈情说爱，你怎么确定他是为了爱还是为了生存？"

关于张楠这次终于流露出来的想资助保良上大学的想法，连属于"鸽派"的父亲在内，全都表示了激烈的反对。父亲说："年轻人爱学习虽然应当鼓励，但更应当鼓励他自食其力。如果你们没有恋爱关系，你资助生活困难的青年上学我不反对，那还不如捐个希望小学，岂不更能彰显爱心？"张楠为了自己已向保良做出的许诺与父母表姐反复激辩："我绝不相信保良会是一条冻僵的蛇，当我把他暖和过来以后，他会反口咬我。"表姐说："对，他不是冻僵的蛇，也不是拜猫做师父的虎，他不一定会在受益之后反咬一口，但他是人。是人就逃不开人的生存法则，是人就会寻找最快最便捷的途径直奔目的。他的目的是什么，是全心全意爱一个女人，还是为了自己生活得更好？人比毒蛇猛虎更可怕的是，人会表演，人会伪装，人会花言巧语，人的眼泪比鳄鱼的眼泪更加煽情。"

表姐危言耸听，母亲表示赞同。父亲的建议则中庸一些："如果你能肯定自己真的爱他，那么剩下的问题也就简单明了，那就是他是否真的爱你。从理论来说，如果你们真心相爱，门第和年龄都不是问题。所以我不反对你们相处一段时间，彼此考察，彼此磨合，现在一切结论都不客观，为时过早。在相处当中你必须注意，你不要给他钱，不要给他任何物质上的帮助，也不要给他任何许诺。你给一个饥饿的人画一个烧饼，他很容易对你表示忠心。这种忠心有价值吗？当然没有；这种忠心会让你感到踏实吗？当然不会！"

那一夜张楠无法入睡，父母和表姐的警劝让她非常郁闷。她清楚地知道，这份郁闷并非完全因为他们过于冷静的视线，破坏了她对浪漫爱情的美感，而更多是因为，他们的观点并非毫无道理，并非无稽之谈。

这天晚上的保良，心情却异常激动，他就像为自己定了终身，找到了归属，内心充满幸福，对爱情的向往压倒了一切。他回到住处后做的第一件事，就是把自己的铺盖从菲菲的小屋里坚决地搬了出来。

菲菲冷眼相看，不发一言。李臣和刘存亮睡的屋子并不太大，两个人一个床上一个地上，剩余的地方堆满了东西，周旋的余地已经很小。保良便把铺盖铺在过厅的地上，房东多年前在过厅贴的地板砖已经四处龟裂，但总强于水泥地面潮气伤人。

李臣和刘存亮也都在家，看到保良与菲菲冷战升级，也不多管。刘存亮本想劝劝，站在小屋门口冲菲菲悄悄问了一句："保良怎么了？"结果菲菲砰的一声把屋门关上，再也没有一句回音。

晚上，李臣上班去了，刘存亮也随后出门。李臣在夜总会找到工作的第二天，刘存亮就从他工作的那家小餐馆辞了职。因为他是一个胸怀远大理想的有志男儿，岂能在那么一个小门脸里洗碟端碗虚度光阴，经向父母反复陈请，他终于把家里存款的三分之二拿了出来。这三分之二的家底共计两万五千元整，用于刘存亮实现理想的最初本金。刘存亮计划开一家服装铺子，或者开一家小餐厅。中国人想赚钱一般最先想到的，都是倒卖服装或者开家餐厅。

李臣走后，刘存亮也要去附近的夜市做"市场调查"，隔着小屋的屋门喊菲菲同去，菲菲在门里并不应声。刘存亮只好讪讪地自己出门，出门前又问保良要不要去夜市看看然后一起去网吧包夜，保良也摇头表示不感兴趣。

刘存亮走后，保良躺在地铺上，拿着刚才在街上买的一份晚报，默默地盘算未来。他的脚伤估计再过一周就可痊愈，在这之前他可以先去找找工作。

晚报的广告版上，各种类别的招工广告密密麻麻，看得保良头晕眼花，画出了几个可往一试的目标，又想这一瘸一拐的模样是否对运气不利。看完晚报他关了灯冥思默想，想了母亲又想姐姐，还有小时候他家在鉴河岸边的那个小院，在他的记忆中也是一道永不褪色的风景。他也想到了父亲。以前想到父亲时他总是满心羞愧满腔委屈，现在忽然有了一点怜悯的心情，也许是因为他已经找到了一个张楠，才懂得应该体恤父亲的孤独。不知父亲现在是否已经有人关怀，还是仍旧独自住在那幢到处铭刻着悲伤和血腥的房子里，孤影四壁，孤家寡人。

想到可怜的父亲母亲和久已不见的姐姐，保良的眼角噙了一丝湿润，带着一颗似有还无的眼泪沉入梦乡，他乍醒之后的印象，似乎又梦到了那个喷火的女郎。那女郎将一团熊熊烈火直喷在他的脸上，而他脸上的感觉不但未被灼伤，反而获得一丝透心的清凉。

他醒了，屋里的灯仍旧黑着，他分不清此时是深夜还是黎明，不知道李臣、刘存亮还在外面或是已经回来。过厅里静静的，但保良很快被身侧的一个人影吓得浑身一惊。

那人影离他很近，他从呼吸上辨认出那是菲菲。菲菲伏在他的床头，在俯身轻轻地亲他。她的眼泪把保良的脸颊都打湿了，保良却听不见她的一声呜咽。

保良躺着没动，让菲菲亲了一会儿，在菲菲想要挤上铺抱他的时候，他心平气和地开口拒绝。

"菲菲，去睡吧。"

菲菲停止了动作，她跪在保良身侧，像一具雕像似的一动不动。突然，她把保良放在枕边的一只台灯啪的一声打开，脸上的五官立刻变得阴影凹凸。

在那张阴影凹凸的脸上，泪痕已经干涸。胸膛起伏的气息不再继续抽搐，眼里放射的目光也从未这样的严肃，这严肃的目光让保良意识到他应当坐起身来，用不容躲避的神色正面回应菲菲。

"保良，"菲菲说，"你真爱那个女人吗？"

保良说："爱。"

菲菲咽了一口气，说："爱她，就不能再爱我了？"

保良说："友情可以分享，爱只有一个。"

菲菲说："可你的爱总是在换，只爱一个人的是我。"

保良本想说："我根本就没有爱过你。"但这话肯定刺伤菲菲，所以不能出口。他忍了半天，只说了句："菲菲，原谅我，我很抱歉。"他知道，一旦菲菲发出质问:"你不爱我为什么还跟我住?"那他只能无地自容。

菲菲没有接应保良的抱歉,在她听来,这声抱歉只是推托和拒绝的一种方式。她问保良:"她很漂亮?"

保良说:"我不想和你谈她。"

菲菲顿了一下,又问:"她很有钱?"

保良说:"对。"

菲菲问:"你是为钱?"

保良感觉受了侮辱,赌气不答。

菲菲又接一句:"如果你是为钱,我可以接受。"

保良克制着恼怒,掀开被子想要站起身来:"菲菲,你既然认为我是这样一个无耻的人,你何必还要理我!我再跟你说最后一遍,我不愿意跟你谈她!"

菲菲执拗的声音表示了她的坚决:"你为什么不谈!我非跟你谈不可!"

保良皱眉推她:"去去去,回去睡觉去,你不困我还困呢,我明天还得出去找工作呢。"

菲菲的嗓门,开始压不住恶毒的怨恨,她不管时间是否已近半夜三更:"你还要找工作?你不会让她养着你吗?你傍了这么个阔妞,你还要去找工作?"

菲菲的喊叫在这个夜深人静的时刻显得异常尖厉,每一声都能刺伤保良脆弱的神经。金钱在这个时代的重要性就是这么公认,以致两个截然不同的女人对保良的猜疑,竟是如此异口同声。

保良站起来,瘸着一条腿拉起菲菲,拧着她的胳膊往小屋里推。

菲菲使劲甩开保良，把保良甩了一个趔趄。保良胡乱地穿上衣服，发狠地说了一句："你不让我睡我上别处睡！"他拉开门要走，菲菲突然扑过来了，万般恳求地抱住了他的腰身。

"保良，你别走，你到哪儿去睡？"

保良拼命去掰菲菲的双手，掰了几次才把菲菲掰开，掰开的同时他夺门而出，扔下了几个愤怒的字眼：

"你管不着！"

保良走出屋门，走出很远还听到菲菲哭喊的声音。那喊声当然惊扰了四邻八舍，有好几家打开门来骂骂咧咧：

"你们睡不睡觉！吵什么呀半夜三更！"

他们肯定也都听见了菲菲的怨毒："你想跟谁睡就跟谁睡去吧，你们男的没一个好人！"

在菲菲的叫骂声和邻居的探头探脑之下，保良跋出了小巷，来到了大街。大街上除了远处一辆市政公司的洒水车外，看不到其他一车一人。他盲目地向前跋去，只想离那些叫骂和窥探越远越好。他真的不想再回到那个贫民窟去，在那里他感觉毫无自尊。

不知不觉地，他走到了公园的门口，公园门口的广场上，灯清如月。在这片银白色的广场中央他恍然看到一辆银白色的奥迪在静静地等候。他脚步飘飘地走了过去，想拉开车门上车，车却无声地化入银白的空气之中，痕迹全无。

幻觉耗尽了他的体力。他全身疲乏地在公园门口的台阶上坐了下来。他又看到一辆白色的宝马在广场的一角若隐若现……他看到自己再次走过去了，拉开车门向里张望。车里坐着权虎和姐姐，正拥抱着彼此热吻，姐姐抬头看见他了，伸出手来摸他头发。他叫了一声姐姐，姐姐笑而不答。他想告诉姐姐的第一件事就是妈妈已经死了，但姐姐还是笑。他又告诉姐姐，他也从家里跑出来了，他现在孤身一人。姐姐用手轻轻摸着他的头发，手指伸进发丛，手心掠过发梢，那份温柔，真的很好。保良闭上眼睛尽情享受，再睁眼时，广场上已经空空如也，静无一物。

保良趴在自己的膝头，他想让自己沉入思考和遐想，却在不知不觉中睡了过去。天亮时他醒过来了，广场上真的停了几辆车子，但没有宝马，也没有奥迪。

一周之后，保良的脚基本好了。

他可以自由自在地出门上街，逢到房东过来又吵又闹时，他可以抽身便走。如果缓步慢行，几乎看不出一点颠跛的感觉。

这次受伤，保良从生理的层面进一步体会了父亲的心态，一个腿脚不便的人，生活将多么艰辛。有很多次，保良真想回家看看，虽然这个家与鉴河岸边的那个家比，并无那种让人魂牵梦萦的亲切，但那也曾是他的家，那个屋瓦崭新的院落，还住着腿脚不便的父亲。

可是，保良始终没有回去，他说不清自己是害怕见到父亲，还是赌着气不肯屈求父亲。

天渐渐地冷了。

保良又找到了一份新的工作，他被古玩市场一家专卖瓷器的小商店聘做店员。保良眉清目秀，又有高中学历和本地户口，找个店员之类的工作本不难。只是这工作每月只有三百元底薪，管一顿午饭。再想多挣全靠销售提成。第一个月保良只提了二十几元，第二月提的多了，也不过三百元整。

在这期间保良每天最大的念想，就是盼着张楠来电话约他。他不便主动去约张楠，如果主动约一个女孩出去，无论去哪儿坐坐都不该由被约的人花钱。如果是张楠约他，他也会建议去免费的公园或去商场逛逛，免得张楠为他破费。

所以一般都是等张楠约他。

时间长了也有问题，张楠时而会生出一些抱怨："人家谈恋爱都是男追女，你怎么一点都不主动，老拿着架子让人约你？"保良只能尴尬地解释："我也想主动约你，可你那么忙，我怕约多了你烦。"张楠说："什么叫约多了呀，你就没约过我一次！"保良说："我现在还没挣到足够的钱，约你出来没地方去，怕你生气。"张楠说："我见的是你，又不是为了去什么地方，你别找借口了。"张楠说保良是找借口，其实她懂保良的心理，但她还是希望保良能够主动。保良主动，其实也是满足她的某种心理。

于是，保良就约她，见面的地点则通常由张楠指定。那些地点通常是高档酒店的茶座或时尚人类常去的餐厅，都是消费昂贵的场所。有时一晚上还要换两三个地方，吃饭、喝酒、聊天。张楠不喜欢舞厅夜总会和卡拉OK之类的热闹去处，泡吧也是泡那种静吧，或者干脆找个上流社会的内部会所，两人独烛浅酌，要个浪漫情调而已。而已之后，自然都是张楠埋单。

至于接吻和搂抱之类的激情动作，一般都在夜幕遮掩之下，由保良主动，在张楠的车里进行。

在此期间，保良依旧住在李臣那里。李臣又找到了工作，而且收入不菲，所以保良那份三百元钱的房租，也就免了。"谁让我是你哥呢"，李臣说。

在此期间，刘存亮的雄心壮志已经正式迈出了万里长征的第一步。他在省城著名的夜市里盘下了一间十米见方的服装铺子，开始进行简单装修，定制货架，购买一应营业必需的设备物品，并且已经去了两次南方，寻找联络货源途径。至此，鉴宁三雄各自的事业状况及经济条件，保良反倒脱富致贫，成了垫底。

在此期间，菲菲仍然住在李臣的那间小屋，和保良之间的冷战，若紧若弛地继续进行。李臣本来要向菲菲收房费的："保良是我兄弟，我可以免单，你又不是，所以咱们朋友归朋友，生意归生意。"可菲菲也没钱交费，要不是为了缠着保良，她早可以搬到姨夫的小吃店里白吃白住。后来刘存亮出面向李臣求情，说："干吗呀，咱们都是鉴宁来的，这么久的朋友了，在省城生活谁都不容易，可别自己不帮自己。"其实李臣并不是真想要钱，他是看保良冷淡菲菲，意欲乘虚取代而已，只是菲菲不接这茬儿，李臣也难开口硬逼。

后来菲菲自己走了，回鉴宁去了。她妈病情持续恶化，已经下不了床了，日常生活全靠菲菲七十多岁的奶奶照顾。奶奶又不是菲菲妈妈的亲妈，所以也是天天抱怨，并不情愿的。这也难怪，菲菲的老爸失踪之后，奶奶只靠工厂每月发的退休金生活。菲菲母亲躺倒之后，原来能干的一些手工活儿干不了，那点退休金养活两个女人，自然捉襟见肘。所以奶奶托人打电话叫菲菲回来："你自己的老娘你自己来养，你们大人孩子都往外一跑撒手不管，我一个老太太为啥要作这份难呀！"

这些情况，保良是在菲菲又从鉴宁回来后才慢慢知道的。菲菲回来的目的只有一个，就是尽快挣钱，尽快挣到大钱。保良则暂时从菲菲的视线中淡出，不再是她每天每夜关注和挑衅的中心。

保良发现，菲菲这次从鉴宁回来，更多的是和李臣来往，经常同出同进，而且总是黄昏出去，半夜才归。保良疑心，主动去问菲菲："这些天在外面都干什么去了？"菲菲冷冷地回答："没干什么，做生意呗。"保良奇怪："做生意，你有什么本钱去做生意？"菲菲反问："你说我有什么本钱？我有什么本钱你还不明白吗？"

保良傻，不明白。

有一次保良下班回来，看到刘存亮和菲菲在家里吵架，才知道菲菲刚从鉴宁回来那阵，跟刘存亮借了一万块钱。说死半个月内肯定归还，结果半个月到了，菲菲只还了三百。那一万块钱是刘存亮支付了那个门脸的首期房租，再加装修置物后仅存的血本，原来准备进货用的，经菲菲声泪俱下地一通哀求，才咬牙拿给她的。现在他那小店万事俱备，只欠进货，货源也联系好了，可钱却没了。

那个门脸刘存亮从别人手上盘下来就花了五千，付了两个月共计五千元的房租，又花了三千多块钱装修及购买设施用品，借给菲菲一万块钱之后，刘存亮的手上，仅剩下一千块出头。两个月之后的房租全要依靠经营利润填补，刘存亮以前算过账的，头两个月下来，凑足房租还是有可能的，交不出两个月就先交一个月，交一个月肯定能保证的。房东事前约法：只要欠租超过两个月，立刻轰人，没什么可商量的！

刘存亮快要疯了，疯到给菲菲下跪的程度，这二万五千元钱是他爹妈辛苦半生的积蓄，一旦开不了业付不出租让人赶了出来，前面盘店、装修、购物、预租花的那一万三千多块，就算打了水漂。如果菲菲这一万再还不回来，刘存亮就只有找个地方跳楼了。如果他不跳楼，那就一辈子别再觍脸回家面见父母。

保良回去，看见他们争吵，刘存亮时而哀求时而怒喊时而泣不成声，还使劲抽了自己的嘴巴，但没用。菲菲脸上虽说也挂了泪痕，可对刘存亮的歇斯底里已经无动于衷。她转身走进小屋，刘存亮跟了进去，彼此的争吵和彼此的哭诉时高时低。保良坐在铺上复习高考的课本，看了半页忍不住走进小屋婉言劝解。但劝解的话谁都会说，说了又管个屁用，菲菲母亲的病和刘存亮的铺子，哪一面都是生死存亡的问题。劝了半天他们突然不吵了，突然都把目光投向了保良。

刘存亮说："保良，现在我真是走投无路了，你能不能帮我想想办法，你肯定有办法的。"保良一愣，说："我能有什么办法？"刘存亮说："你不是交了个有钱的女朋友吗？你能不能先帮我借出一万块来？让我先把铺子开起来，将来菲菲把钱还我，或者我经营有了收入马上就还。"保良立刻摇头："我跟那女孩只是朋友，不谈钱的，这事肯定不行。"刘存亮抓着保良，又是要下跪的模样："要不你回家求求你爸，怎么你也是你爸的儿子。"保良一听刘存亮这话都说出来了，知道他病急乱投医已经到了疯癫的程度。可刘存亮眼睛红着，抓着保良的手上，全是冰凉的汗水。他说："保良，咱们多少年的兄弟，你不能这么看我等死，咱们结拜兄弟的时候都发过誓的，不愿同日生，但愿同日死！保良，这笔钱是我爸妈的活命钱，弄没了我只有去死。"保良安慰道："你别这么说呀，等李臣回来咱们好好商量商量，看看能凑出多少钱来。菲菲，你也去求求你姨夫，能求出多少是多少吧，是你把存亮逼到这一步的，你也不能不想办法。"菲菲没有说话，刘存亮却反而替她开脱："菲菲能有什么办法？她姨夫那小吃店就快倒了，我都知道。菲菲都到李臣他们那个夜总会坐台去了，她借我那一万，其中八千给了她妈，一千交了坐台的押金，还有一千买了坐台的衣服。她以为一坐就能坐出大钱来，可这都坐了快一周了，挣的还不够她半夜打车的呢。"

保良吓了一跳，转脸去看菲菲。怪不得菲菲一到晚上就穿得古古怪怪，出门前还在脸上又涂又抹，嘴唇也比以前红得厉害，原来是干了这种营生！他厉声质问菲菲："菲菲，你去坐台了？"菲菲拧着头去看别处。保良不相信似的再次逼问："菲菲，你当坐台小姐去了？"

菲菲不看保良，低声答了一声："我当什么关你屁事！"

保良仍然厉声："你干别的不关我事，你干这个就是不成！"

菲菲转过脸，怒目保良："你管得着吗？！你陆保良，你是我什么人呀你，我干什么你管得着吗？！"

保良吼道："别管我是你什么人，你干这个我就得管，你干这个就是不成！"

菲菲也吼："我就干了，哎，我就干了，你能把我怎么样吧！"

保良气得头大，口气也变得恶毒："你怎么这么不要脸呀，你年纪那么小你就这么不要脸，你说你以后还有救吗？！"

菲菲面孔扭曲，想哭却又忍住，她的声音却把哭腔抖搂出来："你有什么资格管我，你要早管我我能干这个去吗？我对你这么好你还在外面勾搭别的女人，你说我不要脸，你要脸吗？！连你爸都不要你了，连你亲姐姐都不找你了，你要脸，你有脸吗你？！"

菲菲这人，一急就要揭人疮疤挖人祖坟，保良最不能容忍别人说到他的父亲和姐姐，最不能容忍别人攻击他举目无亲，他又冲上去给了菲菲一下，手并不重，却打在脸上，啪地响了一声。菲菲捂着脸哭了，反手给他一下，被保良挡了，保良红着眼睛走出了这幢房子的屋门。

那天晚上保良在街上盘桓了很久，心里特别难过。他在这个城市，没有其他朋友，和同学也都断了联系。他可以想象，中学大学的那些同窗校友，肯定全都知晓他的劣迹，就算有人还愿意和他来往，他也无颜再与他们亲近。

他很想给张楠打个电话，问她现在有无空闲，他很想让她抱住自己，抚慰自己内心的孤单。

天气真的很冷，节气已经入冬。保良站在街边瑟缩，看到一辆公共汽车入站，有人上车下车。上车下车的人全都行色匆匆，让人联想到正在等待他们的家人和炉火。

又一辆汽车进站，保良呆呆地看着下车的人四散而去，上车的人挤在门前，他忽然情不自禁，在车门将要关闭的刹那，抬脚踏上了车厢。

汽车向前开去，不断遇站停车，乘客上上下下，车内越来越空。又是一站停靠，保良忽然胸口激跳，他仓促地付了车费，随着几位到站的乘客一起下了汽车。汽车开走时乘客四散，只留下保良一人形单影只。

这是一条非常熟悉的街道，两侧的店铺早已关门。冬夜的厉风在空旷的街边扫荡，卷起一些白色的垃圾。风推着保良的后背往前走去，走得有些身不由己。他身不由己地走进一条小巷，小巷短得一望到底。巷内的红门矮墙，墙内的孤寡灯光，一如既往。保良心如重鼓，他曾想象父亲已经不在这里，这里早已人去屋空。

但此时，夜色已深，院内的屋子还亮着灯光，灯光透过矮墙，把墙头的青瓦映亮。保良在墙外伫立很久，直到小巷里的穿堂风把他的胸背吹透，他也没有听到院内屋里传出任何隐约的声音。

他用快要冻僵的右手轻轻抚摸了院门，门上的漆皮显得比过去粗糙，门环旁边还有几处破损。保良稍稍用力推了一下，院门纹丝不动，风声盖住一切动静，包括保良离去的声音。

保良搭乘最后一班公共汽车，原路返回了他的住处。

除了回到这里，他其实没有别的去处。

保良回到这里时邻居都已睡去，过道里的灯早就被人关了，这地方的住户都穷，过道里灯黑灯亮都很在乎。保良也就不去摸索灯绳，摸黑走到门前，脚下意外踩了一个软绵绵的东西，差点绊了一个跟头，用手扶地时竟然摸在一个人的脸上，吓得保良惊呼失声。

保良的眼睛，已经适应了楼道里仅有的一丝光线，他从衣服的样式上认出地上躺着的原来是刘存亮，保良立刻不顾一切地大喊大叫起来：

"存亮！你怎么了，存亮！存亮！"

喊叫声又把邻居惊出来了，探出门来的脸上，全是惊愕不已的神情。也许他们早都厌烦了这几个男女杂居咋咋呼呼的租户，要不是怕报复早到派出所投诉他们去了。

可这次保良的喊叫有点不同寻常，不像是一般的吵吵闹闹。有人把过道里的电灯拉亮，他们看到保良脸色惨白，抱着横在地上的刘存亮凄声呼喊。亮了灯保良才看清刘存亮满口酒气，吐了一身一地，才知道他是喝醉了，而不是他刚才以为的那样——想不开寻了短见。

保良喉咙上窒住的那口气息一下松了，他惊魂未定地看看醉得人事不省的刘存亮，看看周围呆立的邻人，结结巴巴地说道："啊，对不起，对不起……"

菲菲也把屋门打开，看着门外的情形不知所措。邻居们嘀嘀咕咕满脸不满地各回各家，菲菲也转身回到屋里。保良把刘存亮扶了起来，连拖带拽地拉到屋里，拖到床上，然后坐在床边喘了半天大气。菲菲端了一盆清水进来，替刘存亮擦脸脱衣。保良回到过厅，坐在自己的铺上，看着菲菲在大屋里收拾刘存亮，收拾完关灯走了出来。她没看保良一眼，径直走进自己的小屋，还没关门的时刻，被保良从身后叫住。

"菲菲。"

保良叫住菲菲，却久久沉默不语，见菲菲再次关门，才再次开口把她叫住。他的声音很低很低，但菲菲完全可以听得一字不落，完全可以。

"菲菲，你别去干那事了，你欠存亮的钱，我想办法帮你还他。你妈以后治病，我也可以尽力帮你，但我不想让你再去夜总会做那种事情，我不愿意你这么生活。"

菲菲也沉默了一会儿，没有回头，保良看不见她的表情，但能听出她在强忍哽咽。

"你还在乎我吗？你不是……早就不在乎我了吗！"

十五

保良决定去找张楠。

一个是保良从小结拜的兄弟，一个是保良有负于她的朋友，他们都站在了一个重要的人生关口，要么走向新生，要么走向毁灭，于情于义，保良都应倾尽全力，伸以援手。

保良可以求援的，只有两人，一个是父亲，一个是张楠。两者相权取其易，当然应该去找张楠。

这一天上班，顾客不多，瓷器店已经连着三天没有一单生意做成。保良一边用鸡毛掸子掸着那些假冒的古董，一边琢磨见到张楠如何去说。

快下班前张楠倒先打来电话，说她父亲今天六十大寿，她在沁园饭庄订了一个包间。本来只是家里人自己庆祝一下，可刚才父亲特地来电，嘱她带上保良。张楠在电话里提醒保良今晚千万穿戴整洁，她父母好久没见他了，应该留个更好的印象。今晚参加寿宴的还有她的表姐和表姐夫，表姐快人快语，言辞尖刻，如有逆耳之辞不必太过尴尬，"我表姐那人刀子嘴豆腐心，心眼儿其实很好"。

保良既高兴，又忐忑，强作平静，说："我知道。"

古玩城六点下班，保良跟店老板借了两白块钱，然后刻不容缓，先去了附近的一家商场，在那里买了两盒营养老年人的参茸口服液，一共花去一百八十元整。他按张楠说的地址倒了好几趟车，赶到沁园饭庄时寿宴已经开始，酒已敬过一巡，凉菜已经用过，汤羹刚刚上台。

保良进屋，张楠一通埋怨："等你好久，怎么才来？"然后带着他和大家寒暄，先祝寿星生日快乐，后祝伯母身体健康，见过表姐之后，又介绍给表姐夫认识。保良战战兢兢地把口服液交给张楠，请她转递他的一番心意，寿星佬连声道谢，表姐果然快人快语："参茸口服液？这可不是随便吃的，姨夫，上次高大夫不是说您虚不受补吗？这种东西吃不得的。"

保良果然尴尬，张楠也很难堪。好在张楠的父亲很懂逢场捧场，一再说："没关系，回头我再问问高大夫，看这个能不能吃。"母亲也笑着说："能不能吃都不重要，难得小陆一片心意。这东西不太便宜吧，小陆，你收入不高，以后不必破费买这些东西。"

张楠让保良入席，大家开始喝汤谈汤，自然岔开这个话题。保良送口服液这事出乎张楠意料，让她非常满意。尽管她知道父母谁都不会在乎这份寿礼的厚薄，但保良有这个意识，老人总会高兴。而且以保良现在经济上的窘况，能花这样一笔大钱，不是一件小事，可能因此一两个月只能啃馒头咸菜，也未可知。

除了开始这段小小的尴尬，整顿晚饭大体顺利。父母情绪很好，表姐和表姐夫兴致也高，保良席间并不多话，主要听表姐高谈阔论。张楠感动地注意到，父亲时而会找些话题去问保良，以免保良被大家冷落。保良有问必答，答得也还得体。母亲也和保良闲聊，聊的内容却多为刺探之意，她问了保良的家庭——"家里都有什么人呀，父亲姐姐还在外地？"——其实这些情况张楠早跟家里说过，但母亲还要亲口再问："你姐姐结婚了吗？为什么不和家里联系？"保良说："因为我爸不同意我姐和我姐夫结婚，所以他们就私奔出去，出去就再也没有回来。"这个回答让张楠母亲面色尴尬，与张楠父亲面面相觑。表姐想站在老人的立场上伸张道理，话却接得让张楠和保良都很无趣："那她这个做女儿的也太不像话了，生你养你这么大了，父母多不容易。父母不同意她和你姐夫结婚，肯定也是为了她好，怎么就把父母扔下不管了呢。"见保良没有回应，表姐追问："你父母为啥不同意？"保良说："我也不知道。那时我小，没人跟我说太详细。"表姐夫替保良答道："咳，不外是条件不大相配，做父母的，总归向着自己的女儿，怕女儿将来吃亏。"

这个话题也仅仅说到这里，张楠的父亲见保良和张楠面色发僵，连忙就此打住，适时地举杯感谢晚辈，祝儿女们今后生活美满，工作顺利。保良跟着大家站起，碰杯饮酒……他过去经常跟姐姐在鉴宁百万豪庭大酒楼吃香喝辣，后来到省城也多次跟父亲参加别人的宴请，对席面上的规矩礼数并不陌生。

这场寿宴尽欢而散，结账时保良听到服务小姐拿着账单在张楠耳边小声报账，知道这顿晚饭价值上万。光是一道吉品鲍鱼，一只就要一千好几。

保良随在他们身后，走出省城最昂贵的这家饭庄的大门。张楠表姐夫妇说要回枫丹白露陪张楠父母打麻将去，张楠说要送保良回他住处，于是大家分道扬镳。

保良上了张楠的汽车，汽车发动起来，张楠歪过头来笑看保良，不无心疼地说道："买那东西花了多少钱啊？"

"什么？"保良问道。

"口服液，就那两盒口服液，花了你多少钱？"

"啊，九十块钱一盒，花了一百八。"

张楠感激地笑笑，却说："你一个月才挣几百块钱，买这么贵的东西干吗？"

保良不知如何作答，闷了一会儿，说："想让你高兴。"

张楠当然高兴，在高兴的心情下忍了半天，还是忍不住把一句原定绝对不说的话，说出口来。

"你这个月还有钱吗？不会吃不上饭吧？"

出乎张楠的预料，保良竟然没有回声。她本来以为保良肯定会表示钱还够用，不用操心，但保良没有。他用一阵可疑的沉默，弄得张楠预感不好。

"张楠。"保良终于开口，出语踌躇，张楠虽已有所预料，但当保良把那个字眼说出口的瞬间，她还是感到了莫大的失望。

"张楠，我现在碰上点难事，我想跟你、跟你借点钱行吗？"

张楠半晌没有应声，她的目光直直地看着车前的挡风玻璃，她忽然有点想哭，但眼中无泪，她心里涌满的，是无可形容的灰心丧气。

"你要多少？"她问，口气像是在谈一笔交易。

"一万。"

"我想知道，"张楠依旧不看保良，"你要这钱干吗？"

这钱的用途难以启齿，但保良犹豫了片刻还是决定实话实说："我的老乡，那个陶菲菲，就是我跟你说过的那个女孩，她欠了人家一万块钱，还不上了，我想帮她还上。借她钱的人是我的兄弟，他要是拿不到这笔钱，也很麻烦。"

张楠不想再听下去，她挂上车挡踩下油门，车子快速离位，向保良的住处开去。一路上张楠没再说话，车里的沉默压得保良难以喘息。张楠本想今晚带保良到一个新发现的河边酒吧喝酒聊天的，此时显然改变了主意。她也没把保良送到他住处的巷口，而是送到他们刚刚相识时的会合之地。时间已晚，公园门前的广场上，早已灯寡人稀。

张楠在这里放下了保良，分手前她的面容极其沉静，她让保良明天下午在国贸大厦大厅的服务台等她，到时她会把他要的钱交到他的手里。

保良本想抱一下张楠，他渴望与张楠之间此时能有一个亲吻，但张楠的表情和语气都有些冰冷。虽然之前保良已经料到，他这样冒失地张口借钱，尤其这钱是为另一个让张楠敏感的女孩而借，肯定会让张楠感到别扭。但他没料到这个别扭会如此明显，为此他忽然心生恐惧，他一下竟把问题想到极端——张楠难道会由此对他的看法彻底改变？这一万块钱，难道会成为他倾心投入的这场爱情的一个买断？

他有几分尴尬地下了车，下车前，用不像自己的声音，客气地对张楠说了谢谢。

张楠也客气地说了不用谢。然后勉强地冲他笑了一下，笑得像个程序。再然后转脸，开走了车子。

保良回到家里。

楼道里照例黑着灯，保良摸黑打开门锁，屋里也黑着灯，拉开灯两屋看看，才知道家里没人。保良坐在自己的地铺上，心里说不出有多烦。他知道李臣带着菲菲去夜总会了，也知道刘存亮大概也出去找钱了。他还能想起他们先后从鉴宁老家来到省城的初期，都是那么健康乐观，对未来充满理想，充满奋斗的信念。而现在，他们被都市的繁华排挤到了边缘，边缘的生活浊流暗涌，推动的力量只有一个，那就是无所不能的金钱。

第二天下午，保良向瓷器店老板请了事假，倒公交车去了国贸大厦。

他在大厦前厅的服务台给张楠打了电话，张楠果然在呢，但她没有亲自下来，而是委托了一个高大魁梧、风度儒雅的年轻男人来到服务台前，把一个装了一万元现金的信封交给了保良。那人让保良当面点一下钱数，保良摇头说不必了。那西装翩翩的男人随即让保良写个收条，保良没写过收条，不知怎么写法，便由那人口述，保良亲笔，写下这样一句话来：

"兹有陆保良借到张楠人民币一万元整，特此证明。"

写完，保良抬头，问："还有吗？"

西装男说："你写上你的名字。"

保良写了自己的名字。

西装男又说："写上今天的日期。"

保良又写了日期，写完，再问："行了吗？"

西装男说:"行了。本来借据一般还要写明还款的期限,但是算了,张楠说还款日期你就不用写了。"

保良愣了半天,才木然地说:"请你转告张楠,谢谢她了。"

保良拿了那一万块钱,坐车回到家里。

李臣正在大屋里唠叨刘存亮,一小时前刘存亮上街,把身上仅剩的一千元钱全部买了即开即兑的福利彩票,孤注一掷的结果,是血本无归。李臣唠叨的意思是:彩票要在运气旺盛的时段去买才有希望,你现在的运气倒霉到家,去买不是找死!刘存亮垂头窝身坐在墙角,连哭的力量都没有了。保良没进大屋,没劝刘存亮,他直接走进小屋,对背身冲墙躺在床上发呆的菲菲说道:

"去,你把这一万块钱还给存亮。"

菲菲闻声坐起,惊呆地看着保良放在床头的那一叠厚厚的票子,她问:"你从哪儿弄来的?"

保良说:"和张楠借的。"

菲菲愣了半天,盯着那钱。也许因为张楠二字,她的脸上没有半点感动。

保良又说了一句:"去还给他吧,从今天起,你别再到李臣那儿去了!别为了钱什么都干!"

菲菲冷冷地坐在床上,眼睛看着那钱,身子却纹丝不动。她的声音也是冷冷的,带着还没睡醒似的含混不清。

"怪不得你对她那么好,人家就是有钱,看来我还真气不着。"

保良使劲忍住心里的委屈和怒火,他忍得每个指头的指尖都滚烫起来。

"陶菲菲，我告诉你，我跟你不是一样人，别拿你那点毛病琢磨我。"

菲菲越发来劲了，横着眼睛，说："你别以为你是好东西，你跟人家睡过没有你心里清楚！没睡过人家一次给你一万？你蒙得了别人蒙不了我！我要跟你似的见人就睡，我早就把这点烂钱还上了，用得着你来可怜我……"

菲菲没有说完，保良一个耳光扇得她歪在了床上，他也记不清这是他第几次冲菲菲动粗，他也说不清自己为何变得这么容易激动易怒。

菲菲用被子枕头使劲砸向保良，半裸着身体嘶声哭喊："陆保良！你把你这脏钱拿走！你能豁得出去我也豁得出去，这笔钱我自己还！你要脏我比你还脏，你看咱俩谁脏得过谁！"

保良转身想走，与过来劝架的李臣撞个满怀。李臣一脸不耐烦地劝解："又怎么了这是……"被保良一把揪住脖领，按在门上大吼嘶声：

"不许再带她到你们那个脏地方去！再带她去别他妈怪我翻脸！"

李臣莫名其妙，一时都没搞懂保良说的什么。他半张着嘴看着保良摔门出屋，愣了半天才回过头来询问菲菲：

"又怎么啦你们？"

几乎同时，他看到了菲菲枕边那一叠厚厚的现钱。

一周之后，刘存亮在夜市里的那家亮亮时装店开张大吉，头一天就赚进五百多元的现金流水。第二天傍晚刘存亮找了一家饭馆请李臣、保良和陶菲菲吃饭，一来表示衷心感谢，二来庆祝他的事业从此腾飞。

那顿饭是很久以来，鉴宁三雄唯一一次像过去那样，彼此称兄道弟，推杯问盏。李臣和刘存亮都很快乐，一边喝酒一边划拳，同时个个动情地遥想当年，说起尿布时代的美事糗事，语言高亢，眉飞色舞！回顾之后，又是展望，酒后放胆地谋划着未来的宏伟事业。只有保良不多说话，闷头喝酒，既不回顾也无展望，他的过去不堪回首，他的未来空茫一片。

保良那天喝得酩酊大醉，靠刘存亮和菲菲扶着，才走回家来。从保良拿回一万元现金并再次出手打了菲菲的那天开始，菲菲真的没再去夜总会坐台。菲菲同时也看到，保良早上出门上班，晚上到点回来，一周之中，从未在外流连。菲菲白天出去找工作时，还到古玩城保良工作的小店门外偷偷看过，保良确实在店内忙忙碌碌，连中午吃饭都是靠人送盒饭过来。

从那往后，每天晚上，李臣和刘存亮都要出去上班，家里只留下保良和菲菲二人，二人并不多话，但关系显然融洽下来。菲菲晚上回来得早，会把晚饭做好等保良回来。那几天菲菲自己心里感觉和保良之间，很有点小两口过日子的那种甘甜。

有时，由菲菲提议，他们也会一起到夜市去，帮刘存亮吆喝一会儿铺面的生意。没生意时，菲菲也会拿工作的事征求保良意见："你不让我坐台我听你的，那你说我能干点什么？我姨夫那边我去帮忙只给吃不给钱，我又不愿到别的地方去当服务员，每天十多个小时干一个月才挣四五百块，我就是去了肯定也坚持不下来。你倒说说我究竟能干什么？"

保良也给菲菲出了一些主意，但多数属于纸上谈兵并不实用，比如让菲菲趁年轻最好学习一门专业，或者最好找一个虽然钱少但相对稳定而且有利发展的工作。可一旦菲菲反问："那是什么工作，到哪去找?"保良又只能眨着眼睛闷了声音。

菲菲有时也问保良："你以后怎么办，就在古玩城卖一辈子古董?"保良同样眨眼无声。菲菲问："你光会说我，你怎么就不想好好学一门本事，能管一辈子的那种本事?"保良说当然想，又说："以后有机会再说吧。"菲菲笑道："怪不得咱们都不爱学习呢，还是李臣说得实在，学习就像男人出去嫖娼，又得出钱又得出力，还没有嫖娼那么舒服，所以自找苦吃的人不多。"见保良不接这话，脸上的神色好像不屑与她和李臣相提并论似的，便安抚般地又问保良："你过去不是挺有理想的吗，怎么现在不想啦?"保良说："我现在不想今后，只想从前。"菲菲问："想从前想什么?"保良说："想我妈和我姐，还想我爸，还想我们家在鉴河边上的那个院子。"保良一说起这些，眼圈就有点发红，菲菲微微一笑，替他补了一句："还想那个张楠吧?"保良反感地瞪一眼菲菲，起身就走。菲菲连忙追上去道歉："我开玩笑呢，你这人怎么这么不识逗啊!"

菲菲说得没错，保良也想张楠。张楠自从让那个高大青年送钱下楼之后，就与保良再也没有联系。保良想给她打个电话，有两次都是拨到一半，终又放弃。越是珍爱之人，越是心里没底，越要谨小慎微。保良想，也许，这种时候，等待张楠主动找他比较妥当。如果张楠还能容他，一定会找他的；如果不容，他找上门去，又有何用?

其实这一周当中，张楠也有好几次想给保良打电话，也是拨到一半，又停了下来。保良借钱这事，她没跟父母说，当然更不会露给表姐。她能预想到的，一旦他们听到这事发生，脸上各自会有什么表情。

客观来说，她对保良的失望，很大程度来自对他的过度警惕。而那份警惕，很大程度又来自家庭的影响。如果仅从女人的感性来看这事，张楠心里的别扭，多半不在借钱的本身，而在借钱的目的。保良居然为了他过去的女友开口向她借钱，于情于理都很滑稽。他怎么就不想想她的感受？关于那个女孩的事她已经原谅了他一次，这种事他回避尚恐不及。而且说借还不如堂而皇之地说要，一万块对张楠来说不是了不起的数字，而对保良来说，却绝不是一个能还得上的数字。这一周张楠总是委屈地在想，她凭什么要为那个女孩付钱？

父母和表姐的告诫虽与张楠的直觉不符，但他们说得多了，她也不得不虑——也许对一个穷人来说，他从小到大听到看到和亲历亲为的一切，确实离不开对物质生存的焦灼与梦想，无望与渴望。对于一个从习惯上就把生存需求放在首位的人来说，对于一个温饱尚未得到满足的人来说，他能有超越物质利益的纯洁爱情吗？他能把对爱的追求与对物质生活的期待彻底隔开吗？无论是有意识的还是下意识的，全都彻底隔开，他能吗？

在与保良中断来往的第二周，周末的下午，张楠开车去了古玩城。她在三楼找到了保良工作的那家瓷器商店，她本想远远地看一眼保良，并没想好是否进去与他见面。但出乎意料的是那家瓷器店已经关张停业，店内的货架上空空如也，店门紧闭，门上贴了转让的告示，从落款日期上看，贴出来刚刚三天。

张楠又把车开到保良住的那个巷口，她曾多次晚上开车把保良送回此处，却从未进入过这条巷子。这种外地打工者和城市贫困人群杂居的街巷，对张楠来说，不仅陌生，而且多少让她有点恐惧。

张楠本来没想今天一定要见保良，只是保良身上总在散发一种气息，诱惑她把理性暂且置之一旁，让她总想走到近处张望，越是张望不到越要走得更近，所以她居然驱车来到这里，而且居然下车走进了这条光线昏暗的窄巷。

在这条连气味都陌生的巷子里，她居然放大胆子，开口问了两个过往的女人，结果两人均称不认识什么叫陆保良的。问到第三个是个男人，男人指指巷里不远的一座老旧砖楼，说："是鉴宁来的那几个人吧，就住那边。"

张楠朝那座砖楼远远望望，那座砖楼的每户窗外，都晾晒着家里的破烂和过冬的干菜。那些肮脏的窗口把她继续深入的勇气完全瓦解，她转过身子，朝巷外开阔的大街和明亮的阳光那边退却。

她在巷口看到，刚才指路的男人抱了一筐煤球反身回来，并主动招呼张楠："没找到吗？那他们可能已经搬走了，他们那房子已经到期了，房东已经租给别人住了。"

张楠有些意外，问道："他们搬到哪里去了？"

男人回答："不知道，搬走了。可能到夜市那边去了，他们晚上在夜市那边卖服装呢。"

男人走进巷子，张楠走向汽车。她忽然有种预感，也许此生再也见不到保良了。这个男孩只是她梦境中的一颗流星，划过时非常耀眼，留痕却太过短暂。

是的，保良的住所和工作都发生了变化，又没有手机，如果他不再找她，她的这段爱情，也就到此为止，无果而终。

就为了那一万块钱？

晚上，吃饭时父亲忽然问她："保良最近怎么样，你们相处还好吗？"父亲和母亲一样，很少主动提及保良，也许他们都认定她和这个男孩的关系，只是一阵稍纵即逝的激情，来势凶猛，去得也快。也许是张楠今天沉闷的脸色让父亲有点疑心，所以问及，这一刻她几乎把那一万块钱的故事脱口说出，但忍了一下又忍了下来。

"没有，"她说，"我这一段挺忙的，您过生日之后，我们还没见过面呢。"

在张楠来找保良的这个周末之前，保良的生活确实发生了大变。卖瓷器的老板终于撑不下去，宣布停业卖店，连保良最后一个月的工资都拖欠了几天，保良失业失得极为突然。还有一件事虽然并不突然，但给保良的生活也带来极大不便，那就是李臣租住的这所房子，终于租期届满，和房东两个月的纠纷至此结束，李臣再也没理由赖着不走。同样，他也没理由非要带着保良、菲菲和刘存亮一起走。虽然他们从小誓曰："不愿同日生，只愿同日死。"但也不能"不管谁出钱，都得同屋住"。虽然他们也有誓曰："有富同享，有难同当。"但大凡兄弟义气，只可共生死，很难均贫富。

李臣自己在外面又租了一间小屋，尽管也有十几平方米大小，但李臣这阵时常要带女孩回来，所以不方便再与兄弟同住。刘存亮索性就搬到他的亮亮时装店里，白天关门睡觉，晚上开张经营。菲菲又住回她姨夫的小吃店里去了，也算有了落脚之处。

只一天工夫，保良丢了工作，没了住处，口袋里只有几张摸旧变软的散钱，行李中只有几件随时换洗的衣服。张楠父母、表姐一直所说的生存问题，保良真的回避不了，而且，迫切得压倒了一切，包括爱情。

那几天他真的不再去想张楠，只想他该到哪儿住。

搬家那天李臣和刘存亮都劝他赶紧回家："找你爸下跪磕头认个错不就完了，再怎么他也是你亲爸，你也是他亲儿，你跟你爸较个什么劲呀？你们家三房两厅外加一个大院子，你说你非跟我们穷挤什么!"保良低着头，说："没事，你们走你们的，我有办法。"菲菲说："用不用跟我到我姨夫那儿去住？"保良说不用。

鉴宁三雄，还有菲菲，各自出门，各奔东西。

保良背了自己的行李，在街上盘桓了半日。天黑以后，经过反复思想斗争，他真的扛着行李上了公共汽车，坐车回家来了。

他家的巷子依然那么安静，他家的门前依然亮着那盏路灯。保良站在那扇红漆大门前犹豫很久，才抬起手来，轻轻叩门。

十六

父亲不在，家里没人。

保良敲了半天门，声音由小到大，才发觉院里屋内，没有一点儿灯光，隔门细听，没有一丝动静。

父亲不在。

保良走出巷子，街上北风漫卷，他的前胸后背却被汗水湿透。他走出巷子时忽然觉得如释重负，忽然不懂自己为什么回来。

保良走进一家小饭馆，放下行李，要了一碗热汤面，边吃边镇定自己。他的目光停在饭馆柜台上的一部公用电话上，停了半天起身走了过去。

他拨了父亲的手机。

手机连响都没响就传出声音，那声音当然不是父亲，却似乎说出了父亲的情形。

"您拨叫的号码已过期。"

放下电话，保良没有离去，靠在柜台上愣了一会儿，又拨了第二个电话号码。

这是张楠的手机。

通了。

电话一直响着，一直响着，但，一直无人接听。

保良放下电话，心想：天意！

吃完了这碗面，喝干了碗里的汤，保良走出这家饭馆。数数身上的钱，他在另一条街上，住进了一家旅店。

这家旅店不大，其实只是在一个超市的楼顶用木板搭出的临建。每个铺位要价二十，在买什么都不便宜的省城，这不算贵。保良躺下来时感觉身心交瘁，胡思乱想挨到半夜，然后一觉睡到天明。

白天，保良把行李存在旅店，自己空身上街，在街上买了一份昨日的晚报，想在招聘广告中寻找机会。他按广告上登的单位打了几个电话，得到的答复都不理想，不是已经招满了就是让他先把照片简历寄来，没有一家能够让他马上过去，马上录用。

时近中午，保良焦急起来，他必须在十二点前从旅店取出行李，否则又要多算一天床钱。路过一处街边洗车的大棚，保良走投无路，居然停下，问："你们这儿还要人吗？"被问的是个工头模样的丑陋汉子，粗声回答："要！"保良又问："多少钱一个月？"汉子答："洗一辆车提五毛钱，每天现结。"保良问："管吃住吗？"汉子答："管！"保良说："噢，那我干！"

保良一路飞跑，回到旅店，差十分十二点时扛出了行李，连午饭都没吃就赶到了那个街边的洗车大棚。工头让他把行李放在大棚后面的一间平房里，然后就让他到前边上班。

上这个班几乎不需任何技术培训，只要看别人洗过两辆车子，傻子都能干。然而活儿虽简单，干活儿的人却等级森严。保良是新来的，没车时别人都在棚里休息，他得站在路边的风里，朝过往的车辆使劲挥舞一条发黑的毛巾。那毛巾必须半湿半干，舞起来才能又快又圆。拉到洗车的生意后，棚里的人才一拥而上，最受工头关照的人负责清洁车内卫生，二等的负责给车身喷蜡打亮，保良这种初来乍到的新手，负责用掺了清洁剂的冷水，在上蜡之前清洗车身，要求一定要打出泡泡，然后再把泡泡用水冲净。冬天干这个活儿就像受刑，刚从水管里放出来的水接近于冰，保良洗完第一辆车后双手便完全麻木，连半截小臂都失去了知觉。再揽活儿时抢毛巾的手都不是自己的了，仿佛只是肩膀和大臂带动起来的一截木头。

头一天从下午一直干到天黑，吃了晚饭又干到街上几乎没人。保良也记不清这十来个小时他到底洗了多少车子，到晚上收工睡觉时工头给他结了七块五毛。当时工头手上没有五毛，就让保良自己记着，答应等明天结算时再给他补上。

晚上睡觉的地方，就是保良放行李的那间平房，十几平方米大小的屋子睡了十几个人，没有炉子暖气，全靠拥挤产生一些热量。几个洗车工看保良打开的被褥中裹着一些书籍，看看都是一些没用的高考教材，遂讽刺几句各自去睡。一个昨天才来的山东小伙没有铺盖，要求合用保良的被褥。保良见那人脏兮兮的蓬头垢面，犹豫半天才很不情愿地勉强答应。

那人不但脏，而且脚臭，臭得保良凝息闭气，还是忍不住恶心欲呕。只奇怪四周都是香甜的鼾声，显然除他之外，无人在乎空气的浑浊。

三天下来，保良挣了四十一块钱，但双手从小臂往下，全部生了冻疮，看上去粗糙皲裂，红肿变形。

工头给他发了一点冻疮膏，用一个硬纸片包着，让他每天抹抹。但真正缓解手上的伤势还是十天之后，大棚又招了两个四川来的新人，站在街边抢毛巾和给车子打泡泡的差事就依序给了他们。保良的地位从低等升到中等，改为给车子抛光打蜡，不再时刻与冷水为伍，成了保良此时享受的最大幸福，手上蔓延开来的疮痛得以稳定在原有的范围。

大棚的伙食很差，每天每顿，都是熬菜捞饭。洗车这行的利润很低，老板舍不得去买三元一份的盒饭。二十天后，保良在一辆捷达车的反光镜中看到自己，还以为那张脸属于别人。他的面孔在他刚来时还白白细细，和那帮洗车工一起往街边一站，确实有点鹤立鸡群。现在他和他们几乎完全一样了，皮肤被风吹得粗糙黧黑，头发也乱得像草一样。保良相信，如果走在街上碰见张楠或者菲菲，他的这副样子，一定无人敢认。

在镜子里看到自己的当天晚上，保良发起了高烧，浑身的疼痛来势凶猛，他求几个工友把他送到医院，吊了退烧针又拿了些药，把这二十多天的工钱基本花光，才又被工友背了回来。

保良在大棚后面的平房里躺了两夜一天，体温似乎稍有下降，身上还是疼痛难忍。一天三顿都是小山东过来给他喂饭，其实什么饭他都吞咽不下。到第三天早上小山东见他双眼塌陷，连忙去找工头来看。工头怕他死在这里，花言巧语向他询问亲戚朋友的电话住址，保良迷迷糊糊中想到了父亲和姐姐，还想到了李臣和刘存亮，当然，他还想到了张楠……但他最终口中吐出的一个电话号码，却不是他们当中的任何一人。

工头边记边问："这是什么地方的电话？"

保良有气无力："这是……一个小饭店的。"

"找什么人？"

"找一个……叫陶菲菲的。"

"她是你什么人？"

"她是……她是……我的妹妹。"

"找她她能来吗？"

"……能来。"

陶菲菲果然来了。

一看见保良，菲菲就掉下了眼泪，保良不清楚自己究竟变成了什么德行，能让菲菲一下子哭起来了。菲菲在街边拦了一辆出租车，把保良接到了她姨夫的小吃店里。保良躺在小吃店后面的小屋里，听得见菲菲和她姨夫在外面吵，她姨夫逼问菲菲保良究竟得了什么病，骂她不该把这么一个危重病人接到餐馆来："这里又不是医院，万一传染给别人，万一让客人知道，这小本小店还不全都玩儿完。"菲菲坚持说保良过去帮过她，她现在不能见死不救："我现在用了你多少钱我以后一定还你，我向你保证还不行吗！"姨夫说："你用了我多少钱，你妈用了我多少钱，你还算得清吗？你老说还还还，你到底什么时候还你说得清吗！"

保良想从床上爬起来，想走。可他四肢软得没有半点气力，全身上下似乎只有一样东西在动，那就是顺着额角向两边滚落的眼泪。

这天夜里保良做了一个怪梦，他梦见自己在不停地清洗车子，不停地给各种各样排着长队的车子打泡泡。他的手脚都浸在冰冷的水里，每一个手指脚趾都疼得钻心，他在梦中都禁不住疼得呻吟起来。他想向痛苦投降，却不知往哪里退却，正在辗转反侧之际，那个喷火的女孩再次不期而至，还是面含微笑，依然神通广大，左手一挥移云换日，右手一挥撒豆成兵，将那些拥塞着等候清洗的汽车顷刻驱散。她口中喷出的烈焰，将保良冻僵的全身温暖地包围。保良敞开自己的四肢胸襟，渴望被红融融的火团吞并。他看见火舌舔着他的双脚，让他的双脚舒适无比。那火舌忽然又变成了姐姐的双手，那双手轻柔地揉搓着他的脚心，他的整个身体都跟着酥软下来，呼吸平缓而面浮笑容。他在笑容中醒了过来，发现那团火光不过是头顶上一片橙黄色的灯晕。他仰面躺在菲菲那张窄窄的木板床上，身上盖着一条半旧的棉被，棉被不厚，但上面盖满了菲菲的羽绒服短大衣还有几件棉袄棉裤，虽然沉重但感觉暖和。他摸到自己不知何时已全身赤裸，皮肤已被梦中的火团尽情松弛。他发觉自己的一只脚正被菲菲抱在怀里，而菲菲那张脂粉过艳的面孔也正借着暗淡的灯光探望过来。"我弄疼你了吗?"菲菲问他。保良不知所答，好半天他才明白菲菲正在给他修剪脚上的趾甲。

"你的趾甲多长时间没剪了? 长得都快成老道了。"菲菲剪了一只脚，又换另一只，她边剪边说:"我用热水洗了半天，才把你的脚洗干净了。你那脚臭得差点把我熏死。我记得你的脚过去从来没味，你是不是一个月都没换过袜子?"

保良闭上了眼睛，这一个多月他是怎么过的，连自己都回忆不清。

但他清楚地知道他已经离开那个洗车的大棚，他也正在脱离病痛。他不知道自己哪一天能够重新站立起来，但他知道他至少不会死了，死神已经走远，把他留在了人间。

就在这张床上，就在菲菲的被子里，保良躺了整整四天。四天后，菲菲把一只镜子放在他的枕边，让他观看镜中那张两腮塌陷的脸。他听到镜子里的脸发出沙哑的声音："我怎么成了这样?"菲菲说："现在还好多了呢，你没看几天以前你那德行，扮死尸都不用化妆!"

在保良能够下地之前，小吃店里来了两位民警。菲菲把他们带进后院小屋的时候，还在纳闷这两位自称认识保良的民警，是怎么找到这里来的。

这两位民警保良确实认识，一个是古陵分局处理权三枪杀人案的金探长，另一个是保良的校友夏萱。

不知是因为小屋太暗还是因为保良脱形，他们进屋后扒着被头认了半天，才断定床上躺着的这个男孩就是他们想要寻访的证人。

夏萱的出现，在这间狭小寒酸的屋里，在这个散发着酸臭气味的床前，在保良神形枯槁的此刻，是一个让人难堪的局面。保良说不清为什么他一见到自己的这个同学，自尊心就要受到巨大的摧残。

金探长和夏萱的造访，还是为了调查那个案子。

依然是金探长询问，夏萱记录，先是关心了保良的身体，随后很快介入正题。这回他们问话的焦点，集中在那位马老板身上——保良当初是怎么知道马老板与权虎认识的，保良又是怎么找到他的；在与马老板接触的几个回合中，他们彼此都说了什么，谈了什么；马老板周围，那些和他一起唱歌桑拿的人物，大概都是什么样子；马老板还常去什么地方等，问得不厌其详。在询问中保良听得出来，马老板常去的夜总会和桑拿浴他们都已做过调查走访，了解到马老板已有半年左右没在那些地方露面了，所以调查难以开展。马老板在省城的办事处也已关掉，亦无线索可寻。公安局也找到了保良见过面的那位办事处的女职员，但没有得到什么有用的信息，她也早被马老板辞掉，换了其他工作。马老板在省城的情人小乖也死了，前情人分手很早，没有调查的实际价值。马老板在这个城市中似乎雁过无痕，就像空气蒸发在大气层里一样，彻底消失。

寻找马老板是为了找到权虎，寻找权虎是为了找到权三枪，既然公安找不到关于马老板和权虎的一点蛛丝马迹，寻找权三枪的工作看来尚无头绪。

金探长再次询问了案发时的一些情况。这次他们关注的重点是权三枪使用的那支步枪。他们把几张枪的图片交给保良辨认，让保良指证杀人的是其中哪一款型号。图片上那些枪尽管角度不一，但看上去大同小异，都是一种小型的步枪的不同改装类型，外形略有差异，使用的子弹却完全相同。保良的这场大病虽然重创了身体，但没伤着脑子，他还能完整地回忆起权三枪向他抬起枪口的瞬间，那瞬间的每一个细节历历如新——枪的形状、长短、颜色，全都清晰如昨。他辨认图片时的果断令金探长有些意外，不放心地又从不同方面，各种可能的错觉，启发他再好好想想，但保良非常确信——就是这支，枪身很短，枪托的颜色也和它一样，鲜亮异常。

金探长与夏萱对视一眼，然后把照片交给夏萱，夏萱随即收进她的皮包中去。接下来他们让保良保重身体，然后离开了小屋，到外面又和正为保良熬粥的菲菲谈了一会儿。菲菲曾参与过"恫吓"马老板的行动，并且在那之前用了很长一段时间持续对马老板实施过监视跟踪。

粥，是最养人的。

每天几碗稠稠的白米粥，一碟咸菜，一碟肉松，一碟酱豆腐，保良的脸上，居然重现了血色，塌瘪的肌肉和血管也渐渐鼓胀起来。当米粥滋润了保良的内脏五腑，菲菲又开始日煲一汤，让保良大口喝下。汤里有柴鸡和肉骨，还有蘑菇和青菜。菲菲像个任劳任怨的母亲，连保良每天的屎尿，她都用盆接着。保良每夜昏睡，白天也睡，他不知道他占了菲菲的这张床铺，菲菲又该睡到哪里。

到了第四天的中午，当李臣和刘存亮一起过来探望保良的时候，保良已经能够从床上坐起来了。他甚至已经能够下地，能够自己上厕所方便，能够和他的两位兄弟坐在店里的小桌前聊上很长一段时间。

他们聊天的时候，菲菲就在保良的床上睡觉。

刘存亮告诉保良，前些天有个女的，到夜市里挨个服装店打听保良来着，一直问到他的店里。刘存亮递给保良一个电话号码，说是这女的留下的一个电话，让刘存亮见到保良时一定给他。

保良心跳有点加快，他接了那个电话，一看，果然是张楠的手机号码。

保良问："她还说什么了？"

刘存亮说："她问你现在在哪儿，我说可能回家了吧。她问我你家在哪儿，我没敢告诉她，我怕她冒冒失失找你爸去。"

保良看着那早已烂熟于胸的电话号码，低头不语。刘存亮说："她就是那个女的吧，我看挺不错的，她穿的那件古奇的大衣，我看像是真的。保良，你说你有这么个女朋友多好，干吗还要摽着菲菲?"

李臣笑道:"是菲菲摽着保良，你看菲菲对保良多好，又熬粥又煲汤的。这是人家保良的本事，你爹妈要是把你生成保良这样，菲菲还不早成了亮亮服装店的老板娘了。"

保良看一眼刘存亮，说:"你喜欢菲菲就把菲菲接走吧，我谁都不想摽着。"

李臣又笑，对保良说:"菲菲现在是出道了，就算她还愿意跟着存亮，存亮也不见得稀罕她了。"

保良转脸盯着李臣，他没听懂李臣的意思。但刘存亮的苦笑和唉声叹气，等于替李臣此言做出了注解。

"咳，我不像保良，要求女人那么干净。主要是菲菲看不上我，我那铺子一天才挣多少，挣十天也抵不上她出一次台的小费。"

保良隐隐明白，可他还是要问:"菲菲……出什么台?"

刘存亮说:"菲菲又到李臣他们那儿上班去了。过去她是只坐台不出台，这次是又坐又出，想挣钱还是得出台才行。"

保良刚刚有点红润的脸色，一下子又变得煞白。李臣正色道:"这次菲菲可不是我叫去的，而且她出台也是为了你呀。你这些天治病养病，她不出台哪来的钱哪!"

从那天以后，保良的心情忽然变得烦躁起来，日渐康复的喜悦和本来日甚一日的轻松，一下荡然而无。菲菲每天照例给他炖鸡炖鸭，但他已经喝不出鸡汤鸭汤的鲜美，无论什么东西吃在嘴里，似乎都有一股不干不净的腥味。

保良这下知道，菲菲每晚涂脂抹粉地出去，每夜都能找到住的地方是怎么一回事了。也许，省城的那些小旅馆和五星级的大饭店她都住过了；那些普通的居民楼和枫丹白露那样的大别墅，她也都住过了。保良坐在菲菲那张木板搭起的小床上，垂在床下的双脚依然无力，但他的腰板毕竟已经可以挺直，他毕竟已经可以坐起上身，默默地看着菲菲用一支廉价的口红，一层一层地把嘴唇涂厚。他的胸口和他的双脚一样，无力发出反对的声音，或者哪怕是一声反感的质疑。他明明知道，他每天喝的汤，吃的药，身上盖的那些衣服，都是这鲜红欲滴的颜色换回来的。

他知道，他没有资格再给张楠拨打电话，尽管他知道张楠还在四处找他，他也知道自己那么渴望能去见她，但是，一看到菲菲每到黄昏就开始在脸上画眼勾唇，拼命涂抹，一看到菲菲不化妆时就越来越蜡黄的小脸，他就不忍转身再去投向另一个女人。

这一天，又到了浓妆艳抹的黄昏，菲菲从门外进来，靠在小屋的门框上，目光异样地看着保良，片刻才阴阳怪气说了这样一句：

"他们又来了。"

她让开身子，保良看到门外站着的，是一个女孩，脸上身上，全都干干净净，他认了半天才认出那是夏萱。不穿警服的夏萱还像个大学的学生，或者像个过早成熟的邻家少女。

这回跟夏萱一起来的男人，不是分局的那位探长，而是一位年过半百的中医。

在夏萱和菲菲一左一右默默的注视下，那位中医为保良做了把脉问诊，还用听诊器听了保良的胸腹，然后开了一张药方交给夏萱，说：越早服用越好，你去买来我告诉你怎么煎。夏萱说："药店还没关门，我这就去买。"但夏萱还没起身就被菲菲一把抢过了方子。

菲菲说："不用，我去！我们又不是没钱！"

菲菲买药去了，老中医被菲菲的姨夫请到前边的店堂里喝茶，也求中医替他号了一脉。夏萱留在屋里，与保良相顾无言。保良想说一句感谢的话，他确实没有想到夏萱还会请医生到这儿看他，张了几次口没想好措辞，话题却被夏萱占先。

"你后来，再也没回过家吗？"

保良摇头："没有。"

"还记恨你爸？"

"不，是我爸还记恨我。他很爱杨阿姨，很爱嘟嘟，她们对他很好，她们是他生活的全部，所以他不能原谅我。权三枪是我带回家的，所以我爸恨死我了。"

夏萱沉默了一会儿，说："我们局里的领导和你爸谈的时候，我在。你爸恨你是因为你没有实现他对你的希望，他是恨铁不成钢。他虽然说他已经绝望了，说他没你这个儿子了，可在那种情绪下说的气话，不是真的。我在公安学院上学时同学们都很尊敬你爸，都知道他是一级公安英模，他真正做到了忠于职守，忠于国家，你应该为你父亲感到骄傲，你应该回家。你现在这样在外面漂着，总不是个办法。"

保良低头，无话。

屋子太小，他能感觉到夏萱的气息，很真挚，很热诚，但他不知为什么，觉得自己在她面前，非常窝囊，非常渺小。

"你爸受了这次刺激，身体也垮了，省公安厅安排他到外地疗养去了，等他回来，你应该主动看看他去。你现在要是有什么话想带给他，我也可以回去汇报，可以通过省公安厅传给他。"

屋里又陷入沉默，夏萱似乎在等他回答。保良头上冒出了汗水，他不想拂了夏萱的好意，他不想让这个梦中的喷火女郎感到无趣和失望，但他也不能不如实坦白地道出自己真实的心情。

"你让他们告诉我爸，我对不起他，我不配做他的儿子。他只记着以前的那个儿子就行了，没上大学以前的那个儿子，没搬到省城以前的那个儿子，那个儿子还让他满怀希望，他还会记着的。我也会记着他的，因为不管怎么说，不管他认不认我，他也是我爸。他生了我，养了我，对我好，我会一直把他放在我的心里。等我病好了，我还要去找我的姐姐，也许她也不认我了，但我一定要去找她，我妈死以前嘱咐过我。如果我找到她了，我会去告诉我爸。不管他们是否愿意相认，他们都应该知道，我们一家人……除了我死去的妈妈，现在都在哪里，都怎么活着，我们过去……毕竟是一家人……"

保良的声音哽咽住了，他不敢抬头让夏萱看见他眼里的泪水，他只想用最快的速度结束这场谈话。

"我们过去……是一家人……我爱他们。"

也许，夏萱的眼里也含了眼泪，每个人都有自己的亲人，都有自己的家庭。夏萱的呼吸因此而带了些伤感，她显然是有意地绕开了这个话题。

"你现在没有工作，生活有困难吗？咱们也算是同学吧，你有困难，我可以帮你。如果我帮不了，我也可以向组织上汇报，你毕竟是……"

"谢谢你了。"保良仍然没有抬头，但他果断打断了她的好意，"我现在还可以，等我病好了，我能自己养活自己。"

夏萱点了点头，她的目光落在了墙上菲菲的照片上，"她是你女朋友吗？"夏萱的语气是随意的，或者说，是善意的，但她也许怎么也不会明白，保良一直竭力隐忍的泪珠何以忽然像脱了线一样，滴滴答答地掉在了自己的膝盖上。

"……是。"

一个月后，保良和菲菲一起搬出了小吃店的后屋，搬进了菲菲租下的一间民房。

安顿之后，保良开始外出寻找工作。

春天到了，天气一天比一天暖和。保良身体完全复原，只有生满冻疮的双手肿胀未褪，疮痕未消，依然难看。保良当然不会为每天十来块钱和三顿熬菜再去干那份洗车的工作了，可他又能干什么呢？他没有大学文凭，没有一技之长，在人才紧缺的时代，他算不上人才，他只不过是个劳力罢了。在人才紧缺的时代，劳力却是大大的过剩了。干一个月给五百块工资的劳力，市场上随便去挑，你要不干后面还有一大堆人等着，所以价格不可能看涨。

菲菲在这一点上与张楠同样，她说："保良，你应该去上大学，我可以供你，等我妈治完这个疗程，我可以供你找个学上。"

保良却说："菲菲，我可以不上大学，我可以一辈子只当个劳力，但我想让你答应我一件事，我真的把你当成我的妹妹，所以我希望你能答应。"

菲菲说："好，我答应，你让我做什么我都可以答应。"

保良说："找个正经工作，清清白白地挣钱。"

菲菲说："是不是让我也像你一样，连一个月五百块钱的工作都找不到？没钱咱们住哪儿，没钱我老妈的病你治？"

菲菲母亲的哮喘病已有缓解，但又多了一个新病，经医院检查确认，菲菲母亲多年来行走困难的主要原因，是膝部长了骨刺，需要做手术植入一块人造膝盖才行，手术费需要四万多块，菲菲已经答应母亲，在今年年内把钱凑齐。

四万多块，保良不知道干"小姐"这行究竟有多大盈利，一年内挣出四万，究竟是轻而易举，还是谈何容易。

保良和菲菲住在一起，但并不同枕同床。菲菲为这事对保良讥讽谩骂，还把保良赶出去过一次，但保良坚决不再和菲菲干那种男女之事，菲菲软硬兼施不能得手，终也无奈，只怨自己是个弱小女子，没有力量强行猎色。

保良不与菲菲苟且，一是心里还想着张楠，不管他承不承认，在他的内心深处，对他的爱情还藏着向往；二是他固然感激菲菲，其实看不上菲菲，特别是菲菲当了出台的"小姐"之后。虽然他的衣食住行，花的都是菲菲的卖身钱，从心存障碍到习惯成自然，到越来越自然而然，花的时候也不想那么多了。可花了这些"脏钱"之后，看到菲菲每晚出门，半夜才归，甚至第二天上午才回到家里，他对菲菲的肉体，还是产生了厌恶，别说对肌肤之亲早无兴趣，有时菲菲抱他一下，他都会生出一身鸡皮疙瘩。

菲菲拿保良也没办法，骂也骂了，损也损了，可谓又恨又爱。几次想跟他分手拜拜，可吵完之后，想想还是舍不得他。

保良不离开菲菲，不是不舍，而是不忍，菲菲毕竟有恩于他。何况，他后来的工作也是菲菲帮忙找的，在一家大酒店里当了前台接待员。保良形象好，有一定外语基础，菲菲认识那家酒店的一个股东，就托他把保良介绍进去。这工作保良非常喜欢，工作环境好，工资也高，每天接待各国宾客，工作性质介乎蓝领白领之间，省城流行的说法叫"灰领"，和保良以前看瓷器店和洗车族的差事相比，应有天壤之别。虽然保良知道，把他介绍进来的这位股东，肯定也是菲菲的一个"顾客"。

工作稳定之后，保良向菲菲提出，想搬到饭店的职工宿舍去住。他觉得他和菲菲的关系，不能这样下去。既然不爱菲菲，也就不该这样不明不白地一直耗在一起，实际上也耗掉了菲菲的青春。尽管他们现在的关系仅仅属于无性同居，但长此下去，对双方都无益。

和保良预料的不同，菲菲在保良提出搬走的时候，并没大吵大闹，也没指责保良过河拆桥。菲菲完全有资格这样责骂，她完全可以痛斥保良忘恩负义，吃完喝完抹嘴就走，养肥养大翻脸不认人了……但这些话菲菲统统没说。她只是一声不吭地掉了几滴眼泪，把脸上刚化好的妆又弄脏了。她去厕所洗了脸重新补好妆后，冲保良淡淡一笑，哑声问道："你什么时候搬？"又问，"住集体宿舍你能睡得好吗？"

菲菲的态度，让保良的心若千钧，他向菲菲发了誓言："我以后把每个月挣的钱都给你一半，只要够我生活用的，其余的有多少都交给你，你拿给你妈治病。如果有一天你能找个正经工作，我一定让你有更多的钱花，就算你丢了工作，我也会尽全力养你！"

菲菲笑笑，并不当真。她说："我谢谢你了，陆保良，我早看出来了，你能养活自己就不错了，你都这么大了你养活过谁呀，我要靠你养早就饿成干儿了。我还是靠我自己吧，别看你人长得周周正正，可要说挣钱，你们三兄弟当中，就你没用！"

保良搬出了菲菲的住处，住进了饭店的职工宿舍。这宿舍是供职工倒班用的，因此每晚睡在哪个床铺都不固定。看宿舍的一位老师傅看保良人还不错，给他在储藏室里找了一个小柜子，让他把自己的衣物存放进去，好歹不用每天走哪儿都用手拎着。

独立生活使保良对未来有了一点儿信心，也有了空间整理自己混乱的心绪。他终于在一个下班之后的黄昏鼓起勇气，用倒班宿舍的电话拨打了张楠的手机。

手机通了，他很快听到了张楠的声音。他自己的声音顿时飘得厉害，几乎不知是从哪里发出来的，他说："张楠，你现在好吗？我是保良。"

张楠在电话里没有立即出声，保良猜不出这片刻的语迟是因为惊讶还是犹豫，少顷，他听到了张楠的疑问："保良……你是保良？"

保良说："我想见你。"

他们仍然约在了那个公园门前的广场。

黄昏时的广场夕阳绚丽。保良赶到时广场上只停了一辆车子，正是保良常常浮在脑海的那辆银色奥迪。张楠站在车前，穿了一件银灰色的风衣，刚刚有了些春意的微风吹起风衣的两襟，远远看去犹如在空中飞行。

张楠拥抱了保良，他们没有一句重逢的告白与问候，只有风吹发丝发出的轻轻耳语。

张楠说："我也想见你。"

还是在他们以前常来的这家餐厅，在这家餐厅最安静的角落，他们点了一壶清茶，并不着急叫菜，彼此的注视都不掩饰深深的爱意，这份彼此的爱意很久以来都被人为地压抑。

张楠注意到了保良放在茶杯上的手，那手上冻疮的痕迹让她惊讶不已。保良回避了那些通常不会省略的倾诉，他只告诉张楠他现在春风得意。

"我找了一份不错的工作，在东富大酒店当前台接待，工资开得还挺不错的。可能最近还要调我到行政俱乐部去。"

张楠的反应让保良庆幸自己报喜不报忧的想法完全正确，她用从未有过的欣慰的笑容，鼓舞着保良也安慰着自己，她说："这就好，我不喜欢你整天狼狈不堪的样子，我希望你有自己的事业，有一份能保证你生活的收入，这样我们两个人的心态都会好些。我父母和我表姐都说过，一个连生存问题都没有解决的人，不可能有兴趣和别人谈情说爱。"

保良不知如何应答，不知该点头答是还是该摇头说那也不一定。在犹疑不定时张楠已经举起了茶杯，向他表示了由衷的祝贺。

"祝贺你找到这么好的工作，希望你永远好运。"

保良也举起了茶杯，与张楠同样以茶代酒："我也祝你好运，希望我们永远彼此信任。"

张楠笑着呷了一口茶，说："好啊，不过那要看你。"

十七

哲人说，成功与好运可以使人善良和宽容。

找到稳定的工作，与张楠和好如初，让保良那一阵对一切人和一切事，都充满关爱和善心。他不仅愿为张楠去做一切事，而且与刘存亮及李臣之间，也像小时候那样，走得十分近密。

常人说，友情只有在从小结下的朋友中才可能延续一生，成年后的结交则必有交易的成分；感情只有在爱人或亲人中才可能延续一生，爱人靠情意相投，亲人靠血脉相通。

血脉天然不变，情意却瞬息难料。也许分分合合，起伏跌宕，才是爱情的本性和她真正的魅力。

张楠也对保良这样说过："和你在一起的时候总有很多猜疑，可离开以后又特别想你，可能是我这人太小气了吧"。这句话保良当时听了满心欢喜，事后想想又不免疑虑，她究竟猜疑他什么？又在哪些方面太过小气？

虽然李臣和刘存亮都上夜班，但保良那一阵与刘存亮的来往更多一些。因为保良在菲菲的事情上，对李臣颇多意见。尽管保良对菲菲并无爱的冲动，但他也不知道因为什么，总是对菲菲到夜总会坐台这种事情耿耿于怀。

　　有时，下班之后，在张楠没有约他的时候，保良会到夜市去找刘存亮，在他那家亮亮时装店里帮忙吆喝一阵生意。从刘存亮口中保良知道，自从保良从菲菲那里搬出来以后，菲菲就一直没到夜总会去上班，但刘存亮有一天在女人街碰上了菲菲，却发现她衣着入时，买东西也是出手大方，问她最近在忙什么，菲菲说没忙什么，闲待着呢。刘存亮后来打电话问了李臣，才知道菲菲早就不在他们那儿干了。

　　保良听了，满腹狐疑。

　　第二天，保良去找了李臣。

　　李臣新租的住处远远不及幸福新村的那套房子宽大惬意，那是一个每层共用一个厕所的老式楼房，每家的厨房全都设在自家门口。保良去时正是晚饭时分，各家各户都在门口炒菜蒸饭，窄窄的走道里油腥扑鼻，屋顶上聚积着一层淡淡的虚烟。

　　李臣住在尽里一间，敲了半天门，李臣才衣冠不整地把房门打开。虽然很久没见，李臣却没让保良进屋，趿着鞋子拉他往楼梯那边边走边谈。在门开门闭的瞬间保良看到，李臣的屋里凌乱不堪，隐约有个女人还半裸着身体睡在床边。

　　"你交女朋友了？"

　　保良随李臣走下楼梯，走出楼门，外面的空气显得清新了许多。李臣含糊答道："啊。"又问："你干吗来了，找我有事？听说你和菲菲又闹翻了。"

"你听谁说的?"

"就听菲菲自己说的。保良,别看咱们是兄弟,这事我还真有点同情菲菲,你说菲菲哪点对不住你? 连你现在这工作也是菲菲帮你找的。东富大酒店是五星级吧,你现在一个月能挣多少?"

保良没答,没说他现在一个月能挣多少,他挣的那点工资,与李臣这种在娱乐场所挣小费的,肯定比不了的。他反问李臣:"菲菲怎么不在你们那儿做了?"

李臣抽烟,喷了一口,才说:"早不在了。"

保良问:"她是不干这行了,还是换地方了?"

李臣说:"让我们那儿一个客人带走了。"

保良愣了半天,似乎想从李臣的简单回复中判断菲菲的命运答案。他不敢肯定这"带走了"三个字,究竟涵括了什么内容。

李臣说:"其实她们干小姐的,最大的理想,最好的归宿,一天到晚最羡慕的事情,就是让个有钱的男人带走。不管能不能结婚,都是她们的体面,至少不用整天整夜到场子里去拼了。只是菲菲跟的这个老丘不行,这人忒不靠谱儿。"

保良瞪圆了眼睛,就像自己有个亲妹妹让人拐走了似的,心如刀绞。他大声质问李臣:"谁是老丘,他把菲菲带哪儿去了?"

李臣看着保良,似乎在猜测保良的激动究竟是真爱菲菲,还是仅仅出于一种担忧。他嘴里的烟气从两边散出,急急匆匆地随风飘走。保良自己也弄不清他对菲菲究竟是何种感情,是怒其不争,还是哀其不幸。

李臣没有回答保良，他把烟头扔在地上踩灭，看着远处的夕阳，口气有点自言自语：

"那他妈老丘其实没什么本事，就靠在几个场子倒腾 K 粉摇头丸挣点儿小钱，不过这家伙不管怎么说，一下借给菲菲五万块给她妈做了手术，就把菲菲给包下来了。菲菲其实不喜欢他，这我最清楚了，她还是喜欢你，可你又不喜欢她。而且，你又不能拿五万块钱来给她。老丘手下倒是有几个烂仔，菲菲跟了他，一般人至少不敢欺负她了吧。她们做这行的女孩，人人都想找个靠山。"

保良当天晚上找到菲菲，是在那家有名的"歌舞升平"夜总会的门口。按照李臣的说法，这家全市规模最大的夜总会就是老丘经常出没的老窝。

菲菲果然是和老丘及老丘的一个马仔一起坐着出租车来的。保良在他们并肩踏上夜总会门前的台阶时在下面高声叫她，菲菲回头看了他一眼，表情意外。她快步走下台阶，和保良在这里相遇对菲菲来说，不知是惊喜还是尴尬。

"你怎么在这儿？"

"他是老丘？"保良没答，怒目扫视台阶上的那个矮壮的中年男人。

"谁告诉你的？"菲菲当然明白了什么，"谁让你来的，是不是李臣？李臣王八蛋嘴怎么不生疮啊！"

老丘的马仔也走下台阶，走近他们，大概想看看菲菲遇上了什么麻烦。菲菲冲他挥手，那意思是说没事："这是我老乡，我们聊几句，你们先进去吧。"那马仔于是又退了回去，在台阶上与老丘耳语。老丘眯着眼朝保良这面看，看了好会儿才慢慢转身，走进了这家热闹的"歌舞升平"。

菲菲见老丘进去了，才转过头来，才心平气和，她问保良："李臣怎么跟你说的？"

但保良并不心平气和："你知道不知道这个老丘是干什么的？"

菲菲眨着眼想了一下，大概在想该怎样回答。保良不容她仔细盘算，口气变得咄咄逼人："你跟他是什么关系，你以为这种人会把你娶了吗？"

"我知道，不会。"

"不会你跟他混在一起干吗？"

"我不跟他混我跟谁混，跟你？跟你你要我吗！"

保良咣一下愣住，不知所答。

"跟你混你能给我妈开刀吗！跟你混我住在哪儿，吃什么？陆保良，你说话也不拽拽你的舌头，你病成那个模样儿，我不出来混你能活到今天吗！"

保良面红耳赤，连周围的路人都被菲菲的呵斥惊住，纷纷侧目驻足。保良脸上身上被无数目光穿刺得体无完肤，他几乎是哭着向菲菲发出哀求：

"我……我对不起你好吗！我以后，我还你好吗！我求你了菲菲，你听听我的话，你找一个工作好好干，你欠他的钱我们一起来还好吗！"

菲菲看保良激动的样子，她故意用轻松不屑的嗤声笑了一下，但几乎同时，她的眼圈也跟着红了。

"算了，咱们俩之间，别说钱的事了。我还不了解你吗？保良，你的个性，永远发不了财的。刘存亮多傻的人，还开了自己的买卖呢，还知道到时候买彩票呢。你就别硬撑着面子说要给我还钱了，说了我也不信。你也替我想想，我钱也图不上你，人也图不上你，我还傻子似的为了你守着，我傻呀我！"

保良的心被伤得很重很重，他不愿在任何女孩面前，哪怕是在菲菲这种和他并不来电的女孩面前被如此贬损。也许到今天他才发现，他是那么爱她，那是一种亲人式的爱，那种惦念，牵挂，心疼，就像是疼自己的妹妹。他不能忍受她往邪路上走，不能忍受她委身于老丘那种不清不白的男人。可菲菲说得没错，他靠什么来挽救她？如果他不能以身相许，那么只有一个办法，那就是，拿出钱把她从老丘手里赎回来！五万，也许更多！

整整三天保良神不守舍，上班下班老是想着菲菲的事情。张楠察觉出他情绪不对，追问原委，保良只能推说身体不适。他还没有糊涂到要给张楠讲述菲菲的故事，在一个以为你全心爱她的女人面前，表现出对另一个女人如此牵肠挂肚，无异于挑起一场战争。

保良去找过刘存亮，他想刘存亮是菲菲最早的男友，也许能念旧拿出些钱来搭救菲菲。但他很失望。刘存亮的小店生意冷清，聊撑门面，这他是看得见的。而且，刘存亮说，就是菲菲还回来找他，他也不要了。那个什么老丘也不是菲菲搭的第一个男人！女孩一旦干上这个营生，将来从良也得找个没人认识的地方。他说："保良，你也不想想，哪个男人愿意娶个让人玩儿烂的女人做自己的老婆！"

保良夜不能寐，不得安宁。

他想，只要菲菲能够离开老丘，她今后再怎么烂也都随她去了。因为老丘干的是药丸生意，菲菲跟了他，就不是贞操与否的问题，而是要天天去踩刀锋。他也知道仅仅靠晓之以理，动之以情，已经说不动菲菲了，菲菲天天混在那些场子里，对这种非法生意的罪恶感和恐惧心已经淡漠，已经麻木，已经无动于衷。

三天后，保良下班，他破天荒第一次主动推了张楠的邀约，而是打电话约菲菲出来。菲菲在电话里的声音像是尚未睡醒，鼻子哝哝地让保良过去。

菲菲搬了地方，大概是老丘为她租的房子，装修和面积都比原来住的要好。保良按她说的地址赶到时菲菲刚刚起床不久，正在卧室里化妆。保良坐在她的床边，想了一肚子的话竟不知从哪儿开口。

"你找我干什么？"

菲菲抿着口红，对镜自赏。不知是她现在用的化妆品讲究了还是她增加了品位，脸上的妆浓淡相间，比过去顺眼多了。保良只从镜中看她，似乎这样多少能消解彼此直视的锋芒。

"菲菲，你是我的妹妹，你就像我的亲妹妹。你的事，我不能不管。"

菲菲停了化妆的动作，她在镜中的面孔没有表情，但保良还是能从她漫不经心的声音中听出一丝隐藏不露的感动。

"你想怎么管？"

"从明天起，我想办法替你还钱，我什么时候能还得上我不知道，但我有这个决心。"

"你靠什么还，靠你那点工资？"菲菲转过头来，"我看你唯一的本钱就是跟我一样，到场子里坐台去。你长得这么帅，要真干上这个肯定比我火多了，你信吗？不信咱俩打赌。"

保良抬头看她，目光中并无羞辱愤怒。菲菲自己笑笑，自己给出了答案："你呀，你这人我太了解了，脸皮太薄。不要脸的事你是肯定不干的，对不对，那你就死要面子活受罪吧。"

保良缓缓回应，他说："我现在想干的事，就是一件最不要脸的事。"

傍晚，保良下班。

他已经从前台接待处调到了饭店的行政俱乐部，原来上班穿的灰色西服换成了苹果领的黑色燕尾服。他脱下这身笔挺的燕尾服，在职工浴室很认真地洗了澡，然后换上了自己的衣服。这身衣服是张楠刚刚为他买的，是送给他的二十岁的生日礼物。其实生日还没有到呢，礼物却已经由递送公司先期送达。张楠在电话里这样笑道："生日不应该只是一天的快乐，应该提前一周进入状态，等到生日晚餐的烛光燃起，才算抵达快乐的高潮。二十岁可是人生的一个重要时刻，值得好好体味，好好庆贺。"

保良就穿上这身他一生中所拥有的最好的衣服，这套衣服价值近万，他不熟悉这个衣服的牌子，但对镜自顾，连自己都不能不信，镜中的男孩是一个白领贵族。

这是一套休闲的套装，在休闲装中，又比较正经。张楠还为这身套装配了一只时尚的挎包，这只挎包斜挎在肩上，让保良备显年轻朝气，看上去很像时尚杂志广告里的学生。

保良这身打扮，路人怎不回头？！他这样一身打扮站在了热闹的街头，站在了街头一侧的地铁站口。他从挎包里取出一张事先写好粗体大字的对折纸板，打开来端至齐胸，进出地铁站口的所有男男女女这时无不驻足，转头侧目。

纸板上写着：我想为我女友的母亲治病，请给我一点帮助！谢谢您！

他的脚下放了一只空空的纸盒。他所要干的这件"最不要脸的事"，就是乞讨！

他的模样，他的穿着，他干干净净的头发和干干净净的面孔，和当街乞讨这种行径，风马牛不相及。

很快有人围观，有人惊奇，身前身后，全是窃窃私语。保良不知道自己的脸是白是红，他的全部神经都已麻木。他甚至不知道已经有人慷慨解囊，在他脚下的纸盒里投入了钱币。投钱的人多为年轻女性，也许她们不是出于好心，而是出于好奇；也许她们不为治病消灾这件事情，只为保良脸上单纯的表情。也许女人的心都是最柔软的，她们容易被这种爱情打动——一个风华正茂的青年为了自己女友的母亲，不惜抛头露面，去做如此低贱屈辱的事情，她们或许从中发现了爱情的伟大和这种行为应得的敬重。

第一天，保良换了两个地方，除了这个地铁站口，他还去了一家超市。从超市购物出来的人手里都有一些散碎零钱，比较容易获得施舍。当盒子里的钱足以把盒底盖住的时候，保良会把盒子重新清空。塞进挎包的散碎票子经过晚上的清点，连保良自己都难以相信，他仅仅在街上站了三个小时，就得到了四百多元善款。照此推算，一个月靠乞讨所能挣的，竟不会低于上万。

他没想到仅仅到了第二天，情况就有所改变。

也许是头一天的乞讨有了一点轰动效应，第二天围观的人聚得更快更多，没用多久，便有胳膊上戴红箍的管理人员过来干预。他们问他是干什么的，是学生还是无业，众目睽睽之下，保良当然不能说出自己的单位，他所供职的东富大酒店，在省城声名显赫，是到访国宾的下榻之地，是上流社会的著名会所。一个东富大酒店的职工竟然沿街乞讨，当然会成为一个新闻，会使他的企业为此蒙羞。

于是，保良只好收摊避走，在讥笑和训斥声中，红着脸收起纸板纸盒，转移他处。

保良担忧得没错，这事会成为一个新闻。几天之后，保良因屡遭驱赶，只能游击到相对僻静之处，于是给纸盒投钱的人越来越少，倒有小报的记者寻踪而来，一脸诚恳地要和保良谈谈，想套出保良的来龙去脉和行乞的前因后果——你是大学生吧，你女朋友在本地吗？我们能不能找她聊聊，她母亲得了什么病？我们可以把你们的故事登出来，为你们向社会募捐……你有没有找新闻媒体为你募捐，有没有在网上求助募捐？不过网上求助没什么大用，谁都知道网上骗子太多……

无论记者怎么追问，怎么诱导，保良始终不开金口，不为所动。

那个自称是都市早报的记者三十来岁，样子和言语也还正派。保良并不认为他是坏人，但绝对相信他能坏事。他知道自己的身份一旦被媒体曝光，对他和菲菲，对他的单位，都将凶多吉少。

整整一个星期，除了周末和周六的晚上，保良和张楠在一起吃饭并看了一场电影外，其余的休息时间他都这样穿戴整齐地上街乞讨。乞讨所得的数额每天不尽相同，多时一天四百多块，少时只有几块散钱。时间长了，保良才体会到乞讨也不是个好干的事情，面子上的难堪到后来已不是最大困难，躲避城管、保安的驱赶和记者的纠缠，才更加需要操心。

乞讨给保良带来的，既有被同情的感动，也有被怀疑和讥讽的伤害。他强迫自己的脸皮越厚越好，碰上个别恶语谩骂的，只能学着忍气吞声。为了得到更多施舍，他甚至把乞讨从地铁站口搬进了地铁车厢，在拥挤的车厢中向近在咫尺的乘客端起乞讨的牌子，对乘客会形成一种难以躲避的高压，尤其是那些慈眉善目的女性，面对牌子上恳求的言辞和保良恳求的目光，总会有人拿出钱来。保良也知道这样的乞讨方式有点近于强迫，不太道德，甚至，令人厌恶。但纸盒里的虚实对他来说，实在是一种更大的压迫，令他不免利令智昏。好在这种车厢乞讨的行为很快被群众举报，保良很快便被乘警和列车工作人员扣留并带到地铁派出所进行训诫。严厉的训诫保良尚可承受，难以承受的只是一天讨来的钱款全被没收。

　　当钱款可以凑足一千元的整数时，保良把钱送到了菲菲的住处。一千元对菲菲的巨额负债尽管微不足道，但保良还是想让菲菲看到，他已经把他的承诺付诸实施。他希望菲菲因此有所触动，重新考虑自己今后的人生。

　　但是菲菲的态度，让保良非常失望。

　　菲菲先是对保良能做出如此不要脸面的事情备感吃惊，随后又对保良的用意嗤之以鼻，她即便在吃惊的瞬间流露出些许感动，但那感动也只持续了五六分钟，很快便被与往常一样的轻蔑取代。她说："我早知道你没什么正经本事，你能干出这种事来只能说明你这人不是装笨，而是真笨。"

　　但保良想，菲菲这人，常常这样心口不一。他想只要自己坚持下去，菲菲迟早可以回心转意。

后来菲菲把这事当作笑料告诉了李臣和刘存亮，他们也都先后打电话劝过保良。李臣说："就算菲菲有恩于你，你一个大男人也犯不上这样作贱自己。而且我告诉你吧，菲菲这种女孩我见得太多了，凡是干了小姐的女孩，就算开始是迫于生计，干到后来要想让她们回过头来再苦哈哈地去挣一份微薄的工资，绝对不现实了。舒服惯了的人再为几百块工资拼一个月体力，放上你你也不干。在这些女孩的眼里，命运就像被人强奸，如果反抗没用，还不如就顺了这个劲儿好好享受一番呢。"刘存亮的规劝更为直白，他说："保良，菲菲是很爱你，她过去为了得到你不惜一切，但这种激情好多年轻人都会有的，不算什么新鲜。激情这东西来得越凶去得越快，而且以我对现在这些年轻女孩的观察，在金钱与爱情发生搏斗的时候，爱情总是无可奈何，落花流水。"

但保良想，他还是应该坚持下去。坚持才会出现转机，坚持才能问心无愧。即便最终毫无转机，也要求个问心无愧。

保良终于没能坚持下去。

在地铁和商场门口及地铁车厢的乞讨已无法进行的情况下，保良把他的阵地移到了地下人行通道。他在这里席地而坐，背靠墙壁，把写着字的纸板和收钱的纸盒都摆在地上，既不影响交通市容，也不给过往行人造成压力。只是，这样的乞讨方式尽管会让他心安理得一些，却如姜太公钓鱼一样，一天下来所得无几。

进入地下人行通道的第三天，来了几个警察，保良不知道这是警察清理市容的常规行动，还是专门冲他来的。那时他正低头坐在地上，最先看到的，是一双民警的皮鞋，那双皮鞋在他的纸盒纸板前停住，站立良久，保良起初以为是位施主在看那纸牌上的字迹，时间长了才疑心地抬头。他没想到他仰面看到的，竟然是身穿警服的女警夏萱。

保良恨不得有个地缝能钻进去。

夏萱并没看那牌子，她的目光在盯着保良。

地下通道里还有几个乞丐，还有几个在此打铺睡觉的盲流，警察正把这些人统统轰起来统一带走。有人在招呼夏萱，夏萱这才对保良发出命令：

"把钱收起来，跟我们走吧。"

夏萱的口气是冷冷的，但并不威严。而且，她并未没收纸盒里已有的十多块钱，而是看着保良把那些钱收进挎包，才带着他走向通道的出口，与在那里的几位民警会合。

衣冠楚楚的保良和一群衣冠不整的乞丐盲流一起，被带到了附近的派出所。保良看到，夏萱和派出所的民警说了些什么，半小时后便有民警走进关押他们的置留室，把保良单独叫了出来。

在派出所的院子里，民警对保良进行了短暂的批评教育，并且警告保良，如果再发现他在公共场所进行乞讨，将按照治安管理的有关规定对他进行处理。警告之后，警察说了句"你可以走了"，便转身走回了屋子。

院子里空空的，刹那间静得有点很不常规。保良转身向院外走去，走到门口听到有人叫他，他转身回头之前，当然已经听出那是夏萱。

"把这个拿回去。"

夏萱不知何时已经站在他的身后，把写着乞讨词的那块纸板还给了保良，又说了句："以后，别再干这事了。"只此一句，便回身进屋。

院子重新安静下来，保良打开折合在一起的那张纸牌，他看到里边夹了两张红色的票子，那是崭新的二百块钱。这也是保良自上街行乞以来收到的最后一笔施舍，施主竟是把他抓到这里的夏萱。

十八

　　拿到别人的施舍，保良会感受到爱心；拿到夏萱的施舍，保良却难过万分。

　　很久以后他对刘存亮说到过他的这个感受，刘存亮当然很容易想歪："就因为她曾经是你的同学、你的校友？"保良的反应果然如料："呃……也不全是。"刘存亮脸上立即浮出狡黠的笑意："啊——莫不是你爱上她了？"

　　刘存亮言语唐突，保良却并未光火，他甚至没有做出一句反驳或者辩解，他只是愣着看刘存亮，没有作声。

　　刘存亮的玩笑对保良事实上构成了一个提醒，就像一个医生突然对病人的疑症透析了来由，让保良因此而重新整理了那些片断而又无心的记忆，从他在公安学院领取警服时夏萱的嫣然一笑，到她一脸严肃地发还那张乞讨的纸板，他为何那么在意自己在这个女生眼中的形象，为何那么在意夏萱看他的眼神？难道这是一种深藏得连自己都未曾发觉的暗恋，是一种与爱慕有关的本能？在回忆中他发觉他在认识张楠之后，夏萱在他潜意识中的角色定位显然发生了某种转变，当梦中再次出现那个喷火女郎的时候，那张威风凛凛的面孔似乎变成了保护与抚慰的象征，但暗恋的惯性或许并未根除，不然，他在看到她夹在乞讨板里的那二百元钱时，何以心如锥刺，这般难过？

有了夏萱的这二百块钱，他又可以凑足一千整数。但这二百块钱和夏萱在派出所院子里的临别告诫，却让保良决定结束行乞。夏萱的施舍和那种欲言还罢的眼神，让他失去了继续作践自己的勇气。

保良做了这样的决定，他带着挎包里一千多元散碎的票子，来到菲菲的住处。

菲菲刚起，又在涂脂抹粉。

保良把钱拿出来放在菲菲床上的时候，有人敲门。

菲菲去开门了，和保良预料的不同，不速而来的并非那个老丘，而是那位三十来岁的记者。

菲菲问："你找谁？"

记者透过卧室半开的屋门看到了坐在床上的保良。他的声音越过菲菲，直接向保良寒暄过来。

"啊，对不起小伙子，我是从派出所跟过来的，我能跟你们谈谈吗？也许我可以帮助你们。"

保良怔住了，他没想到记者竟有这么大的本事和韧性，居然像狗仔队似的悄悄跟到这里。他很生气，因为他估计到菲菲肯定更加生气。

菲菲的反应则出乎保良的意料，她不仅把记者让进了屋里，而且带进了卧室，摆出一副事不关己的表情，对保良说了句："找你的。"就继续若无其事地勾眉画眼去了。

保良怒目而视，起身推开堵着卧室门口的记者，走到外屋，皱着眉逐客："捣什么乱呀你，快走吧快走吧，我没什么好谈的。"

记者则始终对保良报以耐心的微笑，对保良的愤怒不急不恼，他巧妙地避开保良的锋芒，将问题转而投给了菲菲。

"你就是他的女朋友吧?"

菲菲愣了一下，画了一半的眼睛眨了一眨，说："……啊。"

"我挺为你骄傲的，你男朋友对你真是太好了。"

记者的吹捧满足了菲菲的虚荣，曾几何时，保良对她的每一点儿心意，都曾让她梦寐以求。

她和记者聊起来了，保良坐在外屋，听见他们你来我往，聊得还挺热闹。菲菲先是随着记者夸奖了保良几句，但没几句下来，又恢复了讥讽和不屑的态度："他呀，你别看他长得像模像样，其实他一点本事没有，他最窝囊了。他要的那点钱……那点钱能干什么，我妈要是等他要够了钱再做手术，早该把腿锯了。"保良听着，脸上也不觉得热了，他也不恨菲菲，他在街上、在地铁里，听到的漫骂、讥讽，看到的白眼，已经把他磨炼得麻木不仁，脸皮真的厚起来了。

对那个讨厌的记者，他也不恨，爱谁谁，无所谓了。

记者在里屋和菲菲聊够了，又出来跟他聊。他显然已经从菲菲口中知道了他的单位——菲菲跟记者吹他来着——他还当过警察呢，为什么不干警察了? 警察挣钱太少啦，所以就到酒店上班去了。他现在是东富大酒店专门负责贵宾的领班，各国元首、世界巨富、八方名人，见得多了。不过干他这工作的能到街上遭人白眼，也真不容易。没错!

记者附和着菲菲，很感慨地，也觉得真不容易。不过记者一再对保良承诺，将来见报时绝不会把他的姓名、历史和工作单位泄露出去，一切都用化名代名。你放心，绝不会伤害到你的。包括你们俩住的这个地方，都不会公布出去。

保良说："这是她住的地方，我不住这里。"

记者诧异："啊？她住的地方，你们不住一起？"

保良得知报纸发表这个故事的消息是在他的生日晚餐上。生日这天他一下了班就被张楠接到了枫丹白露，也许是张楠有意避免让她和保良的关系再次成为父母议论的中心，所以他们复合后她一直没把保良带回家里。

这是生日晚餐，这是一个比较自然的机会，张楠用这个机会让保良重新出现，可谓煞费苦心。其实张楠的父母早就知道女儿在多日痛苦之后已经恢复了与保良的联系，但他们并不多问细节，也没对女儿以后的生活打算过早刨根问底。当这个晚上女儿把这位年轻人重新带进他们的客厅，带到丰盛的晚餐前时，他们表现出来的，只是主人的热情好客以及长辈的体恤为慈。

他们关心地询问了保良的身体和工作，虽属套话，但语言及表情，不乏诚恳。在他们眼中，保良也有了不少变化，到底是在高星级酒店工作了一段时间，举手投足，都显得训练有素，彬彬有礼。交谈之间，也能随和着两位老人的习惯，中文表达中不时夹带一些英文的单词，那些英文单词很快拉近了主宾的关系，让他们表面看去沟通默契。

席间他们的话题宽泛，无所拘泥，交流甚欢。饭后吃水果时张楠的母亲谈到了昨天都市晨报的一则报道，讲一个公司白领为了给自己女友的母亲治病，居然不顾斯文扫地，上街行乞。张楠和她的父母都为这则新闻故事所表现出来的爱情力量及人子孝道啧啧而叹，感慨良多，保良则在一侧闷头喝茶，并不呼应。

这顿生日晚餐吃得融洽而亲热。张楠在餐桌上布置了白色的蜡烛，还送了由她精心制作、由她和她的父母共同签名的一张生日贺卡。张楠没把这顿饭安排为两人的私密聚会，其目的显然就是要拉近保良和她父母的关系。看来她很成功，晚餐尽欢而散，至少在表面上，父母对保良的态度有了较大调整。

喝餐后茶的时候，张楠当着父母的面建议保良今天晚上别走了："你就住在这儿吧，一楼有间客房，也带卫生间的。明天你几点上班？我可以早起半个小时，开车和你一起走。"

保良口中未及答言，眼睛去看张楠父母。张楠的父亲说："太晚了回城不方便的话，明天早上再走也好。"

于是，保良就住下来了。

在张楠帮他收拾床铺时他抱了张楠，他亲了她。他还想有进一步的动作，但张楠缩着身子躲了。

她说："小心我爸妈进来。"但当保良退缩之后她又逗他："你真的喜欢我吗？喜欢我什么？"

保良说："喜欢你这人。"

张楠说："人，人包括多了，主要喜欢哪些方面，喜欢跟我上床？"

保良说："喜欢。"

张楠说："可我如果不跟你上床，你怎么解决？"

保良说："什么怎么解决，不解决呗。"

张楠说:"是去找别的女孩,还是自己解决?"

保良说:"肮脏。"

张楠一笑,换个方法又问:"嗯,喜欢我这个人,喜欢和我上床,还喜欢我什么?"

保良说:"没了。"

张楠说:"真没了?"

保良说:"真没了。"又说:"你喜欢我什么?"

张楠说:"我呀,也喜欢和你上床。"

保良说:"那怎么不上?"

张楠说:"今天不行,今天我没准备好。"又说:"我爸妈又在家,我做什么事都喜欢做得痛痛快快的,不喜欢偷偷摸摸,特别是第一次,我不想印象不好。"

保良本想问问张楠到底和多少男人上过床了,怎么说起这事这么多感触,但忍住没问。他怕问了张楠会不高兴,更怕张楠万一反问他和多少女人有过这类接触,岂不是自讨没趣?因为菲菲和小乖,保良在张楠面前一向有些自卑,常常觉得自己在这方面于她有愧。

而且,保良今天本来还想和张楠谈另一件事情,是一件正事。也许只有在他过生日的这个晚上,在张楠情绪最好的时候,才适合说出。但是,尽管那天晚上张楠在保良房里卿卿我我地耗到很晚,可直到她说了晚安回到她自己的卧室,保良也没能鼓起勇气说出那件事情。

早上,张楠过来敲保良的房门。

张楠的父母还没有起床,张楠和保良单独在餐厅吃了保姆做的早饭。不知是保良不吃早饭的习惯还是因为昨夜没有睡好,他坐在这桌精致的早餐面前，显得有点食欲不振。

餐毕，两人上路。

郊外的早晨，空气清新透澈，朝阳喷薄欲出，道路两边的一草一木，都绿得新鲜诱人。远处的山脉则在视野中沉稳含雾，让人的心情振奋不已。

张楠一路上情绪活跃，一边开车一边沿途指指点点，告诉保良哪里不远有座佛寺，哪里不远有个温泉。她问保良何时才能排到周六周日公休，他们可以一起去山中住上几日，寻个清静。

保良途中则比较沉闷，车子进城后速度开始放慢，在路口等候红灯的片刻，保良终于把想了一夜的话说出口来。

"张楠，有件事……我不知道好不好说，我还是想求你再帮我一次忙……可我实在很难开口。"

张楠转过脸来看他，和上次一样，她的预感有些不好，但也和上次一样，脸上的表情没动声色。

"什么事啊，你说吧。"

"我，我还是想再跟你借些钱，我不知道你能不能再借给我一笔钱。"

"一笔？一笔是多少？"

"……五万。"

张楠沉默了，她把脸转回来，面对前方，脸上的表情有些发呆。

"你……要这么多钱干什么？"

"我……我爸爸在南方治病，钱用完了。他托人找我，让我想办法给他找点钱去。"

"这么说，这五万块钱和上次那一万块钱一样，你不是跟我借，而是跟我要。我可以这样理解吗?"

"……"

"上一次你跟我借那一万块钱的时候，其实我知道你是还不了的。你事前事后，也从来没有主动跟我说过你打算还我。这次也是这样吗?"

保良答不出来，紧张和难堪不仅把他的嘴巴，也把他全身的每个孔洞堵塞起来。他当然听得出来，张楠的语气，虽然尽量缓和，但气息间已能流露出压抑不住的激动。

"保良，那一万块钱你还与不还，都不是问题。我再拿出五万块钱来，也不是问题。可我跟你，是在恋爱! 我需要一种最单纯的爱，我不希望我们之间，有太多的金钱往来……"

张楠确实有些激动，她激动得几乎说不下去。路口的绿灯早就亮了，身后无数汽车的喇叭在愤怒地抗议。张楠心绪混乱地开动了车子，过了路口竟忘了该去哪里。

保良本来以为，上次他借那一万块钱引起张楠反感，主要是借钱的目的关乎另一个女孩，所以这次他没提菲菲，他撒谎抬出了父亲。为父亲的病而借钱在道义上说，显得比较理所当然。他并没料到张楠这回对借钱的用途已不再关注，她忌讳的其实是借钱的本身。

保良本来以为，张楠会仔细盘问钱的用途，五万块钱毕竟不是小数。他还以为，张楠会一下拿不出这个数目，但他的估计统统错误。张楠的反应比他预想到的任何一种结果都要糟糕，这让保良深深后悔，让他立刻放弃了任何进一步争取的念头，立刻毫不犹豫地退却下来。

"你有困难就算了，就算我没说。"

这样的退却并不高明，显然没有起到缓和的作用。张楠的口吻越发激动起来："我已经说了，不是困难不困难的问题，而是你跟我好到底为了什么的问题?"

　　保良面孔赤红，他伸出手来，去揽张楠的肩膀，他不知该用什么语言表白悔意。

　　"我爱你，真的。借钱的事算我没说。"

　　张楠的激动也得到了克制，她没再说话。自此之后，一直到张楠把车子开到东富大酒店后门的街边，他们两人之间再没一句交谈。保良下车时再次说了抱歉的话，张楠也没有一句回应。

　　一连三天，保良天天给张楠打电话，结果都被转到了小秘书服务台。保良在服务台留了言，告诉张楠，他这周正好周六周日轮休，如果她想去哪里，他都可以奉陪。但留言之后，始终没有回音。

　　周五，傍晚，快下班的时候，保良终于接到了张楠的电话，她约他到他们常去的那家会所见面，她说她想和他好好谈谈。

　　张楠在电话里的声音很冷，甚至，严肃得有点过分。但这个意外而来的电话还是让保良惊喜万分，在此之前他已经濒于绝望，已经对张楠的原谅不抱幻想。

　　下班后保良认真洗了澡，一头黑发也洗得飘逸松软。他按时按点赶到那会所，会所的客务小姐一见他来就迎上去，问："你是张小姐的客人吗? 张小姐已经到了，在房间里等你。"

　　他跟着客务小姐走进会所餐厅长长的过道，过道两侧的玻璃墙外，是灯光点缀的水系庭园，与过道上间隔有序的中式灯笼光影互映，似可疑为天上人间。保良此时无心顾盼，心里猜测着即将开始的交谈，不知是谈分手还是谈和好，还是推心置腹，交换彼此之间的某些意见。

张楠订的包房就在前边，走道里擦肩而过的一位黑衣男人，却让保良几乎瞬间止步。他回头看了一眼，那男人在打一个电话，一边说着什么生意，一边走向走道一端。客务小姐把保良带到张楠的包房门口时保良忽然猛醒，他忽然意识到刚才迎面相遇的那个男人，就是久无踪迹的那位马老板！

客务小姐按动了包房的门把，保良没等小姐完全把门打开便撞门而入。张楠果然已经到了，正坐在餐桌前拿着一份杂志心不在焉，保良一把拽起她的胳膊便往外走，弄得张楠惊讶失色。

"你怎么了，你干什么？"

张楠惊异地被保良拽到门外的过道上，整个长长的过道上，除了同样一脸诧异的客务小姐，已经空空如也。

"张楠，我求你帮我一个忙，我要马上去找一个人，我需要你帮忙。"

保良边说边拉着张楠向走道端头跑去，半分钟前那位马老板就消失在那里。他们快步跑出走道时没有理会客务小姐在身后的呼叫："哎，你们还回不回来？"

他们在这家会所的门口追上了马老板，那真的就是马老板，保良从背影一看便可确认。马老板还在打他的电话，会所的门卫正为他叫来的士，正为他拉开那辆的士的车门。

张楠的银色奥迪就停在门前不远的一个车位上，保良拉着张楠跑向车子。张楠不再多问什么，她从保良脸上的表情和肢体的动作上，大概感觉到了事情的重大。她快速启动车子，向已经在路口左拐的那辆的士追去，在绿灯变黄、黄灯变红的刹那抢过停车线，几乎与两侧放行的车流截头相撞，强行穿过了那个拥挤的十字路口。

张楠是在追踪的路上听见保良用她的手机给一个叫金探长的人打电话，才明白他们正在跟踪的，是一个姓马的嫌犯。金探长问了他们所在的街区，嘱咐他们既要跟住，又要注意隐蔽。他还问到了张楠，保良告诉他他是坐在他女朋友的车上。金探长让他们务必镇定，他们会马上赶过来的，他们只要跟出下落即可，不必采取其他行动。

街上的交通高峰已过，前面的出租车又开得较慢，盯住不丢不算太难。特别是那辆的士开进一条熟悉的小街时，保良马上放下心来，因为他发现这条街就是小乖的故居，这里十有八九，就是马老板此行的终点。

出租车果然在小乖住的那栋楼前停了下来，马老板下车走进楼去。保良便让张楠把车停在离那楼房不远的一条便道上，熄灯熄火，静息等待警察的到来。

这条街很静很静，车辆很少，行人寥落。

车子里也很静很静，静得任何衣服上的细小窸窣都能撩动敏感的神经。

保良的内心，在蓦然而至的沉默中却并不能静，他试图用轻松的语言淡化两人之间实际存在的别扭和隔膜。

"你一个星期不回我电话，我都急死了。我还以为，你真的不理我了。"

张楠也开了口，她迟疑了片刻才回应了保良的试探，她的语速和声调都没有达到保良期待的热度，她的回答，实际上是在缓慢地画着一个圆圆的句号。

"保良，你知道吗，我们家以前请的那个小保姆，人长得非常干净，不用开口说话，光看她的眼睛，也知道她有多么单纯。她来我家的时候，全部财产只有随身的一只小包。在那个小包里，只有两件换洗的衣裳，但却装着一本厚厚的旧书，那是高尔基的《我的大学》。连我父亲，一个读了一辈子书的教授，都对这个女孩肃然起敬。四个月以后，这个女孩走了，她认识了一个有钱的建筑工头，她去给那个工头当了二奶。所以，好多人跟我说过，现在的人，越年轻心里就越复杂，想法就越现实。二十来岁的人，很少看重精神上的快乐，不需要寻找精神的家园，只有现实的利益，才会让他们真正激动，才会让他们全力追求，因为社会现实对他们的训练和熏陶，难以更改，无法战胜。"

张楠的话让保良也沉默了片刻，他说："你是说，我也是这样的人？"

张楠依然回避了正面的回应，她继续着自己未尽的表达。

"好多人跟我说过，当你看到一张单纯的面孔，一副清澈的眼神，一脸阳光灿烂的笑容，你千万不要以为，这些看上去如此真实的东西，肯定都是真的。你千万不要据此展开浪漫的遐想，因为这一切可能仅仅是一种表象，这个表象背后的自私和心计，远远比我们想象的肮脏。"

保良打断了张楠，他因为感到屈辱，不得不变得愤怒："你今天约我出来，就是要告诉我这些？如果你真的这样看我，那你让我下车，你也可以走了，谢谢你今天帮我。"

保良拉开车门，张楠却又叫住了他。她从车子的后座上，拎过一只手提的皮包，从她用力的动作上可以看出，这只皮包装了重物。她把皮包放在保良的腿上，说了句：

"拿着这个。"

保良的腿，被皮包的重量压着，他问："这是什么？"

张楠看都不看保良，自语般地说道："就是你想要的。"

保良怔了一下："钱吗？我不要了。"

张楠说："拿去吧，如果你父亲真的需要。"

保良不知所措，争吵刚刚开始，结局便戛然而至。这个意想不到的结局让保良的愤怒顷刻化为惊愕，让他面对此景不知如何言说。

好在张楠很快接着说了下去，没让保良的尴尬无限延续："我说过，拿出五万块钱对我不是问题，我的问题是，我不知道用什么方法能够证明，我确实得到了一个真实的爱人。"

保良低垂双目，他不敢去看张楠，也不敢拉开皮包的拉锁，去看里边绚丽的现钞。他不知道究竟在多少人的眼里，金钱才是最真实的东西。

张楠的目光则转移到保良的脸上，她的逼视锋芒毕露，她再也不能掩饰自己的激动，那份激动将她的逼问变得如审判一般庄严。

"保良，我想最后再问你一次，我希望你也最后再回答一次。这最后一次，我只有一个要求，那就是诚实。"

保良被这句话逼得不得不抬起头来，颤巍巍地迎住张楠的直视。

"保良，我问你，你以前说过，在和我相爱以前，你从来没有爱过任何人，对吗？"

保良说："对。"

"以前给我打电话的那个女孩菲菲，你也没有爱过吗？"

"她对我很好，我对她的感情，就像兄妹。我们之间，不是爱情。"

"你还和什么人，有这种兄妹或者姐弟式的感情吗？"

"没有，除了我的亲生姐姐。"

"保良，你能发誓你是一个诚实的人吗？"

"我发誓，我是诚实的，至少在爱情上，我是诚实的。"

问答到此，停了下来，他们彼此对视。张楠突然伸出双臂，钩住了保良的肩膀和脖颈，她在他耳边喃喃低语："对不起保良，我是一个多心的女人，我不需要你有钱有事业，我只需要你诚实，只需要你对爱情没有其他心计。你能吗，保良？"

保良也激动起来，甚至，他为此而深深感动。他的回答虽轻，却用出了全身的气力。

"能！"

"你保证能吗？"

"我保证能！"

有人在砰砰地敲击汽车的玻璃，他们受惊地把头抬起，看见车窗外面站着一个年轻的女人。保良松开张楠，拉开了车门，张楠也从另外一面钻出了汽车。她隔着汽车的顶篷，看见那个年轻女人轻轻叫了一声，声音低得犹如耳语。

"保良。"

"夏萱。"

保良用同样的低声做了回应。

张楠同时看到，在这女人身后的远处，停着两辆汽车，汽车前还站着几位身穿便衣的男人，夜幕之下全都默默无声。

张楠大概从未经历过这种场面，心里不知是激动还是恐惧。她并不知道接下来将要发生什么，也不知道警察袭堵的那位马老板，其实只是一个关联的证人，还算不上一个危险的嫌犯。

她看到便衣与保良小声低语，大概在询问刚才的有关情况，他们的交谈十分短促，然后便一齐走进楼门。张楠一个人在楼下站着，很快便看到几个便衣带着马老板从楼内走出，上了警察开来的车子。她注意到马老板的手上并未戴铐，公安似乎并未对他采取任何强制，他们平平静静地上了车子，车子平平静静地开走。

一辆车子走了，另一辆依旧停在路边。还有几个便衣没有出来，保良也同样没有出来。张楠犹豫了一会儿，移步走进楼门。她顺着楼梯向上攀行，楼道里很黑，除了个别门户里传来电视和流水的声音外，别无动静。她走到二楼时看到一家房门虚掩，门缝处露出灯光和人声。她听出是那个女警在和保良说话，在让他辨认某些东西，在询问某些往事……

张楠推门进去，看到两位便衣正在这套公寓内进行搜查，而那位女警正与保良在一个步入式的衣橱间里查看里边的衣服物品，女警一边查一边寻问保良哪些衣服是“小乖”的哪些不是。张楠想进去叫保良，想问他这事大约何时结束。她在穿越卧室时忽然蓦地止步，她惊异地看到这间显然是女人睡房的墙头床边，不规则地摆着挂着许多照片，那些照片大多是一个少妇模样的女人，展示她搔首弄姿的娇态。也有几张两人以上的群照，背景像是歌厅或者夜总会之类，那些群照的主角除了这个女人之外，还有一个年轻的男人，在照相机前总是被那女人揽入怀抱。在一群男女的簇拥下，这个男孩被那女人抱着，被那女人亲脸，和那女人干杯对笑，还有其他丑态种种……相片中最惹人注目的，是那男孩左耳上的一只耳环，耳环上的一颗钻粒，在闪光灯下熠熠生辉，光芒灿烂！

十九

张楠从进到出，在这套公寓也许仅仅逗留了片刻，便衣都在专心搜查，没人注意这个年轻女人飘了一下，来去匆匆。

张楠下楼时，脚步有些踉跄，眼泪跌在地上，似乎听得见声响。她像风一样开走了她的汽车，向家与父母的方向逃去。

郊间公路的夜色被这辆银色的奥迪闪电般地刺破，当张楠把车子开进她家别墅的车库后她还在流泪，不是伤心，而是愤怒。她坐在车里久久没有下来，试图给自己时间止住哭泣。下车时她看到驾驶副座上，那只装满五万元现钞的皮包还在原位未动。

父母还没有睡下，还在二楼的起居室里看"晚间新闻"。张楠脸上的泪痕和手上的皮包凸显着不能不问的疑惑，母亲问："怎么了楠楠，这么晚回来，出了什么事吗？"母亲的声音在这个时刻让人感受到无限慈爱，这份平时常被忽略的慈爱让张楠再次哭了出来。在这个脆弱的夜晚，她已无力隐瞒。隐瞒就意味着一切都要自己扛着。当初那一万块钱在她心里压着那么沉重的猜疑，她居然没让任何人稍稍分担。

这个脆弱的夜晚，她崩溃似的向父母招出了一切。母亲马上用电话叫来了住在不远的表姐夫妇。亲人的意见空前一致，一致认为这场看似浪漫的恋情，显然是一场欺骗。

在一致的分析判断声中，父亲的调子最为平缓，因而也就最显公平客观。父亲说："温饱而后思淫欲，是自古以来的生命规则，说明温饱是人的第一需要，几乎无人能够例外。和一个连温饱都成问题的人进行一场恋爱，那么这场恋爱的本质和真相，的确真伪难辨。楠楠，你是一个从小不愁温饱的人，你无法理解那些从小缺衣少穿的青年，他们的生活状况和家庭历史构建了生存压倒一切的价值观念。这个价值观一旦形成思维惯性，一辈子，改也难。你的爱情给他的最大刺激，可能不是爱的本身，而是你的社会地位、物质条件、家庭背景，以及这一切对他未来的影响和改变。这些对你只是日常生活，对他却充满新奇、诱惑。他可以为此而表现出他全部的优点，掩盖他全部的缺点，也许有心，也许无意，总之一切于他，都很自然。他犯的错误可能仅仅是因为他太年轻了，缺少耐性，缺少经验，他对你在某些方面的敏感缺乏预料，他太着急地向你开口要钱。一次不行又要二次，数目也涨得有些过分。他和今晚公寓里的那个女人可能也经历过同样的故事，是那个女人把他识破还是他认识你以后把她甩了还不清楚。但至少有一点已经明确，那就是他并不诚实。他向你撒了谎，他隐瞒了他和这个公寓里的女人有过一段不同寻常的交往。也许那个女人当初爱他比你还甚！因为不管怎么说，这个男孩拥有让女人心动的外表，这也许是他唯一的武器、唯一的资源。他自己显然也认识到这一点了，那么好，他就靠它生存!"

父亲的观点与表姐为代表的激烈一端,表面不同,实则一致。不同之处仅仅在于,表姐认为保良追求她的表妹,从一开始就有阴险的预谋,而父亲则认为保良的种种表现,只是一个本能的进程,保良自己可能也是无意的,只不过没有免俗逃出本能的驱动。无论激烈还是缓和,双方结论都是一个,那就是张楠必须悬崖勒马,收起幻想,回到现实。

父亲说:"恋爱的感觉是美丽的,犹如一场探险,有时不合常态的爱情反而更加激动人心。但是,恋爱进程中的理性也同样重要,只懂感性放纵而不知理性约束的人,一定会把自己的生活弄得一塌糊涂。"

表姐说:"楠楠,你听进去没有?我们都是你的亲人,否则,犯不上这么苦口婆心。"

表姐夫说:"当断不断,反受其乱。楠楠,你也不小了,不要把爱情想得那么天真。"

母亲说:"楠楠,我们不想强迫你做出决定,我们只是提供参考意见,这是亲人应尽的责任。"

张楠说:"我知道,我懂。我应该做出的决定,我会做的。"

保良没有想到,小乖竟会保留在夜总会胡闹时被那帮一起摇头的朋友乱拍的照片,他也没想到这些不光彩的照片会在小乖死后多日,依然挂在她的床前。

他最先感受到的尴尬,是因为那些乌七八糟的照片显然撞入了夏萱的眼帘。虽然,这间公寓在追查权三枪的过程中曾进入过公安的视线,但因为小乖已死,房屋空置,小乖并非与权三枪有直接联系的人物,所以对这间房子一直没有进行过任何搜查。（这次发现重要线索人物马加林失踪多日后重返这里，公安便在拘传马加林的同时，也带来了准许对这所房屋进行搜查的文件。）

至于那个马老板，保良曾用尽各种方法，多次恳求和逼迫他说出权虎的下落，始终无果。但这天晚上马老板一被带到公安机关，民警四周一围，便立刻乖乖就范。不仅说出了权虎公司的名称和地点，而且还主动说出了他和权虎公司之间的生意往来和债务纠纷。

他反复强调的是，他和权虎之间，只有生意联系，并无个人交情，而且那点生意，也是两年以前的事情。他因为贸易赔本，早已不在鉴河漕运货物，去年又把设在省城的办事处裁撤解散，原来设在铁岭的公司总部也已注销。马老板的供述与警方的调查分析基本吻合，没有证据显示他与权三枪杀人案件有什么关联。他在省城和原籍铁岭销声匿迹，是为了躲债，与杀人案没有必然的联系。他这段时间一直在广东一带拉拢投资，其行踪经警方事后调查也基本属实。这次回省城是为了拿回以前放在小乖账户上的钱，他和小乖已经很久没有联系，他刚刚知道小乖早在一年之前就已经死了。

公安在拘传马加林的当夜，就派出一队人马，急驰权虎公司的所在地泽州。泽州是鉴河流域尾端的一座县级城市，城市不大，却是货运集散的水旱码头。权虎经营的公司名叫百万运输公司，专营鉴河水运。但公安赶到泽州后发现，这家由一个名叫冯伍的人出面注册的百万运输公司已在去年申请注销，冯伍和权虎从那时起便踪迹杳然，泽州的水运行里，人们已经很久没有听到关于他们的任何消息。

公安的泽州之行虽然扑空，但所查到的情况在对案情的分析方面，还是具有重大意义。因为百万公司申请注销以及权虎失踪的时间，恰在权三枪杀人案发生的数日之后，怎么看也不像是"纯属巧合"。

但线索毕竟在此中断。

虽然权三枪经公安部发布 A 级通缉令已有一年之久，但权虎因尚无证据涉嫌同案，因此在法律上还不能用通缉的办法予以处理。在办案人员泽州扑空后，省公安厅召集省会市局、鉴宁市局和泽州市局等几个地市公安机关会商此案，安排协调了下一步调查布控的各自分工。

这些情况，是后来金探长与夏萱找保良谈话沟通情况时，透露给他的大致内容。那时保良正陷入失恋的情绪低潮，在得知这些内容之前他满以为公安局会很快找到权虎和姐姐，和姐姐重逢是那些天他灰暗的心里唯一能够发出些光亮的期冀。

保良打张楠的手机，张楠的手机永远关机。

他打张楠公司的电话，接电话的永远是个男人。保良从声音上能敏锐地听出，那个男人，就是上次替张楠交付一万元借款的那个魁梧的青年。

他迫不得已，打了张楠家里的电话。接电话的是张楠的母亲，从张楠母亲冷淡的语气中保良彻底明白，张楠在小乖家楼下的不辞而别，显然意味着一个决定。

周四，保良轮休，他去了国贸大厦，直接乘电梯上楼，但在张楠工作的公司门口被一位接待小姐拦住。小姐经过一番电话联系，告知他张楠不在。其实那位小姐往办公室里打电话时他听得明白，"张楠不在"只是张楠拒绝的借口。

那天晚上，他借用同事的手机给张楠的手机发了一条长长的信息，询问张楠他做错了什么。其实他已经隐隐猜到小乖挂在床头的那些狎昵的照片，大概就是张楠绝情的理由。

张楠绝情的理由，是因为她断定他对她撒了谎，她断定他一边撒谎一边还发誓诚实。

他对她，撒谎了吗？他一直隐瞒他和小乖的这段交往，从他与张楠相爱的本质上说，是撒谎吗？

周六，他再次给张楠的手机发短信，希望她给他机会，无论有什么矛盾和误解，都容他当面说清。他想向她当面解释，他不仅从来没把菲菲当作自己的爱人，更不会去爱小乖！他确实和小乖"鬼混"过一阵，但那不过是为了寻找姐姐。但保良心里也非常明白，这一切真相尽管确实是真相，可一旦错过了应该说清的时机，也许就真的说不清了。这个世界的矛盾并不都是由误会组成的，但确实有许多误会，永远难以消除。

也许这就是缘分。

不知用了多久，他才从失魂落魄的状态中把自己拯救出来。尽管，那些天他还能照常上班，还能照常对客人露出职业的微笑，有时下班后闷极了，他还会去刘存亮的铺子里坐上一会儿。他还去看了一趟菲菲，再次做了老生常谈的劝诫，但他无论走到哪里，无论脸上是愁是笑，口舌是闭是开，他感觉自己都是行尸走肉，没有快乐，没有遐想，眼中的一切景物，全都失去了原有的光泽。

苦闷和思念的折磨压迫得他痛不欲生，他不得不寻找各种途径试图解脱。他甚至利用双休日又回了一趟老家，回到鉴河岸边去看他少年时居住的那栋老屋。他家的院子仍然没变，依然无人居住。买下这房子的人据说在市中心另有住房，所以这里一直空置。

保良从一些老邻居的只言片语当中，知道了这院子的情况变迁。他还悄悄翻墙跳进院内，从一扇未锁的窗子爬进房间。他在几个屋里进进出出地走来走去，屋里还保留着他家过去的一些铺陈，每件家具和每个角落，都蒙着同样厚重的尘土，连阳光的颜色，在这里也都变得陈旧不堪。保良在父母和姐姐的卧室里停留得同样长久，那两间屋子同样静无声息。只有在他推开厨房那扇吱呀作响的门扇时，才隐约听到母亲唠唠叨叨的吩咐，她在吩咐保良去叫爸爸和姐姐回家吃饭，免得饭菜凉了就不好吃了。他听见自己的声音从屋里喊到院子，又从院子喊到巷外："爸爸、姐姐，爸爸、姐姐……"在心里听到喊声的那一刻保良真的忘了张楠，忘了他失去张楠的痛苦，或者说，这个痛苦忽然被另一个痛苦代替，他痛苦地渴望着他能够真的喊回父亲和姐姐，让他们和他一起，重新回到这里，坐在桌前，高高兴兴地一起吃饭。吃饭是一家人最轻松最和睦的生活场面，连默默地想象一下也会感觉无比温暖。妈妈不在了不要紧的，他可以代替妈妈给爸爸和姐姐做饭，只要他们还能和他一起，围着这张餐桌坐下，有说有笑地吃他做的每样东西，就足以让保良一切无憾。

然而，他的喊声飘远之后，屋里空洞依然，破败依然。幻觉的温暖绚丽和现实的灰暗冷清，就构成了痛苦，压迫得他心里发酸。

直到坐在了山丘上那座废窑的窑顶，保良心里的压抑，才被视野中鉴河的开阔稍稍舒缓。山丘上吹着从河面刮来的阵阵清风，让保良渐渐享受了七窍的通透，但他的呼吸仍然带出些难以尽扫的哽咽，让他的胸怀无法尽情地随风扩展。

第二天，保良去看了刘存亮和李臣的父母，带了刘李两家捎给儿子的东西返回省城。回城的当晚他约刘存亮和李臣一起，在夜市旁边的一家小饭馆里吃饭聊天，把家里捎的东西交给他们，还跟他们说他们那条小巷的变化与不变。

　　李臣和刘存亮是一块儿来的，他们赶到约定的小饭馆时保良已经等了很久。在来的路上刘存亮让李臣陪他去买了彩票，刘存亮买了二十块钱的，李臣也买了十块钱的。按李臣的说法，他这十块钱可不像刘存亮花得那么揪心揪肺，他是不图发财只图凑个热闹。

　　那是一种即开即兑的福利彩票，李臣、刘存亮进了小饭馆在桌前坐下，对保良关于老家的描述并无多大兴趣，只顾得用餐桌上的牙签刮奖。两块钱一张的彩票一共买了十五张，刘存亮憋了尿去上厕所，就让保良帮着李臣一块儿刮号。李臣刮了九张全是谢谢二字，保良刮到第四张时居然刮出了一个"恭喜"，再刮下去就是"一等奖"三个黑字。保良拿起那张票给李臣看，李臣看了半天竟搞不懂这是什么！

　　保良又刮了剩下的两张彩票，都是讨厌的"谢谢"二字。李臣拿了那张写着"一等奖"的彩票起身离座，说要去售票点问问真伪。保良说："先吃饭吧，吃完了再去。"李臣说："还是先问问去吧，待会儿人家说不定就下班关门了。"

　　李臣走了，刘存亮回来，保良告诉他刚才刮奖的事。这种事刘存亮相当懂的，瞪着吃惊的眼睛又问了一遍，然后喜上眉梢地大呼小叫："没错，这就是中了，哎呀保良，你真是金手呀，我要早知道，以前每次买彩票都应该让你帮我刮呀！保良，等我得了钱我一定好好谢谢你，我请你上国贸大厦顶层餐厅吃饭去。哎，李臣是不是已经去了，他带身份证了吗？兑奖得要身份证的！哎哟，我身份证没带！保良，今天这顿饭先不吃了，我得回去取身份证去，要不你先吃吧，我得回去取身份证去！"

保良还没回过神来，李臣和刘存亮一前一后，全都一阵风似的走了。保良在空下来的餐桌前发了一分钟愣，才渐渐相信，这事可能真是真的。刘存亮和李臣可能真的发财了。一等奖该是多少钱呢，几百万？这个数字在保良脑海中跳出来的瞬间，他把自己惊出了一身热汗。

李臣失踪了。

一连三天，保良和刘存亮谁也找不到李臣，他的手机关了，住处铁锁封门，去他上班的夜总会，夜总会的人也说他三天没见人影。刘存亮去找菲菲，菲菲说她早就不在李臣那夜总会做了，和李臣之间也早就没有联系。

保良只是为李臣的"蒸发"纳闷，他并不像刘存亮那么像热锅上的蚂蚁。刘存亮和李臣一块儿买的彩票中了六十万元大奖，即开即兑，钱已被李臣独自提走。刘存亮认为，他花了二十元买了十张彩票，李臣花了十元买了五张彩票，彩票买完后就到了餐馆，都混在一起交给李臣和保良一起刮开。保良刮出来的一等奖说不清是出自刘存亮的那十张还是李臣的那五张，所以那六十万奖金，理应按各自出资的比例，即刘存亮三分之二、李臣三分之一进行分配。但李臣用自己的身份证提了钱随后消失，大有一人独吞的嫌疑。保良安慰刘存亮，说："不至于的，李臣和你是从小结拜的兄弟，咱们从十岁那年就割破手指发过誓的，有福同享，有难同当，不愿同日生，但愿同日死，生死祸福都已相约一世，李臣一定是一高兴喝多了，醉倒在哪里还没醒过梦呢。"

保良更关心的，是这笔钱的用途。他希望，或者说是恳求，恳求刘存亮能和李臣说好，拿出五万元钱从老丘那里赎回菲菲。尽管他已不想再见菲菲，但一想到菲菲和老丘那种危险人物混在一起，保良心里就总是不得安宁。

刘存亮说："先别说干什么用了，只要能找到李臣拿回钱来，干什么都好商量。"

那时他们都不知道——也许刘存亮暗自估计到了——李臣早在拿到钱的当天，就乘火车回到鉴宁。在与全家欢呼雀跃一夜之后，已经决定用这笔飞来的横财盘下他家一个远亲的餐馆。那餐馆的位置不错，就在鉴河岸边一个码头附近，来往船只在此停泊，吃饭打尖的客人络绎不绝。只是餐厅的店面年久失修，上不了档次，一旦拿到资金投入，回报一定不会太低。

拥有自己的产业，当一个真正的老板，是许许多多中国人毕生的梦想。中国人一向不缺梦想，也不缺勤奋，缺的就是这第一桶金！

刘存亮是在第四天和家里通了电话以后，才知道李臣并没有醉倒在哪里，也不是他曾做出的另一个极端假设——被人劫杀在哪里，而是，已经带着那六十万元巨款衣锦荣归，回了鉴宁。

刘存亮和家里通话后立即关掉了他在夜市的小店，赶回鉴宁去了。走前与保良通了一个电话，大骂李臣小人无情，见利忘义。刘存亮在电话中的激愤让保良沉默了很久，想到自己从小到大的亲朋好友，到现在几乎全都分崩离析。他忽然被一种不可知的无常心态笼罩起来，感到天日无光，人心叵测，究竟还有什么美好的东西能够长久？茫茫人海，混沌世界，到底还有谁可信任依赖？

对人生越是疑惑，心灵越是脆弱，越是渴望拥有亲人，越是想念父母和姐姐，想念少年的鉴河岸边，山丘之下，他家的那个小小的院落。

最想念的，最让他夜不能寐的，还有张楠！

刘存亮走后，保良非常孤独，非常寂寞。那种孤独寂寞并非无所事事和百无聊赖，而是发自内心的一种恐慌，一种失落。他有时还会试着拨一下张楠的手机，和过去一样，手机不是关着就是"小秘书"，没有发生任何惊喜和意外。

忘记过了多久，他倒是意外地接到李臣打来的一个电话。李臣在电话里并未直接回答保良的质问——关于那笔奖金，关于他和刘存亮的争议。他只说他想与保良当面谈谈，他希望保良能尽快回一趟鉴宁，来往的车马及食宿费用，全由他出。

保良没有立即动身。三天后单位排他轮休，他才搭乘早班的火车回了鉴宁。

到车站来接他的，不是预想中的李臣，而是李臣的父亲。李臣的父亲开着一辆一看就是平时买菜用的三轮摩托，把保良直接接到家中。到了李臣家保良才知道李臣正在卧床养伤，头上缠着纱布，眼眶也圈着乌青。

细聊，保良真的吃了一惊，李臣头上脸上的伤痕，居然都是刘存亮的杰作。刘存亮生性软弱，能出手攻击比他强悍许多的李臣，实在令人不可捉摸。

李臣和刘存亮，十年结拜的兄弟，如今一朝反目；刘李两家，二十年相邻的街坊，同样势如水火。他们已经打了不止一架，李臣伤了刘存亮的父亲，刘存亮伤了李臣本人。公安出面调解未果，刘家已经一纸诉状把李家告上法庭，法庭已经受理。刘李两家都在找律师，决心把官司进行到底。

李臣请保良来鉴宁的目的，是要保良作为他的证人，证明那天他刮出大奖的彩票，确是出自李臣所买的五张彩票中的一张，并要保良与他的律师见面。这个官司争议的焦点，是刮出大奖的彩票究竟由谁所买，谁买了这张彩票，那六十万元奖金，自然应当归属于谁。而诉讼的双方肯定各执一词，当时在场见证的第三者，唯有保良一人，所以保良就成了双方都要争取的重要证人。李臣先下手为强，除了经济上许愿之外，他还告诉保良，他最近打听到了关于保良姐姐夫的一些消息。如果保良答应为他作证，他可以无偿地转让这些消息。

保良问："什么消息？"

李臣说："肯定是很有价值的消息，你要先答应了我，我才能告诉你。"

保良说："我只能证明那个奖是我帮你们刮出来的，我也不知道那张彩票是谁买的。你们自己又没记号，把十五张彩票往桌上一放，谁知道谁是谁的。"

李臣说："所以这事说白了就是求你，你要同意为我作证。你今天只要应了帮忙，我今天就可以告诉你到哪儿去找你的姐姐！"

保良闷了半天，李臣盯着他的嘴巴，李臣一家老小都死死地盯着他的嘴巴。可那嘴巴一直紧紧闭着，不出一丝大气。

终于，保良开了口，他说："我不找我姐了。"

那天保良坚决谢绝了李家的盛情，没在李家吃饭。他在街上随便吃了一点东西，黄昏时再次翻墙进入他家的旧居。那院子被夕阳涂抹得有些朦胧，逐一入目的每个即景，都像老旧发黄的照片，又有一些油画的厚重。姐姐的卧室里还有一张旧床，保良小时候常和姐姐挤在床上，有说有笑地谈天说地。如今揣摩童年的感觉，背脊靠墙坐在床上，看墙上浮尘飘落，听床架吱呀作响，从这里透过洞开的屋门，还可以看到院内枯败的垂藤，正随着矮墙移动的斜影，在太阳的余烬中一点点变冷。

太阳落山的时候，院外的小巷照例开始热闹起来，炊烟将各家饭菜的香味带向狭窄的天空。在远远近近锅灶的喧闹声中，保良听见砰的一声响动，似乎就在姐姐卧室的门外，清晰得近若咫尺。紧接着他看到卧室半开的窗前出现了一个逆光的人影，那人影又从窗台翻进屋子，拍了拍两手的尘土，有气无力地叫了一声：

"保良！"

是刘存亮。

保良对刘存亮的态度和对李臣一样，晓之以理，动之以情。他希望刘存亮与李臣能够捐弃前嫌，和好如初。与其在法庭上唇枪舌剑，不如心平气和地坐下来，以兄弟的身份情分，好好谈谈。这个世界上还有多少像咱们这样十年不散的兄弟，这一辈子还能交到几个情如少年的朋友？刘存亮说："保良，你的话确实没错，我愿意和李臣握手言和，只要他把我该得的那份给我，不给三分之二给个二分之一，也算是个说法。保良，你知道我买彩票买了多久，在哪个点买，一次买多少张我都有研究，所以我这次中奖绝非偶然，是长期的经验和运气积累而成。你也知道李臣平时根本不买彩票，偶尔跟着我买几张只为凑个热闹，他一共加起来也就买了三四次不到五十块钱，趁我上一趟厕所就把六十万大奖一人吞了，你说他还讲一点兄弟义气吗？还算生死之交的朋友吗？我去找他讲理他还把我爸打伤了，我不能让别人抢了打了，还像没事似的跟他和好如初。他不还钱这官司我们打到底、打到死也得打下去。保良，你是我的兄弟，也是他的兄弟，我不求你向着任何一方，只求你说个公道话，主持正义。"

保良说："我只能把我那天看到的情况实话实说，我不能证明那个大奖是你们哪个买的。你既然知道你早晚能中大奖为什么不把尿憋一会儿非要在那个关键时刻去上厕所，你既然知道你买的彩票是即开即兑为什么不随身带上身份证件？你要是拿不回这笔钱来也全怪你自己糊涂，是你命中注定要吃马虎大意的亏！"

保良把刘存亮骂得满脸是泪，他满脸是泪地哀求保良："保良，你怎么骂我损我我都愿听，只要你能跟我的律师说说我那天买了多少钱的彩票，就算我没白认你这个兄弟一场。要是你能说你刮出奖的那张彩票是我给你的，我们全家一辈子都记住你的大恩大德，你要给菲菲五万块赎身我也一百个愿意，一百个赞成！"

保良沉默良久，不想再看刘存亮泡红的泪眼。他长长吐出胸中的闷气，闷声说道："我今晚就坐晚班的火车回省城去，我没有答应去见李臣的律师，也就不会去见你的。如果将来法院传我去做证人，我只能像我刚刚承诺的那样，实话实说。你们都是我哥，所以我对你们，都得同样仁义。"

晚上，街灯刚刚燃起，保良独自走出了他家那条小巷，走到了华灯璀璨的大街，他乘坐的公共汽车再次从当年的那座百万豪庭大酒楼的门前开过，酒楼门前车水马龙。他在火车站的旅客入口处意外地看到了李臣的父亲，他扶着李臣像是早已等在这里，特来为他送行。

李臣的父亲说："你是我们专门请过来的，是我们到车站接的你，所以你回去我们也该过来送送。"

保良表示了感谢，但他推回了李臣父亲递过来的一个手提纸袋，他隐约摸出那里面装着成捆的钱。李臣的父亲坚决要给，说："这不算什么，就算请你过来的路费吧。"保良坚决不要，说："路费没多少钱，我自己可以承担，李臣是我大哥，我过来看看他理所应当。"两人推来推去的时候李臣上前拉开了父亲。

他伸开双臂，拥抱了一下保良，他说："好兄弟，我知道我这样很难为你。我爸妈苦了一辈子，我只是想让他们能过得宽裕，我只想尽一点做儿子的孝心。"

保良说："刘存亮也有父母，也不宽裕，他也想为父母尽孝。咱们兄弟三个，其实只有我一个人最不孝顺。"

保良也拥抱了李臣，然后转身向车站里走去。李臣在身后叫他一声："保良！"保良停下脚步，却不想转身。他只听到身后李臣的声音有些虚远，仿佛稍不经心倾听，就会被周围的嘈杂吞并。

"保良，你姐夫有条船还在鉴河上跑货运呢，那条船叫'强龙'号，是条大驳船。你要找的话，就顺着鉴河找，鉴河上的驳船全都有名有姓的，你要找一定找得到。你记住了吗？它叫'强龙'号！"

二十

保良回到省城的第二天，就向单位请了一周事假，随后便带了简单的行装和自己的全部六百多元积蓄，起程上路。

他选择的第一个方向，是鉴河大埠安坪市，安坪市建有鉴河流域最大的货运码头，是过往船只最为集中的一个埠口。选择安坪的另一个理由，是因为李臣关于那艘"强龙"号驳船的消息就是从那里来的。

李臣是和父亲一起到他们准备盘下的那家饭馆谈价格时，听到邻桌两个来自安坪的货主谈到权虎的。那两个货主在抱怨权虎这两年生意越做越败，船破了也舍不得花钱修修。那两个押船的货主关于权虎的交谈仅此三言两语，李臣唯一记住的最有价值的线索就是那条货船的名字。

保良在出发前曾经打过一个电话给金探长的，金探长的手机不在服务区，他又打了一个电话给夏萱，在听到夏萱的声音后他又把电话挂断了。他忽然改变了主意，他不知道一旦公安通过他的举报抓住了权虎，他的姐姐会不会像当年对父亲那样，连他也恨。

他决定自己前往安坪，自己找到"强龙"，如果真能找到姐姐，他会悄悄告诉她权三枪杀人的事情。他不相信姐姐已经知道这件事情，他在直觉上也不相信姐夫参与了这个事情。

找到权三枪在此时似乎已不是保良的主要渴望，他更渴望的其实是见到他的姐姐，尤其是在失去母亲又失去父亲之后，尤其是在与张楠事实上分手之后。

保良在安坪待了三天，天天到码头附近察看过往的货船。他也混在下船吃饭灌水的船工中间，打听"强龙"号驳船的来影去踪。在那些衣着肮脏、言语粗鄙的船工之间，有不少人知道"强龙"这个名字。那是一条大船，能装下几十吨货的，可惜有点旧了，说不定已经停航大修。

保良本来是一直坚信"强龙"并没停航的，因为十几天前李臣还见过那条船的两个货主。但是在安坪待到第四天，他还是根据一个船老大的建议，乘长途汽车去了安坪下游的拱源。拱源有一个很大的修船厂，那里可以同时停泊十条以上待修的大船。

拱源也有一个码头，保良在修船厂没有找到"强龙"，也没探得"强龙"在此维修的记录。他就在拱源的码头上又"逛"了一天，发现在这里停泊的货船少得可怜。他根据在码头上听来的指点，又转移到再下游的另一个埠岸。那里虽然只是一个无名小镇，但从鉴河的整个航程来看，有很多船只会在那里停船过夜。

小镇名叫沽塘，保良从小长在鉴河岸边，却从未听说过鉴河流域还有沽塘这个地方，更没想到这个并不知名的弹丸之地，居然会是水上驳运的一个重要驿站。

保良在沽塘下车时天色已晚，但他还是一路步行，走到河边码头附近的一家旅店投宿。和他估计的一样，这家旅店每天的主要客源，就是那些一整天都在水上漂泊的船工。保良花十元钱住进了一间挤着十多张床位的客房里，房子又小又臭，船工们都还没睡，几个人挤在一张床上赌着纸牌，几个人坐在各自的床上神聊闲侃。还有一个喝醉酒的，和衣躺倒呼呼大睡。保良进屋时引来了不少审视的目光，从他的衣着和形象来看，显然不是同道中人。

　　自然，就有人主动搭讪："小伙子干什么的，不是跑船的吧?"保良说不是，是出来打工的，路过这儿住一宿，想看看明天有没有船能搭他到泽州去。马上有人指着那个喝醉烂睡的汉子，说："他就是去泽州的，你明天可以让他搭你走。"保良随口说："搭到泽州要多少钱呀?"众人说："你在船上帮忙干点儿活，他一高兴，说不定不收你钱还管你饭呢。"保良说："真的?"

　　保良想，如果在沽塘还是找不到"强龙"号，他就搭船到泽州去。泽州是鉴河尽头的船驳总站，如果在那里再找不到"强龙"号，他就必须从那儿乘火车直接赶回省城，因为他请的事假加上两个双休日，一共九天，已将期满。

　　早上，很早很早，船工们就乱哄哄地起床洗漱，昨夜醉倒的那家伙也睡眼惺忪、满脸浮肿地爬了起来。一起在厕所尿尿的时候，一个同屋的瘦子向他介绍保良："嘿，虎子，这小孩要去泽州，你不是也去吗? 他说想搭你船呢。"那个叫虎子的家伙斜眼看保良，一直看到一泡长尿撒完，说："给多少钱啊?"瘦子说："给什么钱呀，让他帮你干点活儿不就顶了?"虎子又看保良，保良心里挺讨厌他，也不知他尿出去的是不是昨天喝的啤酒，那味道骚得让保良直蹿头皮。

洗漱完了，船工们先先后后，络绎走出旅店，在路边买了些早点，边吃边往码头走去。清晨的码头浓雾聚集，泊在岸边的船舶虚虚渺渺，若隐若现。

保良见虎子买了不少大饼和咸蛋，拎着往码头上走，便问瘦子干吗买那么多吃的。瘦子说船上还有人呢。保良就紧跟几步，追上去要接虎子手上的那包大饼，他说："大哥，我帮您拎着。"虎子便把大饼给了保良，保良看一眼瘦子，瘦子会意地冲他点头一笑，那意思是这张免费船票他算拿到手了。

走到码头，大家各上各船。保良跟了虎子，经踏板跳上甲板。虎子把大饼鸭蛋交给昨天留在船上过夜的几个船工，又吆吆喝喝地交代着开船的事情。转脸看见保良正往不远处瘦子的船上瞭望，便问："嘿，你到底怎么着，想跟着走就帮忙收缆去，别袖着手当大爷，在这儿没人伺候你，在这儿你是孙子！"

保良就像没有听见虎子的呵斥，他的目光还在瘦子的方向凝结，虽然瘦子也像这边的虎子一样，上了船便开始吆三喝四，但保良的视线并不在瘦子的身上，而是聚焦于瘦子的船头，那方方正正的船头上写着两个白色的大字，那两个大字是那么灼目刺眼。

——强龙！

保良在这条"强龙"号货船上，当上了一名船工。

此前虎子的船已经收了跳板，但拦不住保良像勇士跳崖一样纵身一跃，并在"强龙"号刚刚离岸的刹那，像做跳远运动似的飞上了甲板。瘦子说："干吗干吗，你不是要去泽州吗？我这船是去坝城的。"保良说：

"大叔，你收我当个小工吧，我什么都能干，您试我两天行不行？不行您随时让我下船。"瘦子说："你不去泽州啦？"保良说："不去了，我看您人最好最慈善，我去哪儿反正都是打工，我就在您这儿打工得了。"瘦子说："搭船行，打工不行，我船上人手够了。"保良说："您就试我两天，给多少钱您定，不给钱管我顿饭，我也是听您的。"

瘦子看了保良半天才说："你小伙子有模有样的干什么不行，怎么非要干船上这种又脏又累的苦活儿？你不是大学生跑我这体验生活来了吧，然后回去写文章骂我？"

"强龙"号顺着鉴河主流行走了半日，中午，离开主航道转向支脉，向坝城的方向继续航行。

在支脉航行的船只很少，河水也不像主流那样浑浊。每天都有无数拉货的船舶在鉴河主流来往穿梭，在河水中倾入无数垃圾、粪便、生活污水和机器废油。人的生存在这条河流当中，远远压倒对环境的保护，人人都在咒骂河水越来越脏，人人也都知道这条河还会更脏更臭。

"强龙"号是条吃水很深的大船，在狭窄的支流行走，就像是一辆大卡车进入了巷弄。两岸的行人房屋，有时近得可与船上的人彼此说话抛物，最窄处要想跳船上岸，甚至可以不用跳板，只须飞身一跃，即可离舷。

连瘦子在内，这艘"强龙"号驳船，原有四位船工，一个轮机工，一个舵工，还有一个在甲板上干活儿的小工。瘦子姓侯，是船老大。保良来了，什么活儿都干，听瘦子指挥，让小工带着，先擦洗甲板，后烧火做饭。酱油没了那小工就飞身上岸，在岸上小店里买了回来，再追几步纵身上船，一切都如平地行走那样随心所欲，轻松简单。

这船上装的，全是大米，从鉴河上游的涪水起程，开往下游支脉的坝城。在船上干完大活儿以后，保良更多的任务，就是伺候瘦子和在船上实际排位老二的轮机工，给他们点烟沏茶、盛饭捶背，饭间还陪了几杯老酒。瘦子的一双球鞋臭得隔岸熏狗，让保良用洗衣粉泡了一个钟头，才勉强洗刷干净。从瘦子口中保良知道，这条船归属千帆运输有限公司，而这个千帆运输有限公司刚刚成立不久，有三个股东，每人手上都有几条货船，共用一个公司执照，谁的船挣的钱谁分走，现挣现分，一般不往账上存的。这样既可以随时拿到现钱，又可以逃掉好多税款。李臣提供的消息果然不错，这条"强龙"号背后的老板，就是姓权。瘦子说到的这个权老板名叫权大成，保良估计，所谓权大成应该就是权虎。权是小姓，应该不至于巧合得如此难以置信。

下面的问题是，怎样才能见到这位真正的船主。按瘦子的说法，他们这位老板一向很少露面。每月过来收钱的，是一个名叫冯伍的帮手。据说权老板还有不少其他生意，这两年都做得光赔不赚，所以船破了也没钱修修，他那几条船一年来都是带病运行！哪一天要出毛病全得趴窝。

除了抱怨老板经营的短期行为，瘦子酒后更多的是向保良大肆吹嘘，说他家老板有个兄弟是黑社会老大，鉴河上好些拉货的船都靠他护着。在水上走的人没有陆上的后台是走不顺的，没有后台，沿岸的毛贼都敢上来抢你。没有后台还要做水上生意的，那就只有等着某天彻底翻船。

船到坝城之前，经过一个镇，泊岸买水的时候，果然有几个地痞上来诈钱。保良远远站在后甲板上，听瘦子与舵工和他们互相谈判，声音忽高忽低，听得断断续续。瘦子大概在告诉他们这是权老大的船，但对方似乎不太买账，后来瘦子还是掏了腰包，出了点血才打发走他们。

地痞们上岸之后，瘦子命令马上开船。保良听见瘦子在叨叨咕咕地骂街，听不出是骂这帮地痞无赖，还是在骂他的老板无能。

保良过去递茶，故作随口，问瘦子："权老大就是咱们权老板吗？"

瘦子摇头："权老大是咱们权老板的兄弟。权老板叫权大成，权老大叫权三枪。我们权老板是权家的小弟，权三枪是权家的大哥，鉴河上跑船的一般都认老大，一说权老大，一般都赏脸！"

保良说："噢。"

停了一会儿，保良又问："刚才那事，回去要不要和权老大去讲？"

瘦子说："权老大我们见不到的，只有冯伍来收钱的时候和冯伍说说。不过都说权老大前一阵让公安查了，这一阵要躲风头，所以一般不出来了。但我们碰了这种事，回到涪水总归要和冯伍说的。"

船行当晚，抵达坝城，卸了一船大米，装了半船散货，轻舟逆流，向涪水返航。尽管瘦子关于权虎和权三枪的说法可能虚实各有，真伪参半，但保良大致可以判断，权虎就在涪水，距鉴宁不过百里之遥。

在假期之前返回省城看来已经不可能了，保良必须随船返回涪水，他必须在这条船上干下去，直到见到那个收账的冯伍。也许见到冯伍就有机会探到权虎的下落了，探到权虎的下落，就等于探到了姐姐的居所。至于权三枪，既然已是警方以 A 级通缉令全国缉拿的要犯，显然不可能还在他的老窝或是鉴河沿线抛头露面。他可能早就不知亡命到了哪里，他的选择也许从此只有两个，或者某年某日被公安抓获，或者隐姓埋名躲藏一生。

在返回涪水的途中，保良一直想向单位续假，但一直没有机会找到可以拨打长途的公用电话，每次上岸买水买菜只是片刻停留，为了节约成本，强龙号半夜都在赶路，从坝城到涪水三个昼夜，连瘦子都一直睡在船上。瘦子这几天开始喜欢保良，听说保良无家无业无亲无靠，甚至动心想认保良做个螟蛉。当然也是酒后说说，醒后也没再认真提起。不管怎么说，保良就这样一直留在了船上，说好工钱按天计算，跑一天船给十五块钱另包一日三餐。这么累的活、这么苦的差事、这么少的钱保良还得再三道谢，感谢瘦子的收留之恩。

船到涪水。

船到涪水当晚无事，卸完货，轮机工和舵工就都下船回家去了。保良陪瘦子待在船上，和另一位小工一起，三人喝了一斤白酒，打了半宿扑克。

第二天，上午，来了两个人，和瘦子在前甲板上谈事。保良在舵舱里偷看，料想其中一人定是冯伍。冯伍谈完事又交代了一桩要拉的活儿，和瘦子单谈了半天才走。他们一下船，保良马上走出舵舱向瘦子请假，说要到岸上买点东西，还要给朋友打打电话。瘦子说："好吧，你快去快回。"

保良点头说是，随即下船，朝着冯伍走的方向追了过去。他在从码头出去的第一个街口追上了冯伍的背影，再晚一步那两个背影就会没入人流。冯伍和那位像是货主模样的男人在街口互相点烟，又聊了几句便彼此分手。保良远远跟定冯伍，见他并不戒备，沿街信步，优哉游哉地走进一条小巷，扔了烟头进了一个院子。院子的斜对面有个卖书报杂志的摊子，保良就在摊子前佯装看书，只为偷眼观察院内的动静。

那院子里有幢小楼，时值盛夏，楼上的窗户却都紧紧关着，窗户上的玻璃也都肮脏不堪，表明楼上并无人住。保良在摊子上看了一会儿杂志，买了一瓶饮料，付钱时向摊主询问对面院里是否住着一个叫陆保珍的女人，摊主摇头说不晓得。保良又问有没有住着一个叫权虎或者叫权大成的？摊主还是摇头说不晓得不晓得，这院里住的几家都是外来的人，进进出出互相都不认得。

保良在这巷子里来回走了两圈，没有看出什么异样的情况。眼看日当正午，只好匆匆赶回强龙号船上。瘦子和小工已开始洗菜做饭，见保良姗姗而归颇为不满，警告保良如再贪玩就赶他下船。保良除了道歉没做过多解释，他从瘦子和小工饭间的对话中知道，冯伍又给强龙号拉了一单运送化肥的大活儿，后天就要从涪水出发到安坪装货，再拉到下游的终点泽州去，往返行程至少要六七天呢。

下午，瘦子下船上岸不知干什么去了，嘱咐他们好好看着船只，可别贪睡贪玩。瘦子走后，保良给小工手上塞了十块钱，说自己想上岸找个网吧上网去，让小工受累单独看船并替他保密。小工得了好处自然高兴，只让保良早去早回。

保良下船后再次去了那条小巷，尽管他说不准那个院子与冯伍之间究竟是什么关系——是他常住的居所，还是他串门的牌局，或者，也许，保良臆想，那会不会就是权虎与姐姐的栖身之地？

晚饭前保良再次无果而归，匆匆赶回"强龙"。其实那天瘦子迟至半夜三更才滥赌而回。输了钱的瘦子回到船上，又骂骂咧咧地让保良和小工起来给他炒菜喝酒，一直喝到清晨才睡。第二天轮机工和舵手也都回到船上，开始检查机器加油加水。保良被派到街上买菜，买完了菜看看时间有余，便再次拐到那条离码头并不太远的小巷，像昨日一样赖在小摊前假模假式地看报翻书。

时近中午，保良仰脸看天，天上的太阳把人影烤得缩成一团。保良低头顾影，影随步移，正要往巷口的方向走回船去，忽见冯伍随着一个男子从院内走出，那男子满面怒容，手里拉着一个五六岁的孩子，任凭孩子哭哭啼啼，也不去哄。紧随在男子身后出院的，是个一脸病容的瘦弱女人，那女人想要回孩子，男人却一再粗暴地将她推开，同时口中大声呵斥。那冯伍一边喊着路过巷口的出租汽车，一边接了男人手中的孩子，抱在怀里快步出巷，男人紧跟着冯伍在巷口上车，带着孩子扬长而去。那女人追至巷口，望尘莫及，只好独自哭哭啼啼。

保良还站在书摊上没动，他的双腿像灌了重铅，他的心跳到了喉头，他的全身血脉偾张，他的脸色苍白如纸。刚刚过去的景象短暂得犹如白驹过隙，而在思维镇定之后又如老式的放映机摇出的缓慢电影。那一幕幕慢镜头般的画面在保良脑海中重新来过，让他得以坚信，跟冯伍一起走出院子的那个男人，就是他的姐夫。而那个被他们甩下的女子，就是他日思夜想的姐姐无疑。

姐姐和姐夫都变了模样，姐夫比以前稍瘦一点儿，脸上却不知为什么给人虚肿的感觉。两腮稀稀落落地留起了半茬胡子，使整个脸膛显得肮脏不洁。

姐姐则瘦得十分厉害，双颊塌陷得有些脱形，脸上没有化妆，暴露着病态的蜡黄。保良不知道自己为什么没有冲上前去叫住他们，也许那个他一直不愿承认的担忧此刻占据了意识。那就是，姐夫作为权家的后代，依然对陆家充满仇恨，姐姐作为权家的媳妇，嫁鸡随鸡，嫁狗随狗。保良不能肯定他的姐夫对那些事过境迁的恩怨已不再挂齿，也不能肯定他的姐姐还和他一样爱着父母双亲，尤其是当着权虎和一个外人的面时，他甚至不能肯定，姐姐是否愿意和他姐弟相认。

姐姐擦着眼泪，低着头蹒跚着从巷口走回，她走进小院以后保良才梦醒般地跟了上去。他跟进院内没有作声，一直跟着走近小楼，在姐姐打开一户房门时，他才在她身后叫了一声："姐！"姐姐居然没有听见，没有回头，木然地走进门去。保良在姐姐错身进屋的刹那紧追几步，赶在房门掩上之前，双手扒住了门扇。

"姐！我是保良！"

姐姐被吓了一跳，蓦然回头，目光惊惶。保良拉着门挤进屋子，声音激动得禁不住变了腔调。

"我是保良！姐。我一直在找你！"

姐姐张皇地后退，她显然认出了保良，但保良的出现显然让她不知所措，陷入慌张。

在见到姐姐之前，有多少晨昏寒暑，保良就有多少猜测估量。他猜测姐姐依然爱他，也猜测姐姐早已绝情，但当姐弟终于重逢相见的此刻，保良万念皆空，脸上只有眼泪，心里只有疼痛。他只想张开双臂去拥抱姐姐。他已经长大了，他的双臂颀长有力，他用双臂把姐姐抱在怀里，他能感觉到姐姐曾经那么丰满的身体，现在已经瘦骨嶙峋。

保良哭了，他的眼泪已经积存多年，他的眼泪代表了对母亲、对父亲、对童年和家乡的全部思念。他再也不愿控制，他要在姐姐的肩头，让悲伤纵情而出！

"姐，我一直在找你，我特别想你……妈让我找你，她让我一定要找到你！"

但姐姐没有哭，她的脸庞神经质地抖着，目光回避着保良的哽咽。她的声音也有几分陌生，变得那么虚弱迷离。

"我不认识你，你是谁？你出去，我不认识你……"

保良摘下了左耳上的耳环，他把耳环端到姐姐面前，他坚定地说："这是妈给我的，她让我戴着它找到你，妈说你看见它一定会想家的！姐，妈给你的那只耳环呢？妈在你结婚的时候送给你的那只耳环呢，还在吗？"

姐姐低了头，往屋里走，嘴里依然喃喃地说："我不认识你，我没有耳环……你跟妈说，我早就不是她的女儿了，我早就不是陆家的人了。你去跟妈说，我早就把你们都忘了！"

"妈已经死了！"

保良喊了一下，他已泣不成声："妈早就死了，她死的时候……让我一定要找到你！她说你只要见到这只耳环，你就见到她了，她也就见到你了！"

姐姐呆住了，她的眼睛里，忽然滚出大颗大颗的眼泪，她的喉咙里，忽然滚动着压抑不住地呜咽："妈死了……妈死了？"

保良上前，伸开双臂，再次抱住了姐姐，姐姐也抱了他。姐姐终于哭出声来，姐弟二人终于抱在一起，放声大哭。

保良没有再回"强龙"。

他为"强龙"号买的菜不知扔到了哪里。

那天晚上，他就住在了姐姐的家里。那个不眠之夜，既亲切又陌生。天快亮时，姐姐说"你睡会儿觉吧"，并且伸出手来，像保良小时候那样，摸了他的头发。

那个晚上保良说到了母亲，说到了母亲对姐姐的刻骨思念，说到母亲对保良的临终嘱托。他也说到了父亲，说到父亲的婚事和后来的家庭不幸；也说到了自己，自己的打工经历和之前的离家出走。夜深时分姐姐从柜子里把母亲的另一只耳环拿了出来，给保良看，两只耳环并排放在一起，让保良再次热泪盈眶。这对镶钻的耳环珠联璧合，象征着团聚，也象征着母亲的心愿终于达成。但姐姐没有敞开谈她自己，她只说她这几年一直和权虎共同生活，还说她的儿子已经六岁，取名叫权雷，小名就叫雷雷。保良说："姐，你这些年想过家吗？想过回家看看爸妈吗？"姐姐想了一下，摇头，说没有。她说："权虎恨你们，他家破人亡，已经够惨的了。我既然嫁了他，就得跟他在一起。我的这个命，就注定了只能有一个家，我要了这个家，就不能再要原来的家了。"

保良问："那我姐夫对你好吗？"

姐姐没有马上回答，但她的眼圈红了，良久才说："挺好。"又说，"他以前，很爱我，真的很爱我……"

保良问："那现在呢，现在他还爱你吗？"

姐姐没有正面回答，只说："我父亲把人家一家都给毁了，人家再怎么对我，都是应当的。"又说，"不管怎么说，他对雷雷不错，这就行了。"

保良犹豫了一下，还是忍不住问："权三枪杀了人，姐夫知道吗？姐夫和权三枪还有来往吗？"

姐姐半天没有说话，她低头想了很久，开口反问保良："你是不是……公安局派来的？"

保良说："不是，可权三枪犯了杀人的罪，如果姐夫知道了还和他在一起，姐夫也就犯罪了。姐，我是怕他们连累了你，我怕你不懂法律，稀里糊涂地卷进去。"

姐姐摇头，说："他们早就不在一起了。"

保良问："姐夫干什么去了？他把雷雷带到哪儿去了？"

姐姐说："他们出去做生意去了。"

保良问："那干吗要把雷雷带走？"

姐姐说："他不想让雷雷单独跟我留在家里，他怕我跟雷雷说他外公的事。"停了一下，又说："他怕我带着雷雷找我爸妈去，他怕我把雷雷带跑了。其实我不会跑的，我早就告诉他了，我已经不是陆家的人了。"

保良说："姐，姐夫要是对你不好，你可以离开他的。他要不给你孩子，你可以到法院去告他。一般法院都会把没长大的孩子判给母亲带的，你别怕他。"

姐姐摇摇头，说："他是我丈夫，他是雷雷的爸爸，他过去对我那么好，我怎么会去告他，我怎么会告他！"

保良说："那，你就真的一辈子不认我们了吗？"

姐姐说："我不是说过了吗，我的命，已经定了。谁也改变不了命。"姐姐停顿了一下，又说："保良，其实你跟姐姐的命是一样的。爸爸不是也不认你了吗？咱们的家，是小时候的家，现在咱们长大了，就得像鸟儿长大了一样，各自飞各自的。你今后飞到哪儿去，你自己知道吗？"

保良也不知道他今后会飞到哪儿去，哪里的枝头，才是他永远的窝。他现在最想做的，就是和姐姐一起去找父亲，他想让姐姐带上她的儿子，一起去找父亲。他和姐姐都需要一个家，这个家飘弥着炊烟和笑声，充满了亲情的互慰。他从刚才巷口那一幕已经看出，从姐姐的语调中也已经听出，姐夫现在对姐姐非常不好，他甚至不让她单独接触孩子，这显然已经构成了家庭暴力和精神虐待。姐姐只是心理上自觉有愧于姐夫，所以在感情上甘受控制。如果这样分析，姐姐其实并不幸福。姐姐还这样年轻，她不该这样终此一生。如果姐姐能带着孩子和他一起去找父亲——保良这样幻想——然后三代同堂地生活在一起，那他一定再也不惹他们生气了！他一定听父亲的话，听姐姐的话，帮姐姐好好照顾她的孩子。他一定会全心全意爱这个家，爱这家里的每一个亲人！

保良知道，这是幻想。

这是幻想吗？

二十一

　　一连几天，姐姐天天催促保良离开涪水，催促他飞回他的巢穴。在姐姐看来，保良的巢穴在省城，在省城最好的那家酒店的行政俱乐部里。但保良还是坚持在姐姐家住了下来。一连几天，他给姐姐买菜做饭，收拾屋子。姐姐的身体坏极了，面色蜡黄，手脚冰冷，总是不停地咳嗽，常有呕吐的感觉。而且，姐姐的脖子上和胳膊上都有青肿伤痕，保良问是不是权虎打的，姐姐只说没事，并不正面承认。保良一再要带姐姐去医院看看，姐姐一再说不用不用。保良也看出姐姐身上没钱，她每天吃饭买菜，都极俭省，保良用自己的钱买了母鸡熬汤给姐姐喝，姐姐也说不用了不用了，别这样破费。姐姐过去是多么爱吃、爱喝、爱花钱打扮的女人，想不到这才几年的工夫，竟会变成这个样子。

　　和身体相比，姐姐的心情更加萎靡不振。每天发呆的时间居多，常常暗自流泪。保良问她为什么哭了，姐姐就说想雷雷了。又说也不知道权虎在外面是不是病了，生意做得顺不顺利。一旦保良疑问："姐夫对你不好你为什么还想他呢?"姐姐就沉默不语。但她有时会突然情不自禁地,与保良说起她和权虎的一些往事。保良听得出来,姐姐至今对和权虎一起私奔并不后悔,那一段离家出走的生活,仍然是她心里最美最美的回忆。她说权虎那时对她真好啊,虽然他们见不到父母亲人,但他们过得非常快乐,每分钟都在用心拥抱对方,每一刻都会彼此海誓山盟。也许那场恋爱在姐姐心里烙下的印迹太深,也许她和权虎毕竟有了共同的儿子,以致她一心一意跟着权虎,无论怎样颠沛流离也都心甘情愿。即使权虎后来把自己家破人亡的悲剧移怨于她,她也宁肯忍气吞声,逆来顺受。女人的耐性总是远胜男人,就像当初保良无论对菲菲怎样冷淡,菲菲对保良还是有求必应,不弃不离。

保良在姐姐家住了五天,对这条小巷,这座院子,以及他们住的这所房子,渐渐熟悉起来。这所房子是权虎半年以前才租下来的。姐姐跟着权虎,这些年辗转多个县镇之间,居无定所,家无常态,走到哪里就租个房子临时住下,也不知能住几日,因此家具陈设,多是简陋凑合,多是沿用房东的弃物。

这所房子,是在这幢小楼的底层,后窗临街,前门对院,两房一厅,还有一个地下室做储物之用。保良在这里住到第五天时,情况有变,上午他在街上买了菜正要回家,被神色慌张的姐姐拦在了院子门口。姐姐压着声音让他快走,说权虎和孩子都回来了,她不愿保良与权虎见面。不想让权虎知道她和陆家还有往来。

姐姐面色苍白,语调坚决,使劲推着保良让他快走。保良要把手上的菜交给姐姐,姐姐也坚决不要。院子里,一个小孩的嗓门在喊:"妈妈!"紧接着是权虎疑问的声音:"你妈妈干什么去了?"姐姐慌慌张张退回院子，保良这才提着菜转身跑出了巷口。

保良返回了省城。

他回到省城并未立即赶回东富大酒店销假上班，他一下火车就在站前的电话亭里拨了一个手机号码。

一小时后，他在古陵分局的门口，等到了刚刚下班换了便装的夏萱。

这是保良第一次主动来找夏萱，尽管夏萱早把她的电话号码交给了保良，要他有事随时与她联系，但保良至今为止从未使用过这个号码，从未有求于他的这位"同学"。

现在，他来了。这显然是一场私人的邀约，站在古陵分局不远的一个幽静的街心公园，他们静静交谈的样子，在路人眼里，就像一对年貌相当的恋人。

保良来找夏萱的目的，是求夏萱帮他找到父亲。他说他想向父亲当面认错，他想当面请求父亲的原谅，他想重新回到父亲的身旁。

对保良态度的转变，夏萱感到有些突然，这使她的面目与言语不得不变得严肃，她必须弄清保良的真实意图。

"我以前就是这样劝你的，可我觉得你很要强，很要面子，你不肯主动去求你的父亲。我那时候觉得你已经习惯了独自生活，习惯了漂泊无定，已经不愿意再回到家里，再受长辈的管束。"

保良低头，说："也许吧，你说得也许没错。"

夏萱说："那现在怎么又变了，怎么又愿意服软认错？"

保良抬头，看夏萱，他说："我找到我姐姐了，我想让我爸爸和她见面。我想让我们全家重新生活在一起，就像我小时候那样！"

夏萱惊异："你找到你姐姐了？那，你见到你姐夫了吗？你见到权虎了吗？"

保良犹豫了几秒钟，回答："见到了，他还和我姐姐在一起呢，他们有了一个儿子，都六岁了。"

夏萱问："他们知道权三枪杀人的事吗？他们和他还有来往吗？"

保良说："我问过我姐了，她说她不知道。我不相信我姐我姐夫他们跟权三枪杀人这事会有什么关系。"

夏萱将逼问的口气松弛下来，她有意停顿了一下，才继续问道："你能带我们去见见你姐和你姐夫吗？我们需要向他们了解一些情况。你放心，他们如果真的和这案子无关，我们不会为难他们。"

保良低头，想了半天，他显然没想到他今天来找夏萱，会牵出这样的结果，他说："我……我只想……找到我爸，告诉他我姐还活着，我只想让他们见个面。我不想让我姐恨我。如果她知道我把公安局的人给招来了，她就再也不会信任我了……"

夏萱也想了一下，并不急于说服保良，而是把话题转移开去："你爸爸……脾气也很倔的，他会去见你姐姐吗？"

保良想了一下，表情也拿不准似的，但他的回答不知是否为了说服夏萱，则显得确定无疑。

"他应该会的，他以前很喜欢我姐，我姐是他的女儿，是他的骨肉！这是他们谁也抹不掉的历史，谁也抹不掉的事实。他生了她，他们永远流着同样的血。就连我姐的儿子，也是我爸的骨肉。"

夏萱点了点头，那样子似乎已被保良说动，血缘的感情不需要任何理由。她说："好吧，我马上向领导汇报，我们一定帮你，尽快见到你的父亲!"

保良说:"谢谢你,夏萱。"

夏萱微微笑了一下,她的笑容,在保良眼里,总是美丽,总是新鲜!

父亲就在省城,但不住在家里。

枪杀案后,父亲在省城的公安医院住了一个多月,又到南方疗养了半年之久。回到省城后被安排住到武警部队在郊区的一个训练基地去了。那里山清水秀,四周都是绿色的梯田,比较适合调养身体,休整心情。父亲再也不愿回到那个喷溅着亲人鲜血的家里,一个人面对杨阿姨和嘟嘟难以瞑目的冤魂。

这一天风和日丽,夏萱开着一辆汽车,和省公安厅老干处的一位干部一起带保良出城。在省城生活了整整六年,保良此前从未去过远郊的山里,也从未听说过山里还有一个武警的训练基地。

这是保良第一次这么近切地看到梯田,田里飘着水和泥土的香气,白云和蓝天在浅浅的水面上投出宝石般的颜色,汽车转过山腰时,还可以看到下面一块块叠错有致的田里有三五只像是画上去的斗笠。

翻过山腰,就能看到一片红顶的房子依山而筑,房子的四周,隐约可见身穿绿色军装的军人进进出出。汽车沿着山路盘旋而下,快到山脚时还有武警军人拦车盘查。汽车开进营区后有个军官模样的青年迎了出来,先把他们领到一间会客室里茶水伺候,小坐的片刻介绍了保良父亲在这里休养的情形——来这儿住了两个多月了,情绪始终不好,说话很少,饭也吃得不多,药主要是吃他自己带来的那些,身体倒也没犯什么大病。每天睡得很早,起得也早。白天一般爱去菜地干

二十一　327

活儿，不干活儿的时候就看看电视，睡睡觉。有时和负责照顾他的战士闲聊两句，也大都是鼓励他们好好学习训练，将来在事业上要做出成绩之类的话。战士知道他是老公安，立过功的，所以都很尊敬他。

青年军官介绍完了，又叫来一个战士问了问情况，知道保良父亲此时正在菜园里干活儿，便要战士去菜园请他过来。省厅老干处的同志连忙叫住战士，说："还是我们过去吧，我们到菜园看看他去。"青年军官说："也好，你们过去也行。"

于是他们就随着军官和战士一道，去了营区后面的菜园。菜园连着梯田的山脚，种植着西红柿、柿子椒和品种新异的黄瓜豆角。保良的父亲正在修整黄瓜架子，他显然已经接到了通知并且已经表态同意，让省厅老干处的人今天带保良过来见他。所以当保良出现在这块菜园的时候，父亲略显僵化的脸上并未表现出任何惊讶。

父亲真的老了。

他很瘦，额上的皱纹也更加深刻，头发不仅灰白，而且粗糙凌乱，整个身架不像保良印象中那么魁梧，好像肌骨里的水分已经被岁月风干，快要消耗殆尽似的。

父亲看了保良一眼，又低头去干手里的活儿，他甚至对老干处的同志和面熟的夏萱都没有打一声招呼。

老干处的同志首先热情问候："老陆，你身体还好吧，这地方可真不错。哎，我们把你儿子带来了，这是分局的小夏，你也认识吧。"

父亲抬眼冲夏萱点了下头，嘴里咕噜一声："嗯，认识。"

夏萱的口气也极尽热情，"陆院长，"她还称呼父亲以前在公安学院的那个职务，"我们带保良看您来啦。保良这些天可想您呢，以前他也回家找过您的，您一直不在家。"

保良上前，叫了一声："爸!"

父亲又看了一眼保良，总算答应了一声："你来啦。"但随后又把脑袋低下，目光继续专注在黄瓜架的根部。他此时正用铁铲固定木架的基础，手上膝上都沾染着半湿不干的泥土。

保良又说："爸，我看您来了，您别生我气了。"

老干处的同志跟着圆场："咳，生你气也是你爸爸! 打是疼骂是爱，你爸不打你谁打你，你爸不骂你谁骂你，等你将来有了儿子你就知道啦，最疼你的还是你爸。"

保良说："爸，我找到姐姐啦，我想请您去见见她，我想和您一起去劝劝她，让她回家。我再有多大错，我姐再有多大错，我们也还是您的儿女，您就原谅我们吧，您就带着我们回家吧。您愿意回省城还是回咱们鉴宁老家都可以，我们会照顾您，给您养老，再也不惹您生气啦。老家的房子还在呢，咱们可以买回来。咱们老家的空气好，邻居也都熟……"

父亲突然开了口，打断了保良的话。他并不理会保良是否已经说得动了感情，他的语气依然冷峻如冰。

"你姐姐，还和权虎在一起吗?"

事隔很久，保良才知道，父亲之所以同意见他，之所以后来又真的跟他一起远赴涪水，去见姐姐，并不完全是被亲情所动，而是因为他认为自己有义务接受权三枪杀人案专案组的请求，配合他们去做保良姐姐的工作。权三枪作案后人间蒸发，专案组北上南下，做了大量工作，至今没有取得突破性战果。权虎夫妇与权三枪关系特殊，既然找到了他们的下落，当然希望能从他们身上挖出一些有用的线索。

保良父子由夏萱陪同，次日乘火车从省城出发，前往涪水。那时保良并不知道专案组的另一路人马已经先期赶往涪水，对权虎居住的那个院落，开始了昼夜监控。

路上，保良尽量照顾好父亲，尽管父亲仍然少言寡语，但对保良的态度已有所恢复，已能够认真倾听保良诉说这两年的经历，倾听他对父亲姐姐的思念之情。保良小时候都没像现在这样，这样渴望向父亲倾吐，包括他的好兄弟李臣和刘存亮为了钱而反目相煎，包括他为了拯救女孩菲菲而沿街行乞，这些可能招致父亲批评甚至厌恶的丑事，他都情不自禁地向父亲一一道来。他觉得父亲无论怎样骂他，无论怎样严厉，他都愿意接受，因为他对未来亲情及家庭的重建满怀憧憬。这份憧憬令他的心情格外开朗，对幸福生活的想象已经主宰了他的表情。

仅仅，因为夏萱在侧，保良没有提起张楠。他曾经拥有的美丽爱情，在他离家出走后唯一给他精神寄托的那个女人，他只想藏在心里，不想吐露只字。

和夏萱同车而往，让保良看到了这个女孩的成熟与干练。从省城出发和到达涪水，以及途中饮食茶饭，一应事务全由夏萱联络，起点和终点全都安排得井井有条。父亲不止一次地指着夏萱对保良说道："如果你当初洁身自好，按照我的要求好好上学，将来从公安学院毕业出来，还不是能像人家一样！你看看人家小夏，应该好好反省自己，你们现在有多大差距，你应该反省自己！"

每逢此景，夏萱都要替保良开脱："陆院长，保良这人我觉得挺好，人很正直，很善良，也很要强。这些品质和您从小的教育都是分不开的。保良不干公安也没有什么，只要保良今后安定下来，他干什么都会干出成绩！"

父亲对夏萱的预测并不表态，既不否定也不呼应。保良心中惴惴，不知父亲对他仍是彻底失望，还是已经可有可无，什么都无所谓了。

车到涪水，时值黄昏。

来接站的是两个公安的便衣，一位保良认识，正是夏萱的那位搭档金探长，另一位保良未曾谋面，据介绍是涪水公安局的人，金探长和夏萱都称他牛队。

牛队开车把他们先接到涪水公安局的一间会议室里，稍事休息。这个过程中不断有人把电话打进牛队的手机，向他报告对权虎夫妇蹲守监控的现场实况。保良从旁听得只言片语，但对那边的情形足以了解大致——权虎在五分钟前带着孩子离开了小院，据跟踪的侦查员报告，是奔河边码头的方向去了。又过了十分钟，又接报说权虎上了一条名叫"浪峰"的货船，从船工船老大对他的态度来看，这条"浪峰"大概也是他的资产。牛队和金探长小声商量，决定立即出发，带保良父子前往权虎的住处。在从公安局开车到那条巷子的路上，牛队与负责跟踪的便衣一直保持联络，知道权虎正在船上见客，还从码头附近的餐馆里叫了些酒菜，在船上与几个客人边吃边喝谈开了事情。

这边牛队的车子加快马力，旋即赶到了权家所在的巷口。有盯守的便衣上车汇报，说权虎走后他的妻子在家没有出去。于是大家下车散开步行进巷，到了离小院不远的一家棋牌厅里。这家棋牌厅是预先看好的一个地点，地处僻静，这个时间客人寥寥无几。

二十一　331

牛队带保良的父亲进了棋牌厅，进了楼上预先租好的一间麻将室里。在这里临窗远眺，视线可以穿过层层叠叠的青灰瓦顶，直抵暮色苍茫的鉴河之滨。隔壁左侧有一桌麻将局面正酣，牌桌上哗哗的声响隔墙可闻。右侧的一间也是公安预租的。牛队和金探长就在这间房里，向保良如此这般地再次交代一番，然后让一个当地便衣和夏萱一起，分别随在保良身前身后，下楼离开棋牌厅向小院的方向走去。

临近小院门口，保良看到了盯守的便衣，便衣与保良彼此注目，擦肩无言。夏萱去书摊"翻书"，保良则径直走进院内，很快敲响了姐姐的房门。

十分钟后，夏萱和便衣全都看到，保良和他姐姐一起从房间里走出来了。保良走在前面，其姐紧随在后，他们出了院子，穿过半截短巷，直奔巷子一端的棋牌室去。便衣看到，保良姐姐走得步履慌张，瞻前顾后，保良不得不时时放慢脚步不断催她。他们甚至在中途还停下来低声商量了一阵，像是姐姐忽然犹豫不前，保良一通苦口力劝，终于走走停停到了棋牌室门口，里面正巧一桌牌局刚散，几个男人争着输赢出门，保良姐姐连忙低头掩面，侧身靠边，等那帮人过了，才随保良进了大门，又沿着那条窄窄的楼梯拾级而上，进了二楼那个临窗的房间。

五分钟后，在二楼走廊里抽烟的便衣看到，保良的姐姐满脸是泪，低头快步走出了这间房屋，随后保良也出来了，追着姐姐跑下楼去。夏萱和一个便衣也一起跟出棋牌厅大门，他们看见保良和姐姐一路说着什么，一路向小院走了回去。姐姐一边走一边用手抹着眼泪，保良几次试图拉她停下，都被她抽出胳膊执意前行。走到小院门口姐姐不许保良再跟她进院，她不知向保良说了什么，让保良终于怅然止步，看着姐姐独自走进家门，家门随即紧紧关上，再无任何动静声息。

棋牌室这边，金探长和牛队在保良姐姐下楼之后立即进入了临窗的房间，他们看到保良父亲面色铁青，坐在麻将桌前一声不吭。他明明知道金探长和牛队及其他便衣都把询问的目光落在他的脸上，但他始终没把面孔稍稍抬起。他低着头闷声说道：

"如果需要对他们采取什么措施，需要怎么处理他们，你们完全依法办事，完全不用问我。我没有这个女儿了，我早就没有这个女儿了！"

根据保良父亲的坚决要求，金探长和夏萱一起，乘坐当天晚上的一列火车，把父亲送回了省城。同车返回的当然还有保良本人。

关于父亲和姐姐见面谈话的结果，金探长和夏萱已经从父亲口中大致知晓。而谈话的过程究竟如何，他们没有细问。只有保良才清楚地知道，父亲和姐姐几乎是从第一句话开始，就差不多谈崩。

姐姐进屋的时候先叫了一声"爸爸"，父亲没有站起来，也没有马上应答，但保良看见，父亲的眼圈红了。他看着自己分别多年的女儿，声音一下变得格外沙哑："你是保珍吗？"父亲问了这么一句，又指指麻将桌边的椅子，让姐姐坐下。姐姐的眼圈也红了，哽咽地说："爸，您身体好吗？"父亲说："你还认得你爸爸吗？你爸爸现在老成这个样子，你还认得吗？"

在保良听来，父亲并无太多愤怒，只在表达内心的悲怅，可在姐姐听来，父亲这话却充满了指责。她流着眼泪，说道："爸，我知道我这个做女儿的不孝顺，可我也没办法，您就当您没有我这个女儿吧，你就容我下辈子再服侍您、孝顺您、照顾您吧。"

父亲说："可你就是我的女儿，我生了你养了你，我把你从小养到大！我怎么能看着我养了这么多年的女儿让人毁了！我不能允许我生养的女儿对不起国家！"

姐姐哭着说："爸，过去的事我不想再提了，我已经走上这条路了，我不可能再回头了。您要还当我是您的女儿，您就原谅我吧。算我最后一次求您，我给您磕头了，我给您磕头了……"

姐姐扑在地上，冲父亲磕头。保良也哭了，也跪在地上，一边把姐姐往起拉，一边哭着求他爸："爸，您就原谅姐姐吧，您就原谅姐姐吧……"

父亲说："保珍，我可以原谅你，但你必须答应爸爸一件事，如果你还认我是你的爸爸，你就跟爸爸到公安局去。权三枪杀了人，你知道吗？啊？公安机关在通缉他你知道吗，啊？你如果知道他的情况，你应该主动站出来检举。如果权虎跟他搅到一起去了，你也应该检举他。咱们不能为了私情，就触犯国家的法律。我陆为国当了一辈子人民警察，我必须忠于人民，忠于国家，我不能允许咱们陆家的人和犯罪分子搅到一起。保珍，爸爸以前如果有对不起你的地方，爸爸以后可以慢慢补偿你，但原则问题我是不会让步的。爸爸受党教育这么多年，如果连自己的儿女都管不好，那怎么还有脸去面对国家给爸爸的那么多荣誉！"

保良拉着姐姐，他能感觉出姐姐的身体变得慢慢僵硬，能听得出姐姐的声音变得刺耳难听。

"你……你，你是给你自己挣到了很多荣誉，你是对得起你们公安局了，可你对得起你的兄弟吗？你对得起你的孩子吗？我……我这些年，我过得、我过得有多难……你知道吗？你知道吗！你知道吗！"

姐姐一声比一声疯狂的嘶喊，让父亲面色发青，连保良也隐隐明白，他们互相的怨恨，已经不可调和。姐姐从地上爬起来，脸上泪水纵横，她跌跌跄跄地冲出门去，动作坚决得头也不回。保良叫了声"姐"！就起身追了出去，父亲则铁青着面孔坐在原处，一动不动。

姐姐冲出门去的刹那保良感到了绝望，他意识到他那个家庭团圆的幻想已经彻底破碎，不可挽回。虽然他追出去还想劝回姐姐，但那只是一种下意识的动作，他劝的时候就已知道，一切语言都将无济于事。

保良从涪水回到省城，已经无法再回酒店上班，他超假多日不归，酒店方面已将他按规除名。他在酒店的职工宿舍里又赖着住了几天，其间去了两次远郊山里的武警基地看望父亲，帮父亲在菜园里干了些杂活儿，还帮父亲洗了衣服。但到了晚上，父亲也没说要留他住下，他就跟着基地进城的卡车又返回了城里。

经历此次涪水之行，父亲变得更加沉默。这种沉默大概就是一种彻底的心死——对家庭，对亲人，再也没有任何期待和幻想了。

但保良不。

尽管，他对原先家庭团圆的计划也不再抱有幻想，但姐姐从那家棋牌厅一路走出去的样子，那张因哭泣而扭曲的脸庞，始终缠绕在保良的脑海，让他一想起那个画面，就忍不住心口疼痛。这一次见到姐姐，姐姐身上又添了新的伤痕，保良问她怎么回事，她只说和权虎打架来着。保良问为什么打架，她只说是为了孩子。保良问："是不是权虎打你？"姐姐只是摇头，只是说："权虎也是爱这孩子。"

保良想，和心死如灰的父亲相比，姐姐对未来也许还有期望，她还有她的儿子，对权虎也还爱意未泯。也许权虎过去对她太好了，也许他们当初那段爱情，因私奔而变得悲壮，而让她一生难忘。所以保良觉得，姐姐的悲剧还在后面，因为她还有"知觉"，所以她在承受苦难时，一定会有比父亲更大的痛感。

保良冥想数日，决定重返涪水，他想回到姐姐身边，他想自己即便不能劝回姐姐，至少可以给她一些温暖和安慰。反正他也被酒店除名了，反正他孤身一人无家可归，如果能在涪水找到一份工作，他就可以长期生活在姐姐身边。除了对他冷淡的父亲之外，姐姐是他最后的亲人，他们应当彼此需要，彼此照顾。亲人的最大作用或许就是，他们能让你在这个世界上，永远相信自己不会彻底孤单。

于是，保良决定到涪水去。

保良要去涪水，有一个现实的困难，那就是没钱。

这时的保良，已经身无分文，唯一能帮他的两个兄弟，此时也都不在省城，更不用说他们因彩票纠纷，已经闹得形同水火，势不两立。保良思忖万般，万般无奈，居然，他又想到了菲菲。

保良去找了菲菲。

菲菲的卧室，什么时候都是乱糟糟的。保良坐在菲菲的床上，菲菲坐在镜子的面前。保良说不清多久以来，他所见到的菲菲，总是坐在镜前涂脂抹粉。

保良说："你才多大，皮肤又好，干吗非要这样打粉描唇？我觉得反而不好看了。"

菲菲继续描脸，不屑地说："你懂什么，晚上和白天不一样的。晚上出去，不画重点显得特没精神。再说你不喜欢不等于别的男人不喜欢呀。"

保良没话。

菲菲看看保良，看了一会儿，又说："你反正也不喜欢我，我打扮什么样你还操什么心！"

保良没话。

菲菲继续对镜自妆。她其实说了真理：女为悦己者容。保良如果不喜欢菲菲，她把脸画成什么德行，他管得着吗！

何况菲菲接下来又说："就算我真让你喜欢了，又有什么用吗？你又没钱。"

保良只能听着，没话。

菲菲好不容易画完了，却仍然没有离开镜子，又开始一件一件地试穿衣服。她当着保良也不避讳，换衣服时常常半裸着身子。她的身子比过去胖了，少了些青春，多了些风韵。保良默默地看着，心里还是有些疼她，不知她这种昼伏夜出的生活还要维持多久，不知道这种以男人为生的生活她快乐吗。如果快乐，无异于麻木和堕落，如果不快乐，那岂不是作践自己？

也许她真的像李臣说的那样，把命运看作被人强奸，如果反抗没用，还不如享乐其中。也许她根本就不想反抗，人就是这样一种动物，在享乐和虚荣面前，永远难以无动于衷！

终于，菲菲把衣服选定，穿在身上左顾右盼。这时的菲菲，显然是快乐的，尤其是当她用居高临下的腔调询问保良的时候，她的快乐，已经演化成一种下意识的得意和张扬。

二十一　　337

"你到底要多少钱呀?"

"随便。"

"随便是多少钱呀?"

以前,保良也用菲菲的钱,但那是菲菲情之所愿,和现在的情形截然不同。现在是保良自己觍脸讨要,比他在地铁里向素不相识的路人行乞,还要耻辱万分。

"……我,我想到涪水去找份工作,等我找到了工作,就可以照顾我姐姐了。我姐姐现在身体非常不好,我想尽我的能力,给她一些帮助。"

"你的能力,"菲菲嗤之以鼻,"你有能力还来找我干吗?"菲菲毫不留情地盖棺论定,"我算看透你了,你这人,除了脸蛋还行,其他没一样行的。"

保良又是没话。

菲菲掏出钱包,又拉开衣柜里的一个收屉,保良听见她哗哗地用力数钱,他不敢抬头。

"一千,够吗?"

菲菲把一叠鲜艳的人民币伸到保良眼前,她给的数字远远超出了保良的期待。保良说:"用不了,有五百足够了。"但菲菲还是把钱统统放进他的怀里。

"拿着吧,省得没几天就花光了又来找我。"

保良没接住怀里的钱,钱散落一地。保良一张张捡了起来,他的动作很慢,慢得有些迟钝,迟钝得和他的声音同样呆板。

"我……以后一定还你。"

"你？"菲菲一笑，"免了吧，谁让你是陆保良呢？谁让我一时半会儿忘不了你呢？算我贱，行了吧？"

保良从床边站起，那笔钱已经放进他的兜里，他向菲菲说了告别的话，菲菲问："真要去涪水吗？去了还回来吗？"

保良说："不知道。"

菲菲走到卧房门口，那样子是要送送保良。她在挨近保良的刹那，忽然问了这么一句：

"那个叫张楠的，你们还来往吗？"

保良想了一下，没有回答。他不想回答这个问题。

"让人家甩了吧？我一猜就是。你能找我要钱，说明跟她肯定没戏了。我早看出来了，你这人，她要是还理你，我估计你也就不会去涪水了。"

保良皱眉扫了菲菲一眼："别胡说了。"

保良拉开卧室的屋门，身子却被菲菲拦住，她半笑的眼睛勾着保良的面孔，一只手还搭在了保良的肩上："其实还是咱俩最般配了，你要愿意，咱俩还好，怎么样？"

菲菲话音未落，搭在保良肩上的手往里发力，突然抱住了保良的上身，而且用更突然的动作，亲了保良一下。保良缓和地把她推开，说："你不是已经跟了老丘？"

"老丘，"菲菲冷冷地说道，"他可以在外面钓鱼，我也可以在家里养鸟。咱们不让他知道就行。这一年多我在外面认识不少男人，真正让我喜欢的，说来说去其实还就是你。"

保良用一个勉强的微笑表达了他的谢意，他说："除了我爸和我姐，我不打算再爱任何人了。你能帮我我非常感激，我以后一定会还你这笔钱的。"

保良走出卧室，走向大门，菲菲在他身后，追着半笑不笑的声音："好啊，有钱想还我了，别忘了过来敲门！"

二十二

　　保良在借到这笔盘缠的次日，把自己能够使用的全部衣服物品，统统装进了一只在二手货市场买来的旧皮箱里。他感谢了那位在他被除名后仍允许他留宿酒店职工宿舍的管理员，又给武警训练基地那个军官打了电话，请他转告父亲他到外地打工去了。他没有说明他的去向，他怕父亲如果知道他是到涪水找姐姐去了，那颗麻木的心脏仍然会被刺伤。

　　保良料理了一切，像是一去不返的模样，在这天晚上登上了去涪水的列车。他在五个小时的旅途中没有睡觉，看着窗外的黑夜默默出神，黑夜像一条不见首尾的隧道，轰隆作响地将这列火车吞入腹中。他觉得人的时光也和这条隧道一样，走得太快太快，有无数细部无法看清。只有那些零散的灯光流星般地划过，才会在心里留下一道道美丽的弧线，才会令人忍不住频频回首，向过往的那些温暖的亮点恋恋不舍地注目。

列车到达涪水的时间是凌晨三点半钟，保良拖了皮箱下车，随着两三个到站的乘客，从出站口那片昏黄的灯光下走过。

保良没有直接到姐姐家去，他不知道姐夫现在是否在家。他在涪水黑暗的街头走了很久，才走到离姐姐家巷子很近的那个码头。他上次在这里看到过一家专供船工落脚的旅馆，从简陋的门面料想价格不会离谱。

保良就在这里住下来了，在一间八九个人同住的房间，租下了一张带着霉味的床铺。这间屋子并没住满，但呼噜声却在各个角落此起彼伏，好几种味道的脚臭弥漫了整个房间，很快就让保良嗅觉失灵。

保良还是很快睡着了，他累了。到了涪水，他的心也安定下来，他手上有了菲菲的那一千块钱，就等于有了足够的时间去寻找合适的工作，也有了一定能力给姐姐一些实际的帮助。

上午起床后他先去了姐姐住的小巷，还是那个卖书报的摊子，还是站在摊子前佯装翻书，还是买了瓶可乐慢慢喝干，但他自始至终没有见到院子的门口有人进出。

摊子上有部公用电话，保良犹豫了半天，才拨了姐姐的号码。电话铃响了几声有人接了，接的人是个男的，保良听出那就是权虎的声音，他马上用预先设计好的瓮声瓮气，仓促地遮掩着自己的慌张。

"是聚源餐厅吗？我找一下刘经理……"

"你打错了。"

权虎应了一声，就把电话挂了。显然，他没有听出保良是谁。权虎和姐姐离家出走时保良还未成年，还未变声，即便保良不装腔作势，权虎也未必听得出来。

但保良还是深深呼吸，用大口的呼吸来镇定自己。他离开这个摊子朝巷口走去，上午阳光正好，保良的心情也随之好转起来。他想，先找个工作再说。找到工作以后，还得再找个住处，那家旅馆尽管还算便宜，但住上一个月也得两百元。

　　保良用了将近一周的时间，天天上街寻找工作，也天天蹓到小院门口，希望看到权虎出去，或者，看到姐姐独自出门。但事情并不如他想的那么顺遂，合适的工作倒是谈了几个，工资从一个月八百到一千二的都有，也有论天算钱的，保良正在比较考虑之中。可姐姐这边和第一天一样，不知是他每次蹓过来的时间不对，还是在这几天当中，姐姐和权虎谁也没有出过家门。他不敢再打电话，害怕再打电话会引起权虎疑心。

　　一周之后，保良选定了一家大型酒楼当公关经理。尽管那家名叫"涪水情"的大酒楼可能是此地最大的餐饮企业，但涪水本来地方不大不富，找到保良这样的形象气质俱佳，而且还有省城五星酒店工作资质的青年，并不是件容易的事情。

　　有了形象和职业训练的优势，保良就可以在求职时讨价还价一番。工资多少还在其次，保良的首要要求，就是只上晚班，不上白班。晚班从下午五点开始，到晚上十点左右结束，这样保良就可以拥有几乎整个白天，一旦权虎外出，他就可以过去照顾姐姐，和姐姐一起厮守。

　　和涪水情大酒楼谈妥之后，保良觉得一切都会变好，一切都算顺利。他从酒楼大门出来后在街上买了一瓶啤酒，当街开了对嘴狂饮，对自己的未来表示祝贺。

　　喝到一半，有个男的过街走来，与保良并肩站着，目光平视，话音却是冲着保良来的:"你姓陆吧?"保良转头去看那人,那人身材不高,相貌平平。保良还未答话,那人又说:"有个朋友想见你一面,你回头看一眼就知道了。"

保良回头,看到身后街边的一辆面包车里走下两个人来,前面一人是个女的,高个儿,短发,面目平稳,不苟言笑。而后面那个男人,保良也认得的,就是和他打过多次交道的金探长,但保良的视线始终迎着前面那位女人的目光,他把自己的惊异全都投向了那张英气勃勃的面庞。

他当然没有想到,他在这里,在这条嘈杂肮脏的异乡的街旁,会再次见到梦中的那位喷火女郎。

那辆面包车把保良带到了城外一处僻静的地方,那里山林茂密,溪流铺张,但除了鸟语鱼跃、树动风摇之外,几乎没有其他声响。

涪水地方太小,城里城外,尘世桃园,似乎仅仅一步之遥。一步之遥的城外,已经断绝了一切城内的喧嚣。

金探长和夏萱,还有涪水公安局的一个便衣,在溪水激流的林边,在那辆白色的面包车旁,与保良做了从容的交谈。他们其实早就先于保良返回了涪水,不用解释保良也能明白,他们仍然把权虎,甚至也把保良的姐姐作为找到权三枪踪迹的一根线头。他们在这里已经持续监视多日,尚未发现权虎夫妇有什么异动。这些天与权家来往走动的关系,仅限于冯伍和几个船长及货主之类,一切看上去都很正常。在他们的视线中唯一有所惊讶的,就是几天前保良的忽然闯入。

在这个安静的树林边上,他们告诉保良,根据他们获得的信息,权虎将在今天傍晚乘"浪峰"号货船离开涪水,大约数日后才会返回。

他们找保良的目的，是要他在权虎走后立即去找他的姐姐，设法从他姐姐口中刺探权三枪的下落，哪怕仅仅是蛛丝马迹，也可能具有重要的分析价值。

保良答应了。

金探长严峻的语气，让保良心里七上八下，他唯一想要问明的，是他的姐姐到底有没有卷入犯罪。

好在，金探长对保良的恐慌做了安抚，他说："现在还没有发现你姐姐与犯罪有什么关系，不光你的姐姐，就连权虎，目前也没有证据显示他与权三枪杀人案有所牵涉。但毕竟，权虎和权三枪从小一起在权家长大，亲如兄弟，对你父亲，同样仇视。所以我们分析，权虎很有可能知道权三枪所采取的复仇行为，也很有可能至今与权三枪保持某种联系。现在我们把权虎作为一个重要线索，搞清楚他是否涉案，对你姐实际上也是一种保护，一种解脱。"

保良点头，他说但愿如此。

结束与警察的谈话后时间已过正午，警察与保良同车回城，并在路上的一个餐厅请他吃了一顿午饭。饭间夏萱问到保良父亲的情况、身体以及情绪，还有和保良之间的关系是否已经和解如初等。

说到父亲保良言语很少，只说父亲身体一般，情绪一般，父子之间，很少共同语言，虽然不算形同陌路，至少算是比较冷淡。他也不知道父亲在那个训练基地还要再住多久，一旦离开那里又会到哪去，将来会不会再找老伴，再找的话这样的状态谁愿跟他，不找的话以后谁来照顾生活起居，六十多岁的人了，不能总是一个人对影面壁。

夏萱只是听着，没再多问，也没多嘴指教保良应该如何如何。金探长和那位涪水便衣自恃年纪比保良长了一辈，讲了些老人的规律和儿女的本分，劝导保良多尽孝道："不管怎么样他也是你的父亲，生你养你这么多年很不容易。天下没有不是的父母，人子之道讲的就是报答二字，你报答你父亲，将来你的儿女才会报答于你。"保良听着，听完点头。他没做任何解释，也知道人家说的都是正理。

黄昏，那辆白色面包早早地就停在了离权虎家稍远些的一个街区。保良和金探长及夏萱等人一起，闷在车里，等候着外线侦查员的消息。

五点钟左右，消息传来，权虎和冯伍一起，领着孩子，走出家门，直奔码头的方向去了。面包车随即开动，朝权家的小巷全速开去。到了巷口不远，车子停下，保良刚要下车，被金探长拦住，让他重新坐回座位，示意他少安毋躁。然后和外线侦查员用手机一通联系，直到确认权虎等人已经登船，确认那艘"浪峰"号已经拔锚离岸，才点头让保良下车。下车前还不忘嘱咐保良几句，让他循序渐进，不要着急，时机不到不要贸然追问权三枪的情况，免得你姐抵触疑心。金探长给保良的要求非常宽松："即便你最后什么都没问出来也不要紧，就算你和你姐团聚一场，拉拉家常，也都可以。"嘱咐完了又让保良重复了一遍约定的联络方法，然后才看着他下车朝巷口走去。

保良走到巷口，路过巷口的一家副食品店，想了一下，进去买了些水果，又买了两尾鲜鱼，一手拎了，才走进巷子。

三分钟后，保良敲开了姐姐的屋门。

姐姐对保良的再次出现感到万分惊奇。她拉开房门时脸上还挂着尚未擦净的眼泪，在见到保良之后，随即转悲为喜。

那天晚上保良为姐姐做了一顿细致的晚饭，他想唯一能让姐姐幡然醒悟的，只有或已被她遗忘的亲情。亲情的回归不仅仅依靠父慈子孝、兄友弟恭的说教，更要依靠实际的关心与爱护、理解和宽容。

和上次相比，姐姐的体质似乎更弱，情绪也更加恍惚，但与上次急于赶走保良的态度不同，姐姐这天晚上在和保良一起吃完晚饭之后，主动在客房里为保良收拾了床铺。姐姐说权虎有些生意上的伙伴比如冯伍之类的人经常在这里留宿，客房里的两张床还住不下呢，常常要在地上搭铺。

上次保良来涪水，就住在这间只有十几平方米的客房里，隔壁就是姐姐住的房间，也不过是二十来平方米。客厅也不大，只容得下一张吃饭的方桌和一大两小的一组沙发，与权虎他爸以前在鉴宁的宅子相比，可谓天上地下。

保良就在这里住下，当晚和姐姐聊到深夜。姐姐话虽不多，却也不像父亲那样沉默寡言，她至少愿意听保良唠叨，说到少年往事，有时还会露出笑容，有时也会潸然泪下。保良说了自己这两年的所有经历，说了他和菲菲、李臣和刘存亮在同一屋檐下的不同生活，说了他干过的每一件或轻松或艰苦、或卑微或体面的工作。甚至，他还向姐姐说了张楠，那一场他全心投入的浪漫爱情，让保良明白了什么叫恋爱，什么叫失恋……说得姐姐伸出手来，像小时候那样轻抚他的头发。姐姐甚至从柜子里找出了那只她已经很久不戴的镶钻耳环，放在保良手上，她说："凑一对吧，连你的那只，一起送给那个张楠，这是很值钱的东西，她应该懂。你要真心爱她，就去找她，别顾面子，面子无所谓呀。"

保良仔细端详着手心里的这只耳环，银光闪烁，质感动人。他仔细地把这只耳环戴在姐姐的左耳，这样端详起来，他们彼此都想到了妈妈。姐姐问："好看吗?"保良说："好看。妈年轻的时候，也许就这样的。"姐姐把耳环又摘下来了，捏在指尖轻轻揉搓，她说："权虎和我结婚的时候，妈送了这只耳环，权虎很感动。他其实也知道，妈只送一只耳环给我，是怕我们一走就不回来了，所以想让我看到这只耳环就能想起娘家，就能想起我妈妈的耳朵上，也还有一只同样的耳环呢。可权虎还是很高兴，还是把它当作我妈送给我们的结婚礼物。我们那时候多难啊，权虎违抗了他爸的旨意，他爸开始一分钱都不给他。我们在外面租房子生活，就是靠权三枪背着他爸偷偷给我们邮钱。所以我妈对我们俩的事表示支持，权虎真的感动极了。他是个爱记仇的人，可谁对他好过，他也记一辈子的。"

保良心里猛跳了几下，这是姐姐第一次主动提到了权三枪的名字，虽然都是陈年旧事，但毕竟涉及了权虎与权三枪之间的关系。保良赶紧抓住这个话头，生怕姐姐扯远了再不提起。

"你说姐夫记仇也记恩，我看未必。当初我也是支持你和他好的，妈妈有什么话，都是让我转给你们，连这只耳环，也是让我带过来的。可权三枪杀人的时候，连我都不放过，要不是我拼了命跳窗逃了，我也不可能再跑到这儿来看你。"

姐姐哑了片刻，脸上有些呆滞，有些惊疑："三枪连你都要杀吗?按说他不该恨你。"停了一下，姐姐似乎辨清了关系："再说他杀你又不是权虎的意思。三枪那人太莽了，他要杀人杀红了眼，谁也拦不住他。"

保良的话锋急转直下，他也不管他这样问是否属于操之过急："权三枪没跟你说他打了我一枪吗? 他没说他当时为什么要杀我吗?"

姐姐怔着，不知怎样回答似的。保良心跳如鼓，他甚至害怕姐姐说出权三枪向他开枪的理由，因为那样一来，就等于承认她和权三枪是见过面的，等于承认权三枪杀人之后，还和他们有过联系。那样一来，姐姐也就肯定涉案违法了，公安一旦抓她，至少可以定她一个知情不举。

"没有，三枪怎么会跟我说这些，再怎么样我也姓陆，和陆家打断了骨头还连着筋呢。"

姐姐的回答，让保良松下一口气来，脸上居然还不自觉地露出一丝如释重负的笑容。但仔细琢磨，姐姐的回答似乎依然表明，权三枪在作案之后，还是与姐姐见过面的，所以这个回答与其说是摆脱，不如说是招认。保良责任在身，不得不继续深究，连他自己都觉得这样继续刨根问底，不免有些残忍。

"那他跟我姐夫说过吗？他跟权虎说过他连我都要杀吗？权虎也希望我跟我爸一起死吗？"

姐姐这回没有犹豫，马上摇头："权虎是恨咱爸，他是不是连你也恨，我就不知道了。再说，他和权三枪早不在一起了。三枪杀了人，早就躲出去了，还能再来找我们？"

"那为什么权三枪杀人以后，姐夫马上卖掉他在运输公司的股份，然后就躲到这里来了？他既然和权三枪没来往了，和那事也没有关系，为什么还要躲起来呢？"

姐姐叹了口气："谁都知道他和三枪是自小长大的兄弟，三枪比他大几岁，从小就很照顾他。三枪出了事，警察肯定要怀疑他、要找他的麻烦，所以他就把公司撤了。反正他们几个合伙人各有几条船，每趟拉完货，各分各的钱。"

"那权三枪杀人这件事，你们是怎么知道的？"

"很多船主碰上事了，都找三枪摆平，在鉴河上跑船的人很少有不知道权老大的。他犯了事，谁都在说，怎么会不知道呢？"

保良问来问去，再也问不出所以，再问似乎就有点处心积虑了。

这天晚上他和姐姐更多的是谈过去，似乎只有鉴宁老家的那条巷子，只有他家那个温暖的小院，只有权虎开着宝马来接他们去百万豪庭吃红烧鲍鱼，只有这些使人依依回首的陈年往事，才更能撩拨姐姐的兴趣。

第二天，姐姐起得很早，她给保良做了早饭，端上桌子才叫醒保良。吃早饭时姐姐说："保良，你还是别住在我这儿吧，万一权虎回来了，你可往哪儿躲呀。"保良说："我躲什么，他还真把我杀了不成？"姐姐说："他不杀你，他杀我。他不愿见到陆家的人。再说我以前都跟他发过誓的，我发过誓再也不进陆家的门，再也不认陆家的人了。"保良沉默片刻，说："我回头在附近租个房子。"

可吃完了早饭，姐姐又说："保良，你去街上买点年糕吧，姐姐给你炒年糕吃，这是以前权虎教我做的，特别好吃。"保良非常高兴，姐姐给他做早饭，姐姐叫醒他的声音，姐姐说"你去街上买年糕吧"……都让保良有了家的感觉，那感觉非常甜美，非常动人。

保良说："好啊！"

保良出门的时候，姐姐拿出二十块钱给他，保良没要，他说："我有。"

保良出门上街，心情格外开朗，他的步履又轻又快，走到巷口的副食店内买了年糕，又到门外的菜市里去看当天的新鲜蔬菜，挑菜时身边一个男的轻声对他说道："买完菜往左，一直走。"保良吓了一跳，转头抬眼，认出说话的竟是涪水公安局的一位便衣。

保良兴奋的心情骤然冷却，这才想起他的身前身后，还有无数暗处的眼睛，才想起他和姐姐的幸福团聚，其实只是暂且的欢愉，四周依然疑云密布，身边依然危机四伏，他还肩负着不可告人的使命，他在这里，并不只是享受回首往事的呢喃和被轻轻叫醒后的早饭。

保良没再挑菜，心情混乱地转身向左，穿过夹道的菜摊，一路前行。出了菜市，涪水便衣从身后上来，和保良并肩的刹那低声指示："跟着我走！"便大步向前。保良远远跟在身后，转过一个街角，进了一座茶肆。茶肆像是刚刚开门，此时正是安静少人，只有最里面的一张桌子坐着一男一女，虽然背身向外，但从轮廓上一看便知，那正是金探长和夏萱。

对面坐下，金探长先问："怎么样，有情况吗？"

保良低头，在想怎么回答。

金探长说："你先喝口茶。你买的什么，年糕？"

保良抬了下头，说："我姐让我买的。"

金探长说："跟你姐处得怎么样，还好吗？"

保良说："还好。"

金探长说："咱们不能谈太长时间，你有什么情况赶快说说。"

保良说："没什么情况。"

金探长说："你们聊天的时候，谈到权三枪的情况了吗？"

保良说："谈了。我姐说他们和权三枪早没来往了。"

金探长说:"以你观察、分析,这话可信不可信?"

保良说:"可信,我姐那人,脾气倔,但人很善良。"

金探长说:"她和权三枪没来往,不等于权虎和权三枪没来往。那权虎和……"

保良说:"我姐和权虎在一起生活,她应该了解权虎。"

金探长见保良这样打断他明明合理的疑问,显然察觉出保良对他的使命产生了抵触,于是正色说道:"保良,你分析判断这事,千万不要从感情出发,我们知道你和你姐感情很深,但我们还是相信你能正确分清事实,分清是非。你以前也是公安学院的学生,也算当过警察吧,当警察的人,必须敏锐,而且要公正。何况,权三枪杀的,也是你的家人。而且,他还要杀你。协助我们抓到权三枪和他的同伙,也是为了你和你家人的安全,也包括你姐姐的安全,这一点你不要糊涂!"

保良听着,半天没有吭声,他点了下头,却又说:"我只是不相信我姐我姐夫和权三枪这事有什么关系,尽管他们以前和权三枪关系不错。可现在权三枪逃了,他们还是做他们的生意,再说他们还有一个孩子,我姐夫很爱他的孩子……"

金探长也点头,却打断他说:"我们都不下结论,让事实说话吧,我们让你接近你姐,就是希望搞清事实。你平时注意一下你姐家里的东西,看能不能发现什么,能说明权虎和权三枪的联系,能让我们分析权三枪现在躲藏的地方。你姐家有电脑吗?"

保良摇头:"好像没有。"

金探长说:"反正留心看看吧,看看有没有权虎和什么人的通信,也许信上提到权三枪了;另外这两天有谁给你姐家打电话你也留意听听，看看权虎除了和冯伍和那些船长船工打交道之外，还有什么其他社会关系。"

保良沉闷地应了一声："哦。"

这次接头见面，总共持续五六分钟，金探长和保良一问一答，涪水的便衣蹲在门外望风警戒。整个过程夏萱一言未发，她只是看着保良，目光鼓励，表情温和。

保良拎着那包年糕独自走出这间茶肆时，太阳已经钻进了发黑的云里，天色突然晦暗，从鉴河上刮来的风吹拂着一股腥气，保良也说不清这个季节河里的鱼们是不是又发情了。

这是一个躁动的季节，街上的人全都行色匆匆，保良的步履被反衬得有些迟缓，有些沉重。他感觉自己的思维和神经乱无头绪，游离于这个季节，游离于周围的环境。他走进小巷推开院门的那刻，院里的尘沙倏然平地飞起，被风吹向无光的半空。

二十三

经保良再三劝说，这天下午，在吃完菜炒年糕的午饭之后，保良带着姐姐去了涪水唯一的一家正规医院，验了血，验了尿，做了全面的身体检查。那医院里还设有中医门诊，保良又拉着姐姐去搭了一下脉搏，看了一下舌苔。西医的化验结果第二天才能出来，而中医的诊断则当场写在了病历卡上。

中医的说法危言耸听：姐姐脾胃虚弱，气血两亏，中焦阻塞，呼吸不畅，上有实火，下有虚寒，脉象极其不好。脸色灰暗，双手浮肿，反映肝肾都有病因。医生告诫应马上住院检查，全面治疗调养。那位年过花甲的老中医对姐姐说："你这么年轻，刻不容缓呀，再耽误就该酿出大病啦！"

保良头上出汗，他看姐姐，姐姐的脸色，更加暗淡无光。

老中医给姐姐开了十副中药让她先服，保良送姐姐回家后立即去药店照方抓药，抓完药回家让姐姐上床躺着，然后问姐姐："家里有没有煎药的砂锅?"姐姐说:"以前因为要给雷雷煎药,买过一个,这一年多没用,可能是放到地下室去了。"地下室就在客厅入口的一侧,门是锁着的。保良向姐姐要钥匙,姐姐说:"家里箱子柜子的钥匙都是权虎拿着的。没事,就用铁锅煎吧。"保良说:"那哪儿行啊,铁锅煎破坏药效。"

保良找了一根铁丝,在地下室的门锁上捅来捅去。姐姐在卧室里叫他:"保良,你干什么呢?"保良答:"没干什么,我找锅呢。"姐姐说:"你帮我拿个盆来,我想吐。"保良连忙扔下铁丝去厨房找盆,没找到盆子,找了一只蒸饭的铝锅,端到姐姐床头。姐姐干呕了半天呕不出来,脸色白得像纸一样。

保良说:"是不是年糕吃坏了?"

姐姐昏昏沉沉:"以前也吃过,也没事啊。"

安顿姐姐躺下,保良又去捅锁,三捅两捅没有反应,使劲一拧居然开了。保良打开门,门里霉气扑鼻。除了门外的光线照亮了几节水泥台阶外,下面暗得深不见底。好在,保良的视线很快触到了墙上的一个电门开关,"啪"的一声,楼梯下端的一只灯泡应声而燃。灯泡的瓦数很小很小,光线与地下室的墙壁一样陈旧。地下室的门楣很低,需要弯腰低头方能进入。保良小心地进门,小心地一步步走下陡峭的台阶,下面的空气凝固而又浑浊,霉味之外,还掺杂着家具和杂物的陈腐气息。保良下到底层,环目四顾,才发现这间地下的储物室呈刀把形状,堆满破旧的家具,空间局促,满地肮脏,其中多数东西可能都是房东或上一个租户的弃物。

保良站了片刻,直到慢慢适应了这里的气味和光线,才得以在胡乱堆砌的杂物中寻找煮药的砂锅。那些堆放在表面的东西，多为被褥及破旧衣物之类，还有少量书籍，打捆码在一只巨大的五斗柜的柜顶。这只五斗柜塞在这间刀把房的里端，几乎占据了"刀背"的整个墙面。保良移开堵路的木箱铁桶，还有一辆掉了把的山地车，才把五斗柜的抽屉勉强拉开。

最上面一个抽屉里，堆了些破旧的锅碗瓢盆之类，保良翻了半天，没有翻到砂锅。拉开第二个抽屉，里面堆着锯子、锤子、刨子、旧电风扇等器件，居然，那只易碎的砂锅就塞在里边。

保良很高兴，拿了砂锅，关上抽屉，起身要走。忽而想起什么，又停了脚步，犹豫一下，放了砂锅，俯身拉开五斗柜的第三个抽屉，往里探看，里边塞着些台灯、电线和一些俗气的摆设等。保良翻翻，未见可疑，也未见什么书信之类的文件，便关了这个抽屉，再拉下面一个。下面的抽屉里放的都是衣服，塞得很满。都是女人和小孩的东西，也不知是不是姐姐和雷雷用的。翻开上面的衣物，底下是婴儿用的小枕头小被子，保良还想往下翻，忽然觉得那床霉气刺鼻的小被子异样沉重，他抓起被头掀了一下，被子散开。保良眼睛像被火烧了一下，竟有痛感。因为他分明看到从被子里滚出来的，竟是一把短柄的步枪，虽然枪机和枪管隐约生了些斑驳锈痕，但枪柄的油漆依然崭新，依然光可鉴人。

保良不会认错，这就是权三枪杀人用的那种枪，就是他在照片上认出的那种枪！

保良双手抖着，把枪栓拉开，枪栓的锈痕并不影响机械自如滑动。他惊心动魄地看到，枪里还有子弹，弹头金光闪闪。子弹的惊现让保良心跳加快，让他在退回枪栓时不由不放慢动作，小心翼翼，生怕碰出火来。退回枪栓后他把枪重新裹进棉被，把上面的衣物重又放好，然后，轻轻关上了这只抽屉。

两分钟后，保良在厨房里开始清洗那只砂锅。

保良洗那只砂锅的时候，还隔着卧室内敞开的门和姐姐说话呢。姐姐躺在床上，有气无力地问他："保良，你在做什么，我刚才叫你你没听见吗?"保良说："我在洗砂锅呢，你叫我干吗?"姐姐说："哦，没事。"

保良能感觉得到，他声音和身体在一起发抖，但剧烈的抖动都遮掩在哗哗作响的流水声中。

煎药的时候保良看到姐姐睡了。他把煤气灶上的火苗调得极其微弱。然后，他蹑手蹑脚，再次打开储藏室的小门，又踏上了那条通往霉腐味道的水泥台阶。

五分钟后，保良抱着那床裹成一卷的棉被，快步走出了这条巷子。他在街边一个公用电话前停下，刚刚在兜里掏摸零钱，身边便有人靠近，悄悄发声:

"跟着我走!"

还是涪水的便衣，但已不是上午的那位。保良跟在那个微胖的背影后面，一路东张西望，很快拐进一条小街，又拐进小街头上第一条小巷，巷子里停着那辆白色的面包车，见保良出现便哗的一声拉开了车门。

保良上了车子。

车上，除了金探长和夏萱之外，还有两个涪水刑警，其中之一保良认出，就是上次见过的那位牛队。

金探长很敏感，第一句就问："有情况?"

保良没有说话，他把棉被在他眼前一抖，滚落出来的，就是那支短柄步枪。

至少有五秒钟之久，车上的所有警察都被惊住，车内几乎没有一丝声响。金探长拿起那支短小的步枪，上下看看，只说了一句：

"好样的保良!"

保良回到了小院。

他回到小院的时候，两手空空。

他轻轻推开姐姐家虚掩的房门，进门先到厨房去看火上的药锅。水已经开了，但火势太小，药锅里只有微澜翻动。保良调大火势，再去姐姐房里，姐姐还在昏睡。保良看着病容满面的姐姐，胸中万般纠扯，心情无法言说。

药熬好了，保良放在一边凉着，然后开始准备晚饭，他给姐姐做了鸡蛋和蔬菜的汤卤，下了面条。做好后才叫起姐姐，服侍她先喝了药，再吃面条。姐姐说："保良，你真变了，你过去在家衣来伸手、饭来张口，全让咱妈伺候。你现在也会伺候人了，什么都会干了，将来哪个姑娘要是嫁了你，那可是享大福了。那个张楠准是还不了解你，也怪她自己没这个福分。我要是能见到她，我一定告诉她，我们陆家的孩子，对感情都特别专一，只要跟上谁了，一辈子不变心的。"保良说："姐，你现在也承认自己是陆家的人啦。"姐姐说："以前是，现在不是了。现在我算是人家权家的人了。将来哪个女孩要是嫁给你了，那才是陆家的人呢。"

晚饭后，保良说："姐，你想出去走走吗？我陪你出去到河边走走？"姐姐说："算了吧。我现在一动就累。"保良说："你明天想吃什么？我明天一早去买。"姐姐说："我现在特想吃妈以前常做的蒸咸鱼，放上点霉干菜，拌米饭特别好吃，好久没吃了。"保良说："那容易，我明天去街上买。"姐姐说："好。"可紧接着又说："保良，你明天别住在这儿了，再过一两天，权虎就该回来了。"保良说："知道。"

晚上，保良又和姐姐在姐姐房里闲聊，聊到九点多钟姐姐自己睡着了。保良帮姐姐盖好被子后关了灯，回到自己屋里却睡不着。他当然还在想那支步枪，他想不出权虎陷得有多深，也不敢想这支枪姐姐知道不知道。他很想出去找夏萱聊聊，可一想她只是办案的警察，并非他的亲人朋友，她和金探牛队一样，来这里只为破案擒凶，他心里的苦就算跟她说了，又有何用？

第二天，天阴。

保良起床之后，先去敲姐姐房门，敲了一下就听见屋里传出姐姐无力的呻吟。保良推门去看，见姐姐仰面躺着，双目紧闭，面色枯萎，床上和地上都被呕吐弄脏。保良叫了声"姐姐"！姐姐只剩了粗粗的喘息，没有回答的气力。

保良费了很大工夫才把那些呕吐的秽物清理干净。他给姐姐煮了稀饭，连煎好的中药一起端到姐姐床前。姐姐只喝了稀饭，中药坚决不再喝了，说喝了还会吐。保良问："那你还想吃蒸咸鱼吗？想的话我就去买。"姐姐说："胃里很堵，吃不吃都行。"保良说："总要吃东西的，我蒸一点你中午尝尝。"

保良让姐姐在新换了床单被子的床上躺下，便独自出门去买咸鱼。

在副食店又碰上涪水的便衣，便衣又把他带到附近的茶肆，在茶肆又见到了金探长和夏萱，金探长和夏萱注意到了保良的一脸愁容。

夏萱依然不多言语，金探长还是关注昨晚姐弟之间的情形："你姐没发现你把枪拿出来了吧？"金探长问。

保良说："没有，我姐肯定不知道那地下室里有枪。她昨天就没怎么离开卧室，她也不知道我把地下室的门锁撬了。"

金探长说："我们的人今天早上发现权虎在玉泉突然下船，不知去向了。我们的人没有跟住。你今天中午能找机会再出来一趟吗？枪昨天送到省城检验去了，今天清晨已经派车专程送回这里，中午一点之前能到，你必须把枪放回原处，现在我们不能惊动他们。"

保良屏住呼吸，开口问道："检验出结果了没有，这枪有问题吗？"

尽管他早有估量，但金探长的回答，以及回答时所用的坚定语调，还是让保良像在一个深渊中急坠，然后砰的一下摔在了渊底。

"出结果了，这把枪和权三枪杀人用的枪，是同一把枪！"

保良半天无法言语，虽然他在那个婴儿棉被中看到这支步枪的刹那，就想想到了这个结果，但那种感觉和现在是不一样的。金探长现在说出的话，在法律上认定了它，也认定了权虎肯定涉罪，也认定了姐姐将肯定失去她极力想要挽回的爱情和想要保全的家！

这次的接头时间同样短暂，保良走出茶肆时头重脚轻。他走到小巷的巷口才想起咸鱼未买，又掉头转身出了巷子。中午他给姐姐做饭时姐姐又吐了一次，吐完之后精神反倒好了。居然还就着霉干菜蒸咸鱼吃了一小碗粥。吃完粥姐姐掐指算算，说权虎早则今夜迟则明晨就该回来了，让保良收拾收拾赶紧离开。保良一边点头一边却说："我待会儿还得到医院去取化验结果，取回结果再走不迟。"

吃完午饭，收拾完厨房，保良心里始终沉甸甸的。姐姐说头晕没劲儿，又上床躺着去了，一会儿隔着门叫保良，让保良把刚刚摘下来的耳环放到衣柜的抽屉里去。保良进屋，坐在姐姐床边，手里拿着姐姐递给他的耳环，闷了片刻，又给姐姐戴上。姐姐说："别戴了，权虎快回来了，我不想让他看我又戴这个，省得让他觉得我又想家了。"

但保良还是给姐姐戴上了，他说："姐，咱们俩什么时候出去照张相吧，戴着妈给咱们的耳环。万一以后咱们不在一起了，你看看照片还知道有个弟弟呢。"

姐姐眼泪汪汪，说："保良，你不是打算在涪水找工作吗？等这次你姐夫回来，等他心情好的时候，我跟他提提你。要是他对你没啥，你们就见见面，这样你就能常来这儿看姐姐了。要是以后总能见面，还照什么相啊？现在到照相馆照相可贵呢。"

保良低头坐在床边，姿势没变，声音也原样没变："姐，要是我姐夫不回来了，你一个人咋办？"

姐姐说："他怎么可能不回来呢？他家在这儿。"

保良说："我看他对你也没什么感情了，他一去就不回来了，怎么不可能呢？"

姐姐说："怎么会没感情呢？我跟他跟了那么多年，他恨陆家，可他知道我早不是陆家的人了。再说他特别爱雷雷，他不可能让雷雷没有妈妈。"

保良说："那他为什么不让你带着雷雷？"

姐姐："那正说明他不是想跑，而是怕我跑，也怕他不在的时候我跟雷雷说陆家的事情。他也知道我爱雷雷，他是想拿雷雷拴着我。"

保良沉默了一会儿，站起身来，说："姐，如果我姐夫以后回不来了，你就跟我回省城吧，或者回咱们老家鉴宁去。我可以照顾你，也可以帮你照顾雷雷……"

姐姐打断保良："别老说这种不吉利的话好不好？权虎他们跑船的人，最忌讳说回不来了这种话了……"

保良也打断姐姐："我是说如果！"

姐姐看看保良，但保良背对着她，看不到他的脸色。从保良的声音中不难猜到，他的脸上挂满严肃。姐姐不再出声了，但显然她不明白保良为什么要把这个假设说得这么当真，这么一本正经。

中午，保良先去了医院，取回了姐姐看病化验的那几张单子，又拿着单子去见了医生。西医和昨天中医的说法大致相同，诊断姐姐肝肾功能严重衰退，心率也不好，还有严重的风湿病和贫血症，体内酸碱平衡失调，可能是心情与营养不良，又长期得不到调整所致。医生建议病人应马上住院治疗，特别是风湿症和贫血症，如不及时治疗，一旦恶化，很可能导致坏血症，危及生命。

保良在医院的药房取了医生开出的几种药物。刚出医院大门，就被一直跟踪在后的便衣引向一条小路，上了等在那里的白色面包车。

金探长和夏萱都在，他们把显然已经裹好了那支步枪的小棉被递给保良。保良透过棉被柔软的表面可以触摸到里面的坚硬。在涪水便衣将面包车的滑门哗的一声拉开的时候，保良没有立即起身下车。

"权虎今天夜里可能就要回来了，我姐让我下午就走。"他说。

"你把枪放回原处，然后你可以走。"金探长答复，"不过权虎现在并不在船上，我们还不知道他现在在哪儿。今天晚上他很可能回不了家。不过假使你姐姐硬要你走，你也不要强留。"

保良还想再问一句，倏忽之间，又忘了要问什么。他一手拎着药，一手抱着枪，起身离座，下了汽车。

保良一路走，步伐飘忽，好像走在船上，好像整个涪水小城就是一艘大船的甲板，下面是舱，是水，走在上面，永远没有脚踏实地的感觉。

他知道，有人会一直跟着他走回他要去的那条巷子。他也知道，在那条巷子里，便衣密布。但他在走进巷子并且走进院门的刹那下意识地回头，却并未看到身后视线可及的任何角落闪现半个憧憧人影。

下午，阳光斜照，整条巷子，安静异常。

保良用姐姐给的钥匙，打开屋门。

进屋时他把脚步放轻，他站在大门处向姐姐的卧房引颈张望，卧房房门虚掩，整座房子，鸦雀无声。

他轻手轻脚，打开地下室的小门。他试了一下，被他拧坏的门锁从里边按下锁钮，还可重新锁住。他点亮那只昏黄的小灯，下到台阶底层，走到尽里的柜子面前，从上数拉开第四个抽屉，把上面的衣物掀开，把用棉被裹好的步枪放在柜底。然后把衣物重新铺垫，照印象中的原样遮掩妥当，才关了抽屉。他正要把柜前原先的杂物和那辆挪在一边的山地车放好，忽又想起什么，起身上了地面，悄悄拐进厨房，把那只煮药的砂锅拿了，重又回到地下室中。他记得砂锅是放在第二层抽屉里的，犹豫了一下，就放在第二层了。

一切收拾完毕，确信看不出可疑，保良才站起身子，掸去衣服上的尘土。掸土时不知声音是否过大，居然听到顶篷传来回声——咚咚咚，咚咚咚……保良停了动作，凝神再听，头上忽地冒出冷汗，他分明听到，楼上客厅似乎有人走动，有人在高声说话，粗暴而又急促，语焉不清。

保良手脚并用，几乎是爬着，爬上了台阶，从里边关严了地下室的小门。隔着门他听到有好几个男人说话的声音，他们说到钱，说到车子，还说到储藏室，说到储藏室里的东西要不要拿走……虽然保良的耳鼓里灌满了自己的心跳和喘息，但他仍然能够听清，门外急促的交谈声中，有一个便是权虎的跟班冯伍，还有一个声音非常耳熟，但保良一时记不起在哪里听过。

紧接着他听到了姐姐的声音，姐姐慌张失措地问他们要去哪里，又说她想洗洗脸收拾一下东西。一个陌生的声音不停地催促："来不及了，来不及了，去晚了你老公又要怪我们啦……"

门外凌乱的脚步，关窗拉门的声音。保良忽然听到有人朝地下室这边走来，脚步在小门前戛然而止，紧接着便是钥匙捅进锁眼的摩擦，声音细小却怦然惊心。保良慌得连撤几步，在楼梯的半腰腾身跳下，在小门打开阳光射入的刹那，滚进了那个刀巴形的死角。他看到一个隐约的人形投映在台阶的阳光当中。那人形凝固了片刻，啪一声按亮电灯，然后脚步移动，沿着陡陡的台阶走下来了。

保良无处可遁！

那人仅仅走下三节台阶，还没走出门外的光线，保良在暗处的心跳已如排山倒海。他的心跳似乎把四周都感染得轰鸣起来，连台阶上的人影都惊得倏然止步。在接下来的瞬间保良终于感觉到了，整幢房子确如地震一般，轰鸣声地动山摇，异常震撼，仿佛头上所有门窗同时炸开，有无数声音一齐高声呐喊，却没有一句能够完整听清。台阶上的人影先是迅捷地反身向上，刚出小门又转身退回，同时把门反手撞上。在小门撞上之前保良终于听清了门外的呼喊："权三枪在那儿！你跑不了啦！"另外的喊声也同时爆发在其他房间："举起手来！举起手来！我们要开枪啦！"

保良在听到"权三枪"三个字时忽然洞明了一切，那个从台阶上退下来的人影和门外的喊声让他不再犹豫半秒，他像豹子一样从死角的暗影中一跃而出，扑向身边的五斗柜橱。台阶上的人影被突然蹿出来的保良惊得一怔，保良搬开山地车的侧身之际，看到了台阶上扬起的一支枪口，他借侧身之势将山地车向前用力一送，车子砸向了台阶上端枪的家伙。那家伙被山地车砸得歪了一下，还没直腰又一样东西飞过来了，那是一个盛满杂物的箱子，各种垃圾般的杂物在箱子的飞行途中如天女散花般散落开来，让那家伙弓腰低头防不胜防。保良借此宝贵的数秒，拉开了那个生死攸关的抽屉。他从婴儿棉被中奋力抽出那支步枪的刹那，耳边砰的响了一声，他的右肩被人猛推了一下，让他整个上身撞在拉开的柜橱斗上，但巨大的冲力并没影响他的动作，他仍然像拔剑一样把步枪的枪身从身侧拔出，拉动枪栓的同时他抠响了扳机，整个动作连贯得犹如事前训练了一样。

保良感觉到子弹出膛的后坐力和他的呼吸一起在丹田炸响，他执枪的右臂被这声巨响震得几乎脱离肩膀，他恍惚看到了一团火球稍闪即灭，但火球带出的烟雾却刺鼻弥久。透过烟雾他看到对面的人影动作忽然迟缓，像喝醉一样晃了一步，然后力不能支地坐在了水泥台阶的中央。

　　火药的气味还在，烟雾很快散开，保良靠着柜橱的抽屉与坐在台阶上的家伙彼此对视。他这才看清那张面孔满是胡须，头发却剃得精光瓦亮。这张脸足以颠覆以前的任何印象，但保良仍能一眼认出，这个被他扳倒的粗壮汉子，就是让父亲家破人亡的权三枪。

　　权三枪坐在台阶上，显然，他也认出了保良，已经散掉的眼瞳里闪过一丝惊愕的目光。在那目光之后保良没有想到，一个垂死之人还能爆发出最后一搏的力量，还能用出人意料的速度，突然抬起枪口……保良眼前蓝光一闪，耳中砰然一响，几乎同时，紧贴他脑袋左侧的柜子被轰开了一个洞口，木屑炸裂，碎渣飞溅，保良左脸顿时麻木得失去知觉。

　　可他的大脑并未麻木，他想站起来，但身体异样沉重。他看到对面的枪口并未垂下，他在权三枪打出第三枪前，双手奋力托起那支短柄步枪，一枪轰开了对方的胸膛。

　　权三枪从台阶上滚下去了，惯性巨大，一直滚到保良脚下。保良看到权三枪的污血从身下淫出，流向自己，他厌恶地想要起身躲开，不知怎么一使劲竟站了起来。他摇晃着双腿跨过这具丑陋无比的尸体，生怕弄脏了自己的裤角和鞋子。他沿着台阶一步一步拾级而上，还没上到顶端，地下室的木门便被人从外面大力撞开，门口数不清多少黑洞洞的枪口，一齐对准了保良的脑袋。

　　保良站在台阶上，提着那杆短柄步枪，胸膛起伏，血染衣襟。金探长拨开挤在地下室门口的那群便衣，上前惊问："保良，你受伤了？"保良这才发觉自己的右肩已被鲜血染红，他第一个反应以为是沾染了权三枪的污血，心里极为懊恼恶心，但当金探长双手扶住他时，他才意识到那鲜血正从自己的肌肤里，带着热度，汩汩流出。

保良走出地下室的小门时，这幢房子里的战斗尚未结束。事后保良知道，这场战斗事发突然，双方都无准备。在小巷里负责监视的便衣看见三个男人不速而来，进了权虎的房子，其中一个极像 A 级要犯权三枪本人。由于保良还在这幢房屋里没有出来，面临巨大的生命危险，所以必须紧急采取解救措施。在附近面包车上的牛队请示上级之后，当机立断，下令抓捕。在巷内巷外蹲守的便衣加上面包车上的牛队金探和夏萱等人迅速集中，从前后两个方向，破门破窗而入。冯伍稍作抵抗便被制服，匪首权三枪被保良击毙在地下室里，另一个小匪挟持了保良的姐姐退至厨房负隅顽抗。那小匪是权三枪的一个帮凶，身上没有武器，他用厨房里的一把尖头菜刀，压在保良姐姐的颈上。从他嘶哑的狂呼声中，听得出他和保良的姐姐一样，已都接近崩溃，心智和意志都已失去了控制。

牛队和夏萱一同站在厨房的门口，用枪对准小匪，同时极力劝降。但小匪情绪激动不肯就范，一定要警察让开一条出路。保良一走出地下室便听见牛队和那匪徒都在声嘶力竭，都试图用激烈的言语吓倒对方。保良从叫喊声中意识到冲突僵持在厨房，冲突的焦点是匪徒挟持了姐姐，他不顾肩伤失血，挣脱开金探长的搀扶冲向厨房，他刚刚看到姐姐面如土色的脸庞便听见了枪声，那枪声又重又闷，像是什么庞然大物重重地砸在地上，震动着每个人紧绷的神经！

姐姐身后，匪徒的右眼上方，有一团血花如火迸放，匪徒向后退了半步就撞在厨房的墙上，显然已经一命呜呼。姐姐几乎比死去的匪徒更早倒下，她瘫倒在地时几乎没有声音，身躯四肢，软得几乎抽了骨头。

便衣们一拥而进，搀起保良的姐姐，唯有最应当上前的女警夏萱，反而垂下平端的手枪，面目低垂向门外走去。也许只有保良看清了刚才的瞬间，那个瞬间让他脑海中蓦然浮现了公安学院的那场射击示范——夏萱平端短枪，连发连中，与刚才的果断平射如此相同。也许就是从那次实弹训练之后，夏萱在保良的梦中，便成为喷火女孩的附体，威武而又果敢，俊美而又法力无边。

夏萱一路走到屋外去了，金探长跟过去低声抚慰。这也许是夏萱从警以来第一次开枪取命，尽管是为了刀下救人，但毕竟有另一个鲜活的性命在她的食指关下顷刻终结。毕竟她是一个女人，而且那么年轻。

战斗至此结束。

保良被送往医院，姐姐也被警车接走，金探长和牛队留下来突审冯伍，因为他们要从冯伍的口中得知权虎身在何处。

二十四

　　保良右臂虎头肌的上方被子弹犁出了一道深沟，好在子弹并未留在体内，医生对伤口进行敷药包扎，一共用了不到二十分钟。比较麻烦的地方倒在左边的耳际，耳朵周围的皮肤被五斗柜的碎木渣溅得血肉模糊。医生用小镊子一点点夹出残留在肉里的木屑，处理了很久才敷上药物。在包扎前医生取下保良左耳的耳环，拿在手里玩味良久。

　　"这是银的？这上面是玻璃，还是水晶？"

　　这耳环让医生说得这样低贱，保良心里有点不满，他伸手拿过耳环，放在刚刚换上的一件警服衬衣的口袋里面，他说："这是白金的，上面是钻！不是水晶，更不是玻璃！"

　　医生惊诧："钻！那很值钱吧？你一个男孩子，怎么戴耳环？"

　　旁边的一个护士插嘴解释："现在男孩子戴耳环也不稀罕啦，那些搞艺术的唱摇滚的都戴。显得有个性嘛，你是搞艺术的吗？"

护士问保良，保良不语。身边的刑警替他回答："不是，他是省城来的。"

之后，刑警给保良端来开水，让他服了消炎药物，打了预防破伤风的针，还让他吃了点东西。但保良不能嚼，一嚼被包扎好的耳根子就疼得厉害。

再之后，天色渐暗，刑警又用车子把他送回了姐姐家里。

保良走进客厅时看到姐姐已经回来了。但，屋里屋外都是警察，涪水公安局的局长也亲自赶到这里坐镇指挥。夏萱和牛队正在做姐姐的工作，劝她识时务、明大义协助警察抓获权虎，阻止他在犯罪的泥潭中越陷越深。姐姐哭泣不止，眼睛肿得像个桃子。她看见几个民警陪着保良进来，看见保良的头上缠着纱布，她哭得头部抖动，口中的气息也抖得话不成句。

"他们……他们，是不是你带来……来的？"

保良眼里滚出泪水，无言以对。

姐姐泪眼怒视保良："你……你不是我的弟弟，你们……你们陆家的人还在……还在害我们！"

牛队正面教育："协助公安机关抓获罪犯是每一个公民的法定义务，你弟弟要不是合理自卫，早就被罪犯干掉了。罪犯不是也拿着刀子要杀你吗？要不是我们这位女同志及时解救，你恐怕也要遭他们毒手。这道理你自己应该明白。你协助我们找到你的丈夫，实际是对他的一个挽救。"

警察把保良带到这里的目的，在路上已向他做了说明，是要他协助警方做通姐姐的思想工作，让她配合警方抓获权虎。根据冯伍的交代，他们这次乘船驶往下游，目的就是接应潜藏在玉泉的权三枪，帮助他流窜到北方去，路线和交通工具以及在北方落脚的城市都已做了周密的安排。权虎也要放弃涪水一起北上，今后的船务生意就交给冯伍打理。他们一行人今天下午由陆路返回了涪水，准备接上保良的姐姐一起转移。但行至他家巷外，忽然发现疑似便衣，于是不敢贸然进巷。经过反复商量，权虎坚决不肯采纳权三枪和冯伍的建议，将其妻弃之此地，坚持要带上她一同离开。于是权三枪便自告奋勇带冯伍和他的一个死党冒险过来接人，而权虎则开车带着孩子在涪水城外等候。约好接到其妻后打手机联络，再约见面的具体地点。警察经突击审讯攻克冯伍后，已让他给权虎的手机打了电话。与预料相同，权虎一接电话就要与其妻通话，冯伍便按警察预先交代的说法，告诉他妻子不在家，听邻居说是去医院看病，权三枪已到医院接她去了，马上就会回来。权虎也就没有说出他此时所在的地点，只说等他老婆回来再电话联系。看来，权虎对冯伍并不完全信赖，没有听到权三枪与他老婆的声音，他似乎产生了一点疑心。警察希望保良动员他的姐姐在冯伍再次拨通权虎电话时，她必须保持冷静，只须问问孩子怎么样了，说她已经跟随冯伍和权三枪出发上路，就算深明大义。

但保良此时面对姐姐，却没能像他在路上应允的那样，对姐姐动之以情晓之以理。面对姐姐的质问，他眼里含泪，呆若木鸡，全然没有了两小时前带伤击毙顽凶权三枪的那份镇定和勇气。

所以还是换上牛队和夏萱上去，对姐姐继续苦口婆心，讲明道理，讲明政策，讲明法律。保良看到，这时的姐姐不再流泪。她脸上的表情凝固起来，不知是在思索，还是下了决心。

牛队问："我们说了这么半天，把形势和出路都讲透了，你想通了没有？"

姐姐显然已经安静下来，她说："我想通了。"

牛队欣喜地点头："好，想通了好。"他又把刚才希望姐姐与权虎通话的内容重复了一遍，然后盯问姐姐："你能按这个要求说吗？你能心平气和地说吗？"

姐姐说："能。"

这回，一直在侧旁听的局长亲自表示了满意，他说了句："好！"时间已经刻不容缓，局长命令："把冯伍带过来！"

冯伍被从客房里带出来了，双手铐在一起。牛队用客厅里的座机电话拨了权虎的手机号码，电话接通后，牛队把听筒放在冯伍耳侧，同时把自己的耳朵贴近听筒，监听冯伍通话的内容。

屋里屋外，不少人用手势示意安静，里外顿时鸦雀无声。

牛队听到的内容是，冯伍问："小虎吗？"权虎答："啊，你们接到我老婆了吗？"冯伍说："接到了，我们马上出发了，你在哪儿？"权虎答："你让我老婆听电话。"

权虎果然再次要求与保良的姐姐通话，牛队将听筒交给姐姐，又示意夏萱靠近监听。姐姐的双手抓住电话的听筒，无论牛队怎样用手势安抚，她的气息还是变得起伏难平。

夏萱听到的内容是，姐姐说："喂……"权虎应："保珍，你跟他们过来，你把我床头柜里的那瓶安眠药给我带来，再带你自己要换的两件衣服，给雷雷再带一件厚的外套，其他什么都不用带，听见没有？"

姐姐答："哦……"权虎顿了一下："你别忘了带上你妈给你的那只耳环，你放在衣柜里了吧。"

姐姐干涸的双眼忽然泪如雨下，不仅夏萱，不仅站在她对面的牛队，这幢房子里的所有人都清楚地听到了她突然迸发的叫喊：

"权虎，你快跑，警察要抓你！警察马上就过去抓你啦，你快跑……"

夏萱劈手夺过电话，牛队迅速接了过来，冲着电话厉声喝道："喂，你是权虎吗？我是涪水公安局的牛奋斗，涪水的各条公路都已经被我们封锁了，希望你主动自首，争取宽大……"

电话咔嗒一声，被权虎挂断了。

姐姐还想抢夺电话，但被夏萱按在沙发上，她还挣扎着冲牛队手里的话筒徒劳地大喊："你快跑！你快跑！你快带着孩子跑得远远的……"

保良也同时大喊起来："姐！你疯了吗！你疯了吗！你这样害了他也害了你自己啦……"

他们的喊声也是他们的哭声，内容不同，声调却如此相近。据说，曾有一项遗传学的研究成果，证实一母所生的兄弟姐妹，哭笑都是同样的声音。

权虎是第二天中午在一条高速公路上被公安抓获的。抓获他的那个高速公路收费站已经出了省境，距离涪水已有八百公里之遥。

保良再见到姐姐，是在一个月后的省城看守所里。权三枪杀人案由省城古陵区公安分局主办侦破，除主犯权三枪已死外，其余一干嫌犯，全部解押省城预审，等候检察机关提起公诉。

未决犯在受审期间一般是不允许亲属会见的，但公安方面为保良做了例外安排。保良隔着会见室的玻璃隔断见到的姐姐，神情呆滞，双目无光，言语木讷，气息虚弱得如断丝一样，脸色枯黄得无可形容。

保良是由分局的民警夏萱带到看守所去的，分局是想让保良亲口告诉姐姐，她的儿子，现在已由保良抚养。分局还帮保良找了工作，现在雷雷和他住在一起，生活起居已经渐渐正常。保良希望姐姐放心安心，专心配合政府搞清案情，争取宽大处理，争取早日出来，与雷雷母子团聚。

这场破例的会见一共持续了十来分钟，几乎全是保良娓娓诉说，姐姐则始终不言不语，半垂面孔，木然呆坐，似听未听。

在抓获权虎的时候，六岁的雷雷，正在车里熟睡。

那时保良和金探长及夏萱等人都还在涪水。关于孩子的安排，涪水市局的一位干部和金探长及夏萱一道，征求保良的意见，保良说："雷雷是我姐的亲生儿子，我姐的事没完以前，这孩子我养。"

是的，这个六岁的孩子，除去他身陷囹圄的父母之外，他的这个舅舅，是他唯一的骨肉血亲。

当然，还有孩子的外公，保良的父亲。

保良是在回到省城后才见到这个孩子的，当他随着夏萱和她的一位同事走进分局的接待室时，看见雷雷拘谨地坐在一张长椅上，目光恐惧，压抑无声，保良的心里，怎能不生出爱之同源的情感与悲悯。

他走过去，在雷雷面前蹲下，他问："雷雷，你认识我吗？"

雷雷呆看保良，不敢摇头。

保良抬手想摸雷雷的头发，就像小时候姐姐摸他一样，谁料他一抬手雷雷就吓得激灵了一下，保良也不由把手缩了回来。

"雷雷，你妈妈叫陆保珍对吗？我叫陆保良，我是你妈妈的弟弟，也是你的舅舅。你妈妈和你爸爸都出远门了，让你跟我一起生活。雷雷是听话的孩子，这个舅舅早就知道。妈妈过去跟雷雷说起过舅舅吗？"

雷雷终于摇了一下头，他始终含在眼里的眼泪，终于滴落下来。

"我要爸爸，我要妈妈，他们是不是不要我了？我以后一定听话，我再也不调皮了，我以后一定听话。"

保良的眼泪在眼窝里打转，夏萱的眼泪倒先掉下来了。在场的民警原先还有说有笑，但此时整个屋子肃然无声！

从涪水回来后，保良跟随省公安厅老干处和市公安局的一位干部一起去武警训练基地看望了父亲。

看望父亲的事由是向他通报权三枪杀人案全案破获的喜讯。听到这个消息时父亲眼里含了泪水，扶在椅背上的双手颤个不停。对于父亲来说，这喜讯就意味着冤有头债有主，他的杀妻之仇，终于报仇雪恨了。而亲手除掉杀人恶魔的就是他的儿子——以前对这个血案的发生负有一定责任的陆保良。

一同前往训练基地向父亲通报情况的金探长绘形绘色地讲述了保良击毙权三枪的过程细节，大家对保良的英勇无畏交口赞扬，可谓老子英雄儿好汉，保良不愧为公安世家的后代，也不愧上了几天公安学院！市公安局已决定为保良记功，省公安厅和省见义勇为基金会也要授予保良"见义勇为好市民"的光荣称号。保良虽然没能子承父业，但英雄的胆略一脉相传，值得骄傲，可喜可贺。

在众人的赞扬声中，父亲脸上终于露出了笑容。他把保良叫到面前，用手轻抚着他头上被纱布包扎的伤处，他说："好，保良，你总算给爸爸争了口气，总算给咱们陆家争了点光，我养你这个儿子，总算没给公安机关丢脸，好，好，爸爸很高兴!"

父亲老了，长期沉默寡言，以致他说出这段并不冗长的话语还是有点磕绊。保良也是个敏于行而讷于言的性格，逢此场面，话也跟不上的。他只是用笑意表达了对父亲的感谢，感谢父亲终于对他正眼相看了。

后来，省公安厅和市公安局确实授予了保良荣誉称号并给他记功受奖，不仅发给他一万奖金，还派人到东富大酒店去，向店方说明保良超假旷工是为了协助公安机关破案，希望店方收回除名的成命，恢复保良的工作，如果让见义勇为的英雄处境尴尬，将是社会的悲哀和不义。

东富大酒店虽是外资企业，但也有党组织，也有工会共青团，何况保良在酒店的直接领导都反映这小孩不错，形象及工作态度都是一流的，只是外语程度稍低，对他回来工作都没意见。酒店的总经理是个法国人，对见义勇为这种事的支持居然超过了中国同事，不仅同意保良回来上班，而且还表示饭店将专门为他开个欢迎会，授予他一枚金色的勤奋奖章。勤奋奖章是东富大酒店对职工的最高奖赏。

于是，保良就这样衣锦还乡般地回到了"东富"，除欢迎会外，还有勤奋奖章；除奖章外，还有三千奖金。加上公安局先给的一万，这一万三千元奖金保良转手就花得精光，因为他要开始抚养雷雷。

首先，就算被东富大酒店重新召回，他也不能再住酒店的职工宿舍了，他必须在外面租一间房子，以便安置雷雷。因有"孟母择邻而居"的典故，所以这房子周边的环境还不能太差。至少不能住在原来他和李臣、刘存亮、菲菲同居的那种巷子，那里的人口五方杂处，对雷雷的成长肯定影响不好。

　　所以，保良最后选择的那个居住社区，是一个省直机关的宿舍，离东富大酒店很近，离雷雷要上的小学也不算太远。房子虽然旧了些，但住户大多为机关干部或他们的亲属，行为言语都比较正经。房子很小，只有一房加一个过厅，且在顶楼的加层。加层冬冷夏热，旧楼又无电梯，每天进出都要从八楼步行上下，所以每月租金只要六百，确实不贵。但房东坚持一年一租，租金一次交清。所以保良一下就交了七千二百元，奖金一下用掉大半。再加上给雷雷买衣服、买被褥、买锅碗瓢盆、买各种生活用品，那一万三千块钱很快便所剩无几，还要给看守所里的姐姐送些衣物被褥，还要凑齐雷雷上学的学费。雷雷马上快七岁了，等到九月，就可以上学了。保良联系的学校属于普通低收入者的子女小学，但一个学期也要交纳一千五百元，还不包括书本文具。

　　上学的日子并非迫在眉睫，钱的问题也就容后再想。保良在他和雷雷的新家安顿下来以后，把屋子收拾得整整齐齐，墙上贴了雷雷喜欢的画片，地上铺了彩色的塑料地毯，旧家具全都擦得干干净净，摆上新买的茶壶茶杯。保良心里忽然对这里有了一种归属感，那种幸福的滋味让他夜不能寐。

　　那种感觉真的难以言表，他终于有了一个属于自己的家，他是家长，是长辈。他在这里不是为了得到爱，而是为了付出爱，他有责任让依附于他的那个孩子得到家庭的温暖和充分的庇护。

他和雷雷此前并无接触，但他不知为什么对雷雷的感情仿佛历久弥深。仅仅因为他是他舅舅吗？好像并不。

保良常想，在他的生活中，他最需要的究竟是什么？是钱，是事业，是兄弟义气，还是忠贞的爱情？生活在这个城市里，他究竟得到了什么？是什么让他心向往之，值得他孜孜以求？

也许这个世界上人人都爱钱。但爱钱的痛苦在于钱并不万能。而且钱这东西，不是你想得到就能得到的，也不是你只要争取就能争取到的。所以爱钱的结果，大多是终日的焦灼和最终的失落。

事业呢？事业在保良眼里，好像越来越不是目的，而是一种过程的快乐。他在东富大酒店的每一分钟都希望自己得心应手，被上级、同伴及客户所欣赏；他希望自己做的每件事、每个动作、每句语言甚至每个表情，都显示出职业的魅力，那种过程的快乐几乎有点自恋的倾向。因为保良发觉，人生的过程如果快乐，也许就等于实现了人生的价值和人生的目标。

说到兄弟义气，这是让保良叹息最多的一个字眼。他和父亲一样，十岁结拜，金兰之盟十年之久，如今长大成人，反而彼此疏离，龃龉多于情谊，交易多于忠义。义气在金钱面前瓦解得那么容易，看上去那么不堪一击！

如果说父亲与权力的兄弟反目是为了国家利益，那么李臣和刘存亮呢，全是因为各自的私利。

至于爱情，保良不想再提。

保良分析过自己，他确认自己是一个爱情至上的人，是一个追求浪漫的人，是一个对爱专一的人。但他同样确认，他是一个爱情失败的人。无论因为自己本身的弱点和不慎，还是爱情本身的难测阴晴，他总归一败涂地，一蹶不振。直到现在他一想起张楠，一想起和她相伴的每一刻光阴，他还会在心里万般不舍，还会在心里出声地哭泣。他也知道，这一页人生纵然美丽，却被历史的老人面无表情地用大手一翻，彻底地翻过去了。

剩下来的，他唯一还能渴望的，唯一还能让他感到可靠的，便是他的亲人，是亲情的包容与互慰。

也许是因为母亲过早地死去，造就了保良的这种心理。母亲在的时候，天天给他做饭、洗衣，帮他收拾床铺，和他在厨房里悄声细语。但，保良印象中的母亲，并不只是这些。也许因为父子反目，姐弟分离，使他脑海中的母亲永远挂着宽容的微笑。保良想，这就是亲人！兄弟、朋友、同事和爱人，都可能因为你的一个错误弃你而去，但母亲不会。无论你犯了什么天条，惹了多大灾祸，无论你是否身败名裂，众叛亲离，无论母亲怎样跟随众口声讨和唾骂你，你都只管相信，她是你的母亲，她在悄悄为你哭泣，她的内心深处永远有你，她的灵魂深处永远爱你。

这就是亲人！

就像母亲当初悄悄让保良把那只耳环带给叛逆出走的姐姐一样，在那场家庭危机中，母亲表面遵从了父亲的意志，内心却始终同情和祝福着姐姐。

这就是亲人！保良总是猜想，也许在父亲的内心，也有一块从未被他人窥见的地方。父亲有时会在夜深人静的时候悄悄走进那里，那里也许只有一盏孤灯，父亲会在灯下想念弃他而走的姐姐，也想念被他赶出家门的保良。他们毕竟由他所生，是他一粥一粟养大的儿女。

爱情的失败和友情的破灭可以让保良懂得放弃，但对亲人，保良选择的态度是不弃不离。血缘不会因事而异，因情而变，这就是亲情的本质和根基。

保良爱雷雷，因为雷雷是他的血亲。在他所有的亲人当中，现在只有雷雷可以，而且必须和他相依为命，住在一起。所以雷雷对保良来说，是家的象征，是他实现亲情感受的唯一载体。

雷雷很听话，保良让他干什么他就干什么。让他把碗里的饭吃完，他再不想吃也会吃完；让他躺下睡觉，他再不困也会躺下。早上起床也是一样，保良只须叫一声"雷雷起床"，雷雷就会马上歪歪斜斜地坐起身子，也许那时他还在梦里。

其实，雷雷听话，不是因为他懂事，而是因为他害怕。

保良开始没有注意这些，他只是以为雷雷特别懂事而已。雷雷的样子白白胖胖，很招人喜欢，又这样听话，保良那一阵的心思，全在照顾雷雷的衣食和安全方面而未顾及其他。

他没有过多细想，雷雷对父母的突然失踪会有什么想法，他也不知道警察抓捕权虎时是怎样的场面，雷雷是否看到。警察曾经告诉保良，雷雷当时在车上睡觉，醒来后父亲已不在身旁。他被警察带到当地的公安局住了几天，才被送到省城与保良见面。雷雷从小到大从未和父母分离，他其实不能承受这个巨变。他不认识保良，也从未听父母说起过这个舅舅。每天保良出去上班就把他锁在家里，让他看小画书或玩儿一些玩具，他就看小画书和玩儿玩具，但更多的时候，是压着声音叫着爸爸妈妈，自己悄悄哭泣。

很久以后，保良问过雷雷，雷雷说，他那时的想法非常恐惧：如果不是爸爸妈妈把他扔了，就是他们已经死了。

保良想不到，一个六岁的孩子，生存本能如此之强，他能够把成人都难以承受的恐惧和悲伤统统压在心里！

那一阵保良生活的中心就是雷雷。

每天早上，他要早早起床，给雷雷做好早饭，然后叫起雷雷。在雷雷穿衣穿裤、洗脸刷牙吃早饭的时候，他还要给雷雷做午饭。做好午饭就放在厨房里，他在厨房的门上加了一把锁，主要是为了防止雷雷拨弄煤气开关着火中毒。他把雷雷要吃的零食、要喝的水、要玩儿的东西都放在床头。那是一张标准的双人床，靠墙摆放，保良让雷雷睡在里边，他睡在外边。到中午，保良有一小时的吃饭时间，他会跑步回家，跑步上楼，打开家门给雷雷热饭。热好饭让雷雷吃上，他再锁好厨房和大门，再从八楼跑下，跑回酒店的食堂，坐下来气喘吁吁地将一盒午饭快速地扒进嘴里。来不及的时候，饿一顿也在所难免。

在保良看来，这样的辛苦不算什么，重要的是，雷雷是个懂事的孩子，给他做什么他就吃什么，从不挑食。他从不向保良提出任何要求。保良买的零食，他也很少吃。保良只当他是为了节俭，心里不由感动万分。

晚饭之后，保良就和雷雷一起在床上认字念书。这时他完全理解了父亲当初对他那种望子成龙的心理。他现在对雷雷也是同样，希望他优秀，希望将来姐姐出来的时候，能看到雷雷好学上进，成绩骄人。

他教雷雷认字，他教什么雷雷学什么，表情被动。几天以后他才发现他教的不少字雷雷早就认得，但雷雷没说。雷雷主动问他的字只有三个，一个是涪水的涪字，一个是带领的带字，还有一个，是叔叔的叔字。

保良在他给雷雷买的本子上写了一个叔字。写完，他问："你想知道舅舅的舅字怎么写吗？"

雷雷看他，没有表示。

保良在本子上边写边说："上边一个臼，臼，就是舂米做饭的意思，下边再加一个男，就是舅。舅舅，就是给雷雷挣钱做饭的男人，懂吗？"

雷雷点头，目光却在看那个叔字。

从这一刻起，保良才猛然意识到，雷雷固然懂事，但好像从没开心地笑过；他固然听话，甚至总在看保良脸色，但他心里似乎并不快乐。

雷雷并不快乐。

保良有了这样的意识，于是婉转地询问雷雷："雷雷，你是不是觉得认字没劲，那你想玩儿什么？"看雷雷不知怎样回答的样子，保良主动提议："是不是整天待在家里很闷？等周末舅舅放假，带你到郊外去玩，好吗？到郊外的山里去玩儿，好吗？"

雷雷点头。

周六，保良休息，他带雷雷去了郊外山里，那个武警的训练基地。

他没有告诉雷雷他们要去的那座山里住着他亲生的外公，他甚至没有向雷雷解释外公与他算是什么关系，没有解释外公就是他母亲的父亲，或者说，就是妈妈的爸爸，就是爸爸的岳父。他想，姐姐和权虎连他这个舅舅都不愿让雷雷知道，更不会说起他们视之为敌的这个外公。

他们乘坐郊区的长途汽车，在层叠的梯田中慢慢盘旋。也许是在那个狭小的屋里待得久了，雷雷这一天的情绪比平时明显好些，眼睛神往地看着窗外，窗外满目碧绿的山水，还有沿途耕作的农人。

　　保良没有告诉雷雷他们此行的目的，是因为他并不知道父亲是否愿意认下这个外孙。他无法估量血缘的纽带和父女多年的怨恨，哪一方更能主导今天的父亲。更何况这个孩子的身上，还流着权家的血液。

　　这座基地保良已来过多次，门口的警卫都已面熟，象征性地登记之后，便被允许自行进入。他们沿着树林向父亲居住的菜园那边走去，天气很热，雷雷走了一会儿便走不动了。他有点胖，圆圆的脸蛋被汗水渍红。

　　保良站下来等他，问要不要背他。雷雷摇头表示不要，抬步又走。他们在菜园边上看到了父亲的小屋。父亲的小屋还是原先的样子，床头的小桌上，杨阿姨与嘟嘟在合影中的微笑，依然触目。保良和雷雷在屋里没有见到父亲，只看见一个武警战士正在隔壁，正在修理卫生间的一个马桶。

　　那战士也认识保良，指指屋后，说："老头儿在暖房浇花呢。"

　　保良领雷雷去了屋后的暖房，暖房很大，好像还有空调，一走进门便能感觉凉气扑面。暖房里种着各种蔬菜，还种着各种鲜花，门口还建了一排鸽笼。雷雷一进暖房就被那群鸽子吸引住了，保良就让他站在这里先看鸽子，自己则走向正给鲜花浇水的父亲。父亲也看见他了，放下喷壶擦着两手，还主动开口对保良问道："你今天休息?"保良应了一声，不知该怎么说出今天的来意，顺口先问："您浇花哪。"好在父亲已经看见了雷雷，朝门口张望着，问道："这是谁的孩子，跟你一块来的?"

保良回头看看雷雷,雷雷正专情于那群美丽的鸽子,好像特别渴望与它们亲近似的。保良回过头再看父亲,父亲已经重新拎起浇水的喷壶,又专情于那些花朵去了。

保良说:"爸,他叫雷雷,是我姐的儿子。"

父亲浇水的动作戛然而止,他的肢体几乎在原位凝固。他转身抬头的神态,因为缓慢异常,所以显得苍老万分。

"你姐的儿子?"

"对,他应该,应该叫您外公。"

外公这个字眼,让父亲的眼里温情忽现,虽然只是倏地一闪,但没有逃过保良的敏感。父亲放下手上的喷壶,蹒跚着向雷雷走去。保良没再说话,跟着父亲的脊背,一直走到暖房的门前。父亲的脊背已不再宽阔,因为瘦削和微驼,已失去了原有的伟岸。

雷雷看见有人向他走来,他的目光不得不暂时离开那些可爱的生灵,投向迎面而来的这位跛脚的老人。

父亲迎着雷雷的目光,微笑相问:"你喜欢吗?要不要放开它们,要不要看看它们飞的样子?"

雷雷点头,说:"要。"

父亲俨然是暖房的主人,对这里的一切都已谙熟,他拉开鸽笼门板的机关,设在暖房外墙的笼门霎时打开,百余只鸽子一齐振翅飞出,鸽笼顷刻空寂下来。雷雷透过暖房的玻璃,兴奋地望着自由远翔的鸽群,不禁主动开口询问:

"它们飞到哪里去了?它们还会飞回来吗?"

"当然会飞回来的。"父亲和雷雷一样，极目远望，他大声说道："鸽子是最认家的一种鸟类，不管人把它们带到多远，也不论它们遇到多大困难，它们一定会飞回来的。它们飞得再远，也知道自己的老窝在什么地方。"

保良听着祖孙二人的对话，心里无比欣慰。他甚至想到，雷雷一定会得到父亲的喜爱，喜欢孩子是老年人特有的天性，何况雷雷是父亲的外孙。说不定雷雷还会成为保良和父亲之间的情感桥梁，说不定父亲会因为雷雷而进一步密切与保良的关系，甚至愿意离开这座与世隔绝的大山，和他们一起回到城里，一起建立一个三世同堂的幸福家庭，那是保良一直梦寐以求的生活理想。

借着这份迟来的兴奋，保良站在父亲身后高兴地开口："雷雷，你知道谁是你的外公吗？你知道什么是外公吗？"

雷雷忽然面色僵硬，也许外公这个字眼于他太过陌生。他仰头望着面前高大的老人，整个身体紧张起来，一动不动。

父亲面色温和，在保良看来，这种温和已然久违，这种温和于父亲来说，几乎等于爱与慈祥。

父亲蹲了下来，和雷雷目光平视，他问："你知道什么叫外公吗？"

雷雷的身体依旧僵硬，目光依然惊恐。但出乎保良的意料，雷雷鼓鼓的嘴唇，居然吐出两个清晰的字来：

"知道。"

保良也好奇地蹲了下来，笑着问道："雷雷，你知道外公？是你妈妈跟你说过外公吗？你妈妈都说什么？"

雷雷的目光移向保良，他呆板的回答，也是冲着保良："妈妈说，外公不好。外公害了我们，害了爷爷，外公是个大坏蛋！"

保良的笑僵在脸上，他几乎不敢侧目去看父亲的反应，只能从父亲的声音中判断，父亲的心尖在抖，父亲声调中的严肃，几乎不像是在和一个孩子对话：

"除了你妈，你爸爸……是怎么说的？"

"爸爸让我长大变成一颗大地雷，让我藏到外公身边，让外公一碰上我，我就会爆炸！"

童言无忌！

雷雷的声音稚嫩，听来却惊心动魄！保良的神经几乎错乱，他本来应该说几句什么，纠正雷雷或者向父亲解释。哪怕是用一种调笑的口吻，也该缓解此刻的窘迫。但保良自己乱了，他心里乱到了失语的状态。

父亲似乎没有乱，他把扶在孩子肩上的那只大手缓缓收回，颤巍巍地站了起来。保良看见那双穿着布鞋的大脚，从雷雷身边慢慢移开，向暖房的深处一瘸一拐地走回去了，他这才想起自己应当追上父亲，替雷雷圆场。但他不知道什么样的语言才能让父亲息怒，才能让父亲严峻的面容重新慈祥起来。

父亲脸上其实没有任何表情，他从地上捡起喷壶，继续给那些美丽的花朵浇水。保良站在他的身后，口齿不清地说道："爸，雷雷还太小，什么都不懂呢，您没真生气吧？您没……"

父亲收住了手里的喷壶，慢慢转过身来，他面无表情地看着保良，他的声音也没有任何怨怒，反而呈现着从未有过的镇定和从容。

"保良，我现在老了，只想平静地生活，你如果还是我的儿子，就去把他还给他的父母。你告诉他，等他长大的时候，我早就死了！他如果还想藏在我的身边，那绝不是在这里，而是要去另一个世界！他们谁想找我战斗，都不在这里，而在另一个世界!"

二十五

　　出城进山之前，保良预想过多种结果，当父亲为雷雷放飞那群和平鸽的时候，保良满以为这次祖孙相会已经大获成功。他满心欢喜地以为，长久以来身陷孤独的父亲与他这个刚刚失去父母的外孙，肯定能够互慰互爱，共同开创一种和睦共处的生活。

　　从武警训练基地回城的路上，保良和雷雷谁都没再说话。保良没再和雷雷谈论外公，也没有针对权虎灌输的观点进行拨乱反正。他发现雷雷的目光也不再流连窗外的山水，他在凝眉思考，一副大人的模样。

　　进城后，保良带雷雷去麦当劳吃了一顿汉堡，为了节省，他只买了雷雷吃的那份。雷雷没问保良怎么不吃，自己大口吃了起来，对那桶奶昔更是吮吸有声。保良问："涪水有麦当劳吗？"雷雷停下摇头。保良说："你吃你的。"又问："有肯德基吗？"雷雷又停下摇头。保良说："那你是第一次吃喽？"雷雷使劲咽下口中的奶昔，呛着说："我爸爸带我到省城来过好几次呢，我爸爸带我吃过。"

保良无话。

吃完麦当劳，保良问雷雷累不累，要不要回家。雷雷大概吃饱了肚子，说不累，又说想去看河。保良说："河有什么好看的？"雷雷说："河上有船。"保良说："你喜欢船吗？"雷雷说："喜欢，我爸爸以前总带我坐船。"保良说："那以后舅舅也带你坐。"

从麦当劳出来，他们去了东富码头。东富码头是东富大街中段的一个货运码头，离他们住的地方很近，就在东富大酒店的后身。在这里可以看到开阔的鉴河水面，也可以看到往来穿梭的各种船舶。

这里是鉴河一条支脉，从这里乘船出发，航行两个小时就可汇入鉴河主流。在这里可以看到形形色色空驶的游艇和满载的轮渡，而一旦进入鉴河主流，就只能看到一个个散兵游勇似的驳船载着各种货物争流而下。载货的人大都以船为家，洗漱做饭、排泄娱乐全在船上进行，逢至鉴河狭窄之处，河水被污染得变了颜色。

而在东富码头看到的鉴河，河水还是清的。

他们在东富码头看河看船，一直看到日薄西山。保良背着雷雷回家，回家后让雷雷上床，他进厨房洗菜做饭。饭后他给雷雷洗了热水澡，洗澡时和雷雷找话聊天。他问雷雷："今天看到的那个老爷爷好不好？"雷雷说："老爷爷鼻子像我妈妈。"保良说："老爷爷挺喜欢你的，你忘了他还给你放鸽子呢。"雷雷说："鸽子为什么能认家呀？"保良说："鸽子聪明啊，又聪明又勇敢才能认家。"保良又说："雷雷要是有一天走丢了，还能认家吗？"雷雷犹豫了一下，说："能。"

周日，保良为了睡个懒觉，所以没拨闹钟。睡醒时雷雷已经起来了，正趴在窗前向外瞭望。保良让雷雷穿好衣服，自己到厨房热上早饭，才挤进卫生间和雷雷一起洗脸刷牙。他含水漱口时雷雷说有人敲门。保良含水未吐，静息倾听，才听清大门砰砰作响，门外果然有人敲门。

保良吐了水，擦干嘴，穿好上衣，拉开门看。门外站着一男一女，女的面生，男的面熟，保良想了几秒才想起他是省公安厅老干处的。

老干处的全称应该叫离退休老干部服务处，父亲退休后的生活就由他们负责照顾，所以保良见到他们的第一个反应就是恭敬相迎，把他们让进了这间局促的小屋。

过厅很窄，站不住人，卧房床上的被子又没叠起，乱得难以入目。但保良也只能红着脸把他们请进卧房。他一直冲老干处的那个人叫叔叔，便督促雷雷叫爷爷。雷雷叫了一声爷爷。保良又看那女的，女的三十来岁，保良想叫她阿姨怕她不悦，想叫她大姐，又怕和那男的乱了辈分，张口彷徨之际，一时没能叫出声来。

"就这么大屋子？"

老干处的叔叔问，未等回答，又说："我们找到你们东富大酒店去了，你们单位里的人告诉我们你住在这里。"

保良为这里的寒酸尴尬点头："啊，这是我租的房子。"

老干处的叔叔说："我们有个事情，想找你谈谈。你看是咱们出去找个地方谈谈，还是让我们这位同志带孩子到楼下玩儿一会儿，我们在这里谈谈？"

保良想了一下，对站在门口看他们的雷雷说："雷雷，你跟这个阿姨下楼去玩儿一会儿好吗？别走远了，舅舅要跟这个爷爷谈点事情。"

那位阿姨亲切地哄着雷雷："雷雷，跟阿姨下去玩玩儿好不好？今天外面可凉快呢。"

雷雷一如既往地听话，一声不吭地跟着阿姨走了。保良去厨房把火关掉，然后面对已经坐在卧房椅子上的那位叔叔，心里有点紧张。

"咱们见过好几面了，我姓王，你没忘吧？"

保良其实忘了，但摇头表示没忘。王叔叔态度不失亲切，但又比较适度，他指指椅子对面尚且凌乱的床铺，让保良坐下，口气有点反客为主。

"坐吧坐吧，不要拘束。"

保良在床沿上坐下来，心里忐忑，口中不语，只等王叔叔开口。王叔叔嗽了一下嗓子，那一声咳嗽把气氛立即弄得格外严肃。

"我来找你，是受你父亲的委托，来找你谈谈。呃——刚才那个孩子，就是你姐姐的儿子吧？多大了？"

保良答："六岁多了。"

王叔叔点点头，议论性地说道："孩子嘛，还是挺可爱的。"然后停顿了一下，言归正题，"你昨天带孩子去见了你父亲之后，你父亲马上找了省厅的袁厅长，表达了他的看法。当然你父亲昨天有点激动，但这都可以理解，我们厅领导也做了劝解和安抚的工作，厅领导指示我们来找你，把情况也跟你谈谈。"

保良听着，没有作声。

王叔叔顿了一下，继续说道："你父亲表示，他和权家的仇恨，不是个人恩怨，不为一己私利，他奉命打掉权力的犯罪集团，是维护国家利益，是执行组织命令，是他作为一个公安民警应尽的职责，他为此牺牲了老伴和孩子，付出了家破人亡的沉重代价，但他对国家，对社会,对人民群众,问心无愧。现在,权家的人又把仇恨的种子种在第三代的心里,他感到非常义愤,内心很难承受。他要求组织上对这件事做出干预,他希望组织上能保障他安度晚年,不再受到任何骚扰,不再回到历史的阴影中去。他的这些要求,应该说都是正当合理的。你父亲是公安英模,组织上应当对他给予格外照顾,让英雄的晚年安定幸福。我想,你们做子女的,也应当理解他的心情。"

保良低着头,王叔叔似乎在等待他的反应,但保良没有做出任何反应。

王叔叔只好接着说下去:"对这种事,组织上其实也很难干预。孩子还那么小,还不懂事,所以组织上只能派我们找你谈谈。你是大人了,在上次抓捕权三枪的案件中,表现很好,其实也是为你们陆家,为你父亲,报了仇。当然,你们的这个仇,不是私仇。你除掉权三枪,协助公安机关抓住权虎,是为民除害,是一件光荣的事情,你父亲对此也很高兴。你现在收养权虎的这个孩子,也很正常,你是他的舅舅嘛,是他的亲人。孩子是无辜的,但是考虑到你父亲现在的精神状态,我们建议,在你和这个孩子还生活在一起的阶段,没有特殊情况,你就不要再去见你的父亲了。你父亲年纪大了,年纪大的人都有一些固执,何况他精神上又受过刺激,对有些事情比较敏感,容易激动。我们分析他可能是对你抚养他仇人的儿子这个事实,心理上不太接受,但他又说不出口,所以他内心里对你,有些怨恨。"

保良抬头,开口发问:"你们的意思,是让我别管这个孩子,是吗?"

王叔叔面色温和,摇头解释:"孩子总是要有人管,你如果不管,就要送到孤儿院去管。你作为孩子的亲属,主动承担抚养孩子的责任,我们当然支持。我们只是希望你也照顾到你父亲的精神状态，就算你非常想念你的父亲，我们也建议你暂时不要和他来往，这也是你父亲的要求。他让我们转告你，只要你还养着这个孩子，你就不要再到他那里表示孝顺。"

保良闷了半天，想掉眼泪，眼泪到了眼圈，又忍回去了。他没有抬头，他不想让王叔叔看见他发红的双眼。他说："我知道了。"他做了一个深深的呼吸，让心里的哽咽稍稍平定，然后又说："他们都是我的亲人，但我现在知道了，我只能要他们其中的一个，我会考虑的。"

王叔叔担忧地看着保良，不知保良的考虑意味着什么，但他很快有意做出欣慰的样子，对保良并不明朗的态度表示了感谢。

"好，那样就好。你是大人了，我相信你会处理好的。"

保良抬起头来，他已不在乎脸上的两行热泪暴露在王叔叔的眼前，而且他还有能力让自己说话的气息保持应有的平定。

"我只是想爱我的亲人，我只是想有一个正常的家。我只是希望我的爸爸、姐姐，还有我和雷雷，将来能生活在一起……拜托你们替我照顾一下我的父亲，雷雷太小，我对我姐姐发过誓，我一定要把雷雷养大成人。"

这话说得非常明白，王叔叔也再次代表组织表示了谢意。但这时他对保良传递的笑容，却分明表达了一种个人的感动和理解。

为了雷雷放弃父亲，对保良来说是一个痛苦的选择，从他被父亲打出家门的那一天起，他就一直在渴望、试探和争取回到父亲身边。他还记得在那个北风呼啸的夜里，他扛着自己的行李站在他家院子的门口，他从门缝中看不到院里和屋里有一点灯光，他的心里也就和门里一样漆黑一片。现在，他终于找到了姐姐，也终于看到了父亲的微笑，他终于接近了全家团圆的一天，他亲手为父亲报仇雪恨，用这样的成绩换取了父亲的原谅，当所有的事情都在向他期待的目标靠近的时候，因为雷雷，一切戛然而止。

在和父亲中断联系的两周之后，权虎和姐姐的案子在法院开庭审理。保良专门向单位请了假去旁听庭审，在法庭上远远见到了他的姐姐。权虎和姐姐都瘦得脱形，权虎脸上还有血色，姐姐的脸上则灰暗无光。

那一天法庭的气氛和姐姐的样子，让保良的心情异常郁闷。审判程序刚刚进入法庭调查质证阶段，他便离席赶回家里，他中午必须回家给雷雷热饭。可这一天他回到家看到雷雷坐在床上，心里忽生万般怜悯，他没给雷雷再热昨天的剩饭，而是带上雷雷又去了附近的麦当劳餐厅，看着他大口吃下两个汉堡，又喝了一大杯巧克力奶昔。吃完饭保良又带雷雷去了餐厅旁边的超级市场，想给雷雷买件玩具。他挑了半天挑中一只轮船的模型，看价钱不贵就买了下来，交完钱拿了船模转身再找雷雷时，他发现雷雷已经不见了。

保良在周围找了一圈，没有发现雷雷的人影。他不顾周围惊诧的目光，大声叫着雷雷的名字，额头上霎时布满了水珠般的冷汗。他找到超市的工作人员寻求帮助，甚至动用了超市里的寻人广播。广播连续多次焦急地呼叫："雷雷小朋友，你的舅舅正在找你，请你告诉你身边的大人，让他们帮助你和你舅舅联系……"但没用，雷雷不知去向，没有回音。

保良忽然想起雷雷曾不止一次地问他鸽子认家的故事，他会不会找不到保良自己回家去了？雷雷快到七岁了，他可能有意识地要做一个聪明勇敢的孩子，就像认家的鸽子一样。何况这里离他们的住处，距离并不算远。

保良用过去在学校参加短跑比赛的速度，一路飞奔回家，没有半步停歇地跑上八楼。他在打开家门之前，剧烈的喘息就被失望和焦急顷刻压倒——雷雷不在！

他家的门前，并未出现他想象的情形——雷雷靠着门蹲在地上，眼巴巴地等他回来。

尽管，他明明知道雷雷没有家门的钥匙，但他还是心怀侥幸地打开家门，到卧室和厨房卫生间一一察看。半分钟后，他又用同样的速度冲下楼去，在楼前楼后高声呼喊：

"雷雷！雷雷！雷雷！"

楼前楼后，只有三五休闲的老人和三五行色匆匆的过客，没有孩子嬉耍，远近一目了然。

保良不再犹豫，他去了管区的派出所，报告孩子走失。值班民警做了认真记录，问了孩子的特征和走失的过程，又问："孩子除你之外还有其他亲人吗？他会不会去了他们那里？"保良说："不会的，他只有我一个亲人，他离开我没地方可去。"民警问："那他有朋友吗？会不会找他的小朋友玩去了？"保良同样坚决摇头："不会不会，他刚来省城不久，他在这儿除了我，没有任何熟人！"民警说："好，我知道了。"

那天下午保良没去上班，尽管他只请了半天事假。他在雷雷走失的超市附近四处游转，盼着奇迹般地看到雷雷。其间他几次回到住处，几次爬到八楼他家门前，门前却总空空如也。到了傍晚他又去派出所询问结果，派出所的民警让他别急，让他回家等着，等找到孩子他们会通知他的。

保良回到家时天已黑了。他坐在卧室的床上发愣，没有雷雷的屋里，显得异样冷清。尽管雷雷平时也没有笑声，但保良每晚和雷雷互相说话，有问有答，毕竟还有生气，毕竟像个家庭。

半夜，保良才到厨房把前一天的剩饭吃了，连热都没热。他已将近一天没有进食。吃饭时他发觉嘴角起了火泡，张嘴闭嘴全都疼得燎心。

整整一夜保良没睡，第二天天刚亮他就出门下楼，赶到派出所询问消息。派出所的人还没上班，昨夜值班的民警正吃早点，对保良说他知道这事，这事已经上报分局，也通知了交警支队，但到目前为止，尚无结果。保良在派出所坐着不走，不管夜值民警怎样劝他轰他，就是不走，非见所长不可。坐到八点左右民警陆陆续续上班来了，保良并没堵到所长，但他们也不再轰他，反而把他叫到一间办公室里询问情况。问了一阵保良发现，他们关注的并不是孩子，而是保良自己。他们问了保良的经济收入，财产情况，平时都和谁来往，以前有无仇人，孩子失踪后有无接到可疑电话……保良明白了，警察已经开始怀疑雷雷的失踪是一起刑事案件，估计不是被拐，就是遭遇了蓄谋的绑票。而在超市那种地方，被人贩子拐走的可能性极小极小……

保良欲哭无泪，他快要疯了。

中午，保良去了单位，向单位领导说了情况。领导非常关心，非常同情，对他的心情表示了理解，让他集中精力寻找孩子，不要急于上班。"这边你放心好了，不会再因为这事把你除名的。"领导的关怀并未让保良浮出笑容，他脑子浑浑噩噩，在想要不要到看守所去，通过民警把这事告诉姐姐和权虎。他们毕竟是雷雷的父母，他们有权知道孩子的情况。

当然保良很快打消了这个念头，孩子的失踪真相未明，现在去说徒添惊恐。也许再过一个小时孩子就被找到了，也许这件事到头来只是一场虚惊。

保良对天祈祷，但愿但愿，只是一场虚惊。

雷雷走失的第二个晚上，保良依然无法入睡。时而睁着双眼，心里却空洞无物，时而闭上眼睛，脑海又一片响声。早上从床上爬起，在卫生间里照镜子，他的脸色分明预示，他已到了崩溃的边缘。

他决定到省公安厅去，去找老干处那位王叔叔。

他曾经当过学警，他知道省公安厅在公安内部的极大权威，虽然王叔叔职务不详，但他毕竟是省厅的干部。

保良从上午八点钟就坐在省厅大院门口的传达室里，一直等到午饭时分才见到王叔叔从里边出来。王叔叔解释说他上午一直开会，还把保良带到省厅机关的食堂请他吃了午饭。吃完饭，王叔叔把保良带到办公室里，当着他的面给省厅和市局不知什么人打了好几个电话，帮他询问情况。保良明白，这种询问本身就是一份人情，一种敦促，足以让有关部门更加尽心。

从王叔叔问到的情况看，情况还是那么个情况，没有任何新的进展。王叔叔反过来又劝慰保良，要他相信组织，安心等待。这类劝慰保良已经听得不少，心里的压力并未减轻半分。

太阳像昨天一样，又匆匆往西边走了。天色比以往任何时候黑得都要早。天黑后保良习惯性地，又到超市附近去找，也知道找也没用，仅仅强似回他那间懒得开灯的凌乱的卧室呆坐发愣。

这是雷雷失踪后的第三个晚上，保良很晚很晚才回到家中。他身体疲软无力，几乎爬不上八楼。他进了家门想到厨房吃点东西，厨房里除了昨天的脏锅脏碗一无所剩。卧室的床上，放着雷雷的玩具和认字写字的书本，还有那艘轮船的模型。保良和雷雷一起生活了一个多月，他几乎没能从雷雷口中摸清他喜欢什么，唯一知道的是他喜欢船，也许和雷雷经常乘船在鉴河漂流的经历有关。

保良和衣躺在床上，双手在雷雷用过的每样东西上一一抚摸。他不知道如果雷雷从此不再回来，他该如何向姐姐做出交代。他昏睡过去时不知是午夜几点，醒来时窗外还是黑的。

他是被敲门声惊醒过来的。他坐起上身，仔细再听，很快确认敲门声并非是梦。

那一刻他真以为是雷雷回来了，光脚下床冲出去拉开屋门。门外的灯光里站着一个年轻女人，没有孩子。那年轻女人的出现让保良再次不知是梦是醒，是疑是惊。

清晨六点，保良与夏萱一起，乘坐一列夏末加开的旅游列车，挤在一车戴着同样帽子的游客当中，前往他们一个多月以前刚刚离开的那个途中小站——涪水。

谢天谢地，雷雷没丢。

雷雷的失踪，既不是被人拐卖，也不是遭遇绑架，更不是迷路走失，而是他自己策划的一场蓄谋的逃亡，而且蓄谋已久。

他正是趁保良付钱买那个船模的片刻疏忽，从他身后悄悄溜走的。

他出了超市直奔东富货运码头，几天前他还和保良一起在这里观赏河上的船舶往来，也许从那时起他就动了逃跑的念头。如果保良从雷雷主动让他教写的那三个生字分析，他要保良带他去码头看船，本身就是一次逃跑路线的实地踏勘。他主动让保良教他的三个字是：叔叔的叔、带领的带和涪水的涪。他其实早用写字本上的纸写下了"叔叔，带我去涪水"这么一行字，藏在身上。逃跑这天，他在离超市不远的东富码头，就给那些装货的船工看了这张字纸。雷雷长得憨厚可爱，容易被人接受。船工问他去涪水干啥，他说回家。问他爸爸妈妈在哪儿，他说："爸爸妈妈都在涪水，我是自己偷偷离家出来玩儿的，现在玩够了，想家了，叔叔伯伯，求求你们带我回家吧。"

船工们信以为真，都不怀疑雷雷的自述——一个贪玩逃家的儿童，一个肯定把父母急坏的孩子，"带他走吧，有去涪水的吗？"于是，雷雷很顺利地登上了一艘将会路过涪水的驳船。当超级市场的寻人喇叭还在一遍一遍地播送寻人启事的时候，雷雷搭乘的那艘小小的货船已经拔锚起航，驶离了繁忙嘈杂的东富港。

雷雷始终认为，是他的爸爸妈妈把他扔了，因为权虎在被捕前和雷雷吵过一架，所以雷雷觉得，爸爸一定是生气了，才狠心不要他了。

这条驳船走了两夜一天，途中还有两站停船卸货，第三天下午到达了涪水码头。这艘船只是途经涪水，在涪水并无停船的计划，所以靠岸放下雷雷，连锚都没抛，鸣了一下笛便开走了。

雷雷是当天晚上在他家附近的街上被一个见过他的派出所民警发现的。金探长他们接到牛队打来的电话已是半夜三更。夏萱和保良清晨出发，当天下午就赶到了涪水公安局，在一间民警的办公室里，见到了脏猴似的雷雷。

雷雷见到保良的第一个反应就是害怕，他不知道保良会用什么办法罚他。保良却一把把雷雷抱在怀里，他说："雷雷，你吓死舅舅了，舅舅不瞒你了，舅舅这就告诉你爸爸妈妈的事情，你要听吗？"

那天晚上，涪水公安局的牛队就安排保良和雷雷以及夏萱住在附近的一个招待所里，饭后，保良单独向雷雷讲述了他父母此时的下落。但说得比较简洁。他只说："爸爸妈妈因为犯了法被抓起来了，将来可能要住在监狱里，所以雷雷今后要和舅舅住在一起，由舅舅代替爸爸妈妈照顾雷雷。"雷雷似乎什么都懂了，什么是犯法，什么是监狱……从他伤心的哭泣中能看出他什么都懂了。保良的讲述也就到此为止。关于爷爷和外公的故事，关于他爸爸妈妈到底犯了什么律条，保良一句没再多说。

第二天早上，牛队过来，陪保良、夏萱和雷雷一起吃了顿早饭，饭后开车带他们去了雷雷的家里。那房子是权虎租下来的，租约尚未到期，现在房子的门上贴着公安局的封条。牛队长和另一位保良不认识的民警一起揭了封条，打开了屋门。牛队让保良进屋找一找雷雷穿用的东西，保良在衣柜里找了几件雷雷秋天要穿的外套，他问牛队："我姐还在看守所里押着，我能不能找几件她穿的衣服给她送去？"牛队说："当然能。"保良就又为姐姐挑了几件。牛队又说："你要不要给权虎也拿几件？"保良犹豫了一下，说："啊。"

于是他又在衣柜里拿了两件男人的衣裤。和给姐姐拿的一样，大多是秋冬可穿的内衣。

保良在衣柜里翻找衣服的同时，留意寻找着另一样东西。最后，他终于在衣柜下面的一个抽屉里翻到了那个漆制的小盒。他在这个小盒里面，如愿找到了那只白金镶钻的耳环。

他把那只耳环拿给牛队看，他说："牛队，这耳环是我妈送给我姐的，我能拿走吗?"牛队拿过耳环看看，反问："这东西很值钱吧?"另一位民警说："权虎夫妇的这些财产怎么处理，还要等法院判决下来以后再定。你今天先拿些急需穿用的东西，像首饰这类价值比较高的东西，暂时不要拿走。"

保良把自己耳朵上的耳环摘了下来，他说："你们看，这耳环是我妈跟我爸结婚时戴的，后来我妈把一只给了我姐，一只给了我，让我们不论走到哪里，一看见它就能想起家来。你们让我把这个带走吧，我要把它交给我姐。"

牛队点了头，说："我看，让他带走吧，父母传下来的东西，是个念物。"牛队是冲另一位民警说这番话的，那民警只好说："那好吧，回头我做个登记。"保良嘴慢，一时不知怎样致谢，但他脸上的笑容表达了由衷的感激。

保良在屋里找到一只帆布提包，把拿好的衣物全部装在包里。而那只耳环则藏进了贴身的衬衣，他能感觉出白金银钻沉甸甸的重量，让他胸口上的跳动更加结实有力。

二十六

　　从涪水回到省城之后，雷雷与保良的关系才真正好了起来。雷雷还像以前一样听话，与保良之间的沟通则较前亲密了许多。他开始真正依赖保良了，不仅在生活方面，而且，最让保良欣慰的是，雷雷显然在精神上认同了保良就是他的家长，是他的亲人，是父母的化身。

　　他甚至对保良本人产生了兴趣，总是问起保良的过去，问起保良和他的爸爸妈妈以前的事情。于是保良就从鉴宁的老家讲起，讲到他家的小院，后面的山丘，山丘上的废窑，废窑俯瞰下的鉴河之水……鉴河流到鉴宁时，河面突然变得宽阔起来。鉴宁的鉴河，河底是沙，因此水清鱼少，和涪水、和玉泉、和沽塘、和泽州，和那些地方的浑浊河水，是不一样的。家乡在保良的嘴里，总是那么美丽，那么温情。保良对家乡的描绘显然感动了雷雷，让他眼神中甚至凝结了一汪眼泪，也许他想到那个地方就是他爸爸妈妈的家，他爸爸妈妈从小就在那里长大。保良和雷雷一起趴在床上，趴在被窝里，他在雷雷的写字本上画了他家那个小院的平面图,他告诉雷雷:"舅舅就住在这间屋里,妈妈就住在那间屋里,外公和外婆就住在这间屋里。妈妈晚上总爱到舅舅屋里来找舅舅,和舅舅一起坐在床上聊天。"雷雷问:"那我爸爸呢,我爸爸住在哪里?"保良说:"你爸爸呀,你爸爸不住在这里,你爸爸住在另外的地方,那时候你爸爸和你妈妈还没结婚呢。"保良的讲述尽量回避权虎,也尽量回避开雷雷的外公。

可雷雷依然记着他爸爸的描述:"外公是个大坏蛋,你和我妈妈为什么和他住在一起,不和我爸爸住在一起?"

保良想了一下,翻了个身,仰面朝天平躺在床上,他说:"外公不是大坏蛋,你爸爸是逗你玩儿呢。"

雷雷看着保良,仍然保留疑惑:"爸爸不是逗我玩儿的,他经常这样说的。"

停了一下,又说:"爸爸还让妈妈说,妈妈也说外公不好。"

保良说:"很早很早以前,你爸爸妈妈就离开外公到很远的地方去了,和外公又见不着面,他们怎么知道外公是好是坏呢?他们肯定是逗你玩儿的。"

"那他们干吗不说爷爷坏、干吗不说外婆坏?"

保良回答不出,他只能用开玩笑的口吻,把这个具体的疑问,做出形而上学的解答:"好坏都是相对的,这个世界上有人说他好,就有人说他坏。他们要说爷爷好、外公坏,那我就说外公好、爷爷坏。"

后来,保良渐渐明白,对一个学龄前的孩子来说,这是一个说不清的话题,应当尽量回避。他必须让雷雷彻底忽略上一代人的来龙去脉,让上一代人的恩怨情仇在孩子的心里尽量淡出。

夏天即将过去，天气凉爽起来，保良的脸上却上火生了痘痘。他的脸上从来不长痘的，可见他这时的心里该有多么焦急。

他发现自己真的成了俗人，每日每时都在操心生活琐细。俗人最大的渴望和最大的难处，说来说去不外一个钱字，保良当然也不能例外免俗。

他缺的这笔钱，就是雷雷的学费。

雷雷到了上学的年龄，学校也早就选定，一个学期的学杂费加学生餐费，要两千左右，可保良每月的工资顾及他和雷雷的吃喝穿用，无论怎样精打细算，也总是捉襟见肘。他还要为雷雷上学置办书包及书包里的一应物件，天气渐冷，也要给雷雷准备过冬的衣服。

保良算了一下，在雷雷上学之前，他至少有一千五百元的现金缺口，在冬天到来之前，他如果再有三到五百元钱的外快，那就能让雷雷整个冬天都穿得比较体面。

因为这个原因，保良特别渴望单位安排他加班加点，好多拿一点加班补贴。凡有同事不愿加班求助他时，他都会欣然应允甚至不顾脸面地向对方表示感谢。

这一天保良加班，行政俱乐部里来了几个客人，点了"下午茶"在茶座聊天。保良过去为一位客人送手提电脑，忽闻客人当中有人叫他，抬眼一看，原来是他的哥们儿刘存亮，竟然西装革履怡然在座。

刘存亮热情地起座招呼保良，还把保良拉到一边问长问短。保良问："你什么时候回省城的，你们那官司打完了？"刘存亮说："打完了，我胜诉。"保良说："把钱判给你了？"刘存亮说："判了一半给我，至少得给我一半吧，一半我都觉得不公。"保良说："那你跟李臣怎么样了，和好了没有?"刘存亮说:"没有。李臣那人,我这回算是充分认透他了,这人品质太坏!我跟他称兄道弟这么多年,就算我瞎了这么多年眼吧。你最近见着他了?"保良摇头,移开话题。他发觉他需要回避的话题竟然如此之多,在他短短的经历当中,竟有那么多往事不堪回首。

不谈以往,便谈到现在。显然,刘存亮发达了,至少,法院判给了他一笔三十万元的巨额财富,也难怪他穿了崭新的西服、崭新的皮鞋,手上还戴了黄灿灿的戒指,不管是真是假,反正看上去沉甸甸的。

"我现在跟几个大哥做生意了。过去做一个小小的服装店都觉得累得要死,现在做大笔生意,才知道什么叫商海无涯。"

保良说:"你现在不开你那个服装店了?"

"不开了,开服装店属于做零售,是整个商业链中最低端的,干得最苦,利润最低。现在我改做批发了。做批发需要大笔资金,但比做零售的利润空间大好几倍呢。要么说这世道就这么不公平呢,强者愈强,弱者愈弱。哎,你现在怎么样,在这儿混得还行吗?"

保良笑笑:"还行。"

"有什么要帮忙的吗?"

"没有没有。"

刘存亮拍拍保良的肩膀:"有就说啊!"

保良稍稍犹豫,在刘存亮转身要走的刹那又把他叫住:"哎,存亮,以前咱们说过弄五万块钱把菲菲的债还上让她出来,你还肯吗?"

刘存亮怔了一下,摆摆手,说:"菲菲?别管她了,五万块给她她也不一定出来,给她就等于往鉴河里扔呢。你别傻了。她还了老丘的债出来干什么?你能供她养她?别傻了。"

刘存亮离开保良向他的同伴走去。保良脱口又叫了他一声：

"存亮！"

刘存亮站住了，回身问："啊？"

保良说："你有办法……帮我再找一份工作吗？干什么都行，我想业余时间再打一份工。"

刘存亮笑道："你不累呀？"他想了一下，答应说："行，我琢磨琢磨，你回头给我打电话吧。"

保良耗了两天，没有急着给刘存亮打电话。兄弟之间，毕竟也有面子问题，求人的事，不能求之过切。好在第二天傍晚刘存亮主动把电话打到保良的班上，他说他给保良物色了一份工作，每天晚上七点半钟上班，逢刮风下雨可以不去，按天算钱，一天四十，所谓一天，也就是三四个小时。

有这样的好事，保良当然愿意，先谢了刘存亮，再问什么工作。刘存亮说了四个字，保良听了两遍，竟没明白什么意思。

"活体模特？模特不都是活体的吗？"

"咳，"刘存亮说，"也叫活体雕塑，你懂了吧？"

保良呆了一刻，说："懂了。"

刘存亮说的这个活体雕塑，就设在那个热闹的夜市入口。

刘存亮虽然关了他的服装铺子，可还在夜市做着生意。夜市的入口是一个半圆广场，夜市管理处要在这里搞个活体雕塑，用以吸引往来路人的目光。刘存亮大概认识管理处的什么人物，就把保良推荐过去。保良在七八个候选人面试的时候几乎没有敌手，他的身高恰当，样子也当然最好。但后来他知道，扮这个雕塑是完全用不着眉清目秀的，他扮的是一个"铁塑"，人物就是从北京王府井步行街上克隆来的"骆驼祥子"。

头一天上班定在晚上六点半钟。保良五点下班，回家匆匆热饭，一边热饭一边陪雷雷聊天。尽管他花三百元给雷雷买了一台二手彩电，但雷雷在家待一天还是很闷，等饭好了给雷雷盛出来放在桌上，保良不管雷雷和他聊得如何恋恋不舍，还是拿了个面包啃着就走。他必须在六点半以前赶到夜市管理处去，七点半前必须装束完毕到位上岗。

他赶到夜市管理处的一间办公室里，在那里由一位专门请来的化妆师为他化妆。化妆并不是常规的涂脂抹粉，而是让他穿上一身被染成黑铁色的服装，扮成旧社会人力车夫的形象，然后用墨汁似的液体，从头发开始，凡露在外面的身体发肤，全部染成黑铁模样。连眼睫毛都染了，连耳朵眼儿指甲缝都不留死角。化妆师说那墨汁不是墨汁，而是一种特殊的漆料。保良想，那说不定是一种比墨汁还要便宜的东西，否则，这么铺张地涂抹，日久天长的成本，谁也承受不了。

既是便宜的东西，对人肯定是有伤害的。刚往头顶上涂抹的时候，保良就感觉头皮被杀得有些刺痛，脸上的感觉也是同样。时间稍长，全麻木了，痛感也就消失不再。整个妆化好以后，化妆师让保良照照镜子，保良愣了半天才笑，他几乎认不出镜中那个黑炭似的汉子会是自己扮的。

化妆师也同时兼了导演的身份，严肃地提醒保良："别笑！你是雕塑，脸上不能有任何活动，姿势也要保持不变，要让人从你身边走过时也看不出你是一个活人！"

保良就按照这样的要求，用简短的时间，学了几个"骆驼祥子"的经典造型以及相应的面部表情。晚上七点半钟，他拉着一辆漆成同样颜色的黄包车，站在了夜市入口处的广场中央。

这个活儿，乍看简单，就是站着，摆几个黄包车夫的姿势而已。天色黑下来了，广场上灯光四起，明如白昼。夏末闷热，出来乘凉闲逛的人越来越多，人们忽然发现广场上不知什么时候多了一个"城市雕塑"，不免纷纷围观评论。很快有人发现这是一个活人，立即吓得大呼小叫。保良那姿势摆的，既很艺术又很敬业，长时间一动不动，弄得不时有围观的人忍不住伸出手来拉扯一下，试试他是真的假的。

保良很有耐性，不急不恼，偶尔冲恶作剧的观众微笑一下，露出一口白牙，引来周围会心的笑声。保良衣服上的颜料很厚，谁摸都会摸出一手黑来，一时后悔者颇多。有少数年轻人道德不好，有意戏弄保良，用手戳他面孔，还说看看是硬的还是软的。或者用手在他眼前晃来晃去，如果保良坚持不眨眼睛，他们竟敢伸手去拨弄保良的睫毛。逢有这种人，保良便闪开脸转个身换个姿势，不与这些市井青年斗气结仇。好在更多的人只是欣赏与好奇，靠过来跟他合影留念的也为数不少。还有些好心人专门为他送来饮料，嘘寒问暖，问他累不累，一天要站多长时间，能挣多少收入等。保良对这类关切一般不答，保持着固定的表情姿态，极尽雕塑的职业本色。

找一个活人做广场雕塑确实是个极好的策划，既便宜，又新颖；既聚集了人气，又弘扬了文化。只是保良自己把活体雕塑这项工作预想得太简单了，一干才知道这么艰苦，这么麻烦。这不像站三个小时柜台，肢体还可以活动，而是要一动不动地摆着姿势，脸上的表情也要凝固不变，简直就是一种肉体折磨。而四周围观群众的各种言语和行为的挑衅干扰，也是对耐心和涵养的极大考验。保良头一天干下来，只觉腰酸背疼，特别是头一次干这种事情，思想高度紧张，收工时几呈崩溃之状，他在洗澡前坐在椅子上头晕脑涨，半天才缓过劲儿来。

这工作说是三到四个小时，可连化妆带卸妆带把每一根头发、每一个毛孔、每一个指甲缝全部洗净，加在一起起码也要五个小时，只多不少。

但这份工作对保良仍是一个难得的机会，在他最需要钱的时候，得到这么一个可以错开上班时间，可以不用现学技能，而且收入不菲的工作，确实是生活对他的一次宠幸。当第一天收工洗完澡，保良从夜市管理处的一位大姐手上接过四十元硬挺的钞票时，一切辛苦疲惫全都抛在脑后。

几天之后，保良对这项特殊的工作慢慢适应起来。无论是肢体的站功还是脸上的演技，还是思想意志上的抗干扰能力，都得到极大加强。神经也不像开始那么时刻紧绷了。神经一旦得以放松，疲劳感便会大大缓解，收工冲澡的时候，膝盖也不像第一天似的抖个不停。而且三天以后，化妆师就不来了，保良已经学会了怎么把那些"墨汁"涂在自己的头上脸上颈上手上，装束完毕后就自己拉上洋包车走向广场。

这项工作给他带来的唯一问题是，它占据了本来应该陪伴雷雷的整个晚上，或者说，是整周的晚上。每天，他一早出门上班，除了中午和傍晚赶回家为雷雷热饭的一点时间可以和雷雷见面之外，其余时间雷雷都要一个人待在家里，这对孩子的生活和心理环境来说，确实是个很大的问题。通过这一段共同生活，保良对雷雷已经有了初步了解，雷雷是个性格内向的孩子，有一点胆小，对不熟的环境比较畏惧。

所以保良常常感叹，以雷雷这种个性，能从保良身边毅然逃离，甘冒风险搭乘陌生船只，跟随陌生人远赴涪水寻找父母，这份决心和胆魄，究竟流了多少眼泪，可想而知。

现在，雷雷的心情已经渐渐安定，已经习惯和保良待在一起，对保良天天把他关在家里也无怨言。但保良看得出来，雷雷很闷。每天一个人在家看电视，看书，没有伙伴，无人说话，就算这些年他随父母总在鉴河沿岸不停迁徙，已经习惯了没有伙伴的生活环境，但保良还是看出雷雷很闷。因为保良每次一回到家里，都能看出雷雷特别兴奋，雷雷每天最重要的期待，就是盼着保良回来。

保良很想带雷雷出去游玩儿，但没有时间。他也不敢让雷雷自己出去。可雷雷马上就要上学了，他必须让他适应户外，接触人群。省城和涪水是不一样的，和雷雷辗转经历的那些小城小镇都是不一样的，他在上学之前必须熟悉这个复杂的城市，必须克服对这个城市的陌生感和恐惧心。

保良反复思考，决定他每天到夜市广场上班，要带上雷雷同往。为此他和雷雷很认真地谈了一次话，告诉他这个想法并约法三章。雷雷当然高兴，对保良的任何要求全都满口应承，只要能和保良待在一起，雷雷什么都愿答应。他向保良保证去了以后绝不乱跑，一定听话，一定从始至终不离开保良身边左右。

于是，保良就带雷雷去了。

第一次带雷雷上班十分辛苦，保良必须时时刻刻对雷雷予以关注，别离太远也别离太近，太远了怕他丢了，太近了雷雷也成了路人围观的对象……还要提醒他别碰染黑的衣服弄脏了手。雷雷真的很听话，也很聪明，很多事情只须要求一遍，以后就能做得很好。雷雷对能跟保良出来，心中特别高兴，看到保良全身漆黑只有眼白留着，更是万分惊奇。看到有痞子欺负保良他就眼含热泪，看到有观众夸奖保良或和保良合影拍照时，他就露出一脸骄傲的笑容，为之激动不已。

保良带雷雷出来，真是一举多得。除了让雷雷开心和见世面外，晚上收工后，还可以带雷雷一起洗澡，洗完澡还可以一起逛逛夜市。夜市管理处的叔叔阿姨都很喜欢雷雷，经常给雷雷买吃买喝。刘存亮在夜市里碰上他们，送给雷雷一身时髦的衣服，还有一个双肩背的儿童书包，比保良原先在商场里看好的那个高级多了。

除了刘存亮，有一天保良从夜市广场下班后，还碰上过李臣。

李臣那时正在一个街边的小饭馆里吃夜宵，看见保良和雷雷路过便高声招呼。见到李臣，保良照旧感到亲切，问他什么时候回的省城，现在干些什么。李臣说："前一阵和刘存亮家打官司一直待在鉴宁，现在官司打赢了在家待着没劲就又回来看看，目前还没找事干，先玩儿一阵再说。"

保良疑问："你们这官司到底谁赢谁输啊？"

李臣说："当然是我赢了，法院的诉讼费我只承担三分之一，刘存亮承担了三分之二。诉讼费规定由败诉方承担，你说我们谁赢谁输？"

保良问："不是让你把钱分给存亮一半吗？你没分？"

李臣说："他们家起诉我让我把钱全还他们，还要利息和精神损失费，法院都给驳回了，只判我还他一半钱。还就还呗，我没什么。"

聊完了那场双方都认为自己获胜的官司，李臣转移话题又聊起了保良："你这一段上哪儿去了，我请的那律师想找你帮我出庭作证，可怎么也找不到你。我跟我们那律师说了，你也别找了，陆保良是我弟弟，可也是刘存亮的弟弟，他肯定谁也不想得罪，所以成心躲了。"

保良解释了一通，简要向李臣说了这一阵他在鉴河沿岸寻找姐姐后来又帮公安寻找权三枪的事情，只谈结果不谈经过，免得李臣听了大惊小怪。他更没说出他用权三枪杀死他家人的那支短柄步枪将权三枪就地正法的事，因为有雷雷在侧，他不想让雷雷知道他是杀过人的，而且是杀了雷雷认识的一个"叔叔"。

李臣这才知道保良带着的这个小孩，原来是保良姐姐的儿子。李臣从小就认识保良的姐姐，也见过权虎，对他们如今的下场，不免啧啧叹息一番。又问保良最近见没见过菲菲，说菲菲现在挺有钱的。前些天晚上李臣去焰火之都夜总会找熟人去玩儿，看见菲菲还和老丘傍着，那一身行头都是名牌，别管是不是假冒伪劣，估计都是老丘给她置的。

李臣提到菲菲，保良没有搭腔，低头却想，他还欠着菲菲一千现金，不知应不应该去看一眼菲菲，或者至少通个电话，让她知道他还记着这笔债务，只是需要放宽一段时限而已。

保良利用一个周日假期就去找了菲菲。菲菲的电话白天总是关机，估计又在家里睡觉。

保良就去了菲菲的住处，敲门时不知老丘是否也在，心里还想着万一老丘开门他该用何说辞。敲的结果是菲菲和老丘谁都不在，保良只好快快下楼出来。

到了下午又拨了一遍菲菲的电话，电话居然通了，菲菲接了。菲菲对保良打她电话颇感意外，笑问保良怎么又想起她了，又说："保良，你放心，我不催你还钱，你不用老这么躲我。"

保良非常尴尬，不知该说什么。菲菲说："你在哪儿呢，在省城还是在涪水？"保良说："在省城，在我们家楼下电话亭呢。"菲菲说："有空吗？有空见个面吧，老夫老妻了你想不想我？"保良说："你在哪儿呢？"

菲菲很快乘出租车过来了，在保良家不远的一个冰激凌店见到了保良。菲菲一坐下就说："我听李臣打电话说你们见过面了，说你最近挺惨的。没事，我那钱你还不还都行。"

保良马上表态："你那一千块钱我过一阵一定还你，只是我现在手上没钱。我姐出事被抓起来了，除了我没人能给她送零用钱去。我现在还带着我姐的儿子，他马上要上小学了，到现在学费还没着落。"

菲菲的一身装束，正如李臣所说，果然珠光宝气，但她那张涂了厚厚脂粉的脸上，还是能流露出一丝真情实感。

菲菲说："你也真不容易，你的命跟我正好相反，你是先甜后苦，我是先苦后甜。我过去听李臣、刘存亮说你小时候老跟着你姐坐着宝马出去兜风，差不多天天都吃鱼翅鲍鱼，在省城跟你爸又住那么大院子……可现在，你说你这边顾着你姐，那边顾着你爸，再养这么一个孩子，你说你顾得过来吗？！你这岁数，本来正是自己疯玩儿的时候，现在你很少出来玩儿吧。"

保良说："啊，没空玩儿了。"

菲菲说："你这人，要我说，就是毁在女人上面了。英雄难过美人关，你认识的女孩，除了我真心帮你，其他都是毁你的。那个什么小乖，你要不跟她泡在一起，你现在还在公安学院念书呢吧。还有那个张楠，跟你玩儿完了就把你甩了吧。"

保良打断了菲菲，他不想再听她这样居高临下地拿他的痛处反复奚落。他说："菲菲，我找你没别的事，就是跟你说一下，我借你的钱我以后会还。"说完起身告辞，"对不起，我得回家做饭去了。"

菲菲叫住了保良，从她那只精致的小提包里取出一只精致的钱夹，又从那个精致的钱夹里掏出一叠耀眼的钱来。

"先给小孩交学费吧，下次一块儿还我。"

保良站在桌边，看着桌上那一叠钱，看着菲菲画出的脸。他不想再用菲菲的钱，他不想再用这个他根本不爱的女孩的钱。但他站在桌边，没有理所当然地转身走开，他知道他无论怎样在酒店加班加点，在夜市广场苦熬苦站，都无法在学校开学之前凑足雷雷的第一笔学费。

他伸出手来，手指触及钱的刹那，心里打了一个冷战。他知道自己的脸皮有多厚，怎么形容都不为过的，都不为过的！

他说了感谢的话，生硬、虚伪，声音游离在体外，分不清发自哪里。除了羞耻，他已没有别的感觉。

"谢谢，谢谢。我……不会说客套话，菲菲。"

那天做晚饭的时候，保良一点不想说话，雷雷在他旁边问这问那，他都情绪低落地有问无答。但他在饭后带雷雷出门去夜市广场的路上，先去了下午他和菲菲见面的那家冰激凌店，为雷雷买了一个上面浇了巧克力汁的冰激凌蛋卷。菲菲下午给他的钱他在回家的路上数了，又是一千元整。他看着雷雷大口吃着冰激凌的样子，心里不知是高兴还是心酸。

白天一天比一天短了，广场上亮灯的时间也开始提前，保良全身漆黑地拉着洋包车"塑"在广场的时候，广场上的人气尚未聚集。常逛夜市的人早已习惯了广场上的这个"祥子"，已经没有兴趣驻足流连。只有少数新客会在路过这座"雕塑"时放慢脚步，关注几眼。还有一些闲散的老人和妇孺，总把这座"雕塑"当个平时聚集的标的物似的，照例稀稀落落地围在四边。

保良弓腰扬头，做着奋力拉车的造型，一动不动。

一个年轻的女人走过时好奇地停下，冲着这尊"雕塑"面对面地近距离观察，大概想看看到底是真是假。保良全身的肌肉怦然绷紧，头部和双肩却抖动难禁，那份颤抖是从心底发出来的，保良几乎不相信他看到了什么！

他不相信他在这里，会如此近切地，看到张楠。

他没有看错，他不会看错，和他咫尺相望，四目对视的这个女人，就是张楠。

张楠穿了一件秋夏相间的长袖外套，腰身收短，配一条笔直的牛仔筒裤，时尚随意，高雅依然。她专注地凑近保良的面孔，看着他那一动不动的眼眸。她的目光久久凝视，近得连灼热的呼吸都让保良的脸颊感到一丝温暖。

保良屏住了自己的呼吸，他用这种方法，让每根神经保持了瞬间的静止。他让自己全身坚硬如铁，让与张楠对视的双眼凝固得视而不见。

唯一在动的只有他的心跳，他的心跳排山倒海！

张楠终于移开了紧逼的视线，她退了两步之后保良才发现她还有一个同伴，就站在身后不远。那是一个男人，面目成熟，风度翩翩。

张楠冲那人笑了一下，说了句："是真人。"然后，她与那人一同转身，挎了胳膊，并肩走了。她潇洒的背影，在保良的视线里，越走越远。

……

"舅舅，你哭了吗?"

保良听到了雷雷的声音。

雷雷惊疑的时候，声音会抖，会带着无限的怜悯和天然的呜咽。保良无法掩饰自己，尽管他强迫自己保持静态，继续一动不动地弯腰引颈，拉车向前，但他凝视前方的眼睛，却突然湿润起来，两行清清的泪水冲开两颊厚厚的墨黑，犁出两道隐约的肤色，围观者中，不止一人看见了这两道清浊相交的泪痕。

无人嬉问，目击者全都目瞪口呆!

"舅舅，你哭了!"

也许雷雷以为，一动不动的保良真的变成了一座雕像，他的声调已经不是惊疑，而是唤醒。也许保良内心那份珍藏的感情，珍藏的记忆，确实沉睡太久，直到今天才被那远去的背影，被那轻柔的笑声，蓦然唤醒——

"是真人。"

她说他是真人!

但她说完，就转身走了，挽着她的亲密男友，消失在广场的一端，消失在茫茫人海。

二十七

学校快要开学的时候，权虎和姐姐的案子也开庭宣判了。姐姐犯包庇罪，判处有期徒刑五年；冯伍犯窝藏罪，私藏枪支弹药罪，并处有期徒刑九年；权虎犯串谋杀人罪，买卖和私藏枪支弹药罪、窝藏罪，合并判处无期徒刑。

那一阵保良忙于联系落实雷雷上学的事情，但每次庭审还是会去旁听。姐姐被判后从看守所转押到监狱，在狱中给保良来过一封信，信是寄到东富大酒店的，信中要求保良给她寄些钱去，还说她的身体如何糟糕。保良马上给她寄了五百块钱，他知道寄多了在监狱里也花不了的。他同时还给监狱写了一封信，要求狱方批准他前往探望姐姐。

雷雷终于上学了。

雷雷的学校离保良的住处和单位都不太远，上学前保良带着雷雷在三点之间多次往返，好让雷雷尽量熟悉路线。上学后的雷雷已经能够自己回家，或者在路过东富大酒店时到酒店职工出入口等候保良下班，然后和他一起走回家去。

保良和雷雷的生活进入了新的阶段。每天早上，两人一起起床，一起洗脸刷牙，一起准备早饭——上学后的雷雷应当有所成长，所以保良开始教他干些家务——雷雷不仅学会了使用煤气，厨房从此不用再锁，而且，他还得到了一把家门的钥匙，他们每次走出家门时保良都让雷雷动手锁门。孩子的动手能力需要点滴培养，而动手能力的培养又可大大启发智慧。所以凡雷雷能动手的事保良都要他动手去做，动手也可以养成劳动的乐趣和服务的精神。

锁好家门之后他们并肩下楼，一路走到东富大酒店的街口才告别分手，保良上班，雷雷往学校的方向继续前行。中午雷雷就在学校里吃学校准备的学生餐，保良也不用天天冲刺般地赶回家里热饭了，他终于可以安心地坐在职工食堂的椅子上，和同事一起有说有笑，享用一顿从容不迫的午饭。享用这个字眼对保良来说，并不夸张，恰如其分。

因为有了菲菲给的一千块钱，也因为"骆驼祥子"这份额外的工作，保良在交完雷雷的学杂费用、中午的学生餐费、上学应用的所有配备的费用之后，钱包里还余几百元钱可供机动。他从中拿了两百块钱，去分局还给夏萱。夏萱当初在他行乞被收容时给了他二百元钱，他当时就下决心一定还她。

他想，他今后一旦攒够了钱数，一定要像过去承诺的那样，把菲菲的钱全部还上。如果说，他偿还夏萱的钱是因为内心对夏萱始终若有的那份崇敬和感激，那么他偿还菲菲的钱则是因为他不想欠着菲菲。菲菲的钱是卖身的钱，用这种钱让人难以安心。

还有，他暗暗发誓，他以后一定要还掉张楠的钱。

想到张楠，保良的心情总要陷入伤感，已经成了难以克服的一个"条件反射"。想到张楠，他就不能不想起他们在一起的每个幸福时刻，那些记忆仍然保留着锋利的刀刃，让他的思绪稍一触及就会疼痛流血……

保良去了分局，去找了夏萱。

他和夏萱的见面，就在分局的食堂里边。

不是开饭的钟点，食堂里没有声音，这给保良带来一种异样的心情，有点紧张，也有点激动。而夏萱和他显然不同，她用她一向特有的平静，用一种事务性的表情，接受了保良的好意，拒绝了保良的偿付。

"我不记得我借钱给你，"她说，"我不记得了。"

保良把那两百元放在桌上，他说："那天我在地下通道，碰上你们和派出所一起清查。后来在派出所你们把我放了，你给了我两百块钱，我当时……我当时连声谢谢都忘记说了。"

夏萱淡淡一笑，反问一声："我们为什么把你带到派出所去了？"

保良愣了半天，不知夏萱是不是真的忘了，他说："因为我乞讨。"

夏萱说："既然你是乞讨，那我给你的二百块钱，就是施舍，施舍是不需要还的。"

保良低了头，并没有收回放在桌上的钞票，他说："也许你不愿意承认，可我一直把你当成……当成是我的同学、我的校友，你可能不愿意承认……"

夏萱打断保良："我没不愿意承认，你是公安学院的学生，我知道的，我为什么不承认呢？"

"因为我是被学院开除的，因为我犯过很多错误，有我这样一个校友，你也许会觉得耻辱。"

夏萱沉默了一会儿，不知为什么，只说了一句："你现在不是挺好的吗？"然后把话题岔开，"你姐姐的判决已经下来了，你知道吗？"

保良点头："知道了，我前两天给她寄了点钱去。"

夏萱问："有什么要我帮忙的吗？"

保良想了一下，想不出什么，他说："没有。"

夏萱说："以后你有什么难事，需要我帮忙的话，就来找我。"

保良不知道夏萱是在表达一种由衷的友情，还是一种常规的客套，抑或是希望见面到此结束。但无论如何，他站了起来，向夏萱说了告别的话。

"谢谢你，"他说，"如果你有什么事情需要我帮忙的话，也请尽管找我，我一定尽力而为。"

夏萱也站起来了，笑了一下，但很节制，她说："我又不去你们酒店消费，你能帮我什么忙啊？"

保良想了一下，说："我现在，是个体力劳动者了，有需要出力气的活儿，我都能干。"

夏萱很认真地接话："不用出力气活儿，你能办吗？"

保良马上回答："当然能啦，你说吧，我一定能办。"

"把这两百块钱拿回去。"夏萱说，"过去的事情别总放在心里，你已经有了新的生活，每一种生活都能找到幸福的感觉。我真心地祝愿你能找到那种感觉。"

周三，保良接到了女子监狱寄来的通知，通知他在本周的周日可以前往监狱，探视他的姐姐。

周日，保良和雷雷早早起床，天没大亮就走出家门，提着为姐姐买的食物和用品，向公共汽车站走去。

　　女子监狱设在省城附近的一个镇郊，清晨出发，乘公交车和长途车在途中辗转，上午九点就能到达那个无名的小镇。那一天，从全省各地赶来探视的犯人亲属不少，青年壮年，老弱妇孺，全都拿着刚刚领到的探视证，排在监狱巨大的铁门前面。

　　上午十点，保良和雷雷随着第二批会见的亲属被民警带进铁门，鱼贯进入会见大厅，肃静地坐在一面玻璃隔墙的一侧，等着自己的亲人出来。五分钟后，犯人从隔墙的另一侧被带进来了，保良和雷雷竖起脖子紧张地张望，在列队而进的女犯当中，竟然没有找到雷雷的母亲。当进入大厅的女犯全都依序坐定，面对自己的亲人用通话机开始交谈以后，保良才看见一位女警扶着面色苍白的姐姐从门外蹒跚着走了进来。

　　雷雷没有遵守和保良事前的约定，哭起来了。保良本想忍住不哭来着，但看到姐姐病入膏肓的样子，看到姐姐顷刻哭歪的面孔，他的眼圈立刻红了起来。他听着雷雷用通话机叫着妈妈，看见姐姐边哭边叫雷雷，他听不见姐姐说了什么，但从她脸上的表情可以想到，日复一日的与世隔绝，日甚一日的疾病磨损，姐姐乍一见到她亲爱的儿子，那是怎样一种肝肠寸断的心情。

　　那次会见只有二十分钟，大部分时间由雷雷占用，保良和姐姐说话时注意到姐姐的目光——在他的左耳的耳垂停留了很久。那里有母亲留下的一只耳环，那只耳环一直是母亲和儿女之间彼此相思的念物。

　　姐姐的声音虚弱，先问保良："雷雷听话不听话？"说，"雷雷要是真不听话，你该打就打，别惯他宠他。"然后，姐姐又问保良能不能去求求父亲想想办法，让她尽早出去，求父亲可怜她现在一身是病。保良含混地点头，答应姐姐去找父亲尽量说情。他没有告诉姐姐，他和父亲因为雷雷，因为陆权两家的前仇旧恨，已经中断来往，他不想让姐姐感到绝望。当一个人的肉体受到束缚的时候，内心残留的希望也许是生活下去的最后支柱。

会见结束的时间到了，犯人听到民警的命令，纷纷站起身来。姐姐仍然由一位女警扶着，一步一挪地走在最后。保良和雷雷从另一侧走出会见厅时，有民警高声在问："谁是陆保珍的亲属？谁是陆保珍的亲属？"保良不知出了什么事情，连忙出声答应："我是。"民警说："你过来一下。"

保良便拉着雷雷，尾随那位民警走进旁边的一间屋子。在那间屋里，一男一女两位民警让保良和雷雷坐了下来，由女的开口，第一句先问保良：

"你是陆保珍什么人呀？"

"我是她弟弟。"

"你叫什么？"

"陆保良。"

"这小孩是陆保珍的儿子吧？"

"对，他叫权雷。"

保良表面镇定，心里紧张，他抓住那位女狱警低头在小本上记录的间隙，插进去问道："我姐，我姐在这儿有什么问题吗？"

"你姐姐进来已经一个多月了，"那位年长的女警说道，"进来后我们发现她的身体不好，经过监狱医院和省监狱局医院检查，诊断她患有多种疾病，特别是风湿病，比较严重，基本上已经丧失了劳动能力，生活自理也很困难。按照有关法律规定，我们考虑让她保外就医。根据我们掌握的情况，你姐姐除了她这个未成年的儿子之外，现在外面还有你和你父亲两位亲属，你回去和你父亲讲一下，家里也准备一下，等过两天这件事上面一批下来，我们会立即通知你们，把她接出去保外就医。"

保良怔了半天，因为他实在不敢相信，姐姐居然这么快就能走出监狱的大墙，和他，和她的儿子雷雷，重新团聚在一起。他想到姐姐大概从来没在省城生活过，这么多年跟着权虎颠沛流离，生活不能安定，感情若即若离，如果能够去省城和他们一起安定地住下，好好治病，好好静养，又何尝不是一种幸福。保良看着两位狱警严肃的面孔，相信狱中无戏言，可他嘴里还是习惯性地发出一声疑问：

"保外就医？"

姐姐保外就医的手续办得似乎并不顺利。保良从那次探视回到省城的两周之后，才有一位狱警找到他的单位，和他取得联系。

保良是在酒店保安部的办公室里见到那个狱警的，是个男的，不是上次在女子监狱见过的那人。他们谈话时，保安部的头头也在座旁听。那位狱警首先通报姓名，说他姓丁，随即向保良问道："你就是陆保良吧？"保良马上急切地点头："是，保外就医的事批下来了？"

那民警愣了一下，居然反问："保外就医，谁要保外就医？"

保良说："哎，上次我去探视我姐，不是你们告诉我我姐可以保外就医吗？"

民警似乎听明白了，说："啊，我不是女子监狱的，我是青平山监狱的。权虎是你什么人？"

保良愣住了，半天才说："啊，权，权虎？权虎是……是我姐夫吧。"

民警说："权虎现在在青平山监狱服刑你知道吧，他就在我们那个监区。他入狱以后情绪很不稳定，我们还在做工作。权虎的父母都不在了，家里没什么人了。他的妻子，也就是你的姐姐，也押在女子监狱服刑，所以权虎一直没有亲人探视，也没有亲人给他送衣物和零用钱来，这对他的改造情绪非常不利。前些天他向我们提出想见见他的儿子，他的儿子现在在你这里吧，啊？"

保良大概猜到是怎么回事了，他迟疑了一下，不得不答："啊？啊……是。"

"你看你什么时候有空，是不是带孩子去看一看他？"

保良再次迟疑，没有马上回应。民警晓之以理："权虎虽然犯了罪，但我们还是要尊重他的基本权利，他还是他儿子的父亲，他还有权利见到他的儿子。用父子亲情做做工作，也有利于我们软化他的反改造情绪，所以这件事希望你能积极配合……"

在民警滔滔不绝地论述之时，保良已经想好了他的态度。

"不行，孩子太小了，思想还很脆弱，我现在不想让他老是生活在他父亲的阴影里，说白了我希望他能慢慢把他父亲忘掉。他父亲判了无期徒刑，反正这辈子也不可能和雷雷生活在一起了，他要是真爱孩子，就应该为孩子着想。孩子现在生活得很好，他好不容易平静下来的心情不能再受干扰。"

民警并不放弃，他也许早就料到保良的这个立场，所以继续动员保良："孩子是小，但总有一天要长大的……"

保良打断民警："那就等他长大以后再说吧，长大以后他要不要去看他的这个父亲，他自己决定。"

民警让保良顶得噎了片刻，不由放慢了语气："我知道你现在……你现在算是孩子的监护人吧，可你也要替孩子想想，他现在是和你生活在一起，可他和你在一起才几个月的时间，而他和他父亲在一起生活了六年，而且毕竟有血缘关系。你不能保证他心里不想他父亲，你不能肯定他对他父亲没有感情。孩子的心理我们大人常常摸不透的，他失去父母心里肯定非常伤心，只不过他在你的面前，可能有意压抑这种心情。"

民警的话让保良的态度开始动摇，但依然嘴硬，而他的嘴硬，实际上已经接近一种自我辩护："孩子没有压抑呀，他现在生活、上学都很好，我没有给他压抑……"

民警不急不迫，继续下去："我跟你说小伙子，就你这岁数，你的人生经验还不行呢，小孩的心情你真不一定了解。我七岁的时候父母离婚了，我跟我父亲一起生活，我父亲总在我面前骂我母亲，他当然希望我跟他同样，憎恨我的母亲。我那时候就压抑自己，有时候也随着我爸骂我妈，这样家里的气氛就会好些，就不用和我爸发生矛盾，可我心里确实很压抑，因为我……我确实想念我的母亲。"

保良不说话了。

保安部的头头也从旁劝他："陆保良，我看人家民警说得有道理。孩子想父亲这是人之常情，是孩子的天性啊。你现在虽然是孩子的监护人，可也要尊重孩子的权利。"

民警显然意识到保良退却在即，于是趁热打铁地说："而且孩子总有一天要长大的，等他有了独立思考的能力，或者说，有了独立行为的能力，他肯定会想到他的父亲。如果他以后知道他父亲当初想见他但是见不到他，他肯定会伤心，甚至，会对你产生怨恨。"

民警的威胁恫吓非常婉转，因而也就巧妙地消弭了刺耳的感觉。保良走出保安部时一脸郁闷，心里非常别扭，非常抵触，却又知道自己理亏。

青平山监狱与女子监狱处在省城的一南一北，方向相反，却同样偏僻，同样荒凉。

据说青平山监狱是全省设施最为先进的一座监狱，专押重刑犯的，亲属会见室果然比女子监狱讲究多了。这一天不是因犯亲属探视的日子，保良带着雷雷风尘仆仆地赶到青平山时，时辰已近中午，偌大的会见厅里，只有保良和雷雷两个探视者，隔着宽大的玻璃，面对着孤零零坐在那一面的犯人权虎。

权虎见到雷雷，泪流满面。他的脸上除了痛苦的抽泣，几乎看不见他和雷雷说了什么。雷雷也掉了眼泪，但比他父亲冷静多了，他按照保良前一天晚上教的，告诉父亲他现在生活很好，让父亲安心服刑。这些话也是那位狱警教给保良的。保良教雷雷时雷雷还问保良什么叫服刑来着。保良说服刑就是在监狱里生活。保良还对雷雷说："监狱的生活也挺好的，在里边可以上学，可以打球，可以下棋，可以演节目，还可以看电视，只是不能出来。但里边也有商店，商店里的东西和外面一样，想买什么就买什么。"

保良这次到青平山来，给权虎带了三百元钱，以雷雷的名义交给了管教干部。权虎本来已经止住了哭泣，听雷雷说他给爸爸带钱来了，又一次泣不成声。保良隔着玻璃看他哽咽着和雷雷说话，说的什么听不见的。他说，雷雷听，听一阵就点一下头。保良远远地站在雷雷身后，心里胡乱猜测着父子交谈的内容。

这次单独会见是受警察之邀而来，时间因此放得比较宽松。权虎和雷雷谈了二十分钟，又让雷雷叫保良过去，表示和保良有话要说。雷雷脸上拖着两行泪痕回头，叫舅舅过去，保良就过去了，坐下来接了通话机的话筒。

他此时面对的，是他的姐夫，是雷雷的生父，是他的仇人，是把他一家拆散揉碎折腾得死去活来的祸首。在权虎眼中，他无疑也是同样，是妻子的弟弟，是儿子的舅舅，是仇人的后代，是杀死挚友并带着警察把他绳之以法让他终生为囚的不共戴天的死敌！

但现在，他是他儿子的监护人，抚养者，他将和他的儿子长久地共同生活……

保良坐在权虎的对面，把话筒贴在耳边，他和权虎彼此对视，他并不打算首先开口。他猜不出权虎一动不动的赤红的眼睛究竟是冰冷还是灼热。

"保良……"

权虎哭哑的嗓子备显苍老，但保良仍然从那似曾相识的音节中听到十多年前权虎第一次到他家来找姐姐的时候，叫他名字的那份亲熟，那亲熟的感觉让保良猝然不知如何回应，是该叫他一声姐夫还是直呼其名。

保良支吾了一下，张了嘴却没叫出声音。他尚未来得及露出尴尬，权虎的态度已经让他吃惊。

权虎说:"谢谢你。"

权虎的第一句话,就是向保良表示感谢,保良不知道这声简简单单的谢字,在权陆两家十年恩仇尘埃落定的今天,是否意味着相逢一笑,化干戈为玉帛?

但权虎的脸上并无一丝笑容,他的声音,通过有线话筒的传导,多少有些失真,以致他的眼神和话语,包括刚才那声谢谢,都随之真伪难辨,虚实不清。

"雷雷就托给你了,你是他的亲舅舅,他的血管里,也流着你们陆家的血。我相信你会对他好的。现在我只求你一件事,我希望你能答应。"

保良浑身血液加速,从他九岁开始直到现在,这十多年来几乎所有爱恨、所有欢乐悲伤、所有必须铭记于心的历史时刻,都在此时此间,从朦胧的眼前,无序地涌过。他突然发觉自己已经成熟老练,已经是一个经风历雨的沉稳的壮年。

他对权虎说道:"什么事,你说吧。"

"你别让雷雷忘了……他还有个爸爸。"

这个要求如此简单,如此合乎自然,甚至,如此令人可怜。但这个要求对保良来说,对他今后的生活来说,可以料想,将会带来多大的麻烦。

但这个要求保良无法拒绝,他冲权虎点了一下头,对他说道:"我会的,我会带你的儿子雷雷定期过来看你。如果你今后在这儿生活上有什么困难,你儿子雷雷会帮助你的。"

权虎也点了一下头，脸上露出了感激的笑容，眼里淌下了感动的泪水。保良看得出，那笑容是真的，那眼泪也是真的。

"谢谢你……"权虎的哽咽，也是真的，"我这一辈子，都会谢谢你的……"

他这一辈子，都将在这个高墙电网的牢狱中度过，从现在的年轻精壮，一直到将来白发苍苍。他这一辈子，如果还会有人一直爱他，并且让这份爱陪伴他到老到死，那么这份爱只能出自一个人的心里，那就是雷雷。

保良平静地说："你不用谢，因为他是你的儿子。"

从青平山回来的第一个雨天，大概也是这一年当中的最后一个雨天，保良接到了省女子监狱的正式通知，他的姐姐已获准离开监狱，保外就医。

保良冒雨独自去了他曾经去过的那个小镇，在位于镇西的女子监狱的铁门之外，迎接步履艰难的姐姐出来。姐姐身上穿的衣服，就是保良从涪水姐姐家中取来送到看守所的那件秋装外套。季节已是秋末冬初，姐姐的外套里面虽然套了好几件外衣内衣，但秋风秋雨的阴潮还是让姐姐瑟瑟发抖，也将她的病状凸显无遗。

在回省城的公共汽车上，保良始终把姐姐搂在怀里，从他十四岁以后，他和姐姐还从来没有这样相依相亲。他知道在这条秋雨泥泞的路上，姐姐一定需要他胸前的灼热，一定需要他有力的臂膀。

车到省城时姐姐睡着了。

保良推醒姐姐，扶她下车。

保良看到，姐姐醒后双目呆滞，举步蹒跚。

姐姐是被保良背回家的，保良一只手还要拎着姐姐带出监狱的一包衣物，他背着姐姐在他住地的派出所登记后回家的路上，已经有些体力不支，因此他不得不在往八楼爬的时候，中途休息了两次。而姐姐似乎对这幢她将在此将养的楼房，甚至对这座与监狱天壤有别的城市，都缺乏应有的兴奋与好奇。

傍晚，雷雷回来了。他自己用钥匙开门，一进门先进厨房，给正在做饭的保良看老师批在他作业本上的评语。当然，那是夸奖的评语。保良看后也夸奖了雷雷几句，然后揽着雷雷的肩膀一起走出厨房，走进卧室。于是，雷雷在卧室的床上看见了他的母亲。

雷雷并不知道母亲今天回家。

和保良预想的情形不同，雷雷与床上的母亲只是彼此呆呆地对视，并没有互相扑向对方抱头痛哭。保良推推雷雷的后背："雷雷，你不认识妈妈啦？"雷雷没动，他也许对床上躺着的这个女人真的感到陌生。

保良也感到陌生，姐姐在他十四岁离家出走那年，是多么青春美貌。多年以后，保良第一次在涪水重新见到的姐姐，竟是那样虚弱苍老，而现在床上躺着的姐姐，只剩了一副枯萎的躯壳，一张蜡黄的面皮，一口游丝般的气息，一双虽然睁着但了无光泽的眼眸。

"雷雷……"

姐姐的嘴唇微微开合，发出似有似无的一缕气喘，然后她伸出一只手来，想让她的儿子近前。

保良推着雷雷的双肩，让他靠近自己的母亲。雷雷听话地让母亲拉住手臂，在保良的催促下叫了一声"妈妈"，叫完之后，雷雷没哭。

也许他是被母亲的样子惊吓住了，这与他印象中的母亲极为不同。

也许他还没有完全适应家里的床上忽然多了一个如此难看的面容。

姐姐也同样没有流泪，她的眼睛看去已彻底干涸，脸上倒是挂出了一丝难得的笑容，笑得非常疲惫，非常凄凉。

第二天，保良请了假带姐姐去了医院，医生诊断姐姐确实患有多种疾病——严重贫血，内分泌失调，心律不齐……最严重的还是风湿。和上次在涪水看病一样，医生要求病人住院治疗，但保良一问大致的费用，只好取了些药，背着姐姐又回来了。

第二天保良上班，分别找了酒店工会和人事部的相关领导，说了姐姐的情况，问单位有无政策可以给些困难补助或者预支工资，以后按月分摊倒扣。他得到的答复都是不痛不痒的官话——政策暂时没有，但你这情况，我们可以向上面汇报，上面要是研究出什么意见，我们尽快向你转达……

保良思来想去，无可奈何。他在夜市广场的那份工作，因为天气冷了，夜市管理处已经告知他做到月底即停，等到来年春天再说。但看来他已经等不到月底，姐姐病在床上，雷雷年纪又小，饮食起居都要照顾，他如果继续去做那份活体雕塑的兼职，不仅时间，而且体力都难以兼顾。想到下午，保良再次请假，他先给夜市管理处打了电话，说明自己现在的难处，请求准许从今天开始不再上工。管理处的人也理解他的困难，确实属于事起突然，对他未按合同规定提前一周请辞，表示不会追究，还表示来年春天他要是对这份工作还有兴趣的话可以再和他们联系，态度诚恳而又宽容。

打完这个电话，保良拨通了刘存亮的手机。

也许刘存亮这一阵学做生意真的修炼了头脑，保良刚刚叹息两句他就先发制人唱开了苦经，说有一批服装砸在手里，要不赶紧周转出去，他只有去找根绳子再去找一棵歪脖树了。他居然还求保良替他找找关系看看谁有兴趣接下这批货来，价钱好说。他说："保良，你在东富大酒店工作肯定认识不少来来往往的有钱客人，你一定帮我打听打听，一定帮我打听打听……"

保良无言以对，搞不清刘存亮是真的面临生死存亡，还是一种巧妙的推托。

挂了刘存亮的电话，保良又拨打李臣的手机。他这些年认识的同学同事，关系虽然都好，但没有私人往来，伸手借钱这种事情，只有从小磕过头的兄弟之间才不显得冒昧滑稽。

李臣在电话里像是刚醒，旁边还有一个女人在问："谁的电话？"李臣先答一句："我弟！"才和保良寒暄。保良不多啰唆，开宗明义："李臣，你能借我一点钱吗？我实在没办法了，我想救我姐一命！"

李臣先问了保良姐姐的情况，然后表示万分同情，接下来他说了他的苦衷："不是我见死不救，兄弟，上次彩票挣的那笔钱我爸爸开餐馆全都用了，结果餐馆是开了，可是光赔不赚，要不我怎么又回来找工作呢？工作到现在还没找到，我手头的钱也花光了。保良，我这人和刘存亮不一样你都知道，我行就行，不行就不行，爽爽快快……"

保良其实也知道自己病急乱投医，也知道兄弟各自谋生，借钱这事万难开口，开口也是白开。而且谁都了解他日常的那点收入，借了钱不偷不抢拿什么来还？所以难怪兄弟们罔顾左右，乱找借口。

挂了李臣的电话，保良呆愣了半天，忽然拔脚就走。

保良走上了大街，搭上了出城的公共汽车。

保良以前来到武警的这个训练基地，不是春天就是夏天，山垄上万木皆绿，水田里映着白云，晴天时也有片片浮雾在山脊间缓缓移动，从车窗远远望去，眼里总是一派生机。

但此番再来这里，已是深秋叶黄的时节，梯田里干涸无物，山野间寒气逼人。基地门口站岗的士兵换了秋装也换了生人，盘问保良半天也没让进。电话打进去很久，才从里面出来一位军官，那军官倒还记起保良，还能热情寒暄，问明保良来意，才告知保良他的父亲早已搬走，早就不在这里了。

"冬天快到了，山里太冷，老年人住在这里不适宜啦。"军官操着上海口音埋怨保良，"你应该先打个电话过来问问，这么远的路不要白跑嘛。"

保良的心和山里的风一样冷，他吸着气，问："我父亲……您知道他到哪里去了？"

"这个不晓得，省公安厅老干处跟我们打了一个招呼，他就搬走了，那天好像是有人过来帮他搬走的。"

保良愣愣地："老干处？"

保良此行的路上预想了很多结局。父亲是不准他再来的，但他又来了。他是来求父亲挽救姐姐，姐姐毕竟还姓陆，她病到这个地步，作为父亲应当救她，应当给她一条生路。他想父亲会拒绝吗？过去的仇恨，难道会把人心变得像铁一样坚硬？

保良更愿意相信，父亲终会伸出援手。父亲一生个性强硬，如果你强势相逼，他必然以牙还牙；如果你弱势相求，甚至临死呼救，他一定会施以怜悯，尽到责任。

成败保良都已想过，唯独没想到的是，父亲已经走了。

回城的路上，天黑了下来，出了山换车进城变得比较艰难。来时乘坐的那路公交车天黑后就见不到了。保良便拦了一辆私营的小公共汽车，车上又挤又脏，而且比国营的公交车要贵。

上了这辆车走没多远，就在一个路口被几个穿制服的公路缉查拦住。缉查人员上车一看，马上抄了这辆车的牌子。保良听司机跟他们争来吵去辩了半天，才知道这次查的就是超载。

这辆车确实超载。

车被抄了牌子，又开票罚款，肯定是不能继续往前开了。缉查罚完钱后说："你们要开也可以，三分之一的乘客必须下来。"司机一脸气恼，把车停在路边，说什么也不开了，乘客有求的有骂的，司机一概充耳不闻。保良心急如焚，不知姐姐和雷雷在家饿着肚子见不到他该是怎样的情景。公路上又有车子路过，有乘客跑过去扬手拦车。保良找售票员要求退回车钱，售票员开始不退，后又说只退三分之一，保良和他各说各理，直至争吵起来。那司机正有一腔无名火无处发散，上来揪住保良粗口骂街，保良这些天聚积心中的所有焦灼也突然找到了一个发泄的出口，在对方恃众拉拉扯扯你推我搡之际，保良控制不住手上用力，将那司机和售票员搡倒在地。车上的乘客中有司机的几个熟人，上来劝架并责问保良。司机从地上爬起来疯狂反扑，保良被劝偏架的人拉着难施拳脚，脸上徒挨几下，鼻血流了一嘴。他奋力甩开那几个乘客，和司机售票员打成一团，在混战中，保良知道对方至少有三个人上了手，他无论身后挨了多少拳脚，只把攻击的目标对准那个司机。他的各个击破的战术很快奏效，那司机终于被他打得滚在路边。打倒司机后，保良又集中全力回身打那个售票员，那小子年龄和保良差不多少，但瘦弱力小，招架几下便落荒而逃，他一逃，其他人也都且战且退。保良身上和脸上沾满灰土鲜血，从伤势看似乎最重，从结局看则大获全胜。

尚未走远的缉查人员呼来了110警车，把打架的和愿意作证的全都拉上车子，拉到了附近的一个派出所里处理问题。询问当事人和证人得出的结论，是保良寻衅滋事好勇斗狠。民警来找保良谈话，说："这事你是主要责任，你是愿意赔人家医药费损失费调解解决啊，还是愿意拘留十五天罚款处理啊？"

保良昂着头，说："我都不愿意!"

警察被顶得直吸气："嘿!"

保良要求给省公安厅老干处打个电话，民警恼了："你别找人，找人没用! 你认识省公安厅的是不是？没用! 有本事你找公安部部长给我们这儿打个电话，我接了电话，我告诉你，我也放不了人!"

保良说："我不是让他们过来捞我，我是让他们上我家去，我家有一个下不了床的病人还有一个七岁的孩子没人管，我有多大错不能让他们饿死病死!"

这话把警察说愣了。

为了避免麻烦，警察在问清保良的情况之后，又查验了他的身份证件，登记了他的单位地址和家庭住址，就先把保良放了。

保良在公路上走了一个小时才拦到了另一辆小公共汽车，几乎所有的车子看见保良脸上的血迹都不敢停车搭载。他回到家往八楼爬时坐在楼梯上休息了两次，每次只要一坐下就再也不想起来。

用钥匙打开家门前保良下意识地抬腕看表，才想起手表在打架时不知飞落到哪里去了。其实他不用看表也知道此时已近午夜，他进门看见卧室里亮着灯，心就放了一半。他跌跌撞撞地冲进去，看见了姐姐和雷雷，姐姐躺在床上歪过头来看着保良，雷雷坐在床边，脸上挂满肮脏的泪痕。保良看见他们平安无事不知该哭该笑，倒是雷雷最先开口高兴地叫出了声：

　　"舅舅！"

二十八

　　第二天，保良去了省公安厅，找到了省厅老干处的王叔叔。

　　保良鼻青脸肿的样子吓了王叔叔一跳，还以为保良是在哪里惹了麻烦找他求助，但保良未谈昨夜在公路上发生的那场殴斗，只想询问父亲此时确切的下落。

　　王叔叔对保良表示，他已经知道保良的父亲离开了武警基地，因为当初他去武警基地休养是通过老干处联系的，所以走前也向老干处打了招呼。王叔叔只知道是保良父亲以前的一个朋友要接他过去住些日子，具体去了哪里则全然不知。

　　不过王叔叔答应帮保良尽量打听，对保良的处境也表示了同情，但对姐姐的医疗费用，则有些爱莫能助。因为姐姐并不是离退休干警，不归老干处负责，看病吃药的钱原则上还是亲属自行解决。王叔叔建议保良再找找亲戚朋友，当然他这边也可以向厅领导反映反映。

　　保良心里明白，所谓反映反映，也不过是一句缓词，比彻底拒绝总要好听得多。

保良走出公安厅的办公大楼，站在高高的台阶上低头思索，想自己到底还有什么亲戚朋友。想了一阵他缓步向下，走到街头，上了一辆公共汽车。

街上有些拥塞，汽车缓慢如蜗牛，车上的乘客都穿上了厚厚的秋装，只有保良身单衣薄。但保良并不瑟缩寒冷，身上的伤痛几乎已将神经麻木。

车到站后保良抬头看表，时针指在上午十点十分。他知道过夜生活的人这个钟点肯定没有起床，但他还是大步向前，朝那个既定的方向疾走。

他敲开房门时菲菲果然蓬头垢面，睡意未醒。但她看见保良突然来访还是面露喜色，高高兴兴地把保良让进屋子，并且一直带往卧室。她说："进来吧进来吧，你怕什么，我又不会强奸你。"保良走进卧室时菲菲早又钻进了被窝，口里吸着气连说真冷真冷。

保良在菲菲对面坐下，看见床头柜上的一只烟缸里堆满烟头。于是疑问："你也抽烟了？"菲菲说："没有啊。"她也看了一眼那只肮脏的烟灰缸，淡淡地解释："啊，老丘刚走。"

保良默不作声。

菲菲歪头看他，猜他在想些什么。继而主动挑衅："哎，你大早上的就这么过来敲门，也不怕撞上老丘？"

保良皱眉，说："我怕他什么？"

菲菲坏笑，说："噢，对了，他应该怕你。"

保良不想贫嘴："他怕我什么？"

菲菲理直气壮:"我是你原来的女朋友呀!老丘是夺人之爱呀……"

保良打断菲菲:"瞎扯!"

菲菲说:"瞎扯什么?上次老丘看见你找我,还问我来着,我都跟他说了。说你是我过去的男朋友,后来我把你甩了。"

保良不语,在想如何尽快介入正题。

菲菲笑道:"伤你自尊啦?我要不说是我先烦了你,你再来找我老丘还不得找人把你剁了?"

保良对与菲菲打情骂俏毫无兴趣,他趁菲菲停顿的片刻插话进去,直奔主题:

"菲菲,我又有难处了,还是想求你帮忙。"

菲菲愣了一会儿,冷笑一下:"我还想呢,这么多天不见你是不是想我了。呸!我这人就爱自作多情,老不接受教训,你主动找我,没一次不是找我要钱办事!"

保良厚着脸皮,不管菲菲的脸色如何难看,继续说了下去:"我姐姐让法院判了刑……"

菲菲不客气地打断保良:"你不会是找我要钱去捞你姐姐吧,判多少年呀?人家跟我说一年十万,你姐要是判个十年八年你是不是先把我卖了再说!"

保良吞了一口气,真的是忍气吞声!

他说:"不是,我姐生了重病,现在是保外就医,可我现在没钱给我姐治病,医生开的好多药好多针,我都买不起。"

菲菲说:"医生现在都是为了自己捞钱,尽给病人开贵药,这谁心里都有数的。要照着医生开的方子抓药,全国广大农民谁还看得起病啊？！"

保良说："医生知道我们没钱，所以开的药都是必须用的。我姐现在都站不起来了，医生说如果不赶快治，就有生命危险……"

菲菲再次打断保良："你就直说你想跟我要多少钱吧。"

保良声音发抖，因为屈辱，也因为他必须说得恳切焦急。他不知道恳切焦急该用什么词句，所以话一出口不免有些口吃：

"按医生开的疗程，一个月……得，得将近两千元药费，再，再加上检查费化验费……"

"不就是要两千块钱吗？什么时候要，现在？"

保良闷了一下，说："菲菲，你能多借我点吗？"

菲菲本来已经掀开被子下床，半裸着身子翻她的钱夹，保良此言一出，她又把钱夹扔回床上。

"你到底想借多少？"

"我想……想先借一万。"

"先借一万？"

菲菲把"先"字说得有点夸张。她走近保良，忽然一裂腿骑着坐在了保良的大腿上，双手托起保良低垂的下巴，嘴里的热气直喷保良的脸颊。

"我欠你的吗？"菲菲问。

保良不答，想扭头躲开目光。可菲菲的双手坚持把他的头颅扳正固定，放肆地凝视了一会儿，然后笑出声来。

"你这人，要不怎么说你是个妖精呢，你装起可怜来，让谁看了都得动心。"

说完，乘保良不备，菲菲竟在他的嘴唇上用力一吻，保良笨拙地反应躲闪，动作表情狼狈不堪，菲菲笑着从他的大腿上挪开了身子。

"跟你亲嘴，还是过瘾。"菲菲捡起床上的钱包，说，"别看我认识你都这么多年了，你这张脸还是没有彻底看腻。"

保良擦着嘴巴，看菲菲数钱，看她数到两千，忽然收手不再数了。菲菲把钱递了过来："两千，等下个月再要，你再来找我。我要一下给你多了，你能半年不见人影。你这人我知道，你找谁不找谁，都很实用的。"

见保良接过钱去，菲菲再次跨上保良的大腿，她双手钩着保良的脖子，声音突然变得娇嫩。

"保良，就算我每月给你发薪，你也总得给我干点活儿吧？"

保良紧张地问："你需要我干什么活儿？"

菲菲一笑："要不咱俩还好怎么样，你愿不愿意？"

保良把钱装好，回避着菲菲嘴里的热气，他说："你不是有老丘了吗？老丘对你不好？"

"老丘，老丘是对我不错。可我跟你，我是说咱们两个可以私下里好上，不让老丘知道就行。"

"我希望你彻底离开老丘。"

"彻底离开老丘，彻底跟你？"

"跟我干什么，我现在要带孩子，要照顾我姐，我没这份精力。"

"你不是跟张楠吹了吗？不过你没吹也没关系，反正我暂时离不了老丘，所以我也不要求你整天守着我过日子。我不管你和张楠的事，你也别在乎我和老丘。"

"那怎么行？"

保良意欲起身，可推了两次推不动菲菲。菲菲骑在保良腿上，坚持控制住保良，而且越说越认真了：

"怎么不行，你跟我好，是我愿意。老丘养着我，我养着你，还帮你姐姐治病，有什么不行？你是不是背着我又和哪个女人搞到一起去了，不是那个张楠了吧？要是的话你应该找她要钱去呀！对了，你还没诉我呢，你脸上的伤是谁打的，是男的打的还是女的打的？我看像是女的打的，这怎么还有指甲抓的道子……"

菲菲的手捏着保良的下巴指来点去，保良使劲推开菲菲，站起身子："你胡扯什么，我现在只想给我姐姐治病，别的事情都没兴趣。"

菲菲冷冷地笑笑："你跟别人装正经可以，你跟我还装什么正经，我还不了解你吗？！那时候你和张楠，你们那个德行，我都懒得再说。那么有钱的女人都让你放平了，你这方面的本事我太了解啦，你骗得了别人可骗不了……"

保良打断菲菲："菲菲，我一直当你是我妹妹，你以前那么单纯，怎么现在变得这么粗俗！是老丘教的还是谁教的！你那么年轻现在说话就像个刁婆似的，你再这样下去，我估计连你妈都该认不出你了！"

菲菲不急不恼，见保良要走的样子，拦在卧房门口，笑道："怎么，拿了钱就急着走啊！你跟那些出来嫖的男人一样，提起裤子就不认人了。"

保良忍着气，随她污言秽语，他说："我急着给我姐买药！"

菲菲这才放了保良，放之前她又重复了一句："再来找我可得想清楚再来，我可不是你的自动取款机。你要的钱我已经给了你了，我要什么你心里清楚。你不是老嫌我是个卖的吗？我非让你也卖一回体验体验。你要不想当卖的，你就自觉自愿跟我，两样感觉随你挑吧，下回见！"

医生建议姐姐用的药，保良都给姐姐用上了，两千元药费转眼花得精光。

但一个月过去，姐姐的病状并未好转，身上还是浮肿，脸色依旧青灰，时有低烧，骨节疼痛，呻吟凄烈，呻吟中还夹杂着满口胡话。保良看出来了，姐姐的精神有些不太正常，情绪总是忽好忽坏。好时流着泪感激保良，说："保良，你对姐这么好，姐真难为你了。"坏时保良一让她吃药她就破口大骂，骂保良害她男人害她一家。骂完自己号啕大哭，哭的时候还会把小便遗在床上。几次下来弄得保良不得不在姐姐身下垫上塑料布，省得再尿又洗床单又晾褥子。

而这时雷雷也开始贪玩作乱。他的老师在一次家长会的会后告诉保良，雷雷最近学习成绩明显下降，年级里组织的参观活动也不参加。不参加要按旷课处理，所以要和家长打个招呼，也想了解一下家里最近是否出了什么事情，影响到孩子表现反常。

保良万分诧异："家里没出什么事啊，他妈妈生病治病也没让他操心啊。他回家说学校组织到农村参观，要交的餐费路费我也都给他了呀，他没去？"

老师说："没去。"

保良说："他没去上哪儿去了？"

老师说："问他，他说起晚了没赶上车。"

保良觉得问题严重，雷雷长大了，已经开始尝试撒谎。保良那天回家后把雷雷叫到跟前，直截了当地责问他为何旷课。雷雷辩解说："没有旷课。"保良说："那为什么没去参加农村的参观活动？"雷雷磕巴了一下，说："没赶上车。"保良说："你那天又没起晚为什么没赶上车？"雷雷先是无言对答，后又说路上走得慢。保良问："没赶上车为什么没回家来？"雷雷说："怕你骂我。"

雷雷说的无论真假，样子还是蛮可怜的。躺在床上的姐姐护着儿子，责骂保良虐待雷雷，而且，她又提到了雷雷的父亲："连他爸爸都不这样骂他，你凭什么骂他，你害了他爸爸还要害死他吗？！"姐姐又发了神经，骂着骂着竟从床上爬过来推开保良，拉过雷雷，抱在怀里，紧张地瞪着保良，仿佛保良真会把雷雷抢过去害死似的。

保良看着姐姐的样子，皱着眉叨咕一句："神经病！"

每次带姐姐去医院复查，都必须趁她精神正常的时候，否则姐姐根本不肯离开家门。好在保良以前在单位攒了一些倒休，跟领导和同事的关系又混得很铁，所以只要他打个电话，就可以换休一天半日。带姐姐去医院是个体力活儿，不光要从八楼背上背下，连在医院的药房排队取药，都要把她背在肩上。因为药房附近没有椅子，把姐姐放太远了又不放心，怕她万一发了神经，乱爬乱尿也未可知。

根据医生的建议，保良给姐姐做了一次脑透视。透视的结果让保良大吃一惊。姐姐的头颅里有个不大的肿块，医生诊断为过去的旧伤，疑为头部曾遭重击，曾有出血，后又愈合。保良那天背姐姐回家后盘问姐姐，是否在监狱或看守所受过拷打，姐姐摇头否认，再问便泪流不止。她告诉保良，她脑袋里的伤是几年之前被权虎打的，那时权虎不知怎么知道了他父亲是死于陆为国之手，便把仇恨撒在她的身上，回家发疯一样打她，虽然冷静之后也跟她说了后悔和道歉的话，也带她去了医院疗伤，但从那以后他们夫妻之间的关系就变得时好时坏，一切要看权虎的心情是否异常，好时仍然恩爱，坏时就把妻子划入陆家的范围，非打即骂，视之如仇。最让姐姐难以承受的，是不让她单独接触雷雷，好像她要把权家的这根独苗拐走似的。

做完脑部扫描之后，医生把情况私下告诉保良，保良才明白，姐姐有时脾气狂暴、痴傻、偏执，都是病的反应，而非性格和思想的表现。因为扫描证实，姐姐头部旧伤复发，导致间歇性癫痫以及幻听、幻视、幻觉等症状，精神方面自然时迷时清。

从医生的口气不难听出，脑子里的病如要根治，恐怕很难很难。

姐姐的脑子真的病了。

她跟保良说到权虎时，眼里总是泪汪汪的，这让保良心里非常难过，不知该表示同情还是予以批评。这个时候的姐姐，脑子是清醒的，正常的，因为保良能看出她眼里的眷恋和痛苦。姐姐迷糊的时候，发癫痫的时候，很少提到权虎，总是责骂保良，有时，还责骂儿子。雷雷有时看不出她是清是迷，上去要和妈妈亲昵，因此不止一次，被他妈哑声吼开。

"走！走！走开！"

有时，姐姐还会喃喃地呼唤母亲，要看母亲给她的镶钻耳环。保良就把姐姐耳朵上的耳环摘下来给姐姐看。姐姐问还有一只呢？保良就把自己的也摘下来。姐姐把两只耳环捧在手里，眼泪一颗一颗地往下滚。她会连声地叫着"妈妈，妈妈"，然后哭上很久很久，直到保良劝她躺下，替她把耳环收好，她才会慢慢平静下来。

保良也不知道姐姐是在清醒的时候还是在疯癫的时候，她的眼泪和语言才更代表她的内心，才更触及她的灵魂。

即便是在姐姐迷糊的时候，只要姐姐呼唤母亲，保良也会备感亲切。因为这个呼唤，能再次唤起保良心中的向往——关于家庭，关于团聚，那是他永远不能化解的一个心结。

所以，当有一天半夜三更姐姐忽然从床上坐起，推着保良让他带她去见母亲时，保良真的穿好衣服背了姐姐下楼。那个夜晚省城下了入冬后的第一场大雪，雪飘在天上，积在地上，使整个夜晚明亮起来。姐姐坚持说母亲就在前边的路口等她，到了路口看不见一个人影。姐姐又说是更前面的那个路口，保良就再往前走，到了以后还是没人。整条大街只有保良背着姐姐的影子，天地间只有姐姐的喃喃和保良的气喘，以及雪落街巷的窸窣的声音。

天冷极了，保良身上却出了汗，他喘着气对姐姐说："你看，妈不在这儿，咱们回家吧。妈可能在家呢，咱们回家看看。"

姐姐似乎睡着了，伏在保良肩头越来越沉，可当保良转身往回走的时候，她又忽然发出声音：

"妈在河边呢，在河边等着咱们呢！"

保良坚持往回走，姐姐在背上拼命挣扎，哭叫声凄厉而又悲惨："妈！妈！你让我见见我妈，你让我见见我妈！"

保良只好反身，往河边走去。省城的鉴河与鉴宁的鉴河风景不同，气息相近，河水在雪雾中同样迷离万般。看到鉴河，姐姐终于安静下来。保良放下姐姐，和她并排坐在河边的长椅上，望着夜幕下几乎凝固不动的鉴河，以及河对岸若隐若现的灯火，姐姐脸上这时居然现出从未有过的安详与轻松，嘴角和眉宇都挂出了幸福遐想的笑容。

保良背着姐姐回到家时已是凌晨五点，他们在雪夜无人的河边与街道，已经走了整整三个钟头。保良开门时听见雷雷正在卧室啼哭，而这时的姐姐却在他的背上睡熟。

保良给姐姐穿衣服背她出门时雷雷醒过，保良还告诉他舅舅带妈妈出去看病，让他在家好好睡觉呢。其实雷雷只是朦胧中的假醒，翻了个身应了个声又沉入梦境，再醒来时发现母亲和舅舅都不见了，才害怕地哭起来了。

雷雷七岁了，这种半大不大的孩子，最让人操心。

保良半宿没睡，第二天上班干活总是恶心。中午回家给姐姐热饭喂药，还在厨房坐着打了十分钟瞌睡。下午他接到了雷雷班主任老师的一个电话，说："学校已经查清，那天年级里一共有三个学生没参加去农村的参观活动，这三个人——包括你们家雷雷——都到网吧上网去了。"

上网？保良简直不敢相信。雷雷刚刚七岁，而且，他从没玩儿过电脑！

但老师言之凿凿，根据老师的调查，雷雷是让那两个孩子带着去的。那两个孩子家里都有电脑，以前就在网上玩过"传三"。"传三"是什么连保良都不知道，还得老师费舌解释一番。

"'传三'就是'传奇三'，是一种最新的网上游戏。"

老师这一状告的，让保良立即坐立不安。他知道孩子一沾上网吧这种地方，麻烦可就大了。对雷雷的年龄来说，一旦迷上网络就等于吃了白粉！怎能不让保良心急如焚。

惶惶然盼到下班回家，保良进了门在门厅里见到雷雷，不说缘由劈面就问：

"雷雷！你过来！你给我老实说，你上次没去参观，到底干什么去了？"

雷雷吓得有点发傻，支吾着说没干什么，就在街上闲逛来着。保良见他撒谎更生气了，扯过雷雷的胳膊在他的屁股上狠打了一下。

"你再说没干什么，你这么小年纪怎么就会撒谎！"

雷雷不再说话，眼睛盯着保良，那目光不知是憎恨还是委屈还是恐慌。保良冲他屁股上又给了一下，这一下打得更重，雷雷失声哭起来了。雷雷的哭刺激了床上的姐姐，连滚带爬地爬出了卧室，抱着雷雷大骂保良："走！走！走开！你凭什么打他，他不是你的儿子，你凭什么打他！他爸爸都不打他，你有什么权利打他！"

保良气坏了，他最讨厌姐姐动不动就提到权虎，还提到对孩子的什么权利！他有点受不了姐姐这副说来就来的疯癫样子，如果真是疯癫了怎么还懂权利？怎么还说得出权利这种法律上的词句！保良怒火上头，转身走出门去，摔了门气冲冲地跑下楼梯。

保良在街上自己转了一会儿，雪后的城市，冷得有些离奇。空气也变得浓稠起来，吸进肺里仿佛压了重量似的，两条腿也都压得沉重难移。保良看到街边有一家火锅店生意火爆，门口的灯箱广告上，那个色泽鲜艳的火锅诱人口水。论脾气保良真想进去喝个半醉，饿他们母子一顿就知道他有没有权利了！可他在这家火锅店门前发了阵呆，心里的火气渐渐小了，熄了，想来想去还是迈开脚步走回家去。

他在他家的街口看见了雷雷。

雷雷在哭，往东走了几步又往西走，一边走一边喊着："舅舅！舅舅！"喊着喊着他看见了保良，蓦地站住，哭声也立刻变得畏畏缩缩。

"舅舅，舅舅，我再也不撒谎了，再也不骗人了，你回家吧舅舅！"

保良难过，过去抱住了雷雷。雷雷的脸蛋已经冻红，保良抱了半天才用冻僵的声音去哄雷雷："你哭什么？舅舅又没跑，你哭个什么？"

雷雷止住了哭声，但身体还在抽泣，两只胳膊紧紧搂住保良，让人意料不到他有偌大力气。

雷雷说："我怕你生气了，就不管我和妈妈了。妈妈在家里哭……我就害怕了……"

保良说："怕什么？你们都不听舅舅的话，舅舅生气了，出来透口气。雷雷，你饿了吗？舅舅回家给你做饭好不好？"

雷雷身体里的抽泣这才渐渐平息，他用最乖最乖的声音答道："好。"

"那你答应舅舅两件事，好不好？"

"好。"

"第一，以后雷雷再也不许进网吧去玩儿了，谁带你去都不许去，好不好？"

"好。"

"以后舅舅挣够了钱给你买电脑，咱们自己在家玩，好不好？"

"好。"

"第二，以后不许再撒谎，以后雷雷必须做个诚实的人，舅舅最讨厌撒谎的人。好不好？"

"好。"

雷雷全都一口答应，保良知道，孩子的承诺，其实最不算数。但雷雷听话的样子，还是让他满心喜欢，他站起身来，伸出右手，说："来，把手给舅舅，咱们回家做饭。雷雷做作业了吗？"

　　"没有。"

　　"那快点回家。"

　　他们手拉手走回家去，在上楼时保良忽然停下，转头去看雷雷，雷雷也疑惑地看他，保良笑了一下，说：

　　"雷雷真不撒谎了吗？"

　　雷雷说："真不撒了。"

　　保良说："那舅舅试试，雷雷，你告诉舅舅，你爸爸真没打过你吗？"

　　雷雷说："打过。"

　　保良又问了一遍："爸爸也打你吗？"

　　"打，爸爸生气就打。爸爸还打妈妈。"

　　"爸爸经常打妈妈吗？"

　　雷雷说不出来似的，先是摇了一下头，接着又点了一下头。保良又问："爸爸打得疼还是舅舅打得疼？"

　　雷雷立即答："爸爸。"

　　保良拉着雷雷继续上楼，保良说："以后舅舅不打雷雷了，但是雷雷必须听舅舅话。雷雷听话吗？"

　　"听。"

　　他们上了八楼，保良让雷雷用钥匙开门。他注意到，他们开锁进门的时候，雷雷笑得非常开心。

　　姐姐的病情恶化很快，在第一个月的药快要吃完的时候，再次发起了高烧，不得不住进了医院。

姐姐的病多久才能治好是一回事，还能不能治好是另一回事。而保良首先要想的事情则是，从哪儿能弄到住院的费用。

菲菲的那个样子，保良本来是不打算再向她伸手了。但医院要的押金还欠着，姐姐现在用的药打的针，一天也不能停。保良只有厚着脸皮，重新敲响了菲菲的家门。

他是在午饭之前来到这里的，午饭之前菲菲一般还在床上。但他刚刚在门上敲了两下，一位邻居便告诉他菲菲不在，一早上就出门走了。走前给了邻居五十块钱，让邻居中午给她做顿午饭。菲菲的邻居经常给菲菲做饭买饭，菲菲图个方便，邻居也挣点闲钱。

于是保良就坐在楼门口等着菲菲，等她中午回来吃饭。

午饭时间已过，快一点的时候，菲菲回来了，在楼门口见到保良，表情有些意外："哟，你怎么来了？"菲菲问。保良说："找你有点事。""什么事？"菲菲问，保良没答。菲菲一笑："我知道什么事。"保良问："什么事？"菲菲说："你找我还能有什么事！"

他们一前一后上了楼。菲菲打开房门，让保良进屋。屋里像是很久没有开窗，空气有些浑浊。保良关上门刚刚转身，就被菲菲一把抱在怀里，嘴唇猝不及防被菲菲一口咬住，他的牙关下意识地紧紧闭合，双唇却被菲菲用舌尖顶开。

保良摆头拼命闪躲，菲菲的热吻却紧逼不舍。她把保良挤在门上，双手放肆地从保良衣服的下摆伸了进去，直触到保良腰部。保良随后感觉那双手已经果断地往上拉他的衬衣，试图接触他的皮肤，保良气急败坏地往外推她，肢体和语言同时表达了愤怒。

"你干什么你！"

菲菲被保良推开，不到半秒又贴了上来，她的双手抱住保良的头部，将他用力拉向自己。

"你问我干什么，我还问你干什么来了呢！我上次早就告诉你了，你干什么我干什么！你要不干什么，也就别让我为你再干什么！"

保良明白她的意思，他的抵抗顿时瓦解大半。他的双臂还在下意识地拒绝，面孔依然厌恶地躲开，但与菲菲进攻的能量相比，似乎已经进入屈服的阶段。

菲菲的双手重新进入保良的棉衣，重新把他的衬衣从皮带和裤子里拉了出来。那双冰凉却带着汗渍的手开始侵犯保良的腰腹和胸脯，嘴上的两片红色也坚决地咬住了保良紧闭的双唇，连保良脸颊和下巴，都很快被她搞得一片湿润。

"你的腹肌还是这么好呀。"菲菲松开保良的嘴，又笑着去亲他的脸，"我摸摸还有几块……"菲菲的手在保良的腹部上下移动，"六块，还是八块？"

接下来的这个刹那，保良突然发力，一把推开身上的菲菲，因为他看到卧室的门口，不知何时竟然站着一个男的。保良的心几乎从嘴里跳出来了，推开菲菲之后才看清那人就是老丘。

老丘的样子像是刚刚睡醒，脸孔歪着头发乱着，上身背心，下身短裤。他或许是被菲菲和保良的声音吵醒的，扶着卧室的房门，瞪着吃惊的眼睛。菲菲看上去也并不知道屋里还睡着个活人，因为老丘平时并不经常来的。她被保良推开后身体与保良并排靠墙而立，眼中的惊恐也许比保良有过之而无不及。

这还用问吗？老丘当然看得明白。短暂的惊愕过后，便是恶胆旁生。骂了一声便直奔厨房去了，再出来时手里提了一把大号的菜刀。菲菲上前试图好言相劝，哆哆嗦嗦地刚开口说了一句："丘哥，你听我……"就被老丘一掌抡在脸上，朝后踉跄几步被墙托住。老丘一把揪住保良的衣领，菜刀横着，却并不砍来。也许他看出保良已经慌得无意抵抗，所以他的气焰也就格外嚣张。

"妈的，你不想活了跑我这儿寻死，那我今天就成全了你！你搞到我头上来了，今天就别打算我能饶你！你不想活了吧你，你不想活了吧你，你信不信我用膝盖就能阉了你！"

老丘的菜刀就在保良的身边晃动，但老丘攻击保良的武器却是他粗壮的膝盖。他每骂一句便用膝盖猛烈顶击一下保良的裆部，第一下就顶中了保良的要害，疼得保良脸上一下就没了血色，张嘴差点叫了起来。

在老丘顶第三下的时候保良恢复了镇定，他被攻击的部位让他耻辱大于疼痛。也许出于可杀不可辱的男儿气节，保良忽然发力反攻，在老丘顶第四下时闪开身子，然后以迅猛如电的速度一脚将老丘踢得飞了出去。

用踢飞这个词来形容老丘挨的这一脚并不过分。保良用了在警院学习擒拿格斗时练的脚法，一脚踹在老丘的胸口。那一脚力量很大，老丘虽壮，个头却矮，扛不住这样有力的腿击，整个人仰面朝天飞了出去，撞在距离保良两米以外的墙上，然后重重坠地。

这一脚有如此巨大的威力，也和老丘毫无防备有关，他没想到这个男孩在他的地盘上被"捉奸成双"之后，还敢冲他撒野。他摔在墙边好半天没有缓过神来，手上的菜刀也咣当一声不知飞到了哪里。他从地上爬起来的第一个念头就是去捡那把菜刀，他在菲菲面前这一跤跌的，有点威风扫地。因此他再次扑向保良时的疯狂，有一点真要拼命的意思，那把开了刃的菜刀劈下来时带出的风声，表明这一刀劈得不留余地。但保良敏捷地闪开了身体，并且在闪开的刹那又是一脚飞起，老丘再次狠狠地摔了出去，他再爬起来抹着嘴里的血满地找刀的时候，保良已经拉开门跑了出去。这第二脚大概踢中了老丘的下巴，老丘张着血口挥刀追出，正和做好饭菜想要进门的邻居撞个满怀，老丘脚下打滑再次摔倒。和他一起摔在地上的，还有一碗滚热的肉汤和两盘油腻的炒菜，门里门外满目狼藉！

二十九

　　保良跑出那幢居民楼时并无一点胜利的快意，他脑子里想到的只是姐姐的住院费又成了泡影。那天下午他面对医生的催问低头无语，心里乱得没有一点主意。

　　医生大概也觉得他的样子实在可怜，也没再用语言逼得太紧，松口说道："你再抓紧想想办法吧，反正你姐姐现在已经到了关键时期，治疗方案应该尽早决定。"保良只能点头，只能对医生的宽限表示谢意。但住院的费用再怎么宽限也不能不交，这笔钱他又该上哪儿找去？

　　那天晚上医生还是照常给姐姐打了吊瓶，吊瓶里还是照常注入了退烧、消炎和镇痛的一应药物。保良看着护士一针一针地将那些包装讲究的药液推进吊瓶，心里说不出是焦灼还是感激。

　　姐姐睡了。

　　保良回家。

　　回家后先做晚饭。

雷雷已经放学，正在家里复习功课，功课上的许多问题要问保良，保良机械地一一解答，心里其实失了方寸。

饭好了，刚盛出来，雷雷最先听见有人敲门。保良拉开门一看，很意外的，门口居然站着省公安厅老干处的王叔叔。而王叔叔的背后还站着另一个人，高大魁梧，看着面熟，但保良一时想不起姓甚名谁。

王叔叔不请自进，嘴里抱怨："你这地方一来就得爬八楼，我这岁数的人，中间要歇两次才爬得上来。哎，保良，你看看这个人你认不认得?"

保良正面去看那人，那人倒先叫了一声：

"保良!"

"……于，于叔叔!"

保良认出来了，这个魁梧的男子，就是父亲过去的战友，鉴宁刑侦大队的小于叔叔。

小于叔叔的出现，保良感慨多于亲切。小于叔叔就像一条河流的源头，从那个源头开始，保良一家命运的流向就变得不可预知。直到今天，直到他和雷雷一起，在这间简陋的小屋里，和同样满脸沧桑的小于叔叔无言相对的此刻，这条充满旋涡与转折的河流，也没有抵达最后的终点。

老干处的王叔叔和站在卧室门口瞪着眼发愣的雷雷亲热了一句："雷雷刚放学吧，你现在功课好吗?"

雷雷没有吭声，保良督促："雷雷，叫王伯伯。"

雷雷叫："王伯伯。"

保良看着小于叔叔，又说："叫于伯伯。"

雷雷叫："于伯伯。"

雷雷也许感觉到了，舅舅看那位于伯伯的眼神与看王伯伯是不一样的。舅舅和于伯伯像是早就认识，早就相熟，但，像是以前吵过架似的，到现在还有些拘谨和记仇。

而那位王伯伯，似乎也看出了于伯伯与舅舅之间的欲语还休，他主动打破尴尬，冲舅舅吆喝道："保良，你们吃饭哪，让我们进屋坐坐！"

舅舅这才从局促中解脱，把他们让进卧室。这间卧室也兼做客厅和餐厅，一张小桌两把木椅，会客吃饭都在一处。

小桌上刚刚摆了简单的晚饭，保良让雷雷拿到厨房自己先吃，然后请两位客人在椅子上落座，他自己则坐在了对面的床沿。

三人坐下，于叔叔先说了一句："保良，你真长大了，如果在街上碰见，我绝对不敢认了。"

保良说："啊。"

这句应答之后，三人都沉默下来。王叔叔只好再次打破尴尬，放开爽朗的声音：

"保良，听说你姐姐病了，于局长今天特地从鉴宁过来看看，今天晚上他还有急事要赶回去，不然的话明天还想到医院去看看你姐姐呢。"

于叔叔用动作接了这话，他从皮包里取出几捆钱来，放在桌上。那些钱还用银行的封条封着，保良用眼数了一下，竟是五万。于叔叔突然拿出这么多钱来，确实吓了保良一跳。

"这钱，是你爸爸让我带过来的，是给你姐姐治病用的。你爸爸现在，在我那里。"

"我爸?"

保良几乎不敢相信，父亲会用这种方式主动和他联系，更不敢相信父亲会拿出钱来，为姐姐治病。

"我爸在鉴宁？"

"对。他已经回了鉴宁，一直住在我家。"于叔叔说，"你爸身体非常不好，我爱人和我母亲在家正好可以照顾他。他把他在省城住的那个小院子又退还给公安厅了，拿到了一点钱，准备把你们家原来在鉴河边上的那个小院买回来。人老了，还是想落叶归根，还是原来住的地方最能适应。现在听说你姐姐病了，他就先拿了一点钱出来，托我过来看看你们。你爸爸说，如果钱不够，让你再给我打个电话。你姐现在好一点了吗？"

保良刚答了一句："好一点了……"声音就哽咽住了。他深深地深深地压住呼吸，却压不住发自肺腑的一声抽泣："我爸，他……他还想着我们吗？……"

"他还想着你们，"于叔叔说，"不管怎么说，你们都是他的儿女。但你爸身体不好，以前和你姐姐结了一点疙瘩。人老了思想也比较脆弱，比较固执，已经受不了刺激，有些事，让他回头也难。保良，你是一个很孝顺的孩子，你应该理解你爸。你现在长大了，成熟了，可你爸老了，老人就像孩子，心理和行为都像孩子。儿女长大了，就得像对待孩子那样，哄着老人。老人的性格，有时比孩子还倔，还要幼稚。"

王叔叔在一边呼应："保良，我也快老了。你没到一定的岁数，你就真是体会不到。人老了，先是两条腿，爬八楼都爬不动了。然后是这儿，"王叔叔指指脑袋，"用了一辈子，用得也累了。你对我们，就要像你现在对雷雷那样，就要像你小时候你爸妈对你那样，要有耐心才行。有耐心是因为有爱心，你爱你爸吗?"

保良流着泪点头，他说："我爱我爸，我现在才知道，我爸也爱我们。他就是再打再骂，也还记得我们是他的孩子，我们谁生了病，他还是管的……"

保良的眼泪，流得那么简单纯粹，就像父母儿女之间，无论有多么复杂的矛盾纠葛，说到根上，还是简单纯粹。这世界上简单纯粹的东西真的越来越少，因而才愈显珍贵，才愈显优美……接近老年的王叔叔，正当壮年的于叔叔，也都因此湿了双眸，都因此面露欣慰。

保良送王叔叔于叔叔走的时候，把雷雷从厨房喊出来让他说了伯伯再见。无论两位长辈如何劝阻，保良坚持要把他们送下八楼。他的恭敬是出于重新被父亲惦念的一腔欣喜，也出于对两位叔叔的感激之情。

保良送走他们，回到八楼，雷雷正站在桌前，看那几叠钞票。也许雷雷从未见过被打成捆的钞票，以致满脸好奇地询问保良：

"舅舅，这是钱吗?"

保良坐下来，将雷雷揽在怀中，他说："这是钱，这是外公送过来的钱，专门给妈妈治病、给雷雷读书的钱。"

手里有了钱，保良当天晚上就带雷雷出去，到不远的麦当劳里，去喝巧克力奶昔。

雷雷很高兴，喝完奶昔意犹未尽，虽然他已吃过晚饭，但保良又给他买了一份炸鸡翅，看着他仔仔细细地吃下去。

回家的路上，他们沿着河走。河面刚刚上冻，却能看到薄冰之下，河水仍有活力。他们穿过河岸的那片树林，脚下还有零星枯叶，雷雷有意去踩，要听那声沙哑的破碎声。他忽然仰脸问道："舅舅，那外公到底是好人还是坏人？"问得保良心酸难忍。

保良说："外公是好人。坏人怎么会给妈妈和雷雷钱呢？"

雷雷问："那爷爷呢，爷爷是好人坏人？"

保良不知怎么回答，他说："等以后，舅舅就把爷爷和外公的故事全都讲给雷雷，雷雷听了就知道了。"

雷雷性急："以后是什么时候，要等到明天吗？"

保良笑笑："不，要等到雷雷长得和舅舅一样高了，舅舅就讲给雷雷听。不光是爷爷和外公的故事，还有爸爸和妈妈的故事，还有舅舅自己的故事，全都讲给雷雷听！那时候雷雷自己去想，谁是好人，谁是坏人。"

有了这五万块钱，保良对治好姐姐的病，有了很大信心。他去医院交钱时医院收了一万。另外的钱保良盘算，要先把过去借的钱还给菲菲。

这一天早上，保良下了夜班回家，做了点姐姐爱吃的东西准备带到医院。他拎着一只盛了热汤的保温罐刚刚走出楼区，就在路上被两个男的迎面拦住。

那两个男的上来就问："你是陆保良吧，麻烦你跟我们走一趟，有事找你。"

保良以为他们是公安的便衣，开始没太在意，只是习惯性地问了句："你们是哪儿的，找我什么事啊？"但马上发觉那两个人的形状口气不像便衣，倒像地痞。

"你最近惹什么事了，得问问你自己呀！"

"我没惹什么事啊……"

保良话音未落，背上已经挨了一棍。保良一下被打倒在地，手上的保温罐也摔了出去。保温罐摔在坚硬的地面上发出沉闷的破碎声。原来他们不止两人，保良倒地后才发觉他的身后还有两条汉子，手里各执一根短棒，显然是从皮夹克中抽出来的。保良不用想也能想到，这些人肯定系出老丘一伙。他从地上爬起来时四个人已经围到眼前，从他们漫不经心的动作和表情上，能看出他们肯定以为保良寡不敌众，只能哭号乞降，他们谁也没有料到保良会在刚爬起来重心未稳的时候，就敢一个鱼跃扑向其中一人，那种拼死一搏的决心和勇气，几乎没有经过任何酝酿和犹豫。

保良的速度和对方的轻敌，使力量的悬殊不再决定胜负。一个手执短棒的汉子被保良扑倒后棒子居然失手，虽然他和保良只在地上滚了一圈就挣脱出来，但保良正巧滚到了那根短棒的前面。有了短棒的保良顿时变得杀气腾腾，不思退却反而进攻。四个男人很快被这根疯狂劈杀的短棒抽散，人各一方无法形成合力。街上开始有人远远围观，有人在用手机打电话报警，那几个家伙无心恋战，向街头街尾四面逃窜，围观的人见无危险才纷纷围拢过来，察看保良脸上的伤势，保良则扔了棒子去看他那个新买的汤罐。

汤灌破了，汤汁泼溅路边，连香味都已随风飘走，洒得一星不剩。

打他的人既是老丘派来的，保良想，他更应当赶紧把欠菲菲的那些钱全都还清。

可这一天到了医院，姐姐的病床空着，问同屋的病友，才知道姐姐心脏出了问题，刚被推到抢救室去了。保良急忙去找医生，医生告诉保良，姐姐的肾脏和心肺都出现衰竭症状，已经上了呼吸机在全力抢救，让保良不要着急。保良怎能不急，两手扑在医生的办公桌上大声恳求："医生，你们给她用好药吧，我现在有钱了，真的，我爸给我带钱来了，你们无论如何要把我姐治好……"医生说："你别急你别急，我们肯定尽最大努力，这不是钱不钱的问题。"

中午，姐姐出了抢救室，依然神志不清，暂转危重病房。但从医生的口气上能听出姐姐的病势基本稳定，已无大碍。保良松了一口气，问医生他昨天交了一万块钱够不够用。医生又去问了问情况，建议他明天再交一万块来。"你姐姐这病现在很难预料，说不定什么时候发生反复又要抢救，抢救用的药物通常价格较高，这点你们家属要心里有数。"

保良没有等到明天，他当即回家，又取出一万块钱返回医院，全部交到了医院的账上。交完钱他又去找了负责姐姐病房的那位医生，那位医生正准备下班回家，保良告诉他自己又交了一万，让医生有好药千万别不给他姐姐用上。

医生有点感动，认真地答应一定照顾好他的姐姐，也答应和夜班的医生做好交代。保良这才放下心来。

白天一天没怎么休息，晚上上夜班时，保良有点瞌睡。幸而一到夜里俱乐部里没有客人，几个工作人员各在各位，大部分时间全都闲着，发愣或者打盹儿。

天亮得很迟。

早上七点半钟，快下夜班的时候，俱乐部值班台接了一个电话，说是找保良的。保良很少有私人电话打到班上，何况又是一大清早。他胸口跳着去接电话，心想千万别是医院打过来的。结果出乎他的预料，电话里传出的竟是雷雷的声音。

保良家里没有电话，这又是雷雷上学的时间，所以保良一接电话便满腹狐疑，先问雷雷人在哪里。

雷雷的声音还算正常，他说："舅舅，我在上学的路上，有个叔叔来送我上学，他让我给你打个电话，让我告诉你我和他在一起呢。"

保良有点不祥的预感，他问雷雷："哪个叔叔？谁跟你在一起呢，你叫那个叔叔听电话！"

电话里很快传来一个男人的声音，先是笑，笑声短促，接着便是一通亲热的寒暄："保良，还没下班呀，挣钱真够辛苦！"

保良听那声音耳熟，但一时想不出是谁，他问："请问您是哪位？"

对方又笑，笑完说："我都听不出来啦，我是老丘啊！"

保良的脑袋嗡的一声大了，头皮像有无数针扎，他的声音忽然失控，抬高八度地吼叫起来：

"你放了他，姓丘的，你有什么事找我，你放了雷雷！"

值班台旁边的同事全都大惊失色，来俱乐部用早餐的宾客也都纷纷驻足，刚刚上班的俱乐部经理跑过来冲保良低声呵斥："保良！你怎么回事！"但这时保良已经扔了电话，脸色惨白地跑向电梯。

经理见保良发了神经，连连安抚客人表示歉意，追到电梯厅时保良乘坐的那部客用电梯正巧关门。按规定工作人员是绝对不准乘坐客用电梯的，经理叫了一声，但已来不及了。

保良不可能再到职工更衣室去换衣服，他跑出酒店大门冲上大街时还是一身西装笔挺。街上的人个个棉衣皮草，看见保良如此单薄，无不好奇注目。保良疯狂地向雷雷上学的路上跑去，快跑到学校门口时看见老丘正和雷雷站在路边等他。

老丘没有伤害雷雷，但校门遥遥在望，却不让雷雷再走。保良赶到时雷雷着急地说："舅舅，我快迟到了……"保良未及答话，一把将雷雷从老丘手上拉过，搂在了自己怀里。

"走，舅舅带你上学去！"

保良拉着雷雷的手往学校走，老丘和他的两个打手神态怡然地跟在后头。保良回头看他一眼，他便冲保良微微笑笑。雷雷看保良瑟瑟缩缩的单衣单裤，奇怪地问道："舅舅，你怎么不冷？"保良说："没事，你不冷就行。"

送到学校，保良一直目送雷雷走进校门，他冲雷雷的背影喊了一句："放学就在学校里面等我，我来接你回家！"

老丘和保良的"谈判"，不去茶座，不去酒吧，就站在学校的门口，寒冷的街头。

老丘说："咱们两个人的账也该算算了吧。你偷我的女人，还动手伤我，昨天又伤了我的弟兄，你是给钱还是给命，总不至于黑不提白不提了吧。我不能让我的弟兄笑话我吧。"

保良冻得索索发抖，上下牙打架地挤出一句话来："要钱没有，要命一条。"

老丘抽烟，保良望着那烟气也觉得一丝暖和。老丘笑着说："我不要你的命，你的故事我都听菲菲说了，你的命太贱，你自己都不觉得值钱。我就要你们家这孩子的命。"老丘又笑："其实要命也不至于，我就找他的麻烦。我让人每天给他俩大耳刮子，每天给，这不难吧。让这孩子见人就怕，不敢上街。除非你什么都不干天天陪他。"

保良说："你敢打他，我就打你。你别看你人多，你敢打雷雷，你以后就别一个人上街！"

老丘说："你真行。要不菲菲喜欢你呢。但我告诉你，你要真不想让这孩子受欺负，你就现实点，打来打去你就别过日子了。再说打你个缺胳膊断腿我也得不到什么好处，你还是给钱吧。你拿五万块，我刚才说的那几档子事，就全扯平了，怎么样？你没钱没关系，我可以帮你挣钱，你有钱出钱，没钱你就出力。"

保良说："我除了上班之外，没本事挣钱。"

老丘说："菲菲说你挺喜欢摇头丸的，那玩意儿我有，你要的话可以到我这儿拿。我可以先垫给你一百粒，你自己用也行，倒出去也行。在哪儿能倒出去你也不是不知道。反正一百五十块钱一粒，价格公道，倒出去咱们三七开，倒一百粒你能挣四千五。你干得好用不了多久就能把钱全还给我了。你要还想挣就接着干，不想挣了咱们就说声拜拜各走各的。"

保良说："我知道你们是干什么的了，你就不怕我去告你们吗？"

老丘说："我不怕，到时候你又不是从我这里拿货，你告我什么？告之前你也好好想想，你和你这孩子在省城还想不想待了？现在花五千块就能找人卸你一条胳膊，砍了你人家拿了钱就远走高飞，警察找都没处找去。砍人这种活儿又省力来钱又快，想干的人可大有人在！"

这天傍晚雷雷放学的时候，保良早早就等在了学校的门口。雷雷从学校里走出来见到保良，马上高兴地从书包里拿他的作业本让保良过目。那作业本上老师给雷雷盖了三个小红旗的戳子，当然是一种嘉奖的象征。但雷雷也许看出来了，保良心不在焉，看了一眼便帮他把作业本塞回书包，然后拉着他的手迅速离开校门。

他们走得很快，雷雷以前和保良上街，两人总是有说有笑，但今天舅舅似乎满怀心事，神色紧张，一路瞻前顾后，雷雷问他什么，也答得极其潦草。他们没有直接回家，而是去了途中的那家麦当劳餐厅，舅舅为雷雷买了奶昔和汉堡，让雷雷坐在墙角的一个座位上吃。不多时来了一个女的，和舅舅坐在邻桌小声谈事。雷雷听不清他们谈的什么，但看到双方情绪都很激动，特别是舅舅，说话说得面红耳赤，头上的青筋都跳出来了。那个阿姨被舅舅说得哭了起来，一边哭一边和舅舅争吵分辩，他们故意压低的争执被周围的噪音和音乐淹没，以致雷雷像看哑剧似的，只能呆呆地看着他们肢体比画，做着各种难解其意的面目表情。

雷雷吃完之后，就静静地坐在墙角，舅舅注意到雷雷的目光，放大了声音问他："吃完了吗？"雷雷点头。舅舅又问："饱不饱？"雷雷又点头，他看到舅舅转脸和那位阿姨又说了两句什么，便结束了谈话，起身拉着雷雷就走。那阿姨坐在原位未动，雷雷从她眼前走过时，她用哭肿的眼睛冲雷雷勉强地笑了一下，雷雷回头看她，不知该表示什么。他心里有点奇怪，因为舅舅拉着他走得很急，而且没像以往那样，让他说"阿姨再见"之类的话表示礼貌。

那天晚上回家以后，雷雷趴在桌上写作业，舅舅在厨房煮面条。饭后，舅舅又让雷雷看了半小时电视，就说洗脚睡觉。雷雷本来不困的，但舅舅今天的神色表情都和以往不同似的，总在皱眉想事，脸上若有笑容，也是勉强挤出来的。所以雷雷不敢违拗，乖乖地洗脸洗脚，上床前舅舅问他刷牙没有，雷雷说没刷，舅舅说刷去，吃完麦当劳必须刷牙的。

卫生间小得只能容下雷雷一人，雷雷刷牙的时候，舅舅站在卫生间门口，从镜子里注视雷雷。雷雷以为舅舅是在监督他刷牙，于是使劲认真地刷个不停，不料镜子里的舅舅却说开了别的。

"雷雷，今天舅舅到医院看妈妈去了，妈妈昨天病得很重，但今天好了，能跟舅舅说话了，等这个星期天舅舅再带你去看妈妈，好不好？"

雷雷冲着镜子点头，嘴里含着牙刷牙膏，囫囵地应了一声："嗯。"

舅舅又说："雷雷，舅舅可能要换工作了，一换工作咱们就得搬家，一搬家就得给你换个学校。咱们可能得搬到远一点的地方去住，再在这个学校上学就不方便了。"

雷雷的牙刷停了下来，脑子有点发木，一时反应不过来了。舅舅又安慰他，说："咱们找个更好的学校，到了那儿老师肯定还会喜欢你的。只要你听老师话，功课又好，老师肯定会喜欢你的。"

雷雷把牙刷拿出嘴巴，嘴里还含着一口牙膏，他说："可我跟我们班的张东培和李强强特别好，我们已经分不开了，我不想换学校。"

舅舅说："咱们肯定得换学校，到了新学校你还能认识新朋友，朋友多交几个才有意思呢。你快点刷吧，刷完睡觉。"

舅舅回卧室去了，雷雷想哭，却没哭出来，漱完口回到床上，心里郁闷得不想说话。舅舅叠好他脱下的衣服，说："明天早上，你不要自己上学，舅舅会找个阿姨来送你上学，你就在家等着。"

雷雷头朝墙没有搭腔，舅舅说："你听见了没有？怎么不说话呀？"

雷雷在鼻子里应了一声。

雷雷不想说话。

舅舅也不再说话。

整个晚上直到关灯，谁都没再说话。

关灯之后，舅舅走了。

夜班的上班时间是晚上十点，一般要求提前一刻钟到岗，以便与中班的员工做个交接。

保良九点钟就赶到了酒店。

他先找了中班的领班乔小鸥，问她这两天能否帮忙去送雷雷上学。乔小鸥曾经去过保良家一次，因为保良姐姐出狱治病，酒店工会为了表示关心，特派俱乐部的工会委员带着二百元钱的困难补助去保良家看望。那天就是乔小鸥陪着工会委员一起来的，因此她见过雷雷，也很喜欢雷雷。

当然，她也喜欢保良。

乔小鸥属于比较内敛的女孩，再喜欢也不会表现得特别露骨，但保良还是看得出来，所以他从不开口求她办事。这次实属万般无奈，保良也顾不了那么多了。

不出所料，乔小鸥当然愿意，一口应承，说好早上七点二十准时到保良家去。反正她到下午两点才来接班，整个上午都有空闲，只是这事要影响她早上的懒觉，所以保良一再表示衷心的感谢。

谈好这件事情，保良又去找了经理，对今天早上他接电话时的失态做出检讨。白天保良回酒店换衣服时已被叫到餐饮部聆训，对事件的原因做了说明。俱乐部经理显然已经知道他是为了孩子的事情，所以和部门头头的态度一样，只是说了保良几句，要求下不为例，没有再做深究。

那天晚上俱乐部接了一个美国公司举办的活动，保良忙到凌晨两点才稍稍轻松。他为了将功补过干得特别卖力，累得脸色发白几乎虚脱。这些天他白天去看姐姐晚上还要上班，还要给雷雷做饭，自己的睡眠时间都得见缝插针，都是零打碎敲凑出来的。昨天早上又穿一身单薄的西服在外面与老丘等人对峙，之后便有了一点感冒的症候。他在酒店医务室要了点药加倍剂量地吃下，体内的寒热好歹没有发作出来。

那天直到夜里两点，客人才尽欢而散，把俱乐部里里外外收拾干净，已是凌晨五点。保良困得要命，趴在桌子上想打个盹儿，脑子里却总在想白天的事情，想姐姐昨天脸上那些不无反常的表情。

昨天下午他去看姐姐，姐姐的神志依然混沌不清，但偶尔也有片刻清醒，连医生护士都为之喜形于色，姐姐居然和保良谈到了父母，这是姐姐以往很少谈的。尤其是对父亲，姐姐尚有余悸余恨，一谈便不开心，但在这个洒满阳光的下午，姐姐居然主动问到了父亲。

"以前，你跟爸在一起的时候，爸爸提到过我吗？"

姐姐说话的气息微弱，但口中的词句竟然出奇的清晰。保良出于安慰的目的，犹豫了一下，才说：

"提呀，爸常说也不知道保珍上哪儿去了，也不知道保珍还想不想家。"

姐姐笑了，笑得很腼腆似的。

"其实我特别想家，特别想回家看看，可我一想起爸那张脸，我就害怕，再说我爸肯定是不认权虎的。我就是回也回不去啊。我既然嫁了权虎，又和他有了雷雷，我也只能死心塌地地跟他过了。我就是觉得，对不起我妈。"

姐姐说完便闭上眼睛，那样子是睡过去了，睡了一会儿又醒了，醒了以后又接着刚才的话说："我应该去看看妈。等我好了以后，应该到妈的墓地看看妈去。将来我要死了，就和妈埋在一块吧。爸爸将来死了，也和我们一块吧。活着不能在一起，死了凑到一起，一家人也算团圆啦……"

保良眼泪都快下来了，却不得不堆出一脸嘻笑："早着呢，别老说死死死的，你就好好想你病好以后都想干些什么，都想吃些什么……"

姐姐说："我病好以后，我想回咱们鉴宁老家看看去，也不知道咱们家的院子还在不在呢。转了一大圈，还是觉得咱们那个院子好。出门就是山，山就靠着河，空气多好啊。我现在做梦还老梦见咱们家呢，过去总想出去闯，现在总想回家去，也不知道爸是怎么想的……"

保良刚想告诉姐姐："爸爸已经回老家住去了……"话说了一半发现姐姐又睡着了。

保良也就睡着了，就趴在姐姐的床沿上，很快睡着了。

昨天下午他也不知这样睡了多久，醒来时姐姐依然仰脸睡着。他离开医院去学校接雷雷之前，就是用医院门外的公用电话拨了菲菲的手机号码。

三十

正如雷雷看到的那样，昨天傍晚保良和菲菲的见面，就约在了那家"麦当劳"餐厅，他们确实压着声音谈了很久，而且，确实发生了激烈的争执。

争执的内容当然还是昨天早上发生的事情，在保良的反复逼问之下，菲菲承认老丘确是黑道人物，这一阵主要靠卖摇头丸为生。卖摇头丸是个危险的事情，所以老丘自己不干，跟着他混的那几个死党一般也不去到场子里抛头露面，他们专门搜罗那些兜里没钱而又胆大妄为的年轻"炮灰"，代替他们铤而走险。他们只是告诉这些人到哪儿取货，挣的钱打进哪个账户，账户的人名都是假的，到提款机里一取就行。这帮卖货的小子就是栽了也很难连累到老丘他们。他们找保良寻衅的目的也是如此，不为报复，只为借此勒逼保良"上船"。

老丘从菲菲口中知道保良就在东富大酒店里工作，找人跟了两天就摸清了保良的住址行踪，这过程菲菲不说保良也能想到。他和菲菲争吵的矛头主要是他和老丘在菲菲家里的那次遭遇。保良怀疑菲菲那天和他亲热是和老丘共同预设的圈套，而菲菲则极力申辩那绝对只是一场无端的邂逅，之前没有任何阴谋。但保良还是认定菲菲与老丘已成一伙，他让菲菲警告老丘别再惹他，更别去找雷雷的麻烦。他们人多没用，人多顶不上一个敢拼命的！保良就是扔下这句话以后拉着雷雷走出麦当劳的。其实他也知道他斗不过老丘，但他现在唯一能采取的策略，就是摆出一副拼命三郎的面孔。他的这个策略就像一只小猫在遇到危险时，肯定要弓起腰身，乍开背毛，尽量扩张身体，口中还要吼出风声，以彰显自己的强大。

和这副强硬姿态相辅相成的另一个措施，就是逃。

这实在是万不得已，保良思前想后，想不出其他万全之策。他曾经想去找省厅老干处或者古陵分局的夏萱，可后来细想一下，又没敢轻举妄动。因为警方一旦把这事当作案子处理，肯定要抓到证据才行。如果抓不到证据，公安也不可能天天派人接送雷雷，一切麻烦和危险还得他自己面对。即便孩子老是挨打，找警察出面也没大用。这种事不要说对省公安厅了，就是对古陵分局来说，也算不上什么大事。对这样一个治安个案，不可能扑上多大警力，一劳永逸地把后患根除。老丘完全可以收买几个市井无赖，今天给孩子一个耳光，明天又在半道扔块石头，直到把雷雷弄成惊弓之鸟，把雷雷的个性弄得扭曲，至少弄得他胆小敏感，疑心重重，那这孩子可就毁了。

所以，他最后的选择，还是逃。

俗话说，惹不起躲得起。这原则很适合对付这种牛二式的人物。和这种地痞斗狠赌命，既无价值，也难有输赢。

于是他决定，他要带着雷雷和姐姐消失在这座城市的茫茫人海，去重新开始他们一家人相依为命的生活。反正他也不去歌厅夜总会那类老丘们经常出没的地方，他在这个拥有几百万人口的大都会中偏安一隅，可能过一辈子也不会再见到老丘。

　　他也不打算再见到菲菲了！

　　他甚至做出了一个更痛苦的决定，他以后也不打算再见到李臣和刘存亮了。李臣和刘存亮都是快嘴婆娘，一旦知道他的去向，肯定会和菲菲唠叨。

　　做出这样的决定于保良来说，犹如一次痛苦的蝉蜕，如同告别过去的人生。菲菲曾经给过他一个女孩全部的爱心，他也曾决心保护菲菲一生。他那么爱她也那么恨她，现在做出永别的决定，心中的感伤谁可解得？鉴宁三雄则是他少年的写照，十年前他们发誓同生同死，十年后两人反目成仇，一人又要悄悄溜走，同样是理不清的沧桑，道不完的哀愁！

　　做出这样的决定对保良现在的生活也将是一次重大的调整。他首先要放弃他在东富大酒店已经胜任愉快并已人脉成熟的工作，去寻找一个新的职位，还要在新的工作单位附近寻租一处合适的住房，之后还要落实雷雷转学的学校。学生转学据说比大人转业还要麻烦，但也必须转的，因为雷雷才是这次秘密迁徙的目的和理由。

　　决心即下，事不宜迟。保良决定下了夜班之后，先回家小睡一会儿，中午之前就出门去找工作。但在换好衣服尚未走出酒店专供职工出入的后门时，却被一个匆匆跑来的同事叫住。同事告诉他医院刚刚打来电话，说有急事让他马上过去一下。

保良有些慌，最先想到的可能又是姐姐病情恶化，或者医院做出什么重大治疗方案，需要亲属点头认可。他匆匆乘车赶往医院，赶到后看到省女子监狱的两位干警也赶过来了，才知道情况与所料完全不同。

姐姐死了。

保良哭了。

保良说："我不信!"

昨天下午，姐姐还那么清醒，还和他聊起了爸爸妈妈。还说想回老家看看，还说想去妈妈的墓地看看。保良走的时候她睡得十分平稳，呼吸均匀，怎么会一夜之后，就发生了这样的不幸?

但姐姐确实死了。

姐姐死于多种疾病并发，死于多个脏器衰竭，她昨日下午的忽然清醒，忽然大发思乡思亲之情，大体可用回光返照加以澄清。何况姐姐昨天也确实说到了死亡，说到了她的后事，还说到了他们一家在天堂团聚的情景……

姐姐的离世是保良一个梦的破碎，而姐姐反而显得鹤去如归。她可以到另一个世界去和母亲会合，那个世界也许就是姐姐昨天向往的仙境。而那个仙境在保良的想象当中，则更像一个炊烟袅袅的俗世，充满了人间的笑声。

医生带着保良去了太平间，在那里保良见到了姐姐。姐姐的遗容平静安详，仿佛灵魂真的往去了极乐之乡。姐姐安详的时候和母亲很像很像，让保良那一刻充满了回顾与遐想，他没有放声大哭，只是含了清澈的眼泪，心里默默地向姐姐保证，一定要让雷雷好好成长。

据医生描述，姐姐死前出现过昏迷，昏迷前的痛苦比较短暂，昏迷后一直到医生放弃抢救宣告死亡，历时三个小时。其间姐姐没有苏醒，没有遗言。

也就是说，前一天下午姐姐关于想见母亲、想回老家看看的那些呢喃，就是她最后的遗言。

整整一个上午，保良都在医院处理姐姐的后事，又与女监的民警商量了丧事的安排。他的悲伤已经能够退守于灵魂的深处，而肉体表面的哀恸则隐忍不显。

下午离开医院，保良先给酒店行政俱乐部打了一个电话，找乔小鸥询问早上送雷雷上学的情形。想到雷雷保良的悲痛似乎被强烈诱发，这个失去母亲的孩子，在保良心里，竟是那么楚楚可怜。

乔小鸥刚刚上班，尚未交接工作，从电话中她听出保良话里的哽咽，不由诧异地先问保良："保良，你怎么了，是不是孩子出了什么事情？"

"没有。"保良在街边的电话亭里竭力让自己的呼吸平定，他说，"雷雷的妈妈死了。雷雷没事，雷雷不是你早上送到学校去的吗？他现在大概还没下课。"

乔小鸥似乎更加诧异："没有啊，我早上去你家没有接到雷雷，听楼下的邻居说雷雷是让另一个女的接走的。你是不是同时托了两个人？"

保良惊住，立刻感觉不妙："没有啊！什么样的女的，她把雷雷接哪儿去了？"

"不知道。我没见到那个女的，我还以为你又托了另外的人呢……"

乔小鸥的话还没说完，保良已经扔了电话，冲出电话亭，冲到马路中央，拦了一辆出租车，向雷雷的学校奔去。

……

雷雷果然不在学校，班主任老师马上判断："是不是又和其他班的哪个孩子去网吧玩儿了？现在有的网吧太不像话，只要能收钱，恨不得连幼儿园的孩子都往里拉……"但班主任的判断马上被保良否定。

"不可能，雷雷是让人从家里领走的，不可能去网吧了。"

"被什么人领走的？你有没有问过亲戚朋友，你有没有……"

班主任教师见保良也还是个孩子，不由循循善诱地帮他分析，但保良这时已经红着眼睛转身跑了，从楼里往外奔跑的声音又重又急……

在学校门口公用电话亭里，保良拨打了菲菲的手机。

菲菲的手机关着。

保良打车去了菲菲的住处，上楼，砸门。帮菲菲做饭的邻居出来制止："哎哎哎，怎么回事，这门不结实的，你怎么好这样砸呀！她没回来，昨天一天都没回来！"

保良反身下楼，脚步还是又重又急。

一刻钟后，保良坐在了古陵公安分局的群众来访接待室里，当夏萱出现在这间屋子的门口时，她看到靠墙那排长椅上坐着的保良是那么苍白瘦弱，像患了一场大病似的索索发抖。

保良报案之后，古陵公安分局立即投入警力，对绑架儿童的犯罪嫌疑人老丘和陶菲菲展开搜索。到了傍晚，搜索工作通过市公安局统一协调，扩大到了全市。由于两个犯罪嫌疑人都是外来人口，所以户籍资料和亲属关系均无记录，搜索的方位主要锁定全市各个娱乐场所，因为根据受害人提供的情况，老丘和陶菲菲最有可能在上述地方出没。

直到夜里十二点钟，各方传来的消息，均未发现嫌疑人的任何踪影。金探长从一个 Hai 吧的服务生口中打听到老丘在城南有个住处。

有一次老丘在这家酒吧喝醉，酒吧老板曾让这名服务生把他送回城南。于是警察立即让这名服务生带路，直扑城南那个居民小区，在三楼一个单元敲开门后，才知道老丘早就挪了地方。这里的租户是三个月前才搬进来的，一夫一妻一子，正经家庭，无甚可疑，经询问，他们也不认识谁是老丘。

夜里一点半钟，各路参加搜寻的民警接到了收兵的命令。夏萱开车，送保良回家。保良的体力和精神均已崩溃，没有更多言语，以致夏萱开车至保良家楼下停住，都不得不担心地开口征询：

"我送你上去？"

保良推开车门，用仅存的力气摇头。

夏萱当然知道，这一天保良同时失去两个亲人，如果今后不能再与父亲和好，他在这个世界上将会举目无亲。她也知道此时一切安慰都无济于事，但她还是把安慰的话表达出口：

"你放心吧，我们会继续找的。你这时候身体可别垮了，现在得往宽处去想。"

保良听得非常认真，但神态上已无更多反应。少顷，他缓慢地将身体移下车座，头也不回地走进楼门去了。

保良知道，自己真的垮了。

这八层楼，他爬得很慢，中间坐在楼梯的台阶上休息了三次，三次他都止不住失声痛哭。整座楼没有一丝灯光，只有楼梯拐角的窗口透露着一块残缺的月亮。保良压抑着冲击肺腑的号啕，把哭声压得细碎而且沙哑，却压不住大颗大颗的泪珠摔在台阶上的声音。楼里的邻居们都已睡熟，没人知道在这条漆黑如墨的楼道里，有个七尺的汉子哭得像个被人遗弃的儿童……

保良爬到顶楼，用钥匙开门的手已无力颤抖。门开后，他恍惚以为自己走错了地方，因为他看到卧室里居然亮着幽黄的灯光！他的大脑空白了片刻，才用几乎失声的呼喊，喊出了一声："雷雷！"

卧室的灯光里，立即有了回应："舅舅！"

保良冲进屋子，他第一眼看到的并不是床上的雷雷，而是坐床沿上的女孩菲菲！

菲菲站起身来，刚叫了一声："保良！"就被保良双手揪住，重重地推到墙上。保良疯了一样大声怒吼，这声怒吼似乎证明他伤尽元气的肢体还能迸发出最后的力量。

"你到底要干什么！"

菲菲的喉咙被保良的一只大手凶狠地扼住，那一刻几乎气断声噎，她涨红了面孔拼命挣扎，挣脱后咳嗽得无法言语。也许是雷雷的哭声救了她一命，保良松开她去抱床上的雷雷。雷雷是被吓哭的，他大概第一次看到舅舅如此狂暴，目露杀机。

菲菲跑了。

她在保良松开她后满脸是泪，夺门而出，逃命般跌跌撞撞地一路跑下了黑暗的楼梯。

保良没有去管菲菲，他抱着雷雷，让雷雷安静。又去卫生间拿了毛巾给雷雷擦了眼泪，在询问雷雷这一天的遭遇前，保良试图让他不再哭。他问雷雷哭什么，是不是让舅舅吓着了。雷雷还在一抽一抽的，说他刚才以为菲菲阿姨要死了，他看见她翻白眼了。保良看看自己的手，那手其实并不大，其实很单薄，他也不知道当情绪失控时这双手怎么会爆发出那么大的力量来。他安抚雷雷，让雷雷摸自己已经变得软软的手，他说："没有啊，你看，舅舅手没劲儿。"雷雷真的摸了保良的手，摸了他的每个手指头。和雷雷的手一比，保良的手还是很大的。雷雷彻底不哭了，在此之前保良当然不知道，这一天其实雷雷玩儿得挺开心。

保良并未估计错的仅仅是，雷雷确实是被菲菲接走的，菲菲接走雷雷，也确实是老丘迫使的。从这件事的性质说，老丘和菲菲肯定都算得上涉嫌绑架了，且不管老丘的本意也许并不想伤害雷雷，只是想借此吓吓保良，逼保良就范而已。

从雷雷的口中保良知道，当菲菲早上敲开保良家门时雷雷还以为这就是舅舅派来接他的那位阿姨，而且这位阿姨他曾在麦当劳见过一面，唯一让雷雷奇怪的是，阿姨并没领他去学校，而是把他带到公园里。阿姨说："今天学校的老师都放假了，你舅舅让我陪你出来玩儿。"公园里有一个儿童游乐场，里边有许多好玩儿的游艺和游戏。雷雷从小跟着父母到处走，总在很破很偏的城镇来回转，到省城后又总被关在家里头，上学后也是学校家里两点一线，他从来没见识过这么多好玩儿的。雷雷玩儿疯了。中午菲菲又带雷雷到餐馆里大吃了一顿，下午又去看电影，还带雷雷去了国贸商城，给他买了好几样玩具，晚上又吃了顿比萨饼……总之，这一天雷雷享受得犹如过年，很晚才由这位阿姨送回家来。阿姨又说怕他一个人待着害怕，就留下来陪着他等舅舅回来。

其实菲菲要等保良回来，并非担心雷雷害怕，而是要向保良告发老丘让她带走雷雷的目的。按照老丘原来的指令，菲菲在骗出雷雷以后应把雷雷带回她自己的家中，听候老丘发落。老丘则带人到保良家门口去堵保良，以"人质"在手威胁恫吓，不料保良从单位出来直接去了医院，所以才没被他们如愿堵到。

菲菲和老丘之间的关系早已过了"蜜月时期"，老丘在外又有多个新欢，对菲菲早就没了兴趣，只是靠菲菲帮他物色炮灰倒卖药丸挣钱罢了。菲菲上了贼船不干也不行了，不干自己没钱花，还要挨老丘打。她本不肯为老丘去骗雷雷的，但老丘两个耳光上去，也就不敢不从了。

菲菲把雷雷带出家门，路上反复犹豫，不知什么原因，终于没把孩子带回家里。在后来公安机关的审讯中菲菲交代，她当初认为，如果不把雷雷带回自己家里，仅仅带到公园去玩儿，再给雷雷好吃好喝，最后全须全尾地送回家，就不能算她绑架儿童。而雷雷失踪一天，也满足了老丘威吓保良的目的。这样一来，两面各得其所，都不得罪。

那天晚上保良没有告诉雷雷他母亲去世的消息。他安顿雷雷睡下后自己再次下楼，到街边的电话亭给夏萱打了电话，告诉她雷雷已经回家，一切安然无恙。夏萱问了菲菲接走孩子的过程，然后让保良最好明天带孩子再到分局来一趟做个笔录。保良问："等孩子明天放学以后行吗？他已经误了一天课了。"夏萱说："也行吧，没问题。"

第二天保良起来，亲自送雷雷上学，告诉雷雷放学后在学校待着，不许乱跑，等舅舅来接。然后保良去了平安公墓火葬场联系姐姐的火化事宜。中午回家吃饭时看到菲菲的一只手包还落在他家卧室，饭后便拿了那只手包去了菲菲家里。他想借送还手包的机会向菲菲表达歉意，他昨夜确实情绪失控，用力过猛，想必给菲菲造成了一定的伤害。虽然菲菲昨天骗走雷雷也伤害了他，但他对菲菲，无论她跟了多么可恶的人，做了多么可恶的事，保良从骨子里都会原谅她。很久以来他对菲菲的感觉，就像自己的妹妹，永远牵挂她，总想保护她，虽然不会相爱，但总也恨不起来。

保良赶到菲菲家时没有见到菲菲。听邻居说今天上午有两个民警来找菲菲，敲开门后才发现菲菲被人打得满脸血肿，是邻居帮民警一起把菲菲送到医院去的。民警问菲菲是谁打的菲菲死活不说，就说是在街上被一伙劫道的流氓打的。邻居向保良形容了菲菲的伤势，哎呀，可惨哪，估计这女孩子是要破相了。

保良赶到了附近的医院，在一间治疗室里见到了菲菲。听护士说警察把菲菲送到这里后，没问出什么情况就先走了。菲菲正在吊瓶子注射抗生素，伤口已经做了清洗，扎了一头绷带，还能看到充血的眼窝和高高肿着的嘴巴。但菲菲的神志尚且清醒，见到保良还能流出眼泪，还能伸出手来要拉保良的手，抖抖地将他拉向自己。

保良靠近菲菲，他被抓住的手也轻轻用力，不仅是表示歉意，而且，是一种力量的给予。

他问菲菲："是老丘吗？是他打的你？"

菲菲没有回答，但她的表情显然认定了保良的估计，保良愤怒地问："为什么？就因为你把雷雷送回家去了？"

"保良……"菲菲还能哭出声音，"你别离开我，我想跟你好……我愿意一辈子跟着你……跟着你吃苦挨饿我都愿意……"

保良明白菲菲的意思，他能体会到菲菲这两年经历过那么多男人，金钱的美好和残酷都体验到了，她应该知道天底下没有两全其美的事情——短暂的天堂与长久的地狱，一时的快意和一生的平稳，人总要明白自己到底应该选择什么。一个人成熟与否的标志，也许就是能否允许自己的生活存在缺陷，不尽完美。

保良想,他就算不上一个真正成熟的人,他总在追求一种不可能的幸福生活,那种生活虽然对很多人来说是那么平常,天然就有,不必追求,但对他来说,却是如此的遥不可及。也正因其遥远,才显得格外珍贵。现在,连姐姐也离开他,跟着母亲走了。他想要的那种生活,那种亲人互慰的家庭,还会有吗?

　　梦中的山丘、河流、废窑、院落,院落里的朗朗笑声,还会有吗?

　　还有那个美丽的喷火女郎,还会有吗?

　　保良在医院为菲菲交纳了五千元的医药费押金,然后又回到了菲菲的住处,找到了那个常给菲菲做饭的邻居,请她为菲菲煲个汤或熬点稀饭,给医院送去。那邻居接了保良给的两百块钱,满口答应。她是个三十多岁的家庭妇女,人很热情,有点絮叨。保良从她嘴里三问两问,居然问出了菲菲"男朋友"住的地方。邻居曾经去那里给菲菲送过一次她最拿手的扁豆焖面,那天菲菲不舒服,就想吃她这口扁豆焖面。

　　菲菲的男朋友?保良想,那一定就是老丘!

　　出乎保良的意料,老丘住的地方,竟是一片肮脏简陋的平房。

　　这些低矮的平房大概只有不到十年的历史,却显得旧如隔世。这片平房区的居民个个口音难懂,人人面目冷漠,看上去都是外地来省城打工的临时租户。这里阡巷纵横,道路坎坷,走进去才发觉大如城镇,密若蛛网。保良刚刚转了两个路口,就觉南北莫辨,方向顿失。也许这种地方正适合老丘这类做不法生意的人物混匿其间。

　　但保良还是找到了老丘。

　　他找到老丘住的院子时,老丘正带着他的两个帮凶从院里出来,迎面撞上保良，老丘吓了一跳。从保良的眼神中老丘明白保良显然是专门冲他来的，否则不可能邂逅得那么凑巧。老丘不明白的只是保良此来是要俯首称臣还是强硬交涉，他在惊讶之后马上镇定下来，马上拿出以前用惯的那套伎俩，脸上挤出故作亲热的冷笑。

"哟，这不是陆保良吗？真有本事能找到这儿来，吃饭了没有？没吃我请客！"

保良上前，从门边上一个砖堆里抄起一块砖头，二话没说就狠狠拍在了老丘头上，只听砰的一声，那令人快意的闷响几乎和老丘的调笑同时落下，快得不过只有一秒！老丘应声瘫在地上，两个帮凶也愣在了门口，刹那间不知该做何反应。直到老丘捂着鲜血直流的脑袋大叫："我靠！别让他跑了！"两个汉子才向保良追来。

保良把手里带血的砖头砸向最前边的那人，撩了那人的头皮，感觉不重，那人却也应声摔倒。随着一连声"站住！站住！"的喊叫，从院里又冲出两条汉子，其中一人还拎着一把铁锹。保良本以为这里地势陌生很难脱逃，没想到正是这片密匝匝的巷子帮了他的大忙，每一条巷子都有无数弯道出口，这条巷子又和那条巷子相连相通，保良在这些巷子里不问方向地随机奔逃，那帮打手拎着铁锹木棍分兵堵截，有好几次几乎把保良半道截住，又被他从另一个出口脱身而走。跑着跑着，保良发现巷子里除了他的喘息再无任何动静，才停下来气喘吁吁地四面张望。四面只有土灰的砖墙和一扇扇紧闭的户门，除了头顶的太阳把他自己的影子投在地上，没有第二个人影，没有第二种声音。

保良也跑不动了，他小心翼翼，探头探脑，穿过一个个可能埋伏杀机的巷口，走了很久终于看到了大街。走上大街登上一辆公共汽车后他才确信，他已逃脱危险，他已成功地让自己出了一口恶气！

保良是在酒店保卫部的办公室里被分局来的两位民警带走的。从行政俱乐部的经理通知他到保卫部去一趟他就知道，是为了老丘的事情。

老丘和他那帮喽啰在这之前已被公安拘留，几天之后，老丘以及陶菲菲以及老丘手下的三个帮手因涉嫌贩卖摇头丸、绑架、伤害等罪名，被依法逮捕，进入刑事诉讼的程序中了。老丘和他的同伙后来分别被判刑三至九年不等，菲菲因犯罪情节轻微，被免予追究刑责。

保良因伤害老丘及他的一个手下，被公安机关依照治安管理处罚条例的规定，处以十五天拘留和罚款二百元的处罚。

保良被收押的当天就被放出来了。因为他在收押时提出他有个七岁的外甥没人管，他的姐姐这几天要火化，医院的太平间不交钱就不让存了。公安局对这两个现实情况研究了半天，确实解决不了。金探长等熟悉保良的人又替保良一通呼吁，领导们又重新审批了一圈，把拘留十五天的处理决定撤销，改为训诫警告，保良放出来时身上只有三十多块钱，那二百元罚款还是夏萱帮他交的。

负责收罚款的民警对夏萱说："身上没钱可以让他回去取去，你干吗替他交呀？"

夏萱看一眼保良，说："我替他交了吧，他过去……是我的同学。"

保良很意外，这是他第一次听到夏萱当着她的公安同事的面，承认保良是她的同学。他用感动的目光去看夏萱，想让夏萱看到他的谢意，但夏萱交完钱便走出了这间屋子，眼神没有再与保良交流。

保良是在从看守所释放的当天晚上，把姐姐去世的情况告诉雷雷的。雷雷太小，对死亡的概念认识简单，哭了一阵之后，那晚还是睡得很死。第二天早上吃早饭时他问保良："妈妈死了，是搬回家来还是留在医院？"保良说："妈妈以后要和外婆住在一起。"雷雷又问："那就不和我们住在一起了吗？"保良说："不了。"雷雷就又哭起来了。

姐姐火化之前，保良带着雷雷去了一次青平山监狱，将姐姐去世的情况转告她的丈夫权虎。权虎显然已从监狱当局那边接到了妻子病故的通知，如果他对妻子还有感情，恐怕早已哭过。保良见到他时他的神情已经平静，一声不响地听保良介绍了妻子病情的发展过程及治疗情况。对保良为他妻子治疗及抢救所采取的措施没有提出疑问和不满，也没有表示认同和感谢。他甚至没有问到妻子死前有无遗言，后事如何办理，遗产如何分配，一个正常的自由人应当问及的一切，他全都漠不关心。

保良也没有主动向权虎转达姐姐的遗言，那遗言是姐姐临终时的情感——终于回归娘家的天然流露，权虎听了不会开心，所以不说也罢。

还是在与雷雷对话时，权虎眼中才闪出一点泪花，话也多了起来。保良听不见他们说了什么，他退到一边，好让权虎能够享受父子单独交谈的感觉。

在从青平山监狱返回省城的路上，保良问雷雷："爸爸都跟你说了些什么？"雷雷说："爸爸问我舅舅好不好。"保良问："你说舅舅好不好？"雷雷说："好。"保良问："就这么简单？"雷雷答："嗯。"保良又问："还说什么了？"雷雷说："爸爸让我好好听舅舅的话，好好上学，别贪玩儿。"保良沉默了一会儿，又问："还说什么了？"雷雷说："没说什么了。"保良追问："你们就说这么几句?"雷雷也沉默了一会儿,见保良的目光一直在他脸上等待,他说："爸爸问我以后会不会把他忘了。"保良问："你怎么说的?"雷雷答："我说不会。"保良再问："那爸爸怎么说?"雷雷再答："爸爸问我以后还会不会常来看他。"保良问："你怎么说?"雷雷答:"我说会。"保良问："还有吗?"雷雷说:"爸爸问我要是舅舅不让你来你怎么办?"保良问："那你怎么答?"雷雷说:"我说舅舅让我来的。"保良没再逼问下去,雷雷自己却接着说道:"爸爸让我以后给他写信,寄相片给他。爸爸说他在这里要待一辈子呢,他什么都不再害怕,就怕雷雷把他忘了。"

保良彻底沉默,几乎一路没再说话。

姐姐的遗产,除了她生前穿用的一些衣物之外,唯一值钱的东西,就是那只镶钻的白金耳环。

保良曾想让姐姐戴上这只耳环去见母亲,但后来又想,白金和钻石都是烧不化的。在姐姐火化前他又去了当初给他耳朵打孔的那家美容店里,依然在左边耳朵上又打了一个洞,打洞的技师建议他打在右耳,说这样可以一面戴也可以两面戴,保良则坚持打在左边,他说除了这对白金耳环他不会再戴其他饰物。而这一对耳环他必须让它们并在一起,永远不再分开。

姐姐火化的程序非常简短,保良没有通知任何朋友。他带着雷雷在平安公墓向姐姐化过妆的遗容告别之后,遗体便由工作人员推走。他没有让雷雷看到他母亲火化的实况,他不想让这样的画面嵌入雷雷还未成熟的头脑。失去母亲的雷雷和过去的表现又有了些许不同,保良能够敏感地察觉到的,那就是对保良有了更大的依赖和服从。

保良没有另买骨灰存放盒，他把姐姐的骨灰分成两份：一份存入母亲在平安公墓的骨灰盒内；一份准备带到鉴宁老家，葬于他家背后的山丘之上，河岸之旁。保良只有二十一岁，却把自己的后事一并想好，他想今后无论父亲还是他自己，死后的遗骨都要这样，一部分安放在平安公墓母亲的身侧，一部分撒进故乡河边的泥土，那样他们一家四口的灵魂就会聚集在一起，共同回顾前生前世的美丽时光。他会嘱咐雷雷在春暖花开的时候来这里祭扫，让大家一起看到雷雷脸上幸福的阳光。

保良带着雷雷，带着姐姐的遗骨，回到了鉴宁。

这是雷雷第二次回到鉴宁。他第一次回来时还睡在襁褓之中，那一次他目睹了武装警察在百万豪庭围捕权力犯罪团伙的场面，但他的记忆存盘里肯定已经扫描不到当时的情景。

雷雷关于故乡的第一个永远不会磨灭的印象，一定就是站在早春料峭的山丘之上，站在那座古堡般老成的废窑之旁，看着舅舅扬起一只玻璃瓶子，将他母亲的骨灰撒向夕阳将落的鉴河之滨。骨灰像一片片雾状的浮云，在橙色的天空中轻盈地舞动，在浮云全部消散的那刻，他听到了舅舅平静的低语：

"妈妈，我找到她了，我带她回家来了……"

那时雷雷静静地坐在砖窑的一个洞口，望着舅舅向他走来。舅舅的眼角还留着一滴没有擦掉的眼泪，但面孔却露出了一切安顿的笑容。舅舅向他伸出一只手来，他们手拉着手向山坡下走去。山坡下有一个小院，院里正在依稀升起一缕炊烟。